JN061854

雪の残響

ヒューマン・モザイク

Thomas Sawada 作

長原啓子 訳

桂書房

装幀 高須賀優

雪の残響

トロント出身の人々
フォレミングドン・パークで育った人々
そして、
この本の出版を可能にしてくださった方々に
本書を捧ぐ

ACCIDENTAL MOSAIC
A NOVEL ABOUT DIVERSITY
AND CAMARADERIE

by

Thomas Sawada

雪の残響／目　次

目 次

凡例
奇数章では、物語の流れが三人称で述べられる。
偶数章では、登場人物の思いが一人称で語られる。
すべての登場人物と歴史的事実以外の出来事はフィクションである。
日本語読者への補足として、原著にはない脚注を付記した。

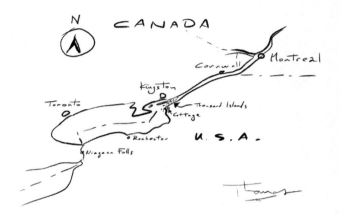

第 1 章
ファイナルゲーム

グラス

2010 年 2 月 28 日 (日曜日) 昼 12 時 15 分

　それは、結婚祝いに親友の一人から贈られたクリスタル・タンブラーだった。6 個のうち 1 個を残すのみ。二つは落とし、二つはひびが入り、5 個目はかんしゃくを起こしたときに壁に投げつけて粉々にしてしまった。

　このグラスはクリアで、底にダイヤモンド・カットが施されていた。それを目より高くもちあげて、ロゴかシリアル番号でも探すように見上げた。すでにほろ酔いで、まわりがかすかに揺れていた。グラスの向きを変えて、部屋の明かりがきれいに通る完璧な角度を探した。そして、なかにきっちりおさまっている球形の氷を見た。10 センチ角の氷塊から、納得のいく丸い形になるまで、自分で彫りあげたものだった。氷はとても硬くて、きれいで、混じりっ気なく見えた。小さい半透明の氷山が琥珀色の海に浮かんでいた。

　氷のなかにはありとあらゆる美しい色があった。8 歳のころ、学校で使ったプリズムを思い出した。2、3 フィート離れたところにあるテレビから、点滅しながら放たれてくる青もあった。いろんな色が混ざりあってサイケデリックな氷河のようになっていたが、氷の内には穏やかな静けさがあった。

　カラフルな色たちは水彩絵の具のように溶けあい、見覚えのあるイメージになっていった。過去の暗い記憶の淵から呼びさまされた思い出の数々だった。これまでに出会ったたくさんの人々、複雑な人生がもたらしたほろ苦い出来事、──母、父、兄、ホッケーに明け暮れた日々、学校、親友、トロント警察署で働いた年月、そしてもちろん妻のデヴィと息子キオン。イメージはあとからあとから現れて、耐えられなくなった。目眩。やがて識別できないくらいの超微細な点描画のドットになった。さらに、渦巻き状のものとなり、目のまわるような速さでくるくる回転したあげく、最後のイメージを結んだ。点描画コラージュによる彼自身の顔だった。イノセントな子ども。

　ビリーは激しく頭を振り、イメージを振り払おうとした。それからグラスに目を戻し、数回中身をかき混ぜた。すでに氷の多くは溶けて、うすい琥珀色に

8

なっていた。それを口元までもっていったとき、グラスの縁が左の門歯に当たって、かすかな高い音をたてた。ちょうど裕福な人たちが、ディナーの席で給仕を呼ぶときに使う、小さなクリスタルのベルのような……。

　グラスの音は、彼の唇のまわりで小さな妖精のように響いた。それから口を出て、頭のまわりを巡り、次は部屋じゅうをくまなくまわった。高くあがって、天井の下でハタハタとはためくさまは、迷いこんだ蝶が出口を求めて隅々を探してあるく姿にも似ていた。逃げられないと分かると、それはビリーのところに戻ってきて、ついに右耳の孔を見つけ、さらに奥へと入っていった。

　音は鼓膜に達して蜘蛛の巣に捕まった昆虫のようにガタガタ鳴った。やっと罠から脱すると、神経学的なデータに変わり、どろんとまどろみはじめていたビリーの脳に伝達された。その途端、あたかも大聖堂の巨大な鐘がガランゴロン鳴るように響きわたった。ビリーはグラスを降ろして耳を塞ぐしかなかった。ベル音はますます大きくなり、頭蓋骨のなかで割れてくだけた。ビリーは膝のあいだに頭を入れ何度も絶叫した。体は葉っぱのように震えていた。

　まったくそれは拷問よりひどかったが、ビリーは耐えた。100、99、98……と数え、深呼吸した。こういう発作は初めてではなかった。つい最近は、雷雨のなかで、パトカーのワイパーがぬれたガラスをキーキーこすったとき。徐々に音が増幅されて、魔物が頭のなかで雄叫びをあげているように感じられた。そのときも、ビリーは速度をゆるめて路肩にとまり、100から順にカウントダウンして呼吸を整え、音がおさまるのを待った。

　今、ビリーは耳から手を下ろし、ゆっくりと頭をもたげた。びっしょり汗をかいていた。ジーンズもびしょぬれだった。何回も深呼吸して、いまわしい音がすべて消えるのを待った。やがて、テレビの音が聞こえてきた。ホッケーの実況放送だった。ビリーは頭をリクライニングチェアの背もたれにのせて、目を閉じて神に感謝した。鼻からひっきりなしに落ちてくる鼻水は、青いタオル地のバスローブの袖で交互に拭った。

　ほんの10分ほど前まで、彼を人質にとっていた地獄のベル音は、これでほんとうに終わりだよという神からの合図だった。発作はかつてないほど長かった。神はビリーに、自分の宿命を受け入れるかどうか問うたのだ。ビリーは、口の片方をほんの少しあげて、引きつった笑みを浮かべた。もう二度と、この

音に苦しめられるのはご免だ。

　ビリーは再びグラスを取り、それを頭の上までもちあげて、別のアングルから見なおした。小さくなった氷片と水滴が一つだけで空っぽだった。氷は、彼が彫りあげたときのサイズの8分の1にも満たなかった。まもなくこの氷は完全に溶けて、固体は液体に戻る。存在の形が変わるだけだ。

　グラスにもう1杯注いだ。ワイルド・ターキーというバーボン。父がよく飲んでいたヤツ。そして再びテレビのゲームに見入った。だんだんぼ〜っとしてきた。集中力が落ちて、焦点が定まらなくなってきていた。

現代カナダの夜明け

2010年1月1日（金曜日）午前10時

　オンタリオ湖を望むウオーター・フロントの高級住宅地、ビリーのマンションはそこにあった。昨晩は何千という酔っぱらいが押しよせ、花火が打ちあげられ、*Auld Lang Syne*[1]を大合唱して年越しに湧いていた。ビリーはときどきバルコニーに出て、20階下のお祭り騒ぎに一瞥をくれてやったりしていた。

　もう午前10時だ。一晩じゅう一睡もせず、クローゼットにしまってあった子ども時代の思い出の品を順に見ていた。「Good Times」と書いた大きな段ボール箱におさめられていた物たちだ。床には、ビールの空き缶と半分ほど空になったポテトチップスの袋が転がっていた。いよいよ最後の写真。ホッケーのユニフォーム姿、中学校時代のチームの記念写真だ。ビリーは前列中央に誇らしげに座り、膝の上には優勝トロフィー、赤と青と白のジャージの胸には「C」の文字が縫い取りしてあった。キャプテンの印。足元にはもう一つのトロフィー。5試合の決勝トーナメントで最多得点をあげたときのMVP賞だった。

　チームメイトの顔をほれぼれと眺め、箱に戻した。立ち上がってキッチンに行き、冷凍庫の扉に貼り付けた小さなカレンダーの、ある日付を丸で囲んだ。2010年2月28日日曜日。バンクーバー・オリンピック・ホッケートーナメントの決勝の日だ。どの国とどの国が金メダルをかけて試合するのか、まだだ

1　*Auld Lang Syne*；「蛍の光」の原曲、スコットランド民謡。本来はお祝いの歌。

れも予測できなかったけれども、チーム・カナダがそのうちの一つになるとビリーは確信していた。対戦相手はチーム・ロシアであってほしいと、密かに願ってもいた。そうなれば、カナダ対ソビエトで戦われた 1972 年のサミット・シリーズを再現することになる。あのときカナダは、ラスト 38 秒でソビエトを降した。その瞬間はすべてのカナダ人を虜にした。

　1972 年は、カナダが名ばかりの政治的な変貌を目指していた時代だった。ほとんどが英国系白人からなる事実上の英国植民地から、先例がないダイバーシティの国へ。これは当時の移民政策によるものだったが、推し進めたのは伝説的なピエール・エリオット・トルドー首相が率いる進歩的な政府だった。

　ベトナム戦争は本格化し、カンボジアでもラオスでも、アメリカによる大規模な空爆作戦が展開されていた。カナダでも自国民による反戦運動が続き、北米じゅうが文化的かつ政治的な自己反省に駆り立てられていた。混乱し無視されたと感じた多くの若者は、疑念を抱いたり、現状や古い考え方を拒否しはじめた。ウッドストク[2] のことはまだみんなの記憶に新しかったし、公民権やウーマンリブの運動は急速に社会問題の主流になりつつあった。

　ビリーは、アイルランド系カナダ人で、トロントの郊外、アパート[3] が林立するコミュニティで成長した。そこは、世界じゅうから流入してくる新しい移民たちに、家を供給する目的で実験的に開発された低家賃の居住区だった。カナダおよびトロントがまだまだ圧倒的に白人とキリスト教徒で構成されていたころ、何百もの異なる文化、人種、宗教の人々がともに暮らし、ともに働いて、お互いを立てあい、そこそこ平和で調和のとれた生活をしていた。この小さな居住区は、最終的には、地球上で最も多文化な 1 マイル平方の土地として有名になる。ビリー・グレイは、地元では「フレモ」の名で通る象徴的なコミュニティ「フレミングドン・パーク」で生まれ、育ったのだった。

　そういうわけで、ビリーは、やらねばならぬことの決行をこの日と決めた。2010 年 2 月 28 日。完璧な日だ。この日しかない。1972 年サミット・シリーズの決勝のように、人生で最高の日になるぞ。

2　Woodstock Music and Art Festival：1969 年 8 月、アメリカ合衆国ニューヨーク州で開かれた大規模なロック系野外コンサート。約 40 万人の観客が集まった歴史的なイベント。
3　apartment：一般的な集合住宅。日本の「賃貸マンション」に当たる。「分譲マンション」は condominium とよばれることが多い。

ボーイズ

1972年

　ビリーがまだ9歳だった1972年当時、壊滅的な核戦争によるハルマゲドンが差し迫っているように思えた。アメリカとソビエトの冷戦は終わりそうもなく、最悪のシナリオは、全面核戦争が始まってカナダ上空をミサイルが飛びかい、国土の真上で衝突したら——放射性の破片が美しい国土の至るところに落ちてくるだろう。火焔地獄でただちに死んでしまうか、悪くすれば、放射線被曝で長く苦しんだ挙句に死ぬか。都市は痕跡も残らず灰燼に帰し、森は暗黒の砂漠と化して燃え尽きるだろう。ビリーは親友たちとよくこの話をした。ケン、ネスタ、ハリー、イズィ。草っ原に寝転んで、はるか高いところに点ほどの機影を見つけると、いつもみんなで震えあがった。

「お！　始まったぞ。ソビエトへ戦いに行くんだ！　聖書に書いてあるとおりだ！」

　ネスタはユーモアたっぷりに言ったものだ。

　彼はジャマイカ移民の少年で、明るくユーモアいっぱいのムードメーカーだった。彼の父は農業労働者としてカナダに渡ってきて、次第に子どもたちにもチャンスを与えたくなり家族を呼びよせた。ボーイズはよくネスタの家でつるんだ。彼の両親は大歓迎してくれたし、いろんな人たちがそこに集まっていたから。いつも音楽が流れ、音無しにしてあっても必ずテレビはつけっぱなしだった。ボーイズはこのお祭りみたいな雰囲気が大好きだった。

「ばーか！　あれはただの貨物飛行機！」

　リアリストのイズィは決まって言ったものだ。

　イズィも東パキスタンからの移民だった。現在はバングラデシュとよばれているところだ。彼の家族は、バングラデシュ独立戦争を逃れて難民となった。1971年に、300万人の民間人が虐殺された内戦だった。戦争の恐怖から免れてカナダに来ても、最初の学校は白人ばかりで、あからさまな人種差別にあった。その後、フレミングドン・パークという多文化なところに家が見つかって移ってきた。彼自身は似た者同士のなかで居場所を見つけることができたが、彼の

父は新しい国で執拗な人種差別とフラストレーションに耐えながら、家族を養うことに苦闘していた。そのせいか、イズィはほかのメンバーより内向きで、行事をパスすることも珍しくなかった。

「あいつらが今、何も企ててない、なんてありえない。もしロシア人が攻めてきたら、こっちは何が起こったのかさえ知らずに終わるよ。僕らはたった1秒で焼け死ぬ。今の爆弾は、広島の原子爆弾より100万倍大きいんだ」

　ケンは悲観的にそう言うのが常だった。

　彼は日系三世だった。第二次世界大戦中、祖父母と父とその弟妹は強制収容所送りとなった。単に悪い民族だと決めつけられて、日系カナダ人たちは無理やりキャンプに拘置されたのだった。日系二世の父からは、家族に起きたことのすべては日本のせいで、祖国は諸悪の根源だと教えられて育った。実際、伝統的なことから電気製品に至るまで、日本のものは何一つ見当たらない家庭だった。日本生まれのケンの母は、もっと節度のある見方をしていたけれど。その結果、大人になって日本に行くまでは、祖国に対するケンの見方は多くの矛盾をはらむものとなった。

「今日の空、すごくきれい！　向こうのあの雲、まるでゾウみたいだよ！」

　ハリーは優しい子だった。家族は厳しい苦難の日々を強いられたにもかかわらず、彼自身はイノセントでナイーブなところがあり、どこか浮世離れしていた。また、背も低かったので、我慢できるかぎり対決を避けた。その結果、ときおりいじめの犠牲になった。

　ハリーの一族は裕福な地主だったのだが、カンボジアから移民した。実際は政治難民だった。偶像のように慕われたノロドム・シアヌーク国王とその統治を支持したがゆえに、反逆罪の汚名をきせられ、加えて、ハリーの母はベトナム系カンボジア人だったため、民族的な理由だけでロン・ノル支持者たちから排除の標的にされた。また、地主は国家の敵であると見なされて、財産を没収された。1971年、6歳のハリーは、母、叔母、二人の従妹、心を病んだ大叔父とともに、ロン・ノル右翼政権から逃れて祖国をあとにした。

　一方、ハリーの父はカンボジアにとどまり、不名誉な左翼ゲリラ、クメール・ルージュ[4]に参加して、ついに1975年、ロン・ノル政権の追い出しに成功

4　Les Khmers rouges：クメール・ルージュ＝カンボジア共産党。

した。それなのに1978年、父は一緒に戦ったまさしくその政党に逮捕されてしまう。エリートであることを理由に告発されて、今日よく知られるキリング・フィールド[5]で処刑された。ポル・ポト[6]とクメール・ルージュにより殺されたカンボジア人は、200万人にものぼったといわれている。

「あれは、デ・ハビランド・カナダ DHC-5 バッファローじゃないか。ターボプロップの飛行機。カナダ製だよ。S・T・O・L――ショート・テイク・オフ・ランディング、ってヤツさ。怖がるな。ロシアに行くんじゃないよ!」

　ビリーは説得力のある言い方をした。

　ボーイズはビリーに一目置いていた。彼らにとってビリーはリアル・カナダ人だった。だって、白人だったし、アングロサクソンだし。学校には、ギリシャ人、ハンガリー人、ユーゴスラビア人もいっぱいいたが、彼らは白人の数には入れられなかった。ビリーはアイルランド系カナダ人で、実際、家でも英語で話すリアル・カナダ人。テレビやそのほかのメディアで見聞きするあらゆるものから、ボーイズはそう信じていた。4年生になって、担任のリプトン先生がその思いこみを取り払って、違う見方を教えてくれるまでは。

　もう一つ、ビリーのカリスマ性を裏付けるのが、4年生でいちばんホッケーがうまく、映画俳優のロバート・レッドフォードに似ていることだった。だれとでも喧嘩し、学校じゅうでいちばん強い子だと評判だった。もしビリーが色あせたジーンズをはいていたら、ボーイズも真似た。コーディアック[7]のワークブーツをはいて、赤いフランネルの上着を着ているなら、ボーイズもまた。ビリーの兄のイアンから新しいスラングを仕入れてきたら、ボーイズも使った。ビリーは疑いようもなく群れのリーダーだった。

　その彼は、政府助成金でできた恐るべき「タウンハウス」に住んでいた。多文化なコミュニティ「フレモ」のなかほどに位置して、あすこはヤバイところというのがもっぱらの噂だった。一握りの悪いヤツらが、移民コミュニティを震えあがらせていた。経済的に恵まれない家族、しかもカナダ生まれの白人が多かった。トロントで増えつづける移民のことを忌々しく思う人々もいた。

5　Killing Fields：ポル・ポト政権下のカンボジアで、大量虐殺が行われた刑場跡。カンボジア国内に何か所もあり、現在は慰霊塔が立つところもある。
6　Pol Pot：クメール・ルージュの精神的指導者。
7　KODIAK：カナダの老舗靴ブランド。

14

「あなたたちはみんな、カナダ人よ。忘れないで。全員、リアル・カナダ人なのよ」

　ボーイズの4年生のときの担任、リプトン先生はよく言ったものだ。

　リプトン先生はユダヤ人だった。彼女の家族は1944年にナチス・ドイツから逃れてきた。だから、どのような種類の偏見にもとりわけ敏感だった。彼女は規範にも挑戦的で、毎朝、学校で強制的に課されていたキリスト教の *The Lord's Prayer*[8] も嫌なら唱える必要はないと言った。*Hava Nagila* のような伝統的なユダヤ民謡を、学校の教育方針に背いて生徒に教えたりした。それは、カナダ人としての自分の権利だと信じて疑わなかった。また、リアル・カナダ人とは白人でもなければ、キリスト教徒でもなく、カナダは違う種類のたくさんの人々のモザイクなのだと、生徒たちに繰り返し教えこんだ。まさに、このクラスこそ、ボーイズが学びを受けた場所だった。多文化な新しいカナダのための本当のリアル・カナダ人とは何なのか。

不帰

2010 年 2 月 28 日（日曜日）午後 2 時 37 分

　再び 2010 年。ビリーは、教室で友だちと一緒に写っている懐かしいぼろぼろの写真をコーヒーテーブルに置いた。次に、フレームに入った大きな家族写真を取りあげた。妻デヴィと息子キオンが一緒の。しばらくのあいだじっと見つめていると、目頭が熱くなった。またバーボンをがぶりと飲んで、グラスを空にした。もう氷はなくなっていた。左手のサイドテーブルに手を伸ばして、ワイルド・ターキーをまた注いだ。もう写真に焦点が合わない。フレームを置いて、また薬を 2 錠口に放りこみ、笑みを浮かべた。ピーナツのようにたくさん飲んでしまった。茶色いプラスチックのピルボックスには、あと 5 錠ほど残っていた。最初にいくつあったのだろう？　2 メートルほど離れたところにあるテレビから実況放送が聞こえていたけれど、もう、見る力もなかった。

8　*The Lord's Prayer*：キリスト教の代表的な定型祈祷文「主の祈り」。

「2010 年バンクーバー・冬季オリンピックの決勝は、規定の試合時間を終え
て 2 対 2 ！ カナダとアメリカは、オーバータイムのサドンデスに突入！」

　バンクーバーのカナダ・ホッケー・プレイス[9]では観客の声援が頂点に達し、
アナウンサーは負けじと叫んでいた。ビリーは再び微笑んだ。今ぞその時、完
璧な嵐。何もかも計画どおりだ。チーム・カナダは金メダルをかけて戦ってい
て、またもや、あと 1 ゴール。どちらにしろ、先に点を入れた方の勝ち。
　部屋がぐるぐるまわりはじめて、ビリーの視力はもうほとんどなくなってい
た。彼は暗いトンネルにいた。見えるものは、テレビのぼんやりした明かりだ
けだった。画面は、伸び縮みを繰り返し、そのうち、暗くなったり明るくなっ
たり……。脈拍があがる。ビリーは少し前のめりになり、目の前の床に吐い
た。再び身を起こし、袖で口のまわりを拭き、椅子にもたれかかった。
「天国で会おう。愛しているよ、デヴィ……キオン……」
　目を半開きにして、テレビに耳を傾けた。遠くて、かすかな音だった。ビ
リーはわずかに痙攣し、目を閉じて、椅子にぐったりと身を沈めた。

「クロスビー、パックをキープしてブルーライン越え。ネット前の攻防。コー
ナーまで追って、イギンラにパス。イギンラ、ネット脇でクロスビーに再び
パス。打った！ 入った！ クロスビー、とくてーん！ カナダがオーバータイ
ムで勝利！ ゲーム終了！ 金メダル獲得！」

　ビリーの手からグラスが滑り、床に落ちて砕けた。破片が部屋じゅうに飛び
散った。ビリーの頭がほんの少し片方に傾いた。心臓が停止し、目のくらむ白
いライトが炸裂した。

　公式時刻は、2010 年 2 月 28 日日曜日、午後 2 時 37 分。

9　Canada Hockey Place；オリンピック期間中はこの名称が使われた。大会後は「ロジャー
　ズ・アリーナ」。

第 2 章

ハリー

1965 年 1 月 12 日生まれ／山羊座／血液型 AB

雪

1972 年 1 月 19 日（水曜日）　7 歳 7 日

ホワイトは美しい。冷たくて、風に吹かれて、ふわりと舞う。ホワイトは
まったりした夢のよう。冬がきて初雪が降った日は、わくわくする。ホワイ
トは不思議なエイリアン。まるで宇宙アイスクリームのように空から降って
くる。でも、ホワイトも完璧ではない。ボクをだまし、冷たく背を向けると
きもある。やわらかさは硬さに、軽さは重さに、幸福は心配に変わる。ふわ
ふわだったボクのニット帽は、今はぬれて、頬にかぶさっている。

ホワイトがボクの顔めがけて砕け散る。粉々になって、ボクのまつげの上
に、まぶたのあいだに、鼻のなかに、頬の上に、降りかかってくる。

ヤツらは、だれ？ ヤツらは、どこからやって来た？ 知らない子ばかりだ。
蛇のような目に、毒と悪意。ヤツらは歯をむき、拳を握りしめて、叫ぶ。ボ
クは、やめて、やめて、やめて、と言う。ヤツらは笑いながら、ボクに向
かってホワイトをどんどん蹴りつけてくる。その足が、ボクの鼻を打つ。
レッド？ 別の子がボクの背中に飛び蹴りする。ボクは頭をのけぞらせて、
口のなかのものを吐く。またレッドが出た。たくさんの声がする。手を叩い
て、はしゃいで、ボクには分からないことを呼びかけてくる。その言葉はく
ぐもっていて、遠くに聞こえる。ヤツらは、ボクを殺そうとしているの？

お父さん、どうか助けて。あなたは、やられたらやり返せとボクに言った。
でも、できない。ボクは弱くて、小さい。あなたのように勇敢ではない。ご
めんなさい、お父さん。ここにいたくない。雪なんかなければいい。カンボ
ジアに帰りたいよう。友だちや従妹と野原で歌っていたころ。焼けるように
暑いけど微笑んでくれていた太陽の下で、牛の世話をして、家の仕事の手伝
いをしていたころに。真昼にマンゴーを食べて……。

どうしてボクはこんなところにいるんだろう？ ボクはここが嫌いだ。ボク
はみんなが嫌いだ。ヤツらはまだ笑って叫んでいる。ボクはぬれて、凍える
ほど寒い。ボクは雪が嫌いだ、ボクはフレミングドン・パークが嫌いだ、ボ

クはカナダが嫌いだ。泣いて、泣いて、うんと泣く。涙に鼻水と雪が混じる。ヤツらは、ボクのズボンにホワイトを入れ、シャツにも入れ、顔にも押しつけた。鼻血が出てきた。ヤツら、またボクを引きおこし、押したおす。もう一度、やられる。お願い、やめて、やめて、やめて。

「起きろ！ チンク [10]」

ヤツらは叫んで、ハイエナのように笑った。

「こいつ、ビビってらあ。泣け、弱虫。起きろ！ へなちょこ」

「おい、ズボンにもっと雪入れろ。背中にも、雪！」

三つの声が混じりあって一つに聞こえた。汚い声の悪口の山。

ヤツらは取り憑かれた悪魔のようにますます興奮した。ボクは全身ずぶぬれで、寒さに震えていた。もし閻魔の火が手に入るなら、立ち上がって、この雪を溶かして終わりにしたかった。

「もう1回立たせろ。捕まえてろよ。捕まえてろよ」

一人が背後からボクを引きおこし、両腕を背中でねじりあげた。

「うぅぅ、ユーレミゴー。イッハーミー」

ボクは、まだちゃんと再現できない英語で逆らった。頭のなかでは聞きわけられるけど、いざ口にすると違うふうになって出た。

「ユーハートマイアーム」

ボクは痰と鼻水がらみのがらがらした声で言った。

どんどん寒くなってきていた。マイナス20℃くらいか。ヤツらがボクをいじめはじめてからもう30分はたっていたから、夕方の5時ごろだろう。ボクが放課後のESLクラス [11] を終えるまで、外で待ちぶせしていたに違いない。

「このへなちょこの話を聞こうじゃないか、バカタレみたいな口ききやがって、こいつのウスノロ叔父さんとおんなじだ。キチガイ叔父さんはどこにいる、え？ おまえを助けにやってこねえのかい」

リーダーらしい少年が叫んだ。もじゃもじゃの茶色い髪で、雪のように白い

10　chink：中国系住民の意。

11　ESL：English Second Language の略。英語を母語としない人が、第二言語として英語を習得する学習プログラム。

肌、ぽっちゃりした頬にはまんまるの紅斑ができていた。大きくてデブで、トナカイの模様がついた緑と赤のニット帽をかぶっていた。ボクの叔父さんのことをまくしたてる。実際、ボクの叔父さんは気が変だった。

「そうだ。押さえてろ、押さえてろ。的があるとだれでもうまくなるな」

彼は大声で言いはなった。狩猟シーズンでも始まるみたいに。

「そら！ 爆弾だ。受けてみろ」

雪玉がボクの左耳をかすめた。ミサイルみたいにシュッと鋭い音。2発目は、ボクの首に命中して炸裂した。ずぶぬれのシャツに、雪が飛び散った。3発目は、まっすぐボクの鼻に当たった。ボクは死んで、消えてしまいたかった。

お父さん、助けて、お父さん、助けて。もう二度と悪い子にならないと約束するから。ボクはわっと泣きだした。体と心が引きちぎられたみたいに。

「うえぇ、鼻血だしてる。キモーい。あのバッチイのを雪で拭こうぜ」

ヤツらはもう一度ボクを地面に倒して、顔を雪に押しこんだ。今度は息ができなかった。顔と地面のあいだのわずかな隙間で息をしようとしたとき、ボクは雪と泥を一緒にズルズルと吸いこんで、むせた。

もう一人の男の子が、ボクのブーツの片方をむしり取った。緑色のスキーマスクをかぶっていたので、顔は見えなかった。

「ねえ、キャッチして！」その子が言った。

「できるかよ。そんなこと。クーティーズ[12]がくっついてるぞ！」

デブっちょの子が、一度は受けとめたブーツをすぐに落とした。クーティーズはキモいヤツにだけついていると思われているバイ菌だ。

「おまえにも、もうクーティーズがついちゃった！」

ボクのブーツを投げたスキーマスクの子が叫んだ。

「やだ、やだ。キモい。どうしよう？ ぜーんぶコイツのせいだ」

デブっちょの子が、ボクの鼻先にブーツの先を押しつけて言った。

「吸えよ。おい。吸えよ。てめえのクーティーズじゃねえか」

「クーティーズ！ クーティーズ！ クーティーズ！ クーティーズ！」

いじめっ子たちは、まるでホッケーの試合のときのように、声をそろえてはやしたてた。たった3人しかいないのに、3,000人くらいに聞こえた。何もか

12　cootie：子どもが遊びのなかで想像するシラミのような害虫。

も、スローモーションのようだった。遠巻きに見ていたほかの子たちも騒ぎに加わってきた。いじめっ子たちは次に何をするつもりなんだろう？

　これは、ボクの国の人たちがカンボジアで経験したことより、もっとひどいことなんじゃないかと思った。デモに参加した人たちが、手当たり次第に撃たれて殺された。大叔母さんもそうして死んだ。これについてボクが尋ねると、「大人の話だ」とお父さんは言った。それこそが、カンボジアに残りたい理由で、祖国のために戦うんだから心配するな、と。もう一度、国王が復位できたら、お父さんは英雄になるだろう。でもボクからすれば、今すぐとんできて、この悪ガキたちを追い払ってほしかった。ここにお父さんはいない。だからボクは我慢するしかなかった。

「おまえ、これ好きだろ？」

　ボクのゴムブーツの内側は、ぬれた犬の毛のように臭かった。

「食べたい？」

　スキーマスクの子が聞いた。

「アイソリー、アイソリー」

「聞いた？ アイソリー、アイソリー、だってさ。バッカみたい」

　テリア犬みたいな子が高笑いした。ヤツは犬とハイエナの雑種に見えた。テレビで、一群のハイエナが数匹のライオンの子どもに攻撃を仕掛けているを見たことがある。親ライオンが来るまで、力対力の死闘だった。

　デブっちょがなおもボクの顔にブーツを押しつづけていた。

　そのときだ。予期せぬことが起きたのは。雪球がデブっちょのコートに当たる音がした。しーんと静まりかえる。そのあいだに、一ひらの雪片が灰色の空から降ってきて、ぐちゃぐちゃになった雪の上にふわっとのったのをボクは見た。それは、天国から送られてきた小さな白い蝶のように、ひらりと舞い降りた。雪片を見ることはできたが、ボクは依然として顔にブーツを押しつけられたまま、背後で何が起きたのかは分からなかった。

　一陣の風が、サンダーバードのようにスクールヤードを吹きぬけた。今、空気は重たく沈み、神がかった気がただよっていた。ぎゅっぎゅっと雪を踏みしめる靴音が聞こえる。ゆっくりと重々しく、とまって、また歩みだした。

「だれ？ 今、雪玉、投げたヤツ」

デブっちょの声。またしーんとして、雪を踏む音だけが聞こえる。

「オレさ、クソったれ」

　ようやく声がした。3人とは別のトーンだ。

「その子から手を引け。放せ」と、またその声。

　ボクはやっと解放されて、顔から長靴を押しのけ、息をした。冷たい空気。見上げると、知らない少年が10フィートほどのところに立っていた。彼は、10人前後の人垣をぐいと押しわけて現れた。

「その子を放せ。さもないと、おまえのへっぽこ頭をかち割るぜ」

　少年はまっすぐにいちばん大きいいじめっ子のところへ行き、向きあった。いじめっ子より4インチほど背が低かったが、前にもこうしたことを経験してきたらしく自信にあふれていた。いじめっ子は反射的に後ずさりした。

　新たに現れた少年の髪はストレートのダーティブロンドだったが、くしゃくしゃになって目や耳にかかっていた。濃いきれいな目をしていた。フードの縁にフェイクの毛がついたネイビーブルーのパーカーに、だぶだぶの色あせたジーンズ。膝はすり減って、片膝はほとんど肌が見えていた。その下は古くて重そうなベージュ色のコーディアックのワークブーツ。横には、製品を保証する小さな緑色の三角形のパッチがついていた。どれもこれも、4サイズくらい大きすぎるように見えた。そして、彼がいじめっ子の前まで来たとき、雪の上には重いかかとの引きずり跡が1本の線になっていた。両手はコートのポケットに突っこんで、ガムを噛んでいた。

「何しようってんだい？」

　いじめっ子が言い返した。

「この頭、ぶん殴ってやる」

　少年はいじめっ子のジャケットの襟首をつかみ、強く押した。

「放せ。放せってんだよ」と、いじめっ子。

「その子から手を引け」

　少年は驚くほどの強さで柔道の技をかけ、いじめっ子を地面にぶん投げた。そして、倒れた子の顔に雪を蹴りかけた。

「ここから出てけ！」

　少年は、片方の足でいじめっ子の胸を踏みつけた。

いじめっ子は急に現れた強敵の下から這いだすと、下っ端の二人に命令した
──「行くぜ！」

「え？　あいつと喧嘩すんじゃないの？」

　テリアが尋ねた。

「ちーいがうっ！　いまに殺るさ。どっちにしろ」

　いじめっ子は強がりを言った。

「さあ、行こう。行こうって言ってんだよ！」

「へなちょこの方はどうすんの？」

「今度やるさ」

　しかし、ヒーローが大声で繰り返した。

「またこの子に手ぇ出したら、ぶっ殺すぞ。ぶっ殺すからな！」

　ヒーローは子どもの高い声をしていた。しかし、かすれた口調はむしろティーンエイジャーのように聞こえた。また彼は、「R」を強く発音することができた。すごくかっこよくて、リアル・カナダ人みたいだった。あんなふうに発音できたらなあ。

　ヒーローは、なおも彼らを追う振りをした。ゆっくりとフェイントをかまして。3人のいじめっ子たちは、しばらくうろついたあと、ようやく踵を返して逃げだした。ヤナギの木の下を過ぎて、谷に逃げて、トンネルを通り、完全に姿を消した。このヒーロー少年には、いじめっ子たちを怖気づかせる何かがあった。ある漠然とした形の。おそらくそれは彼の断固たる決意か、もしくはその重いブーツにあった。

「大丈夫かい？」

　ヒーローは片膝をついてかがみ、ボクの顔から雪を払いのけた。

「大丈夫かい？　って聞いたんだ。英語、話せないの？」

　ボクはきまり悪くなって何も言えなかった。

「鼻血、これで拭きな」

　彼はぐしゃぐしゃになったティッシュペーパーをくれた。たぶん、ずっと前からパーカーのポケットに入っていたものだろう。ボクはそれをもらって立ち上がった。もう、すっかり暗くて寒くなっていた。風はおさまってきていた。

「アイ・シンク・オーケー」

ボクは間ぬけみたいな変な発音で言った。鼻血はとまっていたけど、念のために右の孔にティッシュをつめた。すごく寒くて、びしょぬれだった。疲れきって、まだ震えていた。顔と背中が痛かったけど、心はどこも痛くなかった。このヒーローといれば安全だと思った。

「名前、なんていうの？」と、ヒーローは聞いた。

「ダラ・ハック」

「デュル・ア……何だっけ？」

「ダラ・ハック、カンボジアの名前だよ」

「じゃ、あのクソったれたちが君にちょっかい出したのは、そのおかしな名前のせいだよ」

「少しもおかしくないよ」

「そうか、ごめん。もう一度言って」

「ダラ・ハック」

「オッケー、今から君はハリーだ。言いやすいし、英語っぽく聞こえるから」

　ボクは、英語に聞こえるのがうれしかった。

「ハリーって、いい名前？」

「そうさ、クールな名前だよ」

「オッケー、ハリーと呼んで」

　ボクは満足して言った。二人ともくすくす笑った。

「ボクはビリー。ビリーと呼んでいいよ」

　二人はまたくすくす笑った。

「さ、起きて。君の家まで送っていくよ。着替えた方がいい、ずぶぬれだ」

　ビリーはボクの腕をつかんで引きおこしてくれた。ボクは1回すべったあと立ち上がった。名前が変だって言ったの、あれは冗談だったんだと分かった。

「どこから来たって、言ったっけ？」

「カンボジア」

「それは、どこにある？」

「アジアだよ。東南アジア」

「きっと、すごく遠いところなんだろ？　ねえ？」

「そう、すごく遠い」

「兄弟は？」

　二人はスクールヤードから出て、グルノーブル・ドライブにそって歩いた。その通りに面して学校があって、そこから300メートルほど行ったところにボクのアパートも立っていた。まだ頭がずきずきした。

「うううん」

「わあ、じゃあ、寂しいね」

　二人はゆっくり歩きつづけた。

「うん。でも、お母さんと、叔母さん、叔父さん、二人の従妹たちと一緒」

　ボクがはにかみながら言うと、笑っていい場合かどうか分からないといったふうに、二人ともぎこちなく笑顔をつくった。

「じゃあ、ベッドルームが5個くらいある家とか？」

　今度は二人とも自然に笑った。何かが溶けていった。ボクはビリーを友だちのように身近に感じた。

「違う。ベッドルームは二つだけ。カンボジアではたくさんの人が一つの家に住んでるんだ。ボクたちには普通のこと。それに、トロントのアパートって、とってもきれいで大きい」

「ほんとうに？　でも、ゴキブリがいるだろ？」

「いるよ。たっくさん」

　二人でまた笑いこけた。

「ボクんちはゴミ捨て場」と、ビリー。

　ボクらは、アパートの前まで来ても、歩道に立ったまま喋っていた。

「家はどこ？　ビリー」

「タウンハウスだよ。知ってる？」

　ビリーはジェスチャーで、ボクのアパートの向こうを指差した。

「オンタリオ住宅。ひでえとこ。大嫌い。君をいじめたヤツらのうち二人は顔見知りだ。あいつら兄弟さ。オヤジ同士が友だちでさ。あいつらもタウンハウスの住人だ。スキーマスクは知らない。顔、見えなかった」

　ボクは、タウンハウスを知っていた。危ないから、そこには行かないように言われていた。それでも、そこの住人の大部分がビリーのような白人だったから、ボクはあこがれていた。彼らはタフでホッケーをやっていた。リアル・カ

ナダ人っぽく。タウンハウスの人間に逢えて誇らしく思った。

「帰んなきゃ。助けてくれて、ありがとう。ビリー」

　ボクは彼と離れがたく感じた。

「いや、どうってことないさ。どきどき遊ぼ。じゃあ学校でな」

「うん、学校で」

　二人は手を振って別れた。そのとき突然、思いついた。

「ねえ、ビリー。ボクんちに寄ってかない？」

「どうしようかな……、今晩、ホッケーの試合があってさあ」

「ホッケーの試合？　だれが出るの？」

「知らないの？　トロント・メープル・リーフスとモントリオール・カナディアンズの試合だよ」

　モントリオール・カナディアンズがトロント・メープル・リーフスの宿敵だなんて、そのときはまだ知らなかった。「あ、そうだね」と、ボクは知ってる振りをした。

「よかったら、ウチで一緒に見ない？」

「ほんとに？　えっとさあ……」

「ウチで夕食も食べてけば？　お母さんはいつも余分につくるから」

「すげ！」

　ビリーはすっかりその気になって興奮気味に言った。

「オーケイッ！　上がって」と、ボク。

　すでに痛みと疲れはおさまって、新しい友だちができたことで、あたたかくてワクワクする気持ちになっていた。たぶん、ボクの顔にはすり傷や腫れがあったと思うけど、気にならなかった。

「ウチから、両親に電話すれば？」

「平気、平気。かまうもんか」

　ビリーはわずかに視線を落とし、ボクから目をそらして言った。ボクと目を合わせないで話すのはこれが初めてだった。

「かまわないって、どういう意味？」

　ボクは戸惑って尋ねた。

「……っていうか……。ボクの親のこと知らないからだよ。それに、ママは死

んじゃっていない。パパは……。もう忘れて。じゃ、あがろう！」

二人は、ボクんちに向かった。

エレベーターで 30 階建ての 14 階へ。それは、2 棟あるツイン・タワーの一つだった。フレミングドン・パークで最も高い建物で、およそ 10 年前に建てられた。各階 7 戸で、ベッドルームの数は、1 個、2 個、3 個の 3 タイプが入り混じっていた。ボクんちは 1404 号、2 ベッドルーム・タイプだ。

14 階でエレベーターを降りると、入り混じった食べ物の匂いに迎えられた。お隣の 1403 号からのものだった。そこは 1 ベッドルーム・タイプだ。パパドプロスさんというギリシャ人の家。オリーブオイルとラムの匂いが廊下にまでただよい、ギリシャレストランのようだった。子どものいない 50 代の夫婦で、噂では、一人息子がギリシャのある内戦で死んだとか。おじさんはとてもいい人で、キャンディをくれて、子どもたちとホール・ホッケーに付合ってくれたりした。ボクらは彼を「ポップスさん」と呼んでいた。しかし、おばさんにはめったに会わなかった。彼女は夜でもサングラスをかけていた。

1402 号はチョーさんの家。ごま油を使った中華料理の炒め物は、ポップスさんの家のオリーブオイルとガチンコして、タンゴを踊っているようだった。

1406 号の住人は、ルイスさん。彼らはトリニダード人で、いつもバスの利いた音楽が部屋からもれていて、パパドプロス家とチョー家のアロマダンスにリズミカルなノリをつけて最後の仕上げをしていた。

このフロアのいちばん奥、1401 号からは、そのうちカレーの匂いがしてくるはず。よく知らないけど、たぶんインドの出身だろう。暗い感じの家族で、食事はいつも遅かった。いざ父親が帰ってくると、あとはご想像どおり。カレーの匂いは料理のクーデターよろしく、どんな軍隊もうち負かして廊下の隅々まで支配した。まだ 6 時ごろだったから、父親は帰ってないようだった。

その家には二人の男の子がいたらしいけど、一度も見かけたことがなかった。タイミングの問題かな。従妹たちの話では、上の子はボクぐらいの年で、暗くて変な子だそうだ。その家族はしばらくして引っ越してしまったから、結局その子とは会えずじまいだった。

「わあ、すごい匂い」

エレベーターから降りると、ビリーが言った。

「でしょ？　これに1401号が加わったらどんなことになるか、いまに分かるよ」

　二人はげらげら笑った。

　ウチに着くと、従妹たちがソファーでテレビのゲームショーを見ていた。彼らは双子で5歳。ボクより2歳年下だった。母と叔母は台所で夕食の仕度をしていた。そこだけカンボジアだった。カンボジア料理の匂いはほかの料理みたいに強烈ではないので、部屋のなかにとどまっていた。

「これ、何？」

　ビリーが仏様を指差した。それは青銅製の仏像で、古いソファーの横に間に合わせの仏壇をつくって安置してあった。

「仏像だよ。ボクたちに平和をもたらすんだ。ウチは仏教徒だから」

「仏教徒って、何？」

「クリスチャンみたいなもの。カンボジア人も祈るんだ」

　ボクは学校で毎朝唱える *The Lord's Prayer* について触れて、「同じものだよ」と説明した。

　二人は、台所に入った。

《お母さん、叔母ちゃん。友だち連れてきたよ。夕飯を一緒に食べて、ホッケーの試合を見てもいい？》

　ボクはクメール語、つまりカンボジアの言葉で家族に言った。そうしないと、母も叔母も、英語をほとんど話すことができなかったから。

《もちろんいいわよ。でも、彼のご両親に聞いてみないとね。あらまあ、どうしたのその顔。ずぶぬれだし、鼻血！》

　母は、喧嘩の傷を見つけて言った。

《ストリート・ホッケーをしていて、ちょっと転んだんだ》

《ストリート・ホッケー？　そのうえまたホッケーを見る気？》

　母と叔母は、声をあわせて笑った。

《どんどんカナダ人らしくなるわね！　そのうちクメール語も忘れちゃうかも。傷の手当をしなくちゃ。腫れは2、3日で引くでしょう》

　母は、女王様のようにしとやかでエレガントだった。けっして急がず、いつもゆったりしたペースで行動した。声を荒らげることもなく、怒ることもめったになかった。つややかな長い黒髪を背中で結んで、背が高くてやせていた。

母の目は、プノンペンの寺院にかかっていた絵の、ブッダの目のようだった。

《大丈夫だよ、お母さん。心配しないで。きまり悪いよ》

　ボクはつっぱねた。

《えっと、この子はビリー。新しい友だち》

「ハロー、ユー、ビリー」と母。

　母は英語がすごく下手で、ボクのよりひどかったので叔母が笑った。

「プリーズ、テレフォン、ファーザー、マザー、オーケー？」

「いいんです。親は、気にしないんで……」ビリーははにかんで答えた。

《この子、なんって言った？》

　母は、クメール語で尋ねた。

「親に電話する振りだけでもしてよ」

　ボクは小声でビリーに言った。

《カンボジアの食べ物、大丈夫かしらね？》と、母。

　ボクはビリーにパクチーを一つまみ渡した──「ちょっと試してみて？」

「うーん、おいしい！ これ何？ ミント？」

「オーケー、ユー、カンボジアン！」

　母は怪しげな英語で宣言した。それで、みんなまた少し笑った。

《食べる前にシャワーを浴びてきなさい。バンドエイドを探してくるわ》

　母はクメール語で言った。次にビリーの方に向いて、おかしな英語で聞いた。

「ユー、ゴー、キャン・ウオッシュ・ユア・ハンズ、イン・キッチン・シンク。いつ、ホッケー・ゲーム、始まる？」

「7時」と、ビリー。

「レッツ、ハリー、イート」と、母。

　ボクは6か月前にカナダに来てから、こんなに興奮したことはなかった。

　ゲームは、強いモントリオール・カナディアンズが、1対0でトロント・メープル・リーフスに勝っていた。ゲームのあいだじゅうずっと、ビリーはゲームを分析して、実況放送をしてくれた。一つひとつのプレーに彼が反応するたび、ジェスチャーや独特の癖を、ボクは見ていた。彼には動物のような俊敏さがあって、とてもかっこよかった。

　第3ピリオドぐらいになるとボクにも飲みこめてきて、彼の仕草を真似する

ようになっていた。イライラするプレーで、ビリーがどんなふうに腕を振りあげるか、チームが得点間近になったとき、どんなふうに跳びあがるか、架空のスティックを握って、さもプレーしているように振舞う様子。そのとき、彼はゴーリー（ゴールキーパー）になりきっていた。

　彼の真似をして、眉にかかる髪を吹きとばそうとさえした。ただ、ボクの前髪は短すぎたけど。でも、実況中継は無理だった。ボクの英語は十分じゃないし、プレーヤーの名前も知らないし、ルールだって分かっていなかった。ボクは、決まり文句の「ヒー シューツ（打つ！）、ヒー スコアズ（得点！）」と叫んでみたかった。しかし、トロント・メープル・リーフスは、その晩得点しなかった。そしてゲームが終わったとき、ボクはビリーと同じように、がっかりする振りをした。

「サイテーのゲームだ」

　ビリーは不満を吐いた。

「リーフスは１ゴールさえ入れられなかった、ヘッタクソ」

「そ、ヘッタクソ」

　このセリフ、ビリーと同じくらいかっこよく発音できていますように……。

「ポール・ヘンダーソンに今夜ゴールを決めてほしかった。彼はすごい。デイブ・キオンもすごい」

　彼は専門家のような口を利いた。

「ほんとにそうだね」

　ボクは、分かっているような振りをして答えた。

「あ！　ボク、あの車が好き。すごくかっこいい」

　ビリーがテレビを指差した。フォード・マスタングのコマーシャルになっていた。赤いスポーツカーが、広々とした砂漠のハイウェイを疾走して、馬とロケットのハイブリッドのように、アメリカンフロンティアを真っ二つに切り裂いていった。サングラスをかけた肩幅の広いドライバーのシルエットは、彼が強くて自由なことを暗に示していた。

「大人になったら、あんなの１台買って、ここから遠く、遠くに運転していきたいなあ」

「赤がいい？」ボクは物珍しげに尋ねた。

「まさか。青だ。赤は女の子の色だ」

　ボクはコーヒーテーブルの下に足を隠した。ボクのソックス、赤だったから。

「もうウチに帰らなきゃ。犬の散歩をしなきゃいけないんだ。ドーベルマンを飼っているから。ここにもっと長くいられたらなあ」

　彼の家では、戦争映画に出てくるようなドイツの番犬を飼っていた。いずれにせよ、彼がボクんちを好きだなんて信じられなかった。これはものすごくボクを幸せにした。

「また来ていいよ。分かった？」

　ボクはほとんどお願いするように言った。

「そう、また来て、ビリー。カンボジアの食べ物、もっとつくる。好き？」

　母はボクに友だちができてうれしそうだった。父から引き離されて、どれほど悲しい思いをしてきたか知っていたので、一緒に過ごす男の友だちが必要だと思っていたのだ。独り言を繰り返す老叔父さんだけでなく。

　ボクは彼を「叔父さん」と呼んできた。しかし、正確には大叔父で、62歳だった。数年前、カンボジア国王を支持するデモに参加していて、目の前で大叔母を失った。ロン・ノル政府軍に撃たれたのだ。それ以来、とりとめのないことをクメール語で喋りながら、テレビを見るか、近所をぶらつくかして、ご近所徘徊ボケ老人という不名誉な評判を勝ち取っていた。

　その大叔父は2か月前、フレミングドン・プラザのドーナツ屋に行って、コーヒーとお気に入りのハニー・グレーズド・ドーナツを注文した。二人の警官が制服姿で休憩にやって来た。妄想癖の大叔父はロン・ノルの右翼兵士が来たと見て、彼らに向かって狂ったように叫びはじめた。妻を撃って殺したヤツらだと勘違いして。彼は警官に少しばかり近づきすぎた。しかたなく取り押さえられ、治安紊乱行為[13]で逮捕された。緊急ブレスレットにある連絡先に警察から電話がかかってきた。家族が迎えにいくと釈放され、罰金はまぬがれた。

　驚くべきことに、そんな大叔父でもちゃんと仕事をもっていた。チャイナタウンのレストランの皿洗い。週5日、そこで働いていた。いったいどういうふうにやっているのか、家族にも謎だった。大叔父は一日じゅう独り言をつぶやく状態だったけど、仕事をしているときはちょっとマシで、最低賃金より安い

13　disorderly conduct：治安紊乱行為。公衆の場で秩序や風紀を乱す迷惑行動のこと。

闇賃金で雇われていた。実際には奴隷みたいなものだったけど、少なくとも大叔父は忙しそうに暮らしていた。

　ボクが学校でほかの子どもたちにいじめられる理由の一つが、大叔父のことだった。キチガイ男の甥ってわけで。でも今、バカだ、ウスノロだと言われてきたボクに、ビリーという友達ができた。もうだれもボクをからかったりできないだろう。ビリーは今まで会った子のなかで、いちばんカナダ人らしい男の子だったから。それに、どうやったらビリーのように振舞えるかも分かった。あのかっこいい動作、話し方。ボクは、翌日学校でそれを試してみたくてうずうずしていた。とても気持ちが高ぶって、お日さまのような笑みを浮かべた。すると、顔が痛みだした。

ハリーのパラダイス（ビフォー）

1971 年春 6 歳

　幸せに暮らしていたという以外、カンボジアでの幼少期の思い出はさほど多くない。そこは天国だった。どこまでも広い農地、はるかに煙る地平線の向こうまで我が家の土地だった。大豆とサツマイモをつくっていた。遠くに、ココナッツの木と、低く横たわる山。ボクは毎朝、左腕に本を抱えて学校まで走った。そこはプノンペンの郊外で、学校まで 1 時間近くかかった。当時、我が家の土地のまわりには何もなくて、見渡すかぎり農場が広がっていた。

　学校は大好きだったけど、ときどきいじめられた。なぜなら、学校に靴をはいていけたのはほんの一握りで、ボクもそのうちの一人だったから。引っこみ思案でおとなしく、仕返しをしない子どもだったから、しかたがない面もあった。裸足で行きたかったけど、母は許さなかった。たとえ農民であっても我が家は裕福で、教育レベルの高い家なんだと繰り返し教えこまれた。父はパリで農業科学を修め、クメール語とフランス語と英語を話し、多くの農場労働者を雇っていた。食事時になると彼らはいつも台所のそばで食べ、暑くて働けないときは、家の裏のマンゴーの木に取り付けたハンモックで昼寝した。

　朝、学校へ行くとき、ボクは母がはかせる茶色の革靴で出かける。でも、家

を離れたらそれを脱いで、通学路のわきの草むらに隠した。走るにしろ歩くに
しろ、毎日学校に行っているのに靴がきれいで、母はびっくりしていた。学校
でボクは貧しい振りをし、ウチの親は靴を買う余裕もないのだと装った。ま
た、両親は地主ではなく、雇われ農場労働者だということにしてあった。友人
が遊びに来ると草っ原で遊び、けっして家には連れていかなかった。

　でもボクは学校が大好きで、カンボジアも大好きだった。焼けつく太陽、埃
舞う道路、歩きまわる雌牛、寺院、そこにいるオレンジ色の法衣を着た僧た
ち、おいしい食べ物、そしてもちろんボクの家族。

　ところが、大叔母の死ですべてが変わった。ボクの一族は王党派で、デモに
参加した大叔母は、手ひどく叩きのめされて一人の兵士に唾を吐いた。そして
撃たれた。それは、ボクたちの生活を永遠に変えてしまう事件だった。

　忘れられないのは、葬式のために寺院へ行ったとき、制服に身をかためライ
フルを手にした兵士たちに取り囲まれたことだ。ボクは僧の手で髪を剃られ、
白い衣服を着せられた。大叔父は葬列のあいだに地面に倒れ、傷ついた動物の
ように身をよじらせて泣き叫んだ。僧侶たちは、兵士の目に触れる前に大叔父
を抱えて、別の建物に連れていった。それからというもの、大叔父は完全に人
が変わってしまった。トイレに立つ以外は寝室にこもって、歌か、お題目みた
いな独り言をつぶやくだけになった。

　葬式の数週後に、何人かの兵士が我が家に来た。雨が断続的に３日間ぐらい
降りつづいていた。兵士はびしょぬれだったが、父はなかに入れようとしな
かった。家に招き入れることは、カンボジアでは相手を受け入れるサインとさ
れたからだ。彼らは家の前でしばらく言い争っていたが、そのうち父は怒鳴り
だし、ドアをバタンと閉めてしまった。母は台所で泣いていた。

　その出来事から数日後、母の妹と双子の従妹がボクの家にやって来た。スー
ツケースとバッグをもって。両親と叔母はリビングルームに集まり、何か議論
していた。父が彼らに向かって怒鳴り、程なく議論は終わった。

　その夜、ボクは母に起こされた。夜中だった。母は、黙って言うとおりにし
なさいと告げた。家の外にはトラックがとまっていた。母、大叔父、叔母、従
妹、ボクの６人は、トラックの荷台に乗った。農場労働者の一人が、ボクらを
大きなシートですっぽりと隠してくれた。蒸し暑い夜だった。シートの下は余

計に蒸した。何時間も走って、何度もうとうとした。カバーが外されたとき、すでに日は高かった。とても暑くて、のどが乾いて、ボクたちは川で水を飲んだ。大叔父がふらふら出歩くと、農場労働者の人が連れもどしてくれた。母と叔母は抱きあって泣いていた。叔母がもってきたライスケーキを食べ、トラックに戻った。またシートでおおわれて、さらに2、3時間旅をした。

　ついにタイとの国境に着いた。そこには別のトラックが用意されていて、今度はシートの下に隠れる必要はなかった。次の日、バンコクに着き、親戚の家まで送ってもらった。子どものいない中年夫婦で、見たところ外交官のようだった。タイ語で話される内容は、ボクには分からなかった。

　数か月、バンコクで過ごしたあと、ボクたちはビザを入手して、飛行機でカナダに渡った。今日に至るまで、どうしてそれが可能だったのか、はっきり知らない。なぜなら、1971年当時、カナダには約200人しかカンボジア人がいなかったのだから。ボクたちの逃亡が露見したとき、ロン・ノル右翼政府は、我が家の農地と資産を没収した。

　父は財産を取り戻すために、逃亡者として国にとどまり、高まる左翼運動に身を投じた。右翼政府打倒を目指すクメール・ルージュとよばれる組織だった。それから3年後、クメール・ルージュはロン・ノル政府を倒した。しかし、今度はそのクメール・ルージュによって、父は投獄されてしまう。なんと、7年間支持したあげく。フランスで教育をうけたこと、以前は地主であったこと、が理由だった。拷問され、裁かれ、あっさり処刑された。ボクはカナダの地にいてさえも、父のことも、カンボジアの政治のことも、絶対に口にしてはいけないと言い聞かせられていた。トラブルを起こすだけだから。

ハリーのパラダイス（アフター）
1987年6月27日（土曜日）　22歳5か月15日

　バンコクのバーと芸能界で働きながら、2年の月日が流れた。クメール・ルージュもロン・ノルも、残党がまだうようよしていて、祖国訪問はリスキーだった。亡くなってから何年もたつのに、父の墓参りさえできないでいた。

しかし、ついに要求が通って、カンボジア政府から知らせがきた。1987年6月27日、ボクは22歳で、子どものときに離れてから初めて、我が家の農場に立った。長く召しあげられていた先祖の財産を取り戻すことができたのは、カンボジア新政府による非集散化政策[14]のおかげだ。

　それは心をしめつけられる体験だった。父を殺されただけでなく、15年以上祖国に戻れなかったからというのでもなく、その期間に祖国でいったい何が起きていたかを、この目で見ることになったからだ。

　最初の衝撃は、ボクより年上の大人がほとんどいないことだった。いちばん年上でもボクぐらいか、ほんの少し上の25歳ぐらいだった。たくさんの子どもたちと、ボクよりうんと若い人でいっぱいだった。これは、大量虐殺のせいだ。人口の21%はクメール・ルージュによって組織的に殺された。犠牲者のほとんどは成人男性だったが、なかには成人女性もいた。

　市街地では、機能しているものは何一つなく、かつて賑やかでファショナブルだったプノンペンは、破壊されてめちゃくちゃだった。ボクの家だった土地も荒廃して跡形もなかった。枯れた木々と、半焼けの畑が残る砂漠のような風景のなかに、柱と無人の廃屋が散らばっていた。フランス風コロニアル・スタイルの家や庭も、家のまわりに日陰をつくってくれていたココナッツやバナナの木々も、ニワトリ小屋や、ニシキゴイが泳いでいた用水池も、何もかもなし。侵略者が火炎放射器で焼き尽くし、戦車で走りまわって、あらゆるものを踏みつぶしたようだった。ほんとうに内戦が起きていたのだ。

　父の遺体がどうなったか、だれも知らなかった。キリング・フィールドとして知られる場所に行き、この集合墓地で手を合わせた。また、悪名高いトゥール・スレン収容所[15]も訪ね、お参りした。元は高校があったこの場所で、何千という数の囚われ人が拷問されて殺された。ボクの父もその一人だ。今は、トゥール・スレン虐殺犯罪博物館として遺されている。

　ボクは決めた。クメール・ルージュのコミューン農場として使われた土地は耕作しない、と。クメール・ルージュが残したすべてのものと決別したかっ

14　非集散化政策；没収などで国のものとなった財産を個人に返すこと。
15　Tuol Sleng；Les Khmers rouges（クメール・ルージュ＝カンボジア共産党）によってつくられた政治犯収容所。

た。代わりに、ゲストハウスをやろうと考えた。その時点でカンボジアはいまだに被災地のままだったので、復興支援に来てくれる外国人ボランティアに寄与したかった。ゲストハウスがちゃんとできるまで、何年もかかるだろう。でも、最後は価値あるものになる。地獄に天国をつくる——それがボクの夢だ。

SNS
2006年4月17日（月曜日）　41歳3か月5日

　Facebookで、その友だちリクエストが届いたのは、2006年4月17日だった。まったく予想外。記憶の点と点をつなぐのに2、3分かかった。

　ウィリアム・グレイ？ スパム？ こういうニセの友だちリクエストは、売春組織か、驚異的な筋肉増強プログラムか、ハッカーの仕業と相場が決まっている。ウィリアムっていったいだれさ？ 今までの人生で、ウィリアムなんていう知り合いはいない。

　ボクはココナッツとバナナの木々をぬけ、母屋の正面にある屋外ダイニングに向かった。ようやく5年前、家のまわりに植えた木は、バナナ50本とココナッツ70本になった。子どものころの屋敷の外観と雰囲気を、幾分でも取り戻せたらと。ゲストハウスには、まだたくさんのボランティアの人たちが無料で宿泊していた。そのかたわらビジネスも立ち上げて、外国からの旅行客に有料で対応している。その結果、そこそこいい暮らしができている。

　それにしても、このウィリアムってだれだろう？ ボクは家に戻ってから、彼のFacebookページをクリックし、写真を調べた。知っている顔などだれひとり写っていなかった。次いで「レトロ」と名づけられたフォルダをクリックした。それは、子ども時代の写真でいっぱいだった。すぐに分かった。くしゃくしゃのダーティブロンドの髪。それが耳や目にかぶさっていて、真ん中わけになっている。すごくハンサムな顔。年のわりに早熟な感じの、鋭くて、でもあたたかい目。目尻にかすかな笑みを浮かべている。赤いフランネルのシャツ、コーディアックのブーツ、反抗的な顔つき。間違いなくビリーだった。ボクはすぐに友だちリクエストを受け入れた。

メッセージ

2006 年 4 月 28 日（金曜日）　41 歳 3 か月 16 日

　故郷とは心の住処。それは魂を育む子宮だ。冷たくて孤独な精神が成長して、母なる太陽に包まれるところ。そこは存在の起点であり、成長の拠り所。ボクにとっては、カンボジアが故郷だが、トロントはもう一つの故郷だ。

　今朝は新しい客が着くはずで、準備万端整えてから、テラスで朝食をとることにした。はるか頭上のココナッツの葉っぱを、やわらかい風が吹きすぎていく。葉っぱのあいだから、熱帯の日差しが優しくこぼれて、古びた木のテーブルの上でチラチラ踊る。スタッフが食事を運んできてくれた。キュウリのサワースープに、玄米ご飯と新鮮なマンゴー。大好物だ。

　ボクはノートパソコンを出して、WiFi をテストした。つながることもあれば、つながらないこともある。それが、カンボジアだ。今朝はすんなりつながった。電子メールを読んで、返した。そのあと Facebook アカウントにログインした。来ている！ ビリーからのメッセージ。ボクはしばし腰を落ち着けて、1 分ほど見つめた。それから、おもむろにメッセージを開いた。

　ハリー、順調？ まったく信じられないよ。もう何年になるだろう？ ボクらが最後に会ったのはハイスクールのときだと思う。1978 年か、79 年だ。君の写真を見たよ。とてもうまくいっているようだね。カンボジアもすごくきれいに見えるよ。プロフィールを読んだら、ゲストハウスを経営しているって？ 忙しいんだろう？ 独身か結婚しているか、書いてないねえ（笑）。でさ、ちょっとしたニュースがあるんだ。ボク、来月結婚する！ そうなんだ、信じられる？ 彼女の名前は、デヴィ。同じ警察署で働いているインド人の女の子だ。君を彼女に会わせたくてたまらない。オヤジは結婚に反対している。でも、これこそ新しい権利というもんだよな。とにかく、君がどれくらい忙しいか分からないけど、来月、なんとかトロントに帰ってこられない？

もし、君が結婚式に来てくれるなら、こんな嬉しいことはない。もし、旅費の問題があるなら、ボクが飛行機代をもつよ。いい？是非ともそうしてよ。すごいことになりそ！　　　　　　　　　　　　　　　　　　　　　　　ビリー

　ボクはプノンペンで旅行代理店をしている旧友に連絡して、5月18日のチケットを予約した。ゲストハウスの方は、従妹に留守中のカバーを頼んだ。そして、ビリーには、彼が絶対に忘れない結婚祝いを贈ろうと決めた。

懐かしいフレミングドン・パーク
2006年5月20日（土曜日）　41歳4か月8日

　思い出。忘れられない思い出。懐かしい思い出。重い扉を開けて、解き放す。セピア色の像がとんでいく。色あせた紙の蝶が、独特の香りを秘めて、無数に飛び立っていくように。ああ、これは子ども時代の香りだ。喜び、悲しみ、トラウマ、プライド、安らぎ、そういうものの強烈な混合物だ。

　トロントは25年ぶり。ピアソン国際空港に着いたのは、2日前の5月18日だった。涼しくて驚いた。おそらく17℃くらいか。少なくとも昼間はきれいに晴れわたり、とにかくトロントの日暮れはものすごく遅くて、夏は9時すぎにようやく暗くなり、長い1日を幻想的に締めくくる。
　この2日間は、ほんとうに現実離れしていた。ボクはダウンタウンのホテルに入って車を借り、市の内外を運転してまわって、トロントで過ごした年月をたぐりよせようとしていた。1日目は、ナイアガラの滝に行った。2日目は、CNタワーにのぼって、オンタリオ・プレイス[16]に行った。チャイナ・タウンのお気に入りのレストランで飲茶をして、バーベキュー・ダックとワンタン麺を食べた。ダンフォース通りに面したギリシャ・タウンでは、もう一つのお気に入り、スブラキ[17]を食べた。幸運にも、トロント・ブルージェイズがロジャー

16　Ontario Place；1971年にオープンした三つの人工島にまたがるテーマパーク。
17　souvlak；ギリシャでの名前。ケバブ、シシカバブの同類。

ズ・センターでプレーするチケットを手に入れた。リーサイド高校にも行った。高校最後の年にケンと一緒に通った高校[18]だ。

フレミングドン・パークを訪ねてみると、さほど変わっていなかった。もちろん、時代の流れで人口の偏りに変化はあった。でも、基本的には同じだった。南アジア、カリブ海沿岸、中国、東ヨーロッパの一大グループに代わって、移民のニュー・ウェーブがやって来て、アフガニスタン、イラク、ソマリアの人たちの大きな居住区ができていた。彼らは、天国のように友好的な（！）カナダに到着したいちばん最近の難民たちだ。ほとんどは、戦争のために移住させられた人々。すっぽりとブルカに身を包んだ女性たちが、ベビーカーを押して歩いている。そのまわりで、カナダになじんだ子どもたちが、ネイティブ・イングリッシュでわめいたり叫んだりしながら走りまわっていた。

ボクはグルノーブル・ドライブぞいの古いアパートを訪ねた。ボクが住んでいたところだ。みんなで遊んだロビーは金網で囲まれて鍵がかけられていた。芝生のコートヤードの向こうの、ケンがいた古いアパートにも行ってみた。木々が大きくなってさらに枝を伸ばしていた。10歳のころ、仲間と忍びこんだカトリック教会にも足を運んだ。当時はまだ工事中で、ちょっとした出来心から建築用の道具を盗もうとした。警備員に捕まり警察を呼ばれてしまった。皮肉にも、その教会が数日後にせまったビリーの結婚式場だ。

谷にも行ってみた。赤毛のポニーテールにそばかすだらけの、マリカというハンガリー人の子が追いかけてきたところだ。ボクにとってはありがたくないファースト・キスだった。あれは最悪だった。湿ってぬるぬるしてさ。初めてビリーに会った場所にも行った。3人のいじめっ子にやられたところ。そうやって、1マイル平方のコミュニティを見てまわった。ここで育ったんだ——。

タウンハウスも訪ねた。ビリーが住んでいたところ。変わっていなかった。依然として失業者か低賃金労働者の住まいだったが、ほとんどが白人というわけではなかった。ここも多文化になっていた。赤とグレーのレンガ造り、なかはスプリット・レベル（段違い構造）の2階建てになっていて、外観の方が実際よりも豪華に見えた。

この場所がどのくらい怖かったか思い出して、ボクはひとりでくすくす笑っ

18　カナダでは、学年単位で行きたい高校を選んで転校することができる。

た。1972年の夏、ビリーの家を初めて訪ねたときのことがよみがえってきた。彼の家に通じるコートヤードをやっとの思いで歩いていくと、家の外で遊んでいた白人の子と大人に睨まれた。庭椅子に座っている大人たちは、女性までもタトゥを入れていて、ビールをラッパ飲みして、ときには小さな手榴弾のようにタバコの吸いさしを空中に投げた。「ヘイ、チンク」とか「ファグ[19]」などと、いつものさげすみでボクを呼ぶ者もいた。ビリーの家に着くと、彼はドアの隙間からのぞいて、外で待つように言った。3分ほど放っておかれたあと、ビリーが出てきて、すぐにドアを閉めて言った。

「出かけた方がいいみたい」

でも、けっして理由は話さなかった。

懐かしい小学校にも行ってみた。最初の建物に増築を重ね、ものすごく大きくなっていた。新設された部分に使われているレンガは、きれいで明るい色をしていた。また、コミュニティの境界線の外には、新しく分譲マンションがたくさん立っていた。ハイエンドの物件に見えた。どんな人たちが住んでいるのだろう。

フレミングドン・ゴルフ・コースにそって歩いた。ここでお金を落としていくのは、近くのコミュニティからやって来る裕福な人たちで、大部分は中流の白人男性だ。この日は、日本人と思われる男女のグループが、完璧なゴルフウエアに身を包み、最初のティーにいた。

あのフレミングドン・プラザにも足を運んだ。以前はグリーク・ターバン（ギリシャ料理の居酒屋）、スーパー・マーケット、ビール店、大叔父が逮捕されたドーナツ店があったのに。跡地にはいくつかのハラール[20]レストラン、インド系の生地屋さん、インターナショナル食品雑貨店、などができていた。奇妙なことに寿司屋も1軒あった。ネスタのお父さんがやっていたカリブマーケットは、だいぶ前に南トロントの海岸エリアに移ってしまいなかった。

昔からの雑貨店はまだそこにあった。なかに入ってコーラを1本買った。これ！ これ！ これ！ 心地よさと懐かしさが、あたたかい毛布のようにボクを包

19　fag：アメリカで生まれたスラング。性的な嗜好に対する侮蔑。平均的に体の小さい東洋人に向けられることもある。

20　Halal：イスラム法で食べることが許されている食材や料理。

40

んだ。なんともいえない安心感。まだ数字のうえの話だけど、フレミングドン・パークはトロントのなかで最も危険な場所の一つになってしまったというが。あたりを見まわして、深呼吸をして、微笑んだ。いいなあ、ここ。

ウエディング

2006 年 5 月 21 日（日曜日）　41 歳 4 か月 9 日

　結婚式の日、ボクは 1 時間早く教会に着いた。早朝からずっと雲におおわれ、気温は 10℃ ぐらいまで下がったので、ボクはスーツの上着を羽織った。

　駐車場のほとんどはまだ空いていて、ビリーはどこにも見当たらなかった。客の大部分は南アジア系だったが、黒人、東アジア人、中東系の人がパラパラっといて、白人は一組の夫婦がいるだけだった。カトリック教会の式場に、ビリーの親戚然とした人たちがいないなんて奇妙だった。

　この教会はわりと現代的な外観で、伝統的なカトリック教会とは似ても似つかぬ様相を呈していた。正面の十字架がなければコミュニティセンターか図書館に間違えられかねなかった。内部には木製の祭壇とベンチがあって、聖歌隊のステージの後ろには、ステンドグラスの窓が飾りに設えてあった。茶色のサリーを着た初老の南アジア系の女性が、結婚式のプログラムを渡していた。お礼を言って、「ボクはこのあたりの育ちです」と話した。彼女はそれには無関心の様子で、作り笑いを浮かべ、なかへ進むよう促した。

「いえ、まだ。ちょっと配達を待っているので」

「分かりました。でも、11 時にドアを閉めますよ」

「はい、ありがとう」

　配達は、おそらく 10 時までに来るはずだった。少しイライラした。時間つぶしに、教会の入口のあたりをぶらついていた。

「おい、そこのヤツ。振り向くんじゃない！」

　ボクが掲示板の前で教会のお知らせを読んでいると、後ろから低くて落ち着いた声がした——「だーれだ？」

　ボクはすぐに分かった。ネスタ・チェンバレンだった。

「うーん。まったく分からない」嘘をついた。

「そうかよ、ムスコカ湖で、おまえを助けたのはだれだった？ 思い出せ。木から下りられなくて困ったときだよ」

　中学校のキャンプで、7メートルほどの木のてっぺんまでのぼったものの、下りられなくなったときの話だった。ネスタがのぼってきて助けてくれた。

「覚えがないですねえ。ほかのだれかと間違えてますよ」

「えっ？ マジ？ 人違い？ ハリーじゃない？」

　ネスタはほんとうに、ボクがだれか疑いはじめていた。

「あはははは。ボクだ、ハリーだよ！」

　ぐるっとまわって、ステレオタイプのカンボジアのアクセントで自嘲的に叫んだ。ネスタは心底安心したようだった。

「なんてヤツだ。一瞬、凍りついたぜ。別人だったらどうしようと思った。心臓発作を起こしそうだった」

　ネスタは、灰色の雲を突き破って射しこんできたお日様のようだった。ボクたちの親同士は仲良くて、母親は同じ掃除会社で働いていた。どちらかの親が残業になったときは、もう一軒の家によく預けられた。

「木登りの話を出したのは、おまえのせいだぞ」

「悪い、悪い」

　二人は、かつてそうしたようにソール・ハンドシェイク[21]をして、互いの背中を叩きあった。

「それで、うまくやってる？」と、彼は聞いた。

　ネスタの声は大きいバリトンで、ほとんど目立たないがジャマイカ風アクセントがあった。怒ったとき以外、滅多に出ないけど。いつもとても陽気で、冗談をまくしたて、みんなを幸せにしてくれた。ボクは彼が大好きだった。

「2日前に、プノンペンから来たばかり」

「そうかあ。時差ぼけしてる？」

「ちょっとね、でも元気だ」

「Facebookで見たよ。カンボジアでリゾートホテルをやってるみたいじゃん？」

21　soul handshake：互いの右手の親指をからませて行う握手。人種差別反対の意をこめる。米国のアフリカ系住民のあいだで始まった。

「違う、リゾートじゃないんだ。ちょっとしたゲストハウス。ウチの家族がプノンペンの郊外に少しばかりの土地を残したんでね、それを時間かけて開発したんだ。まだまだ難題がいっぱい。タイとベトナムからたくさんのお客さんを迎えて、なんとかやっているよ。この先、欧米や、日本人とか韓国人のお客さんも呼びこんで、資本をつくらないといけない」

「ジャマイカの客が必要なら、まわすぜ！」

「ありがとう。でも、いいよ」

「どうして？ ジャマイカ人の客はほししくない？ それって、人種差別だあ」

「違う。ジャマイカ人は素敵。でも、友だちをビジネスに巻きこみたくない！」

「うん、オレは、おまえを誇りに思う」

　ネスタはおよそ185センチで、165センチのボクのフレームからはみだしていた。彼は最後に会ったときよりも太って見えた。でも、顔は同じだった。高校時代、「キングストン・キングズ」という名のレゲエ・バンドでベースを弾いていたころはドレッドヘアだったけど、つやつやしたスキンヘッドに変わっていた。彼はまた短距離のスター選手で、高校時代はトロントのチャンピオンだった。コーヒー色の顔が、大きな笑顔と、あたたかくて人懐っこい目を引き立てていた。

　実は、彼の父方の祖父はスコットランド人だったし、母方の祖母は中国人とインド人のハーフだった。一般的には黒人に見えたけど、彼はジャマイカの国家モットー *Out of Many We Are One* [22] の典型だった。

「ところでよ、オレ、今日の介添人なんだ。オレたちのだれでもよかったんだけど、おまえはカンボジア、ケンは日本、イズィは……例によって隠遁中」

「君の投稿は見てるよ。今も弾いてる？」

　ボクは音楽に話題を振った。ネスタの本業は高校の生物の先生だが、そのかたわらセミプロのベーシストだった。

「そうそう。あれは、レイバー・オブ・ラブ [23]」ネスタは白状した。

「近いうちにライブやる？ 聞きたいなあ」

「じつは、タイミング最悪。今、レコーディング中」

22　*Out of Many We Are One*：たくさんから生まれた一つの人々。
23　Labor of Love：報酬よりも好きでやる仕事。

「分かった。CDが出たら、サイン入りの1部、送ってくれる?」

「送ったろ? それにしても、おまえんとこは送料がたーんとかかるよ」

　ボクたちはまた笑った。

「おーし! ところで、カミサンに会わせたい」

「わお!」

　非常に豊満な白人の女性が現れた。彼女は、肩までたれる赤毛のカーリーヘアと、人形のような大きな青い目をしていた。明るい真っ赤なワンピースに赤いハイヒールという出で立ちだった。

「ハリー、カミサンのトレイシーだ。トレイシー、こっちはハリー、ガキのころからつるんでたヤツ」

「お目にかかれてうれしいわ。ハリー」

「こちらこそ。トレーシー」

「ところで、奥様はどこ?」

　ネスタは冗談めかして聞いた。

「おっもしれ、ネス。でも、パートナーならいるよ。カンボジアに来たとき会わせるよ」

「覚えておくよ」

「ダラ・ハック様、どちらにいらっしゃいますか?」

　教会の管理課の人が呼んでいた。

「はい、ボクです。ボク」

「ヤン・クラシック社のかたが訪ねていらしてます」

「やった! どうもありがとう」

　プレゼントがようやく届いたのだ。ボクは教会の代表と話し、ボクの希望どおりになるよう手配した。

　式が始まるまでに、ビリーの父は現れなかった。しかし、彼の兄と、確かではないが叔母だろうと思われる人が到着した。式は北米の教会結婚式でおなじみのスタイルだった。花嫁の付添人と花婿の介添人がいて、オルガンが鳴り、父親が花嫁をエスコートして祭壇まで進んだ。

　式のあいだ、ビリーがボクにしてくれたたくさんのすばらしいことを思い出していた。ビリーのおかげで、この新しい国に受け入れられたと感じるように

なった。子どものころ、校庭でひどいいじめにあったとき、助けてくれた。ボクの英語を磨いて、カナダ人らしくするにはどうしたらいいか、面倒見てくれた。子どもたちが使うかっこいい言い回しは、ぜんぶ彼に習った。*cool man*（いいじゃん）、*right on*（そうだ）、*peace*（じゃあね）、*groovy*（素敵）、*jive turkey*（嘘つき野郎）、*what's happening*（やあ、どうだい？）、*far out*（すっげえ）、*can you dig it?*（分かった？）などなど。

　ビリーのおかげでホッケーもできるようになった。1年おきに新しいホッケー装具を買わなければいけなくなり母を悩ませたけど、ボクが幸せならばと母も頑張ってくれた。移民女性にとって、最低賃金の掃除婦として働くことは大きな挑戦だった。幸い、叔母も大叔父も臨時雇いの仕事を見つけてきて、家計を助けてくれた。

　ボクがホッケーを始めたのは、ビリーに会った年だった。シーズンが始まったのは10月。1972年のサミット・シリーズの1か月後で、国じゅうがホッケー熱に浮かされていた。ホッケーをやったことは、ボクにとってすごい経験だった。なぜならチームメイトたちが、ボクのことを移民だのカンボジア人だのと見下す前に、まずホッケー選手と見るようになったからだ。ボクはビリーのようなすごい選手ではなく、中学生のときにはやめたけど、自信をくれた。強い気持ちにしてくれて、もう何も恐れなくなった。だから、ビリーをとても信頼している。ほかの仲間、ネスタ、ケン、イズィも、ボクの人格形成において大切な存在ではあるが。

　タキシード姿のビリーは、めかしこんですごくハンサムだった。最初は数年ぶりに会えた厳粛な気持ちでいっぱいだったけど、ビリーが介添人のネスタを伴って歩いていったとき、ボクは笑ってしまった。高校時代の二人から、よくもまあこんなに変わったものだと。ロン毛にジーンズと革ジャンだったビリー、ドレッドヘアでロックスター気取りだったネスタ。

　花嫁デヴィは、呆然と見とれるくらいきれいだった。長い布で巻きあげられた白い衣装が、滑らかなオリーブ色の皮膚の上に垂れ下がっていた。祭壇の前で、ビリーがゆっくりと彼女の顔からベールをもちあげると、彼女のアーモンド型の大きな目とはっきりした顔立ちが現れた。長いまっすぐな鼻、高い頬骨、尖った顎に、きらめくような微笑が浮かんでいた。彼女はスラリとしてい

て、およそ 170 センチぐらいの背丈だった。ノーブルな優雅さをまとった歩き方。絶対に結婚しないと誓っていたビリーが、なぜ彼女を伴侶に選んだか分かるような気がした。

　司祭が結婚の誓いを唱え、ビリーとデヴィが復唱した。オルガンが派手派手しく鳴って盛りあげる。ビリーがデヴィの薬指に指輪をはめ、司祭が承認して、キス。大勢のゲストたちが涙ぐむなか、キスは少なくともまる 1 分は続いた。こんな長いのは初めて見た。

　またオルガンが鳴って、盛大な拍手。紙吹雪。歓声。ボクはとても誇りに思った。目の前を通りすぎるとき、ビリーが目の端からちらっとボクを見てウィンクしたので、ボクもウィンクを返した。

　彼らが外に出てみると、前もって借りておいたリムジンではなく、1972 年型の青いフォード・マスタング・コンバーチブルが教会の前にとまっていた。子どものころ、ビリーがほしがっていたヤツだ。ビリーはゆっくり足をとめて、まじまじと見た。まるで、天使にでも会ったかのように。

　ドアには、「青い車を運転できるのは男のなかの男です」と書いたメモを貼っておいた。

「うゎっ、すげぇ！」

　彼は叫ぶと、振り向いて、喜びにわく人々のなかにだれかを探してつま先立ちした。そのだれかは、ボクだった。

　彼はボクを見つけ、その後ろにネスタ夫婦を発見して、親指を立ててサインを投げてよこした。それから、子どものようにぴょんぴょん跳ねて、新婦を助手席に座らせてから、運転席側にまわり、閉じたドアの上からカウボーイのように飛びこんだ。イグニッション、オン。グオッ、グオッ、グオッ、と何回かアクセルを吹かしてから、エンジン音を轟かせて二人は去った。これが、ビリーと会った最後になった。

第 3 章

葬 儀

遺されて

2010年3月6日（土曜日）

　デヴィは、事件を担当したトロント警察署からの連絡で知った。

　ビリーが死んだ。自殺だった。仲間たちは驚いて言葉を飲んだ。皆目意味が分からなかった。ビリーはおよそ自死を選ぶような男ではなかった。検死の結果は、睡眠薬とアルコールの過剰摂取で、致死的な組み合わせだった。とりとめのない遺書が残されていた。

　どう書いたものかうまく言えないけれど、結論は一つ。まさに、終わる必要があるのだ。何もかも。心がいつも堪えがたいほど重く、内側からただれる。まるで酸を抱いているように。まわりの暗闇が死のガスのように迫ってきて、息もできず、押しつぶされて、溺れそうだ。分かってほしい、みんな。僕は、死を怖れてはいない。ただ、解放されたいだけなんだ。内部に恐ろしいデーモンがひそんでいて、消えてくれない。それは、ずっと身を隠していて、いつとはなしに急に飛びかかってくる。臆病な僕を許してくれ。

　この手紙を書きながら、ちょうど今、オリンピックのホッケーの決勝を見ている。カナダは必ず勝つだろう。分かるんだ。僕がこの地球に生を受けたのは、まさにこの瞬間、ここを去るためなんだと。とても美しくて、ものすごく意味のあることなんだ。きっとバカみたいに聞こえるだろう。でも、人生はあきれかえるほど気狂い沙汰の連続さ。それらが鎖のように互いにつながっているんだ。とうとう、その鎖を切る時が来た。間もなくこの生も終わると思うと、痛みはない。自由に息ができる。デーモンたちは、今しばらく僕を放っておいてくれている。でも、試合が終わり、栄光がおさまったら、あらゆる痛みがハンマーのように戻ってくるだろう。だから、気の確かな今、この手紙を書いておく。ハンマーはもうごめんだ。

驚く人もいるだろう。そうさね。ほとんどの人は僕がこれからしようとしていることにショックを受けるだろう。信用してくれていたのに、すまない。分かってもらえたら幸いだ。そして、間もなくこの体を出ていってしまうが、去ってしまうわけではない。ちょっと形を変えるだけだ。この世の限界や避けられない死からも解き放たれて、ピュアな宇宙の一作用として僕は存在しつづける。だから、寂しがらないで、僕はそばにいるから。どこかに。

市警の同僚たち、元気でいてくれ。常に信念に基づいて行動してくれ。君らは、この巨大都市の誇りだ。僕がこれからしようとしていることに関して、君らに迷惑かけないことを祈る。

僕の親友たち、みんな味のあるいいヤツだった。僕には岩のようにしっかりして見えたよ。これを大事にして、この先どこへ行こうとももっていく。君たちに最後のお願いがある。年に一度、僕の誕生日の７月１日に、僕を思い出してもらいたい。場所は、サウザンド諸島のグレイ島。午前零時きっかりにそこにいる。風が吹いたら僕だと思ってくれ。

デヴィ、僕の妻、最高の友だち、よき相談相手、そして心の友。どんなに愛しているか、言葉では表せない。もし、もっとうまく生きる方法があればそうしただろう。が、僕にはそのオプションが見つからなかった。君が僕のことを今も愛してくれているのは分かっている。君は太陽だ。そのまわりを、僕はまわっているだけだった。

キオン、おまえはまだ子どもだ。でも、ママの世話をしなければならないから、強くなって、立派な大人になっておくれ。愛している。これからも、いつも一緒にいるよ。いつか大人になったら、なぜパパがこうしなければならなかったか分かるだろう。それまでは、分かってくれ、許してくれと、頼むしかない。だが覚えていてほしい、パパはいつもおまえのなかにいる。

二人がいなくなってから、たくさん考える時間があって、気持ちの整理をし

た。でも、すべてがクリアになってみると、デーモンだけが残り、手に負え
なくなってしまった。

ほんとうに申し訳ないけれど、もう続けられない。別の方法があったらとつ
くづく思う。死ぬのは怖くない。またいつか、次の生でみなさんと会えるは
ずだ。天国でママにまた会えるのも楽しみだ。僕は苦痛のないところに行き
たい。肉体にとどまるかぎり、痛みに襲われる。去る必要があるのだ。僕の
葬式については、堅苦しい宗教儀式なんかぬきで、灰にしてくれるよう頼む。

　祈ってやってください。　　　　　　　　　　　　　　　ビリー・グレイ

　ビリーの血縁者には一言も触れられていなかったが、別の手紙が用意されて
いたことが、その後、判明した。もう1通、妻デヴィにも。幼なじみのボーイ
ズについて触れられたものは、この手紙だけだった。
　故人とのお別れの会は、2010年3月6日、午後1時から4時まで、東トロン
トのスカーボロー斎場で行われた。しばらく雪が降っていなかったので、アス
ファルトの上には、ところどころ氷が溶け残っている程度だったが、通行人が
たまたまそれを踏んですべったり、ときには転んだりしていた。空は晴れてい
たが、マイナス10℃ほどの肌を刺すような北風が吹いていた。粉雪が埃と一緒
に小さな渦巻きをつくり、アスファルト上に円を描いて舞っていた。
　お別れの部屋には、すでに家族全員がそろっていた。そこへ、ビリーの人生
のあらゆる時期の友人たちが順に入ってきた。防腐処理された遺体が、シンプ
ルな松の棺におさめられていた。
　3階建て斎場は、完成からまだ15年しかたっていなかったが、古い英国の
大邸宅を思わせるデザインだった。裏には広い駐車場があった。グレイ家のお
別れの部屋は2階にあり、中規模小学校の教室くらいの広さで、特に装飾もな
い明るい部屋だった。壁際には、お花や食べ物などのテーブル、床にはワイン
レッドのカーペットが敷きつめられて、居心地よく暖められていた。
　ケンが着いたころには、20人くらいの弔問客がケータリングテーブルに群
がっていた。アメリカのバンド、レナード・スキナードによる曲 *Free Bird* が、

かすかな音量で流れていた。

　ケンはビリーの棺にまっすぐに近づき、亡骸と対面した。青いスーツと赤い
タイを身に着けていた。本当のビリーなら、着るはずのないもので、どう見て
もビリーには見えなかった。間違いなくイカサマだ。親しくまじわった人の縁
は永遠で、その関係はこれからもずっと続くという。ビリーはどこかから見て
いる、とケンは思った。

　およそ20余りのトロフィーが棺正面の低いテーブルに飾られていた。トロ
ントのそれにも似た、金色のスカイライン。ケンの胸に突然、無念の思いが込
み上げてきた。ほんの2週間前、最後に会ったとき、ビリーがすごく元気そう
にしていたのを思い出したからだ。何かおかしいと気づくべきだった。どうし
て見逃したんだろう？　ちくしょう！

　ビリーの父に近づいてお悔みを言った。子どものころに会ったことがあっ
た。車椅子に背中をまるめて座っている姿は、もう81歳の老人で、頭にはほ
とんど髪がなかった。目は白内障で白く濁り、頬に額に頭皮にと、ところかま
わず浮きでた茶色のシミで、顔も頭部も古い地図のようになっていた。

　互いに握手をかわしたとき、ケンは6フィートの長身で、ビリーの父を見お
ろすほどに成長していた。この男が唇からタバコをぶら下げて、ホッケーのス
ティックでケンを追い払った日のことなど、隔世の感があった。あのとき、ケ
ンはまだほんの子どもで、「そもそもボクが何したっていうのさ？」と思った
ものだ。今日、二人の男は停戦を装った。黒いスーツに銀のフレームの眼鏡を
かけたケンの黒髪には、白い物も混じりかけていた。
「ご愁傷様です。おじさん」
「ケンだろ？　入ってきたときから分かったよ」
　ビリーの父はじっと見上げて言った。
「悪かったな。昔、ひどいことをした。あのころ、荒れた生活をしていたもの
だから。ビリーは君のこと、大好きだった」
　ビリーの父の声は、今にも息絶えそうに震えていた。40年前、タトゥを入れ
て卑劣で鳴らした男は、今ではその影にすぎなくなっていた。
「ボクもビリーが大好きでした。兄弟のように思ってました。おじさん……」
　あまりにも年老いたその姿に、ケンはショックを受けた。

そのとき、ケータリングテーブルのそばに、もう一人の懐かしい人影を認めた。ビリーの兄のイアンだった。片手にビール瓶を、もう片方の手にピザをもって、ゆったりとテーブルにもたれかかっている。ケンとイアンは反りがあわず、喧嘩ばかりしていた。イアンはケンより３歳上で、常に２、３インチ背が高かった。だが今は、ケンの方が少し高いように見えた。

「どうしてます？」

　ケンはイアンに近づいて言った。

「どういう意味だ？」

「ビリーのこと、残念です。みんな、寂しがっている」

「……るっせえな。放っといてくれ」

　イアンは食べかけのピザを箱に投げ返し、ケンから離れようとした。

「ねえ、ビリーに対するオレの気持ち、分かるでしょ？　あんたは血をわけた兄弟だった。オレは心の兄弟だった」

「クソ食らえ」

　イアンは言いはなった。

　彼は典型的なレッドネック[24]のナリをしていた。長くて薄いブロンドの髪、カイゼルひげ、ビール腹、１本だけぬけた前歯。タトゥーの一部が襟首からのぞいていて、それは胸のどこかから始まって首の方へ続いているものだった。竜のしっぽか、蛇のようなものか。スウェードの肘当てがついたベージュ色のコーデュロイのジャケットを着て、不釣合いな茶色のスラックス、ライトブラウンのカウボーイブーツは、はき古されて色が剥げていた。

「ワルイ……」

　イアンは深いため息をつき、不意に謝った。

「みんな、あのクソジジイのせいさ」

　イアンはよぼよぼの父を指して言った。

「ぜんぜん変わらないなあ。相変わらずヤなヤツ」

　ケンは返しながら、最後は声をひそめて言った。

「聞こえたぞ、今の。信じようと信じまいと知ったこっちゃないが、オレは変

24　red neck：首筋が赤く日焼けしていることから、白人中産階級の労働者を指して使われる。やや侮蔑的なニュアンスはこもるが、差別語ではない。

わったんだ。ばかやろ。この 10 年、ジジイには会ってなかった。あんなヤツに会いたいわけねえだろが」

　ケンには意味が分からなかった。ビリーの父とイアンは同類だと思ってきたから。

「どういう意味？」

「おまえにゃ分かりっこないさ」

　イアンは首を横に振りながら、歩き去ろうとした。

「ビリーのことも、本当のところは分かってねえんだよ。おまえは」

「待って……」

　ケンはイアンを捕まえようと手を伸ばしたが、彼はケンの好奇心から逃れるように通路に姿を消した。

　そのとき、ビリーの妻デヴィと、隣にうずくまっている息子のキオンの姿が目にとまった。なんで彼らに気がつかなかったんだろう。二人はデヴィの両親らしいカップルに伴われていた。仲間うちでは、ケンだけがデヴィをよく知っていた。日本からトロントに戻って以来、ウォーターフロント地区にある豪華なマンションに幾度も遊びにいったから。

　デヴィは裕福なインド人家庭の出身だった。彼らのそこそこ贅沢なライフスタイルも、彼女の両親からの援助だろうと仲間たちは思っていた。ビリーは勤勉なトロント警官ではあったけれど、35 階からオンタリオ湖を見渡せて、ベッドルームが三つもあるマンションに、70 万ドルのローンを組むほどの稼ぎはなかった。ビリーはよく言っていたものだ。晴れた日には、ニューヨーク州まで見えるほどだ、って。もちろんそんなはずはないが。

　デヴィは、口論の末、彼の死の数か月前に家を出ていた。それは何かとうるさいデヴィの両親に関するささいな口喧嘩で、お互いの関係のためにはしばらく距離をおくのも悪くないだろうと感じたからだったが、ビリーとこれっきり別れてしまおうなどと思ったことは一度もなかった。ビリーの死に途方に暮れ、起きてしまったことに対して自責の念にかられていた。

　デヴィの息子キオンはもうすぐ 4 歳だった。当惑してシャイになり、ずっと母親にしがみついていた。この雰囲気では無理もない。キオンの年で父の死を理解できるだろうか。キオンは、偉大なトロント・メープル・リーフスのキャ

プテン、デイブ・キオンの名をとって名づけられていた。ウエーブのかかった黒髪で、顔は浅い褐色だったが、鋭いヘーゼルの目[25]はビリーそっくりだった。

「デヴィ、大丈夫？」と、ケン。

　デヴィはカナダ生まれのクリスチャンだった。彼女の両親は1973年にインドからカナダに移住し、その2年後に彼女は生まれた。民族衣装である黒の喪服を着て、黒っぽい透けるベールをかぶっていた。そのベールをもちあげたとき、彼女の大きくて美しいアーモンド型の目は、癒されることのない悲しみで真っ赤だった。

「ええ、なんとか」

　デヴィは深く息をして、顎をあげた。

「君なら、ちゃんとできるよ。いつもできてる」

　ケンはデヴィのスピーチを手助けしていた。デヴィは穏やかで、おとなしいくらいの女性で、人前で話すことが苦手だった。それなのに今日は、彼女の時ならぬデビューになる。

「落ち着いて。いいかい？」

「分かった。ありがとう。ケン」

　デヴィは弱々しい声で緊張気味に答えた。

　ハリーが、ネスタとその妻トレイシーを伴って到着したとき、午後2時近かった。午後3時ごろ、ビリーの父とデヴィから短いスピーチがあることになっていたが、まだ何も始まっておらず、*Free Bird* だけが静かに流れていた。3人とも厳粛な面持ちで、デヴィから順に、彼女の息子、ビリーの父親にと、しめやかに挨拶していた。そのほか、ビリーのかつての恩師や、ボーイスカウトのリーダー、何人かのホッケー仲間やコーチたちと言葉をかわし、ようやくビリーの棺にたどりついた。この日の主役と対面した3人は、しばらく黙って立ち尽くし、じっと見おろして、涙にぬれた目を伏せて祈った。

　それから、特設のスシ・バーのそばに立っているケンにも気がついた。歩きながら数人の知人にさらに挨拶して、ケンの元にやって来た。

「今日の寿司、ケンが握ったの？」

　ネスタがぽそっと冗談を言った。ストイックな沈黙が解けて、みんなは声を

25　hazel eyes：ライトブラウンとダークグリーンの混ざった目。

殺して笑った。

「よ、どうしてた？　会えてうれしい」

　ケンはハリーに言った。ここ数年、ケンはネスタと一緒にジャム・セッションをやっていたけれど、ハリーとは5年近く会っていなかった。

「立派になったなあ？　ハリー。うまくいってる？」

「まずまずだ。なんとかやってるよ」

「時差ぼけしてるだろ？　いつ、トロントに来た？」

「2日前。まだちょっと時差ぼけしてる。ネスとトレイシーの家に泊まってる」

「よお、トレイシー。ばっちり似合ってる」

　トレイシーは膝よりちょっと短めの黒いワンピースを着て、赤毛の髪を後ろでシニョンにしっかりまとめていた。

「ありがとう、ケン。すぐ戻るわ。鼻にパウダーはたいてくる」

「オーケー」

　3人の男たちは同時に答えた。

「メール送ったんだけど、見てくれた？」

　ケンが二人に水を向けた。

「うん」ネスタ。

「見たよ」ハリー。

「どう思う？」ケン。

「何について？」ネスタ。

「誕生日についてのところ」

　ケンは、ビリーが遺書のなかで、誕生日にグレイ島に集まってほしいと要求していることに触れた。

「ちょっと気味悪いや」と、ネスタ。「特に魔物がどうこうってとこ」

「大目に見てやれ。魔物が意味するのは彼の恐れだ。文字どおりの意味じゃない。そしてたぶん、睡眠薬とアルコールを飲んで朦朧としてただろうし」

　ネスタに少しムカついて、ケンは言い返した。

「しっかし気味悪い。自分もそこにいるってか？　真夜中、だと？」

　ネスタがなおも言った。

「まあね、彼の願いを大事にすべきだと思うな」ハリー。

「とにかく、グレイ島って何？ どこにあるんだい？」ネスタ。

「えっと、デヴィから聞いたところによれば、ビリーがまだ赤ちゃんのころに お祖父さんから相続した小さな島らしいよ。サウザンド諸島のどこかだ、キン グストンの近く」ケン。

「キングストン、ジャマイカの？」ネスタがおどけた。

「ばーか、キングストン、オンタリオだよ」ハリー。

「とにかく、ビリーの誕生日は7月1日だ。みんな、旅行する暇ある？ オレは デヴィにどう行くのか正確に聞くよ。この話、乗る？」

　ケンは、ハリーとネスタの顔を窺った。

「何日くらいかかる？」ネスタ。

「分かんないけど、たぶん、出入り4〜5日ってとこかな」

「学校に休暇届けをしないといけないけど、たぶん大丈夫だろう」

「ハリーはどう？」ケン。

「ビリーの遺書を読んでから、そこに行くことになるだろうと思ってた。だか ら、2、3か月トロントに滞在すると決めて来てる。カンボジアでの仕事は、身 内でやりくりできる。ネスタに面倒かけるのも悪いから、しばらくしたらホテ ルへ移動するよ。それに、こっちでマンションを買いたいと思ってたから、見 てまわろうかな」

「わお、リッチだねー。きょう日、トロントでマンションがいくらしてるか知っ てんのかい？ 好きなだけオレんちにいていいんだよ」

「よし、決まり。あとは、イズィに連絡するだけだね。あいつ、今日はいつ来 るって？ もう15年以上会ってないな」ケン。

「2、3回電話して、メッセージを残したんだよ。でも、あいつは折り返しかけ てこない」ネスタは不満気だ。

「わあ、何かあるんだなあ。ま、どっちにしろ、このお別れの会の招きに『出 席』と返事してきてた。だから、来ると思うよ」

　ケンが自信ありげに言った。

「サウザンド諸島の近くに、イズィの友だちがいなかったっけ？」ハリー。

「そう、そうだよ。でも、米国側だよ」ケン。

　ボーイズは、ビリーの誕生日にサウザンド諸島に行く話を続けた。遅いウエ

イク[26]ってことで。

　トロントの東約300キロに位置するサウザンド諸島は、オンタリオ湖に浮かぶ大小2,000近くの島からなる。点在する島々の様は目をみはるばかりだ。16世紀にフランス人たちがやって来るまで、ここ南部オンタリオ一帯はイロコイ族の居住地だった。セント・ローレンス川という長大な川の起点でもあり、五大湖の水は順に飲みこまれて大西洋へ導かれる。

　そこはまた、カナダとアメリカの国境地帯だ。ここにかかるサウザンド・アイランド橋は、オンタリオ州とニューヨーク州をつないでおり、橋の真ん中に国境がある。すぐ近くにあるキングストン（オンタリオ州）は、歴史に彩られた美しい町だ。必ずしも友好的でなかったアメリカと、目と鼻の先で対峙する立地から、キングストンは常に軍の要衝として戦略的に発展してきた。

　そして今、サウザンド諸島は、東部カナダならびに対岸のニューヨーク州を代表する高級別荘地となっている。100キロメートル平方もある岩の島もあるが、多くはもっと小さくて、サッカー・ピッチくらいの広さか、家が1軒だけ立つ程度のものか、完全に無人島か、といった具合にさまざまだ。

　ビリーが祖父からグレイ島を相続したのは、まだ3歳のときだった。が、実際に島の権利を手にしたのは18歳、オンタリオ州の成人年齢に達してからだ。それはおよそ4エーカーの樹木におおわれた島で、評価額100万ドル以上もする不動産だった。貯えなどまったくないグレイ家で、ビリーだけが自慢できる資産を有しているのは、家族内に争いの種をまいた。

　葬式は、ケンの感動的な弔辞が終わって、ちょうど午後3時すぎ、ビリーの父が短いスピーチをしたところだ。すでに外気は零下10℃ぐらいまで下がり、風も強くなっていた。閉じた窓の外から、風の唸りがかすかに聞こえていた。ビリーの父のスピーチは驚くほどドライなもので、ビリーが子ども時代にどんなに良い子だったか、どんなに賢かったか、どんなに誠実だったかに終始した。ボーイズが知りたがるような話は何もなかった。

　ついでデヴィがスピーチに立った。直前の父のものとはまったく対照的だった。挨拶の半ばで、あらかじめ用意していたペーパーからそれて、心からの訴えになった。本当はどんな人だったか、敏感で道徳的で、非情な世間と折合い

26　wake：関係者が集まって亡き人を偲ぶ会。

をつけられないでいたビリー、彼のことをどうかいつまでも覚えていてほしい、と。また、ビリーに代わって、平和と寛容のために働き、どのような形でもいいから偏見と闘ってもらいたい、と。最後に、デヴィは崩れるように倒れ、ケンに助けられて演台から下りた。

　とうとうイズィは現れなかった。出席者たちが別れの挨拶をしながら三々五々立ち去るなか、7月1日のビリーの誕生日にグレイ島に行くことを、ボーイズは正式に決めた。彼らは斎場の裏にある駐車場で、互いにハグをかわした。ハリー、ネスタ、トレイシーが乗った車に、ケンが歩みよって、もう一回ハグ。次の週に一杯飲もうやと約束すると、3人は足早に走り去った。

　午後5時だった。だんだん寒くなってきていた。凍てつく寒さはカナダでは普通のことだったが。ずっと高いところにあるカエデとオークの裸木たちが、自ら暖でもとるように、葉のない枝々をこすりあわせていた。午後の澄んだ青空が、いつの間にか一面の曇り空に変わっていた。風が、どこからともなく、ヒューヒュー鳴っていた。ケンは、風の強さと方向を探ろうとして顔をあげた。

　そのとき、一陣の強風がバーンとケンの脇腹に吹き当たり、彼の体をくるりとまわした。頭上からは、カエデの小枝が落ちてきて、肩を叩いた。ケンは木の下から出て、手をコートのポケットに突っこんで身震いした。

　ビリー、いるの？　見てる？

　間違いなくそんな気がした。もし、そうでないとしても、7月1日にグレイ島に集まれば、ビリーもきっと来るだろうと、ケンは感じた。

第 4 章

ネスタ

1964 年 5 月 13 日生まれ／牡牛座／血液型 B

セント・エリザベス（ジャマイカ）

1970年9月13日（日曜日）　6歳4か月

ボクは岬のてっぺんにいる。きらきらと光る波の下に、ターコイズブルーと
ネイビーブルーが水彩絵の具のように混じりあっている。ボクの心臓は大昔
のアラワク族[27]のドラムみたいに、速く荒々しく鳴っている。

ボクは、ここ、ラバーズ・リープ[28]が大好き。風は強く、波打って吹いてく
る。その昔、アラワク族もここで同じ光景を見たんだろうか？　水平線の向
こうからスペイン船団が見えたとき、力いっぱいドラムを叩いたのかな？
クリストファー・コロンブスが船首に立ち、ネイティブの人々を殺して島を
征服するよう命令したのも見た？　あの時代まで戻って、アラワクの人たち
と一緒に、土地を守るために戦いたいなあ。

暑い。ボクは太陽をまっすぐに見上げる。今度は、前の方を見る。深呼吸し
て、崖の端からのぞきこむ。200メートル下では、岩場に当たった波が砕け
て白い泡がとんでいる。怖いなあ。よし、頑張るぞ。やらなきゃ。パパが留
守でも、ボクがちゃんとやってるって証明したいから。

膝を曲げて、腕を鳥のように横へ伸ばす……よし、行くぞ……跳ぶ……崖の
突端を蹴って塩っぽい風のなかに身を躍らせる。そのまま紙切れのように吹
き上げられる。高く、高く、翼を大きく広げて。今度は、ガーネット（カツ
オドリ）みたいに飛びこむ。青く陰深いところめがけて。スピードは最高
速度……海面が近づいてくる。4、3、2、1、ザブーン！

ガラスのような海面を破ってなかへ、静かな水の世界へ。息をとめて、目も
閉じて。ボクの後ろに小魚の群みたいな長い尾ができる。海底に着いて、
ゆっくり目を開ける。立ち上がる。聞こえるのはボクの心音だけ。

そこは、エメラルドワールド。海底から浮きあがりはじめる。ワイヤーで釣

27　Arawak；南米大陸に居住していた先住民。スペイン人の侵入以降、著しく減少した。

28　Lover's Leap；断崖絶壁の景勝地。恋人たちが別離よりも死を選んだ場所という伝説で
　　名高い。

りあげられるように。見上げると、頭上の水面にギラギラ光る明るいスポット。小さな熱帯魚たちが、するりと身をかわしながら泳いでいる。色とりどりの宝物みたいだ。ボクは外部から来た侵入者。

あ、見て！ ウミガメが大昔の宇宙船のように上昇していく。すぐ下には大きなホオジロザメ。獰猛そうに見える。自分の尻尾を追いかけて円を描いて泳いでいる。その上では、イルカのトリオが大慌てで、一瞬姿を消したりするが、また体を反らせて液体のパラダイスに戻ってくる。

なんだ？ これは？ 強い潮流が起こり、ボクはプラスチック片のように放りあげられる。不吉な灰色の影が海面を渡っていく。生き物じゃないぞ、どデカいクジラのようだ。エンジンの唸り音のあとに、腐敗したガソリンの臭い。潜水夫が船から飛びこんで、下へ下へと泳いでくる。だれ？ 村の人？ 知らない人？ まてよ、パパかな？ いつ、戻ってきたの？ 違う人に見えるよ。前より年とった？ 太った？ 口ひげなんかあった？ どうして服なんか着ているの？ どうしてネクタイなんか締めてるの？ パパ、違う人に見えるよ。

どんどん暗くなってくる。僕は沈んでいくのかな？ 海の底に？ 死んじゃうのかな？ 怖いよう、パパ！ 助けて！

バーン！ パチン！ 何？ どこ？ え？ 何が何だか分からない。夢かな？ 窓まで行ってカーテンを開ける。日光がボクの部屋に雪崩こんでくる。

メンドリが小屋でコッコッコッと鳴いている。オンドリはコーケコッコーと鳴こうとしているが、しわがれ声がするだけだ。あれは年をとりすぎた。

ママは通りにそった家からファーガソンさんのおかみさんと話をしている。ウィリアムおじさんは、動きっこない古い車を修理している。犬が吠える。うるさい音をたててサイドカーがやって来たからだ。嵩高く髪を盛りあげてニット帽をかぶった男が二人乗っている。そのバイクには顔が描かれている。彼らは携帯ラジオで好みのサウンドを流している。「あの二人に近づいちゃだめよ」と、ママは言う。「キリスト教徒じゃないからね」って。ラスタファリアン[29]の男たちなんだ。

---

29 Rastafarian：1930 年代にジャマイカで発生したアフリカ回帰思想運動の信奉者。この運動は、菜食主義や、ドレッドヘア、レゲエ音楽などに影響を与えた。

お腹がすいたなあ。でも、米とエンドウ豆にはもう飽きちゃった。刻んだアキーをのせて食べたいなあ。ボクは、家の裏手へのぼっていく。そこにアキーの木があるんだ。いちばん大きい木によじのぼり、熟した実を探す。上へ上へ、高く高く、のぼる。木が左右に揺れる。風が吹くと葉がさわさわ音をたてる。葉っぱを払いのけて、木のてっぺんから頭を突き出す。わあ。こんなに高いところにいる。サンタクルス山脈より高いよ。

　木の上からラバーズ・リープが見える。夢のなかでジャンプしたところだよ。面白かったなあ。本当は飛べないし、水のなかで息もできないけど。パパが言ってたよ。あすこは、ヤードリー・チェイスから逃げてきた奴隷のカップルが、一緒に飛びこんだ場所だって。本当の愛だ。パパはこうも言ってたよ。ボクたちの先祖も奴隷だったって。パパ、いつ帰るのかな？

「朝ご飯よ。ネスタ、家に入って。どこにいるの？ ねえ」ママの声だ。

「ここだよ、ママ！ 木にのぼってるんだ。アキーの実を採ったよ。ほら」

　ボクはもっと採って、それを地面に落とした。

「まあほんとだ。手を洗って、テーブルについて。米とエンドウ豆のご飯ができているわよ」

　ママは埃っぽい庭先で火をたいていた。赤土がボクのいるところからもはっきり見える。

「ちょっと待って、ママ。畑からマンゴーも拾ってくるから」

「じゃあ、急いで！ みんなに伝えたいニュースがあるの」

　ということは、ファーガソンさんのおかみさんも、ママとウィリアムおじさんとボクとの朝食に加わるということだ。ウィリアムおじさんは、ボクの本当の家族ではない。我が家で手を借りたいときにやって来る助っ人農夫だ。

「分かったよ、ママ！」

　ボクは腕いっぱいアキーの実を抱えて、危うくつまずきそうになりながら家に戻り、今度はオレンジ畑まで走って、マンゴーの木の下で熟れたマンゴーも拾った。地面に落ちているのはいつだって取っていいんだよと、パパは言っていたから。僕は5個のマンゴーを抱えて、風そよぐ道を走って帰った。

「テーブルにつきなさい。ネスタ」

　ママは、何通かの手紙を手にしていた。

「パパから手紙が来たの」

　ボクのパパはカナダにいて、農民としてカナダ農場プログラムに取り組んでいた。そして、2か月ごとに生活費を送ってくれる。最初はビザの期間の6か月間のつもりだったのに、もう1年近く行ったきりだ。パパは、農場で撮った写真も送ってきた。カナダの農場はジャマイカのよりずっと大きかった。でも、丘がなかった。みんな親切で、パパは車までもっているという話だ。食べ物も大丈夫、でも、冬は凍てつく地獄だって。雪は、最初の1か月くらいはとっても面白いんだけど、その後はただただ迷惑なものらしい。ボクはそれまで雪なんか見たことがなかった。だから氷点下の気温がどんなものか、想像もつかなかった。

「なんて書いてあるの？　ママ」

　読み書きを習いはじめたばかりで、まだそんなにたくさん読めなかった。

「1970年8月31日の日付よ」

　ママは、手紙を読みはじめた。

　親愛なるみんなへ

　セント・エリザベスの生活はどうかな？　みんなに会いたい。みんなのことを毎日考えている。

　バリーという町にあるアパートで、手紙を書いている。カナダのオンタリオ州だ。今は8月で、ジャマイカと同じくらい暑い。ここのコーン農場で働いている。オーナーもマネージャーもほかの従業員も、ほんとうによくしてくれる。このアパートには、あと二人、同じ農場で働いている仲間がいる。ピーターはポーランドの出身で、リーは台湾から来ている。とってもいいヤツらだけど、英語はあまり話せない。

　今日は日食。太平洋のどこかでは皆既日食だったらしいが、カナダでは太陽が少し欠けただけだった。でも、太陽の下を月が通りすぎていくのが確認できた。これを見たとき、たとえどこにいようとも、みんなで同じ太陽と同じ月を見ているんだと感じたよ。これは、カナダに来てから学んだことだ。どこに住んでいようとも、みんな同じ惑星の住人なんだ、ってね。

　私は今、こっちの生活にすっかり慣れた。快適だよ（冬以外は。それにも少

しは慣れたけど）。カナダでは、だれもが医療を受けられる、しかもタダだ。一度トラクターから転落して、傷口を50針縫うことになった。地元の病院に行ってレジがないのに驚いたよ。なぜって、何も払わなくていいんだ。傷が治るまでの2週間、政府が賃金を補償してくれた。

仲間の農場労働者にジェフリーという男がいてね、9歳と7歳の子どもがいる。二人とも地域の小学校に通っている。すべて無料で。ジャマイカでなら必要な入学金もここでは要らない。実は、政府はこの家庭に育児費用も少額だけど支給している。ジェフリーの子どもたちが高校に入ったら、その授業料もタダなんだ。大学は費用がかかる。でも、家族に余裕がなければ、だれでも利用できる補助金とローンがある。ジェフリーの上の子は医者になりたがっている。カナダでは、それも夢ではない。

私でさえ、学校に行ったよ！ 夜学で、ビジネス管理学と会計を学んだ。カナダでは、自分の技術で生きようとする移民のために、授業料の一部を助成する政府プログラムがあるんだ。それが次の一歩につながる。

私はここで新たな出会いをした。カリブ出身の男で、名前をドン・デ・シルバというんだ。彼はトリニダード人のビジネスマンで、トロント市内でカリブマーケットをやりたがっている。トロントは人口300万人の大都市圏なんだ。カリブからやって来たあらゆる人種の人たちが集まって住むコミュニティがある。ドンから誘いを受けた。一緒に頑張って、マーケットを共同経営しようって。彼は私と一緒にやりたがっている。私の生鮮食料品の知識と、ジャマイカでのコネがほしいからだ。彼は、輸入ネットワークを立ち上げようとしている。これは、私たち家族の大きな転機になるかもしれない。

実のところ、セント・エリザベスの畑からは利益があがっていない。この分では、我々はネスタの入学金を工面することができないし、健康保険の特権も受けられない。先の保証がない。もし、セント・エリザベスの土地を売れば、我々全員のカナダへの渡航費が工面でき、新生活の資金も手に入る。新しい所有者に売るとき、農地のまま使うことを条件にすれば、農場労働者たちは仕事を失わないですむ。

ドンがスポンサーになってくれるので、我々3人はパーマネント移民ビザがもらえる。事業を立ち上げてから、おばあちゃんとおじいちゃんを呼ぶこ

ともできる。同じように、ウィリアムおじさんのビザも申請することができ
る。保証は何もない。しかし、可能性は無限だ。そして、ことによったら、
金持ちになれるかもしれない！ 確かなことは、こんな機会はこの先二度と
ないだろうし、ジャマイカでそんな富を得ることもないだろう。

　この提案は、とんでもないことに聞こえるだろう。しかし、よくよく考えて
みてほしい。すごく真剣なんだ。農場プログラム用のビザは 10 月の末に切
れる。そして、9 月末までに、新しい移民ビザを申請する必要がある。だか
ら、みんなでよく話しあって、月末までに返事してほしい。君たちの同意な
しではこれはできない。また、これ以上、離れて暮らすことも絶対にできな
い。前向きな返事を待っている。　　　　　　マクスウェル・チェンバレンより

　全員、押し黙るばかりだった。

雪

1972 年 1 月 19 日（水曜日）　7 歳 8 か月 6 日

　学校の駐車場で、ビリーとストリート・ホッケーをした帰りだった。トイレ
に行きたくなって、ボクだけ教室がある建物に入っていった。明かりは半分ほ
ど消されていて、ホールはがらんとしていた。用務員さんが床にモップをかけ
た直後だったから、プラスチックの注意書きが置いてあった。
──「Caution When Wet（水ぬれ注意）」
「ハジっこ、歩ケエな！ ネスタ」
　用務員のコワルスキさんが、手にモップをもって言った。ポーランド出身
で、聞き取りにくいほど訛っていた。でも、とってもいい人だった。
「ハジっこ、歩ケエと、言ったンダ。転んで、首の骨、折りたくないデショ！」
　コワルスキさんがまた言った。グリーン先生がぬれた床の上を歩いていくの
が見えた。ハイヒールで滑ったけど、倒れる前にもちこたえた。コワルスキさ
んはボクの方を向いて、にやっとウィンクした。
「はーい」

ボクは壁際を歩いてトイレに入った。

　駐車場に戻ると、ビリーがいなくなっていた。帰ったのかな？ さっきより雪が激しくなっていた。ぬれた地面にスティックが置きっぱなしだった。それで、二人分のスティックをもって帰ろうとすると、野外移動教室の裏から騒ぎ声が聞こえた。もっとよく見えるように谷の方に行ってみた。

　100メートルほど離れたところで、ビリーと何人かの子が群れていた。ボクは駐車場の金網フェンスのあいだから見て、これは喧嘩だとピンときた。ヤラレているのはだれか、見えない。でも、小柄な子が雪の上に倒れていて、ビリーが大柄な子を打ち負かしている。ほかの子たちは、ただ見ている。
「おーい、ビリー！」

　助けに行きたかった。でも、前にパパが言ったことを思い出した。
「いいか。おまえの行動には、自分自身のこと以上の意味がある。おまえがバカなことをしたら、家族やジャマイカ人みんながバカだと見られる」

　パパはあのゆっくりと慎重な口調で、大真面目に話していた。
「トロントに来て、うまくやれてるって評判なんだ。私はビジネスマン、おまえはその息子。だから、そのように振舞え。ジャマイカからはるばるここまでやって来たのは、非行に走るためじゃないんだ」

　だから、ビリーが大柄な子に立ち向かっているのを見ても、踏みとどまるしかなかった。辛かった。でも、大事なことだった。家族の名誉。

　体育のマレー先生が、集団に近づいていくのが見えた。たぶんそれを察知したのか、いじめっ子たちがちりぢりに谷に逃げていった。

　ボクはスティックとボールとホッケー・ネットをもって、いつもとは反対の方向から家に向かった。ビリーに気づかれていないことを祈るばかりだった。

ラン・ラン・ラン
1982年5月12日（水曜日）　17歳11か月29日

　集中だ！ 集中！ 気をぬいて、リラックス。足をブラブラ、腕をブラブラ、首をまわして、肩をあげて、おろす。もう一回、あげて、おろす。つま先立

ちしてホップ、上、下、上、下。ながーく深呼吸……ゴールは 100 メートル先。旗がなびいている……微風、おーし！……晴天、背中に太陽……集中！……狙いは 1 着……ほかのヤツが頭を出す前にオレが入る。オレが 1 番……スタンドに手を振る……ネスタ、オマエの笑顔を見せつけてやれ……オレが 1 番、オレが 1 番……

──「スタート位置へ」

スターティング・ブロックまで進む……手をついて、後ろに足を伸ばして、ブロックに足をかける。オーケー、上体を起こして、待つ……

──「位置について……」

４本の指と親指をラインにそろえて、下を向く……リラックスしろ……緊張するな……ゆっくり息を吸って……集中！ 集中！ 集中！

──「よーい……」

ケツをあげて、背筋伸ばして……10 フィート前を見る……気をぬけ……気をぬけ……フライングするなよ……聞いてから反応、聞いてから反応、聞いてから反応……

──「バーン！」

号砲……行け！ 行け！……ゴーゴーゴー……腕、振れ、腕、振れ……ゴーゴーゴー……徐々に上体を起こす……腕、振って……息して……かかとをケツまであげる……つま先残して……息して、息、息……スピード全開！……ゴール見て……集中！ 集中！ ……ゴー！ ゴー！……ゴーゴーゴー───やったーあ──！ ……オーケー……やったぜ……そうさ……うれしい……オーケー……とまる……疲れた……深呼吸……倒れこむ……仰向け……息を整えて……そうさ……やったぜ……たぶん……やったよな？……神様、ありがとう。

「おめでとう」

　ランナーの一人がやって来て、握手して、手を引っぱってくれた。

「サンクス」

「いい走りだった」

　クリスだ。トリニダード人。背中を軽く叩いてくれた。

「おまえはどうだった？」と、オレ。

「3位。たぶん。公式順位とタイムがすぐに出るよ」

「オーバリーが制覇か？」

　母校オーバリー高校のランナーを想定しながら聞いた――「2位はだれ？」

「リーサイドの白人の子。イースト・ヨークのチャンピオンはおまえだ！」

　クリスがはっきりと言った。イースト・ヨークはトロントの行政区で、オレたちの高校があるところだ。

「チェンバレン君？」

　役員が近づいてきた。

「はい」

「こっちへ。台の方へ。ロバーツ君、君も」と、クリスにも言った。

　トラックの真ん中に、優勝者を称える小さな台が用意されていた。勝ったなんて自分でも信じられなかった。オレは、ポニーテールにしてオレンジ色のバンダナで包んでいたドレッドヘアーを振りほどいた。スタンドにはおよそ500人くらいの見物人がいて、大部分は家族と、あちこちの高校の生徒だった。ママと妹を見つけた。

「よう、ママ！」

「おめでとう、見たよ！」

　ママは立ち上がり、母としての誇りのありったけを解き放って叫んだ。明日はオレの17歳の誕生日だから、ダブルでハッピーってわけだ。

　オレは台の真ん中に立った。クリスが左側、白人の子が右側。役員がマイクを手に、一人ずつ紹介した。タイムも発表された。10秒9だ！　オレは初めて11秒を切った。トップ4人が、来月ニューヨーク州で行われる4×100メートル・リレーのレースに出場することになった。

「ヘイ、おめでとう」

　オレは言いながら、2位の子と握手した。隣町のリーサイド高校の子。

　その学校は中流の上の子が通う高校だった。金持ち校であるという以上に、学業優秀な学校として知られていた。ケンとハリーは、高校の最後の年にそこに転校した。学校じゅうで有色人種の子はあいつら二人だけだと、彼らは冗談を言っていた。あながち嘘でもなかった。

「ニューヨークで一緒にリレーを走ることになるぜ！」

「うん、らしいね。ボク、ちょっと心配。ところで、ボクはジェレミー」

　リーサイドの子が言った。

「ヘイ、ジェレミー。オレはネスタ」

「知ってる。かなり有名だもの」

「本当？　今ならそうかもと思うけど！　こっちはクリス」

　ジェレミーとクリスは、手を伸ばしてオレの前で握手した。

「4位はだれかな？」と、オレ。

「バルバドスからのあの子じゃないかな」と、クリス。

「そう、リチャード・ハント。彼、ボクと一緒のリーサイドだよ」

　ジェレミーが言った。

「リーサイドから来た黒人の子？」

　クリスの冗談に、みんなで笑った。4人とも今日の結果に有頂天だった。

ビッグ・ディバイド（国境）の向こう

1982年6月20日（日曜日）　18歳1か月7日

　オレはそれまでアメリカに行ったことがなかった。子どものころ、両親に連れられてナイアガラの滝にはよく行った。そして、川向こうのビル群を見て、

「うわー、あれがアメリカだ」

と思った。何もかも違って見えた。ホットドッグとステーキの匂いが、ナイアガラ川を越えてただよってくるような気がした。あすこではみんな、腰のホルスターに銃を突っこんでいるんだろうか、と思ったものだ。

　両親はよく言った。アメリカじゃなくてカナダに来たのは幸運だ。向こうでは黒人の命は大事にされない、と。

「カナダはジャマイカよりいいところ？」

とオレが聞いたら、ママはオレを叱りつけたね。世界じゅうでジャマイカほどいいところはない、と。第二の祖国にいても、ジャマイカが最高の両親だった。

　親とは違い、オレはアメリカ的なたくさんのものに強い魅力を感じていた。

特に、スポーツとかファンキーな音楽とファッションが好きだった。厳格な
ジャマイカ人の両親でさえ、テレビで *Soul Train* が始まると、何をしていると
きでも手をとめて見た。ジェームズ・ブラウン、スティービー・ワンダー、
アース・ウィンド・＆・ファイアー、テンプテーションズ、グラディス・ナイ
ト・＆・ザ・ピップス、あげれば切りがない。中学生になると、それが高じ
て、バンドでベース・ギターを弾きはじめた。

　また、オレの部屋の壁は、スポーツ・レジェンドのポスターでいっぱいだっ
た。モハメド・アリ、ウィルト・チェンバレン、ハンク・アーロン、ジェシー・
オーエンス、マジック・ジョンソン、ジャッキー・ロビンソン。そしてトミー・
スミスは 200 メートルの金メダリストで、仲間のアフリカ系アメリカ人で銅メ
ダリストとなったジョン・カーロスとともに、メキシコ夏季オリンピックのと
き、表彰台でブラック・パワー・サリュート [30] をやった。オレが夢中になった
アメリカ人ヒーローたちは全員、オレのアイデンティティと価値観の形成に影
響した。

　もう一つ、オレにとってアメリカという国が重要で魅力的に思えたのは、市
民権運動だった。マーティン・ルーサー・キングとマルコム X のような活動家
が、ブラック・ポリティックスの最前線にいた。その影響で、黒人や有色人種
の社会的かつ経済的変革をめざす意識が高まった。思想的ルーツは、マーカ
ス・ガービー [31] に遡ることができる。黒人だけの国をつくるという黒人民族主
義と黒人の市民権を提唱した、偉大なジャマイカ人指導者だ。

　それでもなお、そのほかの点では、アメリカの感性と相容れないものがオレ
にはあった。結局オレは、多文化天国のフレミングドン・パークに住む移民の
子だった。アメリカじゃ、人種が違うと別々に住んでいたり、違う学校に通っ
たりすることも多いとか。しかしカナダでは、よほど裕福な白人でないかぎ
り、折合いをつけて住んでいた。みんな一緒に、カラフルな同じボートに乗っ
てたんだ。ジェレミーに惹かれたのは、そういう理由だ。リーサイド高校から

30　black power salute；拳を高く掲げ黒人差別に抗議する示威行為。アメリカ公民権運動
　　でアフリカ系アメリカ人たちが行った。
31　Marcus Mosiah Garvey：黒人民族主義の指導者。アフリカ回帰運動を提唱し、のちの宗教・
　　思想運動やレゲエ・ミュージックに影響を与えた。マルコム X のアメリカ公民権運動に
　　も影響したといわれる。20 ジャマイカドル硬貨の肖像になっている。

来た金持ちの白人ぼんぼん。

　そして今日、オレたちは貸切りバスでバッファロー（ニューヨーク州）を目指していた。400メートル・リレーのトロント代表として、陸上競技の親善試合に出場するためだ。ほかの競技の子も一緒。全員、トロント代表だった。オレはものすごく誇りに感じていた。クリス、ジェレミー、リチャードとオレ、この4人は、試合に備えてここ2週間ばかり練習を重ねてきた。ジェレミーが1走、クリスは2走、リチャードが3走、オレがアンカー。バスはナイアガラ橋に着いて、出入国管理ゲートにゆっくりと差しかかっていた。オレたちは *The Star Spangled Banner*[32] を歌っていた。

「オーケー、みんな、静かに！」

　ビーズリー監督が叫んだ。

「もうすぐ役人が乗りこんでくる。パスポートか、カナダの市民権カードを準備しておきなさい。分かった？」

「はーい、センセ」

　みんなはいい加減に答えた。

　アメリカの出入国管理事務所の役人が、バスに乗りこんできた。ライトブルーの制服に、黒っぽいネクタイと対のパンツ、胸には金バッジ。薄くなったブロンドの髪と口ひげの大柄な白人だった。彼は前の方の席から順に、乗客のIDをチェックしはじめた。腰につけているのは特大ホルスターに特大の銃。嫌でも目にとまった。つまり、ものは巨大だった。*Dirty Harry* に出てくるヤツみたいなんだ！　カナダの役人も、こんな、象でも殺れそうなデカい銃をもっているんだろうか。そのとき、オレの番になっていた。

「ID」

　役人は厳しい声で要求した。

　オレは財布を手探りして、カナダの市民権カードを引っぱりだした。

「はい、これ」

「君、カナダ人？」

　彼はオレを脅してみようとしたようだった。もしかしたら、オレの思い過ごしかもしれなかったが、こっちはマジに脅された気になった。

32　*The Star Spangled Banner*：USA国歌「星条旗」。

「はい、そうです」

「君のは、カナダ人の発音に聞こえないな」

　彼はオレのわずかなジャマイカ風アクセントを突いてきた。オレは自由にそれをオン／オフすることができるようになっていたが、何かのはずみで、そのとき出てしまったのだ。

「カナダ人なら、どんなふうに言うんですかね？」

「生意気言う気か、おまえ？」

　彼は明らかにオレの態度にカチンときていた。

「生意気言うなら、このバスからつまみだすぞ。なんなら、拘置所まで行け」

「いいえ、すみません」

　オレは口論から降りた。

「よろしい。そうこなきゃ」

　役人は最後列までチェックし終わったあと、向きを変えて戻ってきて、オレの腕にドシンとぶつかった。わざとだなと、ほぼ確信した。バスは出入国管理エリアを出て、バッファローに向かった。

　ほとんどのトロント市民にとっちゃ、バッファローは切っても切れない場所だ。カナダでは、テレビのチャンネルの半分はアメリカの局だ。そして、地元の系列会社はバッファローに拠点を置いていた。バッファロー市民はカナダの番組を見られないのに、オレたちはバッファローのを見ていた。だから向こうのローカルニュースを通して、何もかも知っていた。そこは、およそ100万人の都市圏を抱える大都市で、サイズとしてはトロントの都市圏の4分の1に相当した。製造業の破綻で人口の約30%は貧困層となり、アメリカの最貧困都市に転落、デトロイトやクリーブランドなどと似たような状況にあった。100以上の人種グループから成るトロントと違い、バッファローの人種分布は、60%の白人と30%の黒人で構成されていた。トロントからバッファロー・ニュースを通して知るこの都市は、落ち目で、危険で、放火による火事が蔓延するところに見えた。

　だから窓の外を、オレたちは興味津々に見ていた。どのブロックにも、放棄されたビルや家があって、重ったるい感じがした。人々は疲れて、心を閉じているみたい。バスが郊外の信号の前でとまったとき、チームメイトはちょっと

見慣れないものを目にした。4、5人の若者たちがたむろして話していたのだ。なかの一人、白いタンクトップで、頭には青いバンダナを巻いた男が手にしていたものは、どう見てもマシンガンだった。マシンガンだぜ！

　基本的に火器厳禁の国から来たオレたちは、まるで戦場にでも放りだされた気分だった。通りのゴロツキの一人がバスの方をちらっと見たとき、窓に顔を貼り付けるようにして見ていたオレたちは、みな慌てて身を伏せて、思った。どうかこのバスが防弾になっていますように、って。

　その夜、ルームメイトはジェレミーだった。
「ちょっと異常だったね？　マシンガンをもってたヤツ」と、オレ。
「うん、でも、ボクはさほど驚かなかった。中学生のとき、2年ほど、クリーブランドに住んでてね、ああいうの、よく見たよ。バッファローは初めて？」
「もち！　アメリカも初めて」
「ジャングルにようこそ、だ。違う感じ、するよね？」
「フィーリングも、見た目も、臭いも、音も……」

　オレたちはくすくす笑った。
「ただ、ちょっと違うかも。アメリカ人はカナダのことを、なんでも政府が決めてしまう、ある種の共産主義国のように思ってるんだ」

　ジェレミーが教えてくれた。
「憲法で規定されている権利、つまりアメリカではだれでも銃が購入できる権利は、自由と民主主義の信条である、という思想さ。だから、カナダは根本的に自由がなくて全体主義なんだと、多くのアメリカ人の目には映るんだ」
「そいで、ガン首並べてマシンガンを引っさげてるってか？」

　オレは軽口を叩いた。
「えっと、正確じゃないかもしれないけど、なんていうか……。カナダには、タダの健康保険があるだろ？　それは、我々が洗脳されたモルモットに成り下がっている証拠だというのさ。フランケンシュタイン風の質の悪い、中世の医療サービスに翻弄されている、って。彼らがCBC（カナダ放送協会）のことをどう思おうと、知ったこっちゃないけどさ」
「ちょっと聞いたことあるけど。そういうこと、なんで知ってるわけ？」
「ボクの親父、政治学の教授なんだ。前にクリーブランド州立大で教えてた。

今はトロントのヨーク大にいる」

「へえー、そこはオレが行こうとしているとこだ。生物学を専攻したいんだ。そうさ、だからオレはモルモットでもいいぜ！」

　オレたちはもっと笑った。

　政治について、ランニングについて、学校生活について、もう少し話した。ジェレミーはほんとうにいいヤツだった。頭がよくて、素直に育って、しっかりしていた。ゆっくりと思慮深く話すし、低くやわらかい声はほとんど瞑想的でさえあった。ウエーブのかかった短い茶色の髪をワンサイドに流しているものだから、ちょっとオタクっぽくも見えたけど。背はそんなに高くなくて170センチくらい。上半身は比較的痩せているが、木の幹かと思われるくらいぶっとい太腿をしていて、ふくらはぎは砲弾のように張っていた。わずかに筋肉質だが、しなやかな腕は瞬発力と機敏さを兼ね備えたスプリンターのそれだった。常に礼儀正しく、丁寧。オレは、彼が大好きになった。

「リーサイド高校って、どんなとこ？　友だちが二人ほど、あすこに行ってんだ。ケン・ソーマとダラ・ハックを知らない？　去年、転校したんだ」

「二人のアジア人の子？」

「そ」

「見かけたことあるけど、話しかけたことはない。有色人種の子はあんまりいないから、二人はちょっと目立ってる」

「ブラザーたちはいるかい？」

「だれのブラザー？」

「いや、つまり、……ブラザーってのは、黒人の男」

「ああ、ごめん。分かる」

　ジェレミーは当惑して、文字どおり赤くなった。

「だから、リーサイドにブラザーたち、いる？」

「正直なところ、多くない。リチャードと、あとは2、3人かな。だって、ボクがリーサイドでいちばん速いスプリンターなんだよ。推して知るべし」

　ジェレミーはふざけて言った。

「ぶっちゃけ、つまんない金持ちの白人の子だらけでね、死ぬほど退屈な学校だよ。最悪の敵にさえ押しつける気にならない。大嫌いだよ」

オレたちは笑って、笑って、笑いころげた。

「じゃあ、どんな音楽を聞くんだい、ジェレミー？」

「そうだね、ビリー・ジョエルが好き」

「何？　もう一回言ってみ？」

「ビリー・ジョエルがどうかした？　じゃあ、エディ・ラビットはどう？」

「エディ・ラビット？　なんてこった。*Sesame Street* の音楽じゃん」

「*Sesame Street* の音楽？　*Sesame Street* の何が気にいらない？」

　オレたちはもう、手放しで笑った。ジェレミーはベッドの上をころげまわり、お腹をおさえ、酸素を求めてひぃひぃ喘いでいた。それがどうにかおさまって、聞いてきた——「それで、ネスタは何にはまってるわけ？」

「最高に好きなのは、クール・＆・ザ・ギャング、スピンナーズ、コマンドアーズ、アース・ウィンド・＆・ファイアー、アイザック・ヘイズ、スティービー、それからもちろんボブ・マーリー……あげていったらキリがない！」

「スティービー？　フリートウッド・マックのスティービー・ニックス？」

　すると、オレが答える前に、ジェレミーが追加した。

「分かった、スティービー・ワンダー、でしょ？　ボクもまったくのバカじゃないよ！　実は、ボクはグローバー・ワシントン・ジュニアが好きなんだ」

「グローバー？　ジャズ？　よお、おまえ、分かってきたじゃん！」

　なんだかんだやってるうちに、オレたちは仲良くなって、当てもなく話し、友だちになった。

　翌日は5時起きだった。前の晩、話しすぎて少しよろよろした。軽い朝食のあと、午前7時にUBスタジアムに着いた。UBスタジアムは4,000席もあって、バッファロー大学のいろんなチームの本拠地だった。オレはそれまで、こんな大きな競技場で走ったことがなかったから気後れした。午後1時ごろ、役員がオレたちを呼びにロッカールームにやって来た。

「4×100メートルリレー、待機して」

　役員は、混み合うロッカールームのなか、メガホンで告げた。

「競技は午後2時の予定。1時半までにフィールドのテントのところに」

　レースを走るのは4チームだった。地元のバッファロー・チーム、ロチェスター（ニューヨーク州）からのチーム、NYC（ニューヨーク・シティ）から

のチームとオレたち。オレたちはカナダからの唯一の招待チームだった。オレは、仲間を集めて最後の檄をとばした。

「オーケー、行くぜい。楽しもう。バトンに気をつけて、そうしたら楽勝だ。ちょっと順を入れ代えるよ。リチャードとクリス、君らは同じ２走と３走だ。オレが１走をやる、ジェレミーがアンカー」

「何？　君がいちばん速いんだよ。ネスタ。ボク、アンカーなんかできないよ。あのアメリカ人選手たちが、ボクを吹っとばしてしまうよ」

　ジェレミーは訴えた。

「ネスタ、君はすごく速いんだ。君がアンカーだよ」

　クリスもジェレミーの肩をもった。

「ジェレミーには、すっごく強いキック力がある。それに、オレは立ち上がりがだれよりも速い。オレたちはジェレミーにアンカーを任せる必要がある」

　オレは譲らなかった。

「やりな、ジェレミー」

　リチャードがはっきりと支持にまわった。

「オーケー……」

　ジェレミーはしぶしぶ受け入れた。

「じゃあ、集まって！」

　円陣の真ん中に互いの手を重ねて、オレが叫んだ。

「だれが勝つ？」

「トロント！」

「だれが１番？」

「トロント！」

「打ち負かすのは？」

「トロント！」

「だれ？」

「トロント！」

「聞こえないぞ！」

「トロント——————————！！！！」

　オレたちがトンネルを通ってフィールドに出たとき、アメリカ人のリレー選

手の一人が声をひそめて言うのを耳にした。

「女々しいカナダ野郎……」

　天気はまたしても最高だった。ちょっと風はあったけど、すっきり晴れて涼しく22℃ぐらいだった。オレはいつものようにドレッドヘアをポニーテールにした。でも、今回はバンダナなしだ。レースの時刻になったので、みんなは散らばってそれぞれのスタート地点に向かった。見まわすと、ジェレミーがたった一人の白人ランナーだった。オレたちは第3レーンで、第2レーンのNYCと第4レーンのバッファローにはさまれていた。ロチェスターが第5レーン。

　スターターがスターティング・ブロックに選手を誘導した。

「みなさん。位置について。よーい……バーン！」

　オレは飛びだした。走る、走る、カーブをまわる。気がついたら、もうリチャードが飛びだしていった。完璧な渡しだった。オレが減速しているあいだに、2走のリチャードが直線コースを走っていくのが見えた。密集状態でだれがリードしているのか分からない。リチャードが3走のクリスにバトンタッチ。まずい。クリスの出が遅れた。バッファローがリードしているように見えた。オレたちは3番手かも。ジェレミーがスタート。完璧な渡し。NYCがミスった。その間にジェレミーがぬけた。あとは3メートルほど前のバッファローのアンカーだけだ。

　最後の直線コースでジェレミーは爆走した。バッファローをじりじり追いあげた。残り50メートルで2メートル遅れているだけ。この先はテレビでも見ているようだった。ジェレミーは獣のように走った。稲妻だった。その調子でトップをとらえた。オレは狂ったように応援した。

「ゴー、ジェレミー、ゴー」

　最後の10メートルで、ジェレミーは頭を前傾させて、わずか千分の数秒差でバッファローを押さえ、そのまま倒れこんだ。勝った！　勝った！

　全員、ゴールラインに駆けよった。ジェレミーがバッファローのアンカーを祝福しようとしていた。しかし、その気持ちは払いのけられた。トンネルを通るとき攻撃的なコメントをした選手だ。

「ジェレミー！　ひゅー、ひゅー！　やった！　やった！　やった！」

　オレがゴールに着くころには、リチャードとクリスも来ていて、ジェレミー

を祝福していた。オレたちは、叫びつづけ、祝いつづけた。ハイタッチして、抱きあった。観衆もオレたちを称えてくれていた。

　そのうち、「トーロン・トー、トーロン・トー」と、合唱する声がスタンドから聞こえてきた。ほかの競技に参加していたチームメイトたちからだった。一人がカナダ国旗を投げてよこした。リチャードはそれを広げて、ケープのように肩にかけた。もう一枚、投げこまれた。クリスとジェレミーが、その両端をつかんでビクトリー・ラン。これはオレたちの競技人生で、最高の瞬間だった。オリンピックにでも出たみたいで、夢のようだった。

　メダル授与のあと、国家 *O Canada* が鳴らされた。オレたちはNYCチームにお祝いを言い、ついで、バッファロー・チームを祝った。彼らは頷いて、しぶしぶ握手した。栄光の瞬間を、負け方を知らない敗者に汚されてたまるかと、オレたちは声をそろえてジェレミーの名前を唱えて称えつづけた。

　その夜、ホテルで夕食をとって、あとは何をしようかと相談しているときだった。リチャードとオレは18歳で飲酒は合法だったが、クリスとジェレミーはまだ17歳の未成年だった。そこへビーズリー監督が現れて、
「今夜、外出許可だすよ。ぶっちゃけ、君ら、結果を残したからね。トロント教育委員会から50ドルの予算が出ている。が、きちんとわきまえて、トラブルに巻きこまれないように。分かってるな?」

　オレたちが口ごもっていると、監督は声を大にして念を押した。
「おまえら、分かってるよな?」
「はーい」×4
　今度は心をこめて、一緒に言った。
「よーし!」
　監督はバミューダ諸島の出身で、古いタイプのかちこちに生真面目な五十男だった。言うだけ言うと、レストランから出ていった。
「で、どこ行く?」
　クリスが尋ねた。
「おまえらニセの証明書、もってきたよな?」
　オレは、クリスとジェレミーに聞いた。
「モチのロン! フランス人の印刷屋に20ドルも払ったよ」と、クリス。

成人証明書の偽物を、こっそりプリントしてくれるフランス系カナダ人の印刷屋があったのだ。その印刷屋はいつも自慢していた。ケベックじゃ、飲酒にID なんかいらねえよ[33]、って。

「クラブ『シャドウ』のチェーンが、通りの先にあるよ。あそこならバンドが入ってる」

　オレは提案した。

「ビリー・ジョエル、やってるかな？」

　ジェレミーが冗談を言った。

「ありえねー！」

　オレは言い返した。

「よし、じゃあ、行こう」

　クリスが促し、みんなで出かけた。

「よ、クリス。オレが女ひっかけたら、おまえはホールで寝る」リチャード。

「オレが先だったらダメだね」クリス。

　オレたちは天にものぼる心地だった。

　「シャドウ」は1980年代の典型的なナイトクラブだった。薄暗くて、タバコの煙が立ちこめていて、やかましかった。どデカいスピーカーは、はらわたに響くサウンドをボンボン叩きだし、ダンスフロアの床は、リズムに合わせて光る正方形のガラスパネル。何もかも派手派手で、ま、いわゆる国境の南側ってヤツだ。自分のことを絶倫モテ男みたいに思っているバーテンダーと、店を背負って立つかのように偉そうなウェイトレス。

　バンドが音を出しはじめるころには、熱烈な追っかけが、突然、地から湧き出るように現れる。ピカピカのスパンデックス・タイツと、盛った髪と、ピンヒールの靴で決めて、孔雀のような出で立ちだ。ステージ真っ正面の優先席らしき場所に陣取って、ライバルの女性たちと鍔迫り合いをはじめる――「ミュージシャンはアタイたちのもの。どいて！」と言わんばかり。バンドシーンは下品で最悪だったけど、オレはこれが好きだった。

　オレたちはボックス席に案内され、壁を背にして座った。客の95%は黒人だった。トロントでは、パブリックな場では混じりあう傾向があって多民族混

33　個人の自由を重んじるフランス文化の地ケベック州では、比較的寛容な気風があった。

在になるが、ここでは違った。れっ？ ステージの右、追っかけたちから3テーブルぐらい離れたとこにいるの、バッファローのリレー・チームじゃん？ 黒と赤のオソロのトラックスーツを着ている。

　店内の客は100人ほどで、隣のテーブルでは、日本人の旅行客が4人、ガイドブックを見ながら座っていた。ジェレミーはクラブじゅうでたった一人の白人客というわけだった。

「ジェレミー、平気？」

　オレは念のため聞いてみた。むしろオレの方が、アメリカに来てカルチャーショックを受けていたのだが。

「うん、これはいい！ この音楽、好き！」

　DJはジェームス・ブラウンをかけているところだった。

「カーペンターズよりいい？」

　ジャブ出してみる。みんな笑った。

　バンドが最終セットに入るころ、オレたちはさんざん飲んで出来あがっていた。バンドはスライ・＆・ザ・ファミリー・ストーンを演奏していた。

「*Hiiiigher. Gonna take you hiiiiigggher!*」と、みんなで歌った。

「オーケーイ、テキーラをもうワン・ショット、いこうぜ！」クリス。

「何にしますか？」

　ウェイトレスが聞いた。彼女は、アフロヘアのやせっぽちな黒人の女の子だった。

「君がいいな、ハハハ」

　リチャードはもはや普通の状態ではなかった。

「テキーラ四つ。おねが～いっす。オレたちカナダ人、だから上品、ダロ～？」

　クリスもわけの分からないことを言った。

「カナダ人なの？ でも、みんな黒人でしょ。ハンサムなその子以外は」

　ジェレミーのことだ。

「え？ オレっち、カナダ人に見えねえっすか？ なんだと～ぉ？」

　クリスはぐでんぐでん。

「うん。テキーラ四つだ、お願い」

　オレが割りこんでまとめると、彼女はドリンクを取りにいった。

「んでもよ、あん子の言いぐさ、気に入らね〜ぇ〜」

　クリスはよしとしなかった。

「忘れろ。ここはアメリカだ。映画みたいなもののなかにいると思え。マシンガンのこと、覚えているだろ？」と、オレ。

「分かったぁ、そうらあね。忘れる。あはは」クリスは笑いとばした。

「はーい、おまたせ」

　ウェイトレスがテキーラを運んできた。

「全員、ほんとうにカナダから来たの？　あっちは安全できれいなんだってね」

「そ、トロントから」

　オレは誇りをもって言った。

「こっちに比べてフレンドリー？」

「どうかな？　アメリカに来たの、初めてだから。ジェレミーは前にクリーブランドに住んでた」

「あ、そ。でも、彼は白人。何もかも違ってくる」

「何で？　今は1981年。1881年じゃあるまいし」

　オレはカナダに帰りたくなった。

「ま、どうでもいいわ。ちょっと言ってみただけ」

　ウェイトレスは肩をすくめて去っていった。

　午前0時30分。オレたちは勘定を払って、あのウェイトレスに追加のチップも置いた。バンドはちょうどアンコールを終えたところで、追っかけたちは着替え室へ。クラブはがらんとしてきて、さっきのウェイトレスはテーブルを拭き、バーテンダーは椅子をひっくり返してテーブルにのせはじめた。マネージャーがメインのライトをつけた。あの明るさは衝撃的で、痛いくらいだった。

「行こう。追いだされる前に」

　オレは仲間を急がせ、トイレに立った。そこで隣あったのは、バッファロー・チームの一人だった。オレに気がついて頷いた。

　外に出てタクシーを呼びとめようとしたとき、バッファロー・チームのヤツらが突然割りこんできた。

「お久しぶりだな、カナダ野郎」

　アンカーをつとめた子が叫んだ。彼はチームのスポークスマンかキャプテン

のようだった。およそ175センチぐらい、痩せたヤツで、黒いカンゴールのバケットハットを後ろ向きにかぶっていた。

「何か用？」

　オレは叫び返した。バッファローのヤツらが歩みよってきたので、「銀メダル、おめでとう」と称えた。

「だけどよ、フィニッシュのとき、そっちのアンカーがレーンからはみ出したんだぜ。邪魔した」

　バッファローのアンカーがいちゃもんつけてきた。

「ボクは邪魔していない！　ボクは、正々堂々、君に勝った」

　ジェレミーが言い返した。

「やめな、ジェレミー。こいつら、何かをおっぱじめようとしてんだよ」

　オレはジェレミーを押しもどして、トラブルのなかに入れないようにした。

「白パン坊やが口答えする気かい？」

　アンカーが脅してきた。

「落ち着きなよ。彼は何も言ってないよ」

　手に負えなくなる前に、オレはその場をコントロールしようとした。

「なんで、そんな話し方すんの、おめえ？」

　アンカーは、オレのカナダ風アクセントのことを言った。

「そいで、なあんでこんなとこで、ハックルベリー・フィンとつるんでるのさ」

　彼は酔っていた。そして、予想外の敗北に怒っているようだった。

「KG、行こう。こいつらいいヤツだ。もんちゃく起こすのやめようぜ」

　向こうのチームメイトの一人も、一触即発の状況を察して言った。ひょろっと背が高い1走のヤツだ。

　これを聞いて、キャプテンはますます激昂した。

「しゃらくせえ。オレは、おめえたちのダチが、なんでオレをだましたか、知りてえんだよ。それはメスのすることだ。あいつらは、まっとうな方法でおれたち黒人を負かせないときに、だますんだ」

　彼はチームメイトを払いのけた。さらにジェレミーに手を伸ばしてきた。

「やめな」

　オレはアンカーを押しもどした。

「おめえなんか、仲間じゃねえ。女々しいアンクル・トム[34] みたいな真似しやがって！」

　彼は、オレを押しのけて通ろうとした。

「おれはこの脳なしに、イカサマしたらどうなるか教えてやるぜ！」

　その瞬間、アンカーはジェレミーの頭めがけて殴りかかったが、大きく外した。反射的に、オレはアンカーに飛びかかって殴り倒した。右腕をねじりあげて、背中にまわす。メキッという音がしたので、骨が折れたかもしれない。

　次に起こったことは、体対体の真っ向勝負。地面に倒れたヤツに向かって、押すの突くの、パンチ浴びせるの、キック見舞うの、大乱闘。だれがだれを殴ってたかなんて、見分けることもできなかった。群衆が集まってきて、サイレンが夜気に響いた。バッファローのヤツらは、ちりぢりに逃げだした。

「さ、ズラかろう」

　オレはチームメイトに命じた。オレたちは起きあがり、クラブの脇の裏通りをぬけ、角という角、辻という辻を、走りに走った。どこへなんて考えもせず、手当たり次第にただ駆けた。警察とバッファローのヤツらを完全に振りきって、ようやく走るのをやめた。ヘトヘトだった。そこは廃墟になった倉庫の裏で、１マイル以上も走ったはずだった。全員、地面に崩れ落ちた。

　クリスが笑いはじめた、そしてリチャード、そしてオレも加わった。ジェレミーは冗談を言う気にもなれないでいた。

「ジェレミー、大丈夫？」と、オレ。

「ごめん」

「何が？」

「ごめん。白人で」

「何言ってんだ、ジェレミー。おまえはオレたちのダチだ。だれも、ダチには手ぇ出せね。オレたちが見張ってるあいだはな。だろ？」

　オレは宣言した。

「そうだ」クリス。

「絶対に」リチャード。

「異母兄弟ってとこよ」

34　bitch-ass Uncle Tom：白人の機嫌をとる人。黒人間でさげすむときに使う。

オレはジェレミーの肩を軽く叩いた。

「ありがとう。何もかも君らのおかげだ」

「違う。オレたちこそ君のおかげ。みんなのためにレースで勝ってくれた」

オレは心から言った。

生物学

1990 年 3 月 22 日（木曜日） 25 歳 10 か月 9 日

ジェレミーとオレは、バッファローの一件のあと数年間、親しく付合った。そして、高校を卒業して 2 年ほどしたとき、彼の妹のダイアンから手紙をもらった。ジェレミー・ヒルは、ジャクソンビル（フロリダ州）で、酒場の乱闘に巻きこまれて死んだ。白人の一団にいちゃもんをつけられた黒人を守ろうとして、数日後に内出血で死んだ。オレは葬式に出ることさえできずに終わった。ダイアンが連絡をくれるまで、1 か月もかかったからだ。

今もなお、あいつの不在がすごく寂しい。

20 代の初め、オレは仕事としてミュージシャンをしていた。膝を壊したのでランニングはやめて、いうなればヤンチャに走った。「ファンカビリオン」という名前のファンク・バンドだった。カミさんのトレーシーは、そのときのファンだ。

ある夏の午後、突然、オレはトロント大学の教授から電話をもらった。留守電には、グレン・ヒルという人物に折り返し電話をください、とあった。だれだか見当もつかない。

「もしもし、ネスタ・チェンバレンと申します。メッセージに、お電話するようにとありましたので」

「ああ、こんにちは。ネスタ。すごい。やっと君とつながった。グレン・ヒルです。ジェレミーの叔父です」

「ランナーのジェレミーのことですか？」

「そう。あの子は、君のことをすごい人物って話していてね。姪のダイアンが君の連絡先を探し当てたなんて、最近まで知らなかったんだよ。ジェレミー

は、君に人生を救われたと言ってたよ」

　ヒル氏は、トロント大学の生物学の教授だった。それで、研究室にオレを招いてくれた。生物学というのは、以前からずっと興味を抱いてきた学問分野だ。中学生のころに抱いた情熱がよみがえってきた。オレは、のめりこんでいった。トロント・リファレンス・ライブラリーに週に３回通い、時間が許せば、必ずヒル教授の研究室をのぞいた。

「ネスタ、ちょっと考えがあるんだが。大学の生物学プログラムに申請しない？君はほんとうに頭がいいし、この問題に情熱をもっている」

「すごく面白そうなお話ですね。ヒル先生。でも、お金がないし、まだバンドもやっているんで。そっちも投げたくないんです」

「その必要はないよ、ネスタ。大学では、単位が取れればいいんだ。授業料が発生したときは、ローンか奨学金を申請すればいい。私が助けるよ。私のクラスに、君のような優秀な若者がいると助かる」

　申請書を提出するまで、そう長くはかからなかった。学部長の面接を受け、25歳以上の成人学生用のローンを申し込んだ。大学での身分保証全般は、ヒル教授が引き受けてくださった。なんていうか、甥のように、あるいはジェレミーの代理のように。身にあまる幸せだった。ジェレミーが誇りに思ってくれるようベストを尽くした。バンドも引き続きやってはいたが、最終的には生物学の先生になる決心をした。教員免許を取得してから、あの懐かしいオーバリー高校（今では、マーク・ガーノウ公立高等学校と改名されているが）で教えたいという希望を、教育委員会に提出した。そこは、初めてジェレミーに会った場所だ。はるか昔のトラック競技会で。

ジャム・セッション

2010年３月２日（火曜日）　45歳９か月17日

　ドン・ドン・ターン・ドン・ドン・ターン・タッタッタッタッ——乗ってきた、その調子。タイトなリズムだ、そのまま、そのまま。ここでバスドラム、スネアが入ってくる。このまま重く——あげて、下げて。明るく、元気

に。もうノリノリ。音弱く、シンコペーションをもっとちょうだい──そのまま──あげて、テンションあげて──ドン・タン・ドン・タン・ドン・タン──シンバルが鳴る。ジャーン、ジャーン。腰にくるビート、足までノッてくる。そうそう。肩も揺らして。ウーウー。これが、言ってたことだよ。やっとはまってきた。パーフェクトだ。気持ちもリズムもグルーブしてる。そう。大きなビートにゆったりとノルんだ。いいね〜。いっちゃう感じ。フレーズをばしっと決める。そうだ。ドラマーとアイ・コンタクト。終わりのキューが来た。エンディングは最高に盛りあげて、そうそう。オーケー、リタルダント。最後だあ──ラッタ・タ・タ・タ──ジャーン。ジャカジャカ掻き鳴らしてから、クレッシェンド！ジャ────ン！やったあ！

「オーライ、休も」オレはしこたま汗をかいていた。「抜群のノリ！」
「オー　ウィ────！　やったあ！　ノリノリ！」ドラマーのテランス。「な、ケンはいつ来るんだい？　コードがなくて物足りねえや」
　ドラムとベースの二人だけで、1時間もジャムをしていた。ここはトロントの南東、ビーチ地区にあるオレの家。さびれてカビ臭い地下のリハ・スタジオだ。壁は古いコンクリートむきだしで、床は微妙に斜めっていて、何か丸いものを置くと、いつも同じ方向に転がっていった。偽タイルの床はめくれあがり、築60年の家屋の基礎部分には、湖水の泥の臭いがただよっていた。それでもなお、ミュージシャンにとっては快適なオアシスだった。
　10年前、トレイシーが息子のマーカスを身ごもったとき、ここに越してきた。息子の名前は、偉大なジャマイカ人作家にして、市民権リーダーでもあったマーカス・ガービーにあやかった。この9歳君は、2階の彼の部屋にこもって、友人とテレビゲームをしている。きょう日、あの年ごろのことはよく分からない。オレたちのジャムより長く、やりつづけている。
　定職は、マーク・ガーノウ公立高等学校の生物学教師だ。そしてレイバー・オブ・ラブの方は、パートタイムのベース・ギター・プレーヤーにして、インストラクターだ。今日は授業がないからジャムの日。
「1時間前には、ここに着いてていいはずなんだよなあ」
　すでに午後8時だった。ケンがこんなに遅れることは珍しかった。しかも、

電話もなしに——。

「あとであいつに電話するよ」

「だね。ビールはどこ？」

　テランスは、飲み物を取りに上の階へ行った。

　彼は 20 代初めからの仲間だ。5 人編成のファンク・バンドで、1980 年代なかごろにはオンタリオ南部をツアーで流していた。オレと同様ドレッドを後ろに垂らしていたが、今は二人とも完全なつるつる頭だ。どちらも太って、見た目そっくり。ダウンタウンのスティーブ楽器店の広告で知り合っただけだが、両親はジャマイカの出で、なんと又従兄弟だった。ケンを含めて 3 人は、20 代を通して仲がよかった。

「ケンも、最近いい演奏するよね。いいキーボード奏者と、ルックスのいい若いボーカルを見つけて入れなきゃ。そして、またやっていこうよ」

　オレはテランスの説得を試みた。

「分かってるよ。昔みたいにな」

「そうさ、昔みたいによ」

　ケンはオレたちのファンク・バンド「ファンカビリオン」のギタリストだった。何年も前に、突然、日本に行くことになるまでは。

「ほい！」

　テランスがビールを 1 本投げてよこした————「ケンに連絡ついた？」

　オレはドライバーでビンの蓋をこじ開けた————ポン！

「うんにゃ、電話したけど。なんかあったんだ」

　外は、雪が降ってきて、暗くなっていた。オレは胸騒ぎを覚えた。オレの予感はいつも当たる。だから、心配でたまらなかった。

「もう 1 時間待ってみよう。それでも折り返しかけてこなければ、あいつの家まで車で行ってみよう」

「だね……だけど」

　テランスはむしろオレのことを心配していた。

　オレは、物事を楽観的にとらえるのが好き。いつもそうしてきた。前向き人間。8 年生（中学 2 年生）のとき、パパが突然心臓発作で死んでから決めたんだ。どんなことがあっても負けない、と。オレは再び一家の大黒柱になった。

2回目だ。ママとトロント生まれの妹を抱えて、みんなを元気づける。その役
を、ずっとやってきた。それなのに、今日はなーんか悪い予感……。

「あの古いジャマイカのラム酒を開けようよ」

　テランスが緊張をほぐそうとして言った。

「ケンのために取っといてやろうとしてたヤツだよ」

「だけどよ、今いちばん必要としているのは、おまえだぞ」

「うん、そうだ、とは思う……」

　オレは降参して従うことにした。去年、従兄弟がジャマイカで手に入れてき
たラム酒、12年物のダーク・ラムで、「アップルトン・エステイト」という銘
柄だった。2個のショットグラスになみなみと注いだ。

「乾杯。オレたちの将来に！」

　テランスは言いながら、高くグラスをもちあげた。

「乾杯！　モテたいなら、ちょっと痩せますように」

　突然、上で、サイドドアが開いて、また閉まる音がした。

「ケンだ！」と、オレは叫んだ。「よおお、ケン！」

「がっかりさせてごめんなさい。私よ」

　トレイシーだった。彼女は一日じゅう、中心部にあるコリンスキー＆アソ
シエイツという法律事務所で、秘書として働いている。ボスのデイビッド・コ
リンスキーは、何かにつけオレたちの音楽に肩入れしてくれている。ユダヤ人
じゃないのに、オレたちまでバル・ミツバー[35]のパーティに招待してくれたり
した。両方とも苦労してきた人種だからと、彼はいつもそれを言う。

「やあ、今日はどうだった？　ずうっとオフィスにいたの？」

　オレは一日じゅう気にかけていたみたいに取り繕った。

「いつもと同じよ。あら、もう飲んでるの？　まあ、やだ！　棚のアップルトンど
うしたの？　ケンのために残しとくって言ってたじゃない？」

「待っているあいだの1杯だ。1時間前に着いてないとおかしいんだけど……」

　言い終わらないうちに、またドアベルが鳴った。オレは1階のサイドドアを
開けるために、階段をガタガタ揺らして駆けあがった。ケンだった。

「どうしたんだ？　ケン」

35　Bar Mitzvah：ユダヤ教徒の成人式。女子の場合は Bat Mitzvah。

ケンは見るからに疲れているようだ。
「何があったんだい？　3回も電話したんだぞ」
「うん、知ってる、すまない。じかに話したかったんだ。トレイシーはいる？　彼女にも一緒に聞いてもらいたい」
「トレイシー！　すぐに下りてきて！」
　オレは何か重大なことを感じとって、上の階に向かって叫んだ──「早く！」
「分かったってばあ。今初めて聞いたとこじゃない」
　彼女はうるさそうに答えた。
「地下にテランスもいる。彼も呼んだ方がいい？」
「実は……できれば、まずは3人で……」
　オレは察した。
「テラちゃん、ケンが来た！　もうちょっとしたら下に行くよ！」
「いいよー」
　テランスはカラっとした性格だった。何かが起きて、テランスには関係のない古い友だちのことなのだと了解した。
「座った方がいいと思う」
　そうケンが言ったので、みんなでキッチンに行き、テーブルについた。
「ここに来るのに家を出ようとしたら、ビリーの奥さん、デヴィから電話かかってきたんだ。彼女、すごく取り乱してた」
　ケンの声は、今まで聞いたことがないくらい沈んでいた。うつむいて、まるでテーブルに話しかけているようだった。
「どうかしたの？　と聞くと、彼女はストレートに口にした。いいかい、今から話すよ……ビリーが……、えっと……ビリーが……、数日前に死んでいた。家で、肘掛け椅子に座ったまま。テレビはつけっぱなしで。自殺だった」
「オーマイゴーッ！」
　トレイシーはコーヒーカップをつかみそこね、ストンと音をさせた。
「……ジサツ？」
　トレーシーがつぶやいた。彼女はフレモの育ちではなかったけれど、付合うときにはいつも一緒だったから、ビリー夫婦とは旧知の仲だった。
「そんなバカな！　自殺だって？　嘘だ！」オレは信じたくなかった。「あいつが、

自分で自分の命を手にかけるなんて。ビリーが！」

　心臓がバクバクした。自分を落ち着かせるために、肩で息をした。ラム酒の
ほろ酔いは一瞬のうちに醒めていた。

「オレも、同じこと、考えたさ。でも、遺書があった。明日、そのコピーをも
らってくる」

　話してるあいだじゅう、ケンはずっとうなだれていたが、そのとき、ゆっく
りと視線を起こして言った。

「葬式は、土曜日」

「ビリー、どうか安らかに……」

　オレは天国を見上げて、祈りはじめた。

「どうか、神さま……こんなことってあるんでしょうか……そんなバカな！」

「ネス！　しっかり。悲しんでいる暇なんかないんだ。ね、ハリーに連絡とれる？
あいつ、カンボジアだろ？」

　ケンはオレの肩をつかんで揺すり、茫然自失からぬけださせてくれた。

「オレは、デヴィと彼女の息子のところに戻らなきゃいけない。おまえに動い
てもらわなくちゃ。昔の仲間を集めてほしい。頼んだからね。ネス！」

「大丈夫だ。分かったよ」

　ケンは慌ただしく出ていった。オレは何回も深呼吸すると、ハリーにＥメー
ルを送り、イズィにも電話してメッセージを残した。

　パパの死後すぐに感じたパニックや恐怖がよみがえってきた。陸上仲間の
ジェレミー・ヒルの死を知ったときも。底なしの深い穴に真っ逆さまに落ちて
いくような、はらわたが引き絞られる思いだった。吐き気がする恐ろしさ。そ
れでも、深い無念の流砂から這いだして、しっかりしなきゃいけない。ウチの
ママみたいに、顎をあげて。ママなら、こんなときでも気丈に振舞うだろう。
カミさんが、息子が、ケンが、そしてガキのころからつるんできた仲間が、オ
レを頼りにして……いる……から。

第 5 章

一路モントリオールへ

出発

2010 年 6 月 27 日（日曜日）午前 6 時

　雲一つない空、きれいに晴れわたった 6 月の朝だった。気温は 25℃ ぐらい。太陽はのぼったばかりで、澄んだ朝の大気に、いれたてのコーヒーの香りがただよっていた。ボーイズは、午前 6 時にネスタの家で落ち合った。

　ビリーの遺書に書かれていたのは、トロントの東方 270 キロにあるサウザンド諸島のグレイ島。それは、ビリーの祖父ウィリアム・グレイ氏からビリーが相続した小さな別荘島だった。最終目的地はそことして、せっかくの旅だから、どのルートで行くかについては数日前に相談済みだった。

　指定された日は 7 月 1 日。ビリーの誕生日であり、同時にカナダ・デー [36] でもあった。生きていればビリーが 47 歳を迎えたはずの日。

　ネスタ、ケン、ハリーとイズィは、1 階の台所にいた。

「みんな、コーヒー飲むかい？」ネスタ。

「だね。運転中にオレに寝てほしくなければ」ケンが軽口を叩いた。

「コーヒー、ちょうだい。ダブル・ダブルで」ハリー。

　ダブル・ダブルというのはカナダ特有の言い方だ。コーヒーに、砂糖とクリームを 2 個ずつ。

「いや、僕はいい」イズィは断った。

　ボーイズはずっとイズィに会っていなかった。もともと気まぐれなところはあったが、ビリーの葬式にも現れなかった。ハリーに言わせれば、反りの合わない行動はいつものこと。でも、フレモで育った幼なじみに変わりはないから、最後は戻ってきてくれるだろうと見守ってきた。よそよそしくて、ちょっとミステリアスだけど、何でもこなすいいヤツだから。

「ブッフェはどこ？」ケンが皮肉っぽく尋ねた。

「ここがヒルトンホテルとでも？　でも、マジになんかほしけりゃつくるぜ」

「バナナかなんか食べるさ。途中でどっかに寄って食事できるだろ」ケン。

36　Canada Day；　カナダの建国記念日。

「もしあればドーナツ１個」ハリー。

「ドーナツ、ねえなあ。でも、『ティム・ホートンズ』が通りにある」

　ネスタは、カナダ最大のドーナツ・チェーンのことを言った。プロのホッケー選手、ティム・ホートンの名をとって店名にしている。統計によれば、一人あたりのドーナツ店の数は、世界のどの国よりも多い。そこは待ち合わせスポットであり、宿題をする机であり、無料WiFiを使ってネットとつながる基地であり、単にドーナツを売る店以上の意味がある。何よりも凍てつく冬場、カップ１杯のいれたてコーヒーとつややかなドーナツには、冷えたつま先と指を暖める避難所としての価値があった。

「冗談だよ、ハリー。カウンターの上にドーナツが１箱あるよ。昨日《きのう》の夜、買っておいたんだ。まだ新しいよ」ネスタ。

「ドーナツがなきゃ、カナダの家じゃないよ」ハリー。

「まあな！」ネスタが頷く。「イズィも食う？」

　トロントで食事をする場合、メンバー全員の要求を入れて店を決める。いろんな宗教の人が集まるなら「スイス・シャレー」に行くしかない。有名なローストチキンのレストランだ。ビーガン《菜食主義者》は別として、大部分の人は、チキンなら宗教的制約なしに食べられるから。

「僕はいいや。ここに来る前にちょっと食べてきたから」

　厳格なハラール主義者ではなかったが、イズィは食べ物については流されず、とりわけポークと酒には手を出さなかった。

　ケンとハリーが転校していくまで、みんなで通ったオーバリー高校はダイバーシティに満ちていた。さまざまな伝統文化を展示する「インターナショナル・ナイト」というイベントが、毎年行われていた。学校じゅうにブースを構え、自身や先祖の出身国のスタイルで飾りつける。祖国の料理を提供したり、講堂では民族衣装に身を包んで、音楽や舞踊や演劇を披露しあった。ボーイズにとっては、ダイバーシティは当たり前で、不思議でさえなかった。

　このオーバリー高校は、さほど高い期待を背負っていたわけではなく、卒業後に大学進学をめざさない生徒向けに「職業高校」として開校した。まだ移民学生が大々的に入学してくる以前の話だ。その後、世界じゅう、とりわけアジア、東ヨーロッパ、カリブ地域から、知的好奇心旺盛な子どもたちの流入が始

まると、1972年創立でかつてはやる気のない高校とされていたオーバリーの学力水準は、どんどん上がっていった。つまり、この高校で起きたことは、カナダ全土で起きた変化と同じで、それは1960年代半ばから始まった移民ブームの結果だった。

　1975年までに、オーバリー高校はダイナミックで今日的な学校に進化した。「インターナショナル・ナイト」はますます盛んになり、ピーク時には50ものブースが並んだ。時代がオーバリー高校にぴったり合っていたと言える。生物学クラブは革新的な活動で人気が高かった。コンサート・バンドは大人気で一流の域だった。演劇は、これでもかこれでもかというほど聴衆を沸かせ、運動競技では躍進につぐ躍進をした。1976年の男子400メートル・リレーではトロントのチャンピオン、女子バスケットボール・チームの最上級生は1979年にトロントのファイナリストとなった。オーバリーの数学クラブがいくつもの数学コンペを制したのもこのころで、1977年には、そのジュニア数学チームが全カナダで3位につけた。トロントのダイバーシティの高まりを反映して、多文化主義[37]の旗手がどんどん登場した。卓球チームも、1987年にはオンタリオ・チャンピオンになった。

　1987年10月16日、この高校は、カナダの著名な宇宙飛行士の名をとって、マーク・ガーノウ公立高等学校と改名された。微重力でいろいろな実験を行う、本格的な宇宙プログラムを有する初の学校として。そしていつしか、トロントで最も文化的に多様な高校であると賞賛されるまでになる。イズィはその高校がまだオーバリーという名前だったころ、そこで物理学と数学に優れ、ハーバード大学に進み、数学を専攻して卒業した。その後、ロチェスター大学の数学の教員をへて、トロント大学に移った。
「じゃ、僕もダブル・ダブルにしようかな」
　イズィは結局コーヒーに決めた。
「ダブル・ダブル、おまーちッ！」
　ネスタは繁盛しているカフェのウェイターみたいに、テキパキ答えた。
「サンクス」イズィ。
「チップはテーブルの上に」ネスタ。

37　Multiculturalism；多文化主義。互いの文化を受け入れ、理解する精神。

「このサービスで?」イズィ。

　みんな笑った。そんなかけあいは久しぶりだった。

「よし、計画はこうだ。トロントから401を東の方向に走って、キングストン
をひとまず通過。サウザンド・アイランド橋でアメリカに渡る。セントローレ
ンス川ぞいにさらに東へ、アメリカ側からカナダを見て、モントリオールの近
くでまたカナダに戻る。うまくいけば、10時間ぐらいでモントリオールに着く
はず。夜、遊んで1泊。それから、早起きしてキングストンに戻り、そこから
船でグレイ島へ」

　ケンが立案担当だった。

「戻りもアメリカ側を走る必要あんの?」

　イズィが水を差した。

「ううううん。401で西に戻ってくる。そっちの方が速い。たぶん4時間」ケン。

「実を言うと、僕はアメリカなんかどーでもいいんだ。だから、さほどいい案
にも思えないけどなあ」

　イズィはまだ不満げだった。

「カナダを、向こう側から見るために渡るんだろ?」

　3個目のドーナツをむしゃむしゃやりながら、ハリーが聞いた。

「うん、面白そう。もう15年か20年、アメリカに行ってないから」

　ネスタは懐かしそうに言った。

「オレもだ」と、ケン。「とにかく、アメリカに渡ったら軽くなんか食べよう
よ。えっとお、キングストンで1泊、翌朝、船着場に直行して、2隻のボート
でグレイ島に向かう。もう予約済み。ボートについては、あんまり期待しない
で。しょせん手漕ぎボートに、ちっちゃいエンジンがついた程度だから。自分
らで操縦しなきゃいけないんだ。予算の関係」

「で、車、車」

　ハリーが口のまわりをナプキンで拭きながら急かした。

「あ、そうそう。ビリーの古いマスタングで行く。ここんちの前にとめてあっ
たろ? 心配するな。オレがちゃんとチューンナップして、ステレオもすんごく
新しいのに替えといたから。費用は旅行が終わってから割り勘な」ケン。

「いいねえ。ビリーの結婚祝いにハリーがゲットしたヤツだろ?」ネスタ。

「そぉだよー。1972年型フォード・マスタング・マッハ・ワン・コンバーチブル。5・8リッター、V-8エンジンだよー」

　ハリーが自慢した。

「あ、いっちゃいそ」

　ネスタがエクスタシーの振りをして笑った。

「シティを出るまではオレが運転する。そのあとは交代。いい？」ケン。

「いつでも。そのときになったら言って」ネスタが名乗りでた。

「ボクもオッケイよ。運転好きだから」と、ハリー。

「ああ、僕もできることはできる」イズィも。

「じゃあ、コーヒーを切りあげたら荷物積んで。ラッシュになる前に出かけよう。日が暮れる前にモントリオールに着きたい。6時30分に出発」

　ケンが急かせる。

「おーし」×3

ハイウェイ401

2010年6月27日（日曜日）午前7時30分

　ボーイズはメタリックブルーのクラシックカーに乗りこんだ。白いバケットシート、レーシング・ストライプが走る車体、コンバーチブル・ルーフ。自分たちの年とさほど違わないクラシックカーに乗るのって、ドキドキもするし最高だった。ネスタの家を出るとローカルな通りをぬけて一路北へ。それから、ドン・バレー・パークウェイ（DVP）の北向き車線に乗った。DVPは南北に走る谷を利用した市内高速道路で、トロント・シティを結んでいる。ケンが運転席、右側の助手席にネスタ、ハリーとイズィは後部座席。途中、懐かしいフレミングドン・パークを左手に見ながら通りすぎた。ビリーが住んでいたタウンハウスが見えてきた。ボーイズは黙りこくった。

　北へ15キロ走ったところで、あのハイウェイ401に乗った。ミシガン州のデトロイトからモントリオールまで、南オンタリオを横切って東西に伸びる16車線のモンスター・ハイウェイだ。ボーイズは前方を眺めるか、窓の外をじっ

と見つめるかして、それぞれの思いに浸っていた。CNタワーで区切られたトロントのスカイラインがはるか遠くに縮んでいき、シティをおおうグリーンに飲みこまれていった。

　トロントは、世界で最も緑豊かな大都市の一つだ。自分の土地の自己所有の木であっても、伐ってはいけない。伸びすぎたり、傷ついたりして、公共の安全上問題になった場合はもちろん撤去できるが、まず市の許可をとる。撤去後には、新しい木を植えるよう求められる。だから、ビルの10階以上から市内を見まわすと、無限に続く緑の海を見ることができる。何もかもが葉っぱのブランケットに埋もれて、その上に高層ビル群だけが顔を出している。

　ちなみに、シティのほぼ全域から見えるCNタワーは、トロントを象徴するランドマークで、30年にわたり世界で最も高い電波塔だった。名前は、Canadian National Railway（カナダ国有鉄道）にちなみ、1975年3月31日の午前9時52分に、正式に世界一高い自立建造物として名乗りをあげた。3日後、アンテナの最頂部を取り付けて、全高を553.33メートルに伸ばした。

　当時このタワーは、新しいトロントと新しいカナダのシンボルだった。というのは、タワーが建つ3年前の1972年、カナダとソビエトでアイスホッケーのサミット・シリーズが行われ、トロント・メープル・リーフスのポール・ヘンダーソンが劇的な逆転シュートを放って勝利をもたらした。歓喜の渦のなか、トロントでは世界有数の国際都市たらんとする思いもピークに達した。それは、世界じゅうから移民がやって来てトロントに住みつき、国家の形が変わりはじめたときでもあった。

　ボーイズが乗ったフォード・マスタングは、広くてまっすぐな高速道路、ハイウェイ401を滑るように東進していた。地平線から太陽がのぼってくるにつれて、ケンは濃いレイバンのサングラスをかけて、バイザーを下ろした。
「なあ、音楽でもつけないか、おい」
　ネスタが沈黙を破ってケンをせっついた。
「オレ、運転中だよ。自分でやれよ。太陽と一直線で、チョー眩しい」
「分かったあ。オレ、CDをもってきてんだ。ほかにもってきたヤツいる？」
　ネスタが聞いてもだれも答えなかった。
「よし、でも、オレがくだらねえのかけても文句言うなよ」

「何、もってきたの？ ネス」ハリーが聞いた。

「いいのだけ。えーとね……これにするか……これもいいし……うーむ」

　ネスタは CD ケースをパラパラめくって、もごもご──「そだ、そだ！」

「どうした？」

　ハリーは、前部座席のあいだに身を乗りだして興奮気味に聞いた。

「オレ、コンピレーションをつくったのさ。*Gang of Four*（４人のダチ）ってえ
の。オレたちのこと。懐かしくって涙がちょちょぎれるぜ」

「いいねえ」ハリー。

「音、絞ってくれ。な、寝たいんだ」

　イズィが半ば冗談めかして割りこんだ。

「絶対にイヤ！ ケンはこれから 10 時間運転するんだ。こいつにイヤー・キャン
ディをあげなきゃ」ネスタが叫び返した。

「オレ、10 時間も運転するつもりないぜ。交代でいこうよ、ネス」

「それもそうだ。ごめん」

　ネスタが謝ったので、みんな笑った。

　ボーイズが成長する過程で、音楽は考え方に大きく影響した。まわりの世界
をどのように見るか、音楽で人々が結ばれた時代だった。インターネットラジ
オも、ケーブルテレビも、MTV も YouTube もなかった。トロント FM ラジ
オにはメジャー局が二つあって CHUM-FM と Q-107 だった。基本的にはその
どちらかで音楽を聞いていた。毎週、ヒットソングのカウントダウンにかじり
つき、土曜日の朝になると *Soul Train* を見るためにネスタの家に集まった。リ
ビングルームで定番のラインダンスをよくやった。ネスタの家族も一緒に。そ
こは紛れもなく最高に面白い家だった。

　幼いころは、テレビ番組の主題歌にいつも夢中だった。*Sesame Street*、*The
Brady Bunch*、*Gilligan's Island*、*Happy Days*、それからアニメシリーズの *The
Flintstones* の歌詞を知らない子なんていなかった。成長するにつれて、映画と
サウンドトラックになった。*Saturday Night Fever*、*Grease*、*Tommy*、*Jesus Christ
Super Star*、*Blues Brothers*、*The Wiz* そして *Flashdance*。その後、1980 年代後
半になると MTV だ。今のように無制限にアクセスするというわけにはいかな
かったが、子どもたちは現代よりもっとたくさんの経験を共有していた。

「ではみなさん、この曲名は？」

　ネスタがアナウンサー風の低音で言った。テレビ番組 *Name That Tune* の真似だ。イントロを聞いて、曲名を当てるショー。ネスタは、手作りのコンピレーション CD の最初の曲をかけた。

「ああ、知ってるけど、曲名を思い出せない」

　ハリーが目を閉じて上を向き、過去をたぐりよせていた。その曲はアップテンポだがメランコリーなポップソングだった。コーラスが始まると曲名が浮かんだ──「*Season's in the Sun!*」

「当たり！」

　ネスタが判定した。

「歌ってるのだれ？」ハリー。

「オレのメモによれば、テリー・ジャックス、1974 年」

「だれ？」ケン。

「テリー・ジャックス、カナダ人。これは自殺の曲」

　ネスタがメモを読みながら言った。みんな黙った。ネスタはコメントの不適切さに気づき、「よし、これはどう？」と慌ててダブル・ギターのソロで始まる曲をかけた。

「*Shout it Out Loud!*」

　全員、声をそろえて叫んだ。眠った振りをしていたイズィまで。

「当たり。キスの曲」

　ネスタが判定した。

「じゃあ、次行くよ。みんな、1 小節目で分かるよ」

　ネスタが再生ボタンを押した。きれいで透き通ったシングル・ノートのエレキ・ギター。

「*Stayin's Alive!*　ビー・ジーズ！」

　曲の頭が出たとたん、全員叫んだ。ボーイズの顔は笑いで緩みはじめた。

「次、行って。ネス」ハリーがせがんだ。

「じゃあ、みんな、聞いて」

　クラビネットのサウンドだった。

「*Superstition!*」

今度はケンが真っ先に分かった。

「スティービー・ワンダーの曲。大好き」

「次のはすげえよお、マジ。ほんとにほんとにすげえ。カナダ人の代表曲。これ以上のはないね。バンクーバー出身でも、トロント出身でも、モントリオール出身でも関係ない。心底感動するよ」

　ネスタはサスペンス小説の一節を読むみたいに説明して——「はい、どうぞッ！」

「*Hockey Night in Canada!!*」

　ボーイズが曲名を叫び、メロディーを歌いだすと、車は揺れた。それは同名の記念碑的番組のテーマソングだった。このインストルメンタルな曲は、ホッケーの試合が始まる前、オープニングで必ず流れた。ほとんどすべてのカナダ人はメロディーをハミングすることができ、第二のカナダ国歌だという人までいる。これを聞くとボーイズは背筋のあたりがゾクゾクした。

「運転中のケンを見張ってなきゃあ」

　ネスタが冗談をとばした。ケンの手がビートに合わせてドラムを打つので、車が左右に揺れていた。

「ごめーん。はっはっはー」

「次は、一緒にやるところがあるよ。いい？ ハーモニーがある。分かった？ オレがリードを歌うから。ハーモニーのところにきたら、オレは高音部をやる。ケンはいちばん下。ハリーは２番目、イズィは３番目、大丈夫？ みんな知ってるヤツだよ。カフェテリアでよく歌ったよ。行くよ。イズィも入る？」

　ネスタは振り向いて、イズィの膝をポンと叩いた。

「分かりあんしたよ」

　イズィはため息をついて嫌そうに答えたが、最後はグループに加わった。

「行くよ！」

　ネスタはすごく聞き覚えのあるピアノのイントロをかけて、ひとりで歌いだした。リードボーカルにしては下手クソだったけど。ギターソロのところでは演技力満点のエア・ギターまで披露し、ハーモニーの部分になると、彼の合図でみんなで歌った。

　かくして、ボーイズは朝日に向かってハイウェイ401をひた走り、トロント

からどんどん離れていった。ひと先ず目指すのは、アメリカに通じるサウザンド・アイランド橋だ。みんなで歌っていたのはロックの聖歌、クイーンの *Bohemian Rhapsody*。

国境（USA へ）
2010 年 6 月 27 日（日曜日）午前 11 時

サウザンド・アイランド橋は美しいトラス吊り橋だ。1937 年に建設され、サウザンド諸島の真ん中に位置する。ジグザグに島から島へまたがる五つの橋からなり、全長約 13 キロ。

午前 11 時ごろ、ボーイズはようやく橋の上の国境に近づいた。この地域は未開発で緑豊かで、はるか昔、白人がやって来る前のイロコイ族の生活スタイルをしのばせる。眩しい太陽が空高く輝き、気温は約 28℃、一点の曇りもない運転日和だった。

とうとう国境らしきものが見えてきた。彼らの車の前に、約 10 台のトラックと車が並んでいた。ステレオには、ニール・ヤングの *Harvest* がエンドレスにかかっていた。ゆっくりと確実に、車はゲートに向かって進んでいった。

「パスポート！」

アメリカの入国審査官が、ブースから車のなかをのぞきこんだ。ケンが全員のパスポートを集めて渡した。審査官はブースを出て、ツカツカと助手席の窓まで来た。胸に金色のバッジがついたライトブルーのシャツに、ネイビーブルーのズボンという、まるで警察官のような制服を着ていた。彼は各々のパスポートの写真を時間をかけて見て、車内のみんなの顔はさらに注意深く見た。

「シェード、外して」と、役人が命じた。

「はい」

ケンはサングラスを外して、ダッシュボードの上に投げた。

「行き先は？ いつまで？」

「セント・ローレンス川ぞいにモントリオールまで行こうと思っています。米国内には、数時間しか滞在しないはずです」

「どうしてカナダ側から行かないんだ？」

　審査官はいぶかしんだ。

「あなたがたのすばらしい国から、カナダ側を眺めたいと思いまして。その眺めがすばらしいと聞いたので」

　ちょっと皮肉っぽく聞こえたかなあと、ケンは気になった。

「要するに、君らはカナダを眺めるためにだけ、アメリカに入国したいのか？」

「それだけじゃありません。地元の美味しいものも食べたいと思ってますし、それから……」

「そして、数時間でアメリカをあとにする予定だと？」

「はい、そうです」

「車から降りて！」

「え？ なんで？」

　審査官は運転席側にまわってきた。別の審査官も助手席側にやって来た。

「運転免許証と車検証は？」

「これがライセンスです」

「了解。車検証は？」

「ネス、ダッシュボードのなかに車検証があるから取ってくれる？」

　ネスタは文書の束を引っぱりだしてケンに渡した。その車検証を、審査官は読まずにペラペラめくった。

「トランク、開けてくださーい」

「はい、すぐに」

　ケンは車から出てトランクを開けた。

「全員外に出て」

　あとから来た審査官が命令した。ネスタがすぐに飛びだし、ハリーとイズィは後部座席からもごもご這いでてきた。

　ネスタはベージュのショートパンツに、ラスタ・カラー[38]のアフリカの地図をプリントした黒のTシャツ、つま先に親指ループがついた茶色い革のサンダル。ハリーは、ジーンズにグリーンのタンクトップ、オレンジのビーサン。イズィは白いビジネスシャツをダークグレーのプリーツ付きスラックスに押しこ

38　rasta colours：Rastafarian color の略。聖地とされるエチオピア国旗にある赤・黄・緑。

んで、古い茶色のベルトを締めていた。灰色のニュー・バランスをはいていなければ、計理士に間違えられかねなかった。ケンは黒いバスケット・ボールのショートパンツにブルーのトロント・ブルー・ジェイズの野球Tシャツ。

「何か？」

　イズィが審査官に尋ねた。

「ただのルーチンですよ」

「ルーチン？ 僕たち、何もしていないのに？」

　イズィは納得しない。

「忘れろ、イズ」

　ケンがきつく言った。

「いいや、忘れるもんか。こいつら、僕たちにいちゃもんつけてる」

「普通の手順です。静かにしているのが身のため」

　審査官は言いはなった。

「イズィ、しーっ！」

　ネスタがイズィを肘で突いた。

「しーっ、だとお？ 僕には言いたいことを言う権利がある」

「オーケイ、そこまで。こいつを奥に連れていけ！」

　最初の審査官があとから来た方に命じた。イズィは管理棟の受付に連れていかれた。間もなくケンも連れこまれた。二人の審査官たちは車に戻り、検査を続けた。イズィとケンはカウンターで待たされた。

「言ったろ、黙ってろって」ケンが叱る。

「僕には、言いたいことを言う権利がある」イズィ。

「違う、ない。ここはアメリカでカナダじゃない。オレたちゼロ権利。おまえは囚人収容所みたいなところに送られたいのか？」

　ケンはカッカきていた。

　カウンター横に、フレームに入ったオバマ大統領とバイデン副大統領の巨大な写真が飾ってあった。ちょうどそのとき、別の審査官がカウンターに出てきた。ものすごい大男で、見るからに肥満。上下紺色の半袖制服に身を包み、ホルスターには大きな銃が突っこまれていた。

「名前は？」

「ケン・ソーマ」

「イシマエル・ラヒム」

　審査官は二人のパスポートをぺらぺらめくり、ケンの運転免許証だけポンと投げ返した。それはケンの胸に当たり、カウンターに落ちた。パスポートはまだ返してくれなかった。

「ありがとうございます」

　イズィが微妙な皮肉をこめて言ったので、ケンは言葉を失った。イズィの細く角張った目鼻立ちは、審査官の丸々としたデブ顔と対照的だった。イズィの生え際は後退しはじめていて、大きな目は高いロマネスクの鼻によく似合っていた。ついで審査官はパスポートを手に取ると、カウンターの向こうの事務エリアに行き、その奥にあるコンピュータと向きあった。10分後に戻ってきて、まずイズィにパスポートを返した。

「ミスタ・ラヒム」

「はい。僕です」

「ミスタ・ソーマ？」

　この審査官は、印字が読めないとでもいうように、ケンのパスポートを食い入るように見た。

「いったいどんな名前だ？」

　審査官はゆっくりと慎重に言った。アメリカ南部の出だろうと、ケンは思った。アラバマとか、ミシシッピとか。

「日本の名前です」

「こんな日本人の名前は聞いたことないな。スズキかフジならあるが」

「でも、そうなんです」

「こっちへ」

　審査官はケンに、カウンター奥の小部屋へ来るよう命じた。事務エリアの隣。

「私が何をしました？」

「普通の手順」

　ケンは白いテーブルと椅子二つだけの、窓のない小部屋に通された。部屋の高いところにビデオカメラがあったので、少し安心した。審査官がゴム手袋をはめた。今度はほんとうに怖くなってケンは顔色を変えた。

「壁に向かって手をあげて」

「何をする気ですか?」

「間違ったことをしていなければ、何も心配することはない」

　それは確かに真実だった。

「これまで一度も尋問されたことなんてないんです」

「尋問しているのではない。ただの取り調べだ。足を広げて」

　ケンは黙った。審査官は引き続き全身をくまなく検査した。

「僕ら、ただ川が見たかっただけなんです」ケンは訴えた。「それだけです。バカな思いつきでした」

　すごく臆病に聞こえただろうと気づき、また黙った。こうなったら刑務所だろうとどこだろうと、なるようになれ、懇願するよりもマシ、と思った。

　突然、審査官が手をとめた。

「おしまいだ。行っていいよ」

「おしまい?　行っていいんですか?」

「そうだ。もっと居たいか?」

　そう言って、審査官がパスポートを返してくれた。

　ケンはまだイライラしながら、カウンターの反対側で待っていたイズィと合流した。

「面白かった?　ムスリムであるってどんなことか、やっと分かった?　あいつら、おまえのこと、マレーシア人かインドネシア人だと思ったのさ」

　イズィは皮肉っぽい表情を浮かべて言った。

「ところで、もう一人の審査官は車を調べまくった。座席の下、敷物の下。カーペットの下。ドアまでぶっ壊したよ」

「なんだってえ?」ケンは叫んだ。

「冗談だよ、ただの冗談だってば」

　柄にもないユーモアを披露して、イズィが笑った。

「おっもしれっ!　さっさと出るべ」ケン。

「だから言ったろ?　アメリカなんか来んじゃねぇ、って」イズィ。

　ぶつくさ言いながら、二人はハリーとネスタが待ちくたびれる車に戻った。

アップステイト・ニューヨーク

2010 年 6 月 27 日（日曜日）午後 1 時

　ルート 37 はセント・ローレンス川にそって走り、ほんの少し蛇行する 2 車線の道路だ。セント・ローレンス川は予想どおり美しかったが、ニューヨーク州の北部一帯もとてもきれいだった。19 〜 20 世紀に建てられたレンガ造りの家並みに、カバとヒマラヤスギの背の高い街路樹。ほぼ 10 キロごとに現れる古風で小さな町は、アメリカ独特の感じがした。コロニアル・スタイルの外観のせいか、ほぼすべての家の前庭にアメリカ国旗が掲げられているせいか。
「みんな、お腹が空いてない？」
　運転を交代したネスタが尋ねた。
「うーん」
　一様に眠たい声が返ってきた。
「ダイナーばっかだなあ。飯食うにはダイナーしかないみたいだぜ」
　ネスタが愚痴った。
「うん、カナダにはドーナツ屋しかないしね」ハリー。
「ダイナーでいいよ。チキンのメニューがあるだろ？」イズィ。
「*Chicken salad sandwich. Hold the chicken.*」
　ネスタはおどけて、ジャック・ニコルソンの映画 *Five Easy Pieces* の有名なセリフを口にした。
「左手の店なんかどお？」と、ネスタ。
「行こう」
　ケンが賛成してくれたので、ネスタは左折して駐車場に車を入れた。
　それはアメリカの標準的なダイナーで、*Five Easy Pieces* で見たような店だった。まさに、長〜いカウンターがあって、フランネルのシャツと野球帽のトラックの運ちゃんたちが、作り付けの赤いスツールに座ってコーヒーを飲んでいた。ジュークボックス付きのボックス席もあった。
　茶色と白の制服を着たブロンドのウェイトレスが、伝票に何か走り書きしな

がら歩いてきた。4人にぜんぜん気づかず、顔をあげた途端にボーイズを発見して目を丸くした。

「オレたち、別に噛みつきゃしないって。4人掛けテーブルにお願い」

　ネスタが皮肉まじりに明るくおどけた。

「びっくりしましたあ。4人様？　こちらへ」

　案内されたところは、通りに面した窓側のボックス席だった。ボーイズは一言も発せず、ひたすらメニューを目で追っていた。

「みなさん、地元の人じゃないですよね？」

　ウェイトレスがガムを噛みながら物知りたげに聞いた。

「そ。トロント」ケン。

「あ、どおりで。そうは見えないものね」

　彼女は含みのある言い方をした。

「あの年代物の青いマスタングはお客様の？　きれいですねえ」

「古い友だちの。元は、ここにいるハリーからの贈り物だから、大したことないよ。このあたりにゃ、オレたちみたいなイケメンいない？」

　ネスタがいつもの冗談で笑わせた。ウェイトレスも笑った。

「で、そんないい男たちが、こんなちっぽけな町で何してるんです？」

「モントリオールに行くとこ。ちょっと迂回してみようかってことで。このあたりになんか見所ある？」ケン。

「そんなにないわ。たぶん、川だけですよ。セント・ローレンス川。ここからカナダも見えますよ」

「ありがと……リンダ。本日のおすすめは？」

　ケンは目を細めてウェイトレスの名札を読み、ふふふと笑った。

「リンダじゃなくて、リディアです。ローストチキン、きっと美味しいですよ。ニンジンのバター炒めとマッシュポテトがついてきます」

「じゃあ、オレはそれにする。みんなはどう？」ケン。

「オレも」ネスタ。

「うん」ハリーは右手をあげた。

「しょうがないなあ、僕もだ」イズィ。

「ローストチキンが四つと全員にコーヒー、ですね」

リディアは、右の耳にはさんでいた鉛筆を取って注文伝票に書きつけた。

「あ、トイレの前の床に注意してくださいね。ちょうど拭いたところなんで」

「もち！」と、ケンは親指を立てて、「この店、いいじゃん。これぞアメリカのダイナーって感じ。マジ、ハリウッド映画に出てくるみたい」

「うん、いいねえ」イズィ。

「ねえ、これ見て。この1面」

　ケンが、入り口の新聞ボックスから引きぬいてきた地元紙を見せた。

「テロ、戦争、殺人、レイプ、放火。ひどいことばっか」

「だね。こんなチョー眠たげな町じゃ、きっと犯罪なんてねえだろうに」

　ネスタが推測した。

「こういう報道はほんとうに残念。これもメディアの仕業。恐怖の押し売り」

　イズィが断じた。

「ちょっとトイレに行ってくる」

　ハリーが席を立った。ちょうどそのとき、ジーンズとポロシャツの上に薄いジャケットをはおった白人男性が二人、入ってきてカウンターに座った。

「見ろ、あいつら！」

　ネスタはびっくりしてささやいた。どちらも右の腰にホルスターをつけていて、銃が丸見えだった。

「警官かな？」ケン。

「分かんない。たぶん違う」ネスタ。

「オープン・キャリー[39]だ。実はニューヨーク州では武器を見えるようにもちあるくのは認められていない。特にレストランなんかでは。ほら、見て。ジャケットで隠したよ。あいつらはこっそりもってるんだろうけど、なかにはわざわざ見せて威圧したがるヤツもいる。狂気の沙汰だ」イズィ。

「狂ってるね。どっちにしろ、声を抑えた方がいい。カウンターでパンケーキを食べてる田舎野郎が、オレたちのことを見つめてる」ネスタ。

　そこへ、リディアが息せききってやって来て、ヒステリックな声をあげた。

「たーいへん、お友だちが事故ったわあ」

「え———っ？」ケンが立ち上がった。

39　open carry；銃をあからさまに見せてもちあるくこと。

「あのアジア系の人が、床で滑ったの。床がぬれているって言ったでしょ」

「あいつ、どこ？」ケン。

「トイレの前、向こうよ」

　リディアがダイナーの奥を指差した。

　３人は走った。ハリーはそこで、足首を抱えて床に座っていた。見るからに痛そうだ。

「大丈夫か？」ネスタが聞いた。

「すごくバカだった。床で滑った。捻挫かなんかだと思う。助けて」

「もちろんさ」

　ネスタは言って、ハリーの腕を自分の肩にまわして助け起こした。

「痛っ！　ありがとう、ネス。もう大丈夫」

　ハリーは強がりを言ったが、顔はしかめたままだった。

「病院へ連れていかないと。骨折してるかもしれない。リディア、ちょっと」

　ケンが呼ぶと、ちょうどローストチキンをもってリディアがやって来るところだった。

「この近くに、すぐにレントゲンを撮ってくれる病院、あるかな？」

「そうねえ。この路を 10 マイルほど下ると中央病院があるわ」

　ということで、ボーイズはあたふたとローストチキンを飲みこむと、病院へ急いだ。しかし、結論を急げば、この試みは失敗だった。ハリーは、アメリカの健康保険に加入しておらず、旅行保険にも入っていなかった。ハリーだけでなく、全員そうだったが。

　病院の受付係の説明はこうだった。

「怪我や必要な治療の程度によるんですが、平均して……そうですね、捻挫なら 2,000 ドルから 3,000 ドル。プラス、追加でレントゲン 1 枚あたり 200 ドルと初期治療費が 200 ドルくらいでしょうか。また、必要に応じて包帯や松葉杖の費用もかかります。もし骨折だとすれば、2,000 ドルから 5,000 ドルのあいだで、手術が必要になると 2 万ドルの高額になりますよ」

　カナダじゃ無料なのに！

　全員、呆然とした。ボーイズはハリーを担いで車に戻り、また発進した。

国境（再びカナダへ）

2010 年 6 月 27 日（日曜日）午後 4 時

　4 時ごろ、予定よりほんのちょっと遅れて、ボーイズはスリー・ネイションズ・クロスィングに着いた。

　この交差点は、オンタリオ州、ケベック州、アメリカにまたがる地点という意味だ。アクウェサネ地域の先住民族、モホーク族を称えるために名づけられている。モホーク族は、白人たちがやって来るまで、何千年もこの地域に住んできた。ボーイズは、またもや複雑な国境に差しかかって身を引き締めた[40]。
「運転免許証と全員のパスポート」

　カナダの国境警備員がネスタに要求した。
「アルコール、タバコ、禁輸品、銃器はもってませんよね？」

　警備員は一瞬目を通してから、全員の ID とパスポートを返してくれた。
「オーケイ」

　警備員が言った。
「オーケイ？」ネスタ。
「オーケイ」警備員。
「何がオーケイなんですか？」
「オーケイ、行ってよろしい」
「行っていいんですか？　カナダに」

　ネスタは拍子ぬけして、まだ確信がもてないでいた。
「そのとおり。ようこそ、カナダにお帰りなさい」
「えーと。この近くに病院ありますか？　友人が足首を怪我して」
「すぐにコーンウォールへ。コーンウォール・コミュニティ病院」

40　Mohawks：モホーク族。独特の髪型はモホーク刈り（モヒカン）とよばれる。17 世紀以降、入植してきたヨーロッパ人と毛皮の交易で友好関係を結ぶが、その後幾多の抵抗の歴史をへて、現在はニューヨーク州北部、カナダとの国境近くに居住する。2009 年、モホークの土地に国境警備隊を常駐させるというカナダ政府の決定に抗議して、モホーク族は交差点のカナダ側を封鎖。6 週間後にシーウェイ・インターナショナル・ブリッジは開放されたが、その後もモホーク族による定期的な抗議行動が繰り返された。

警備員が教えてくれた。

　オンタリオ州コーンウォールは、モントリオールの西約115キロ先にある人口5万人の都市だ。そこには何千年ものあいだ、モホーク族とイロコイ族の先住民族が住みついていた。フランスとイギリスが、セント・ローレンス川の水路を奪いあって戦い、1812年から1814年にかけては、アメリカ対（当時イギリスの植民地であった）カナダの戦場となった。

　ボーイズは、どうにかコーンウォール・コミュニティ病院を探し当てた。
「みんな、もう1回やりなおしだ」ケン。
「うわあ。ほんとうに腫れてきちゃった」

　ハリーの痛みはどんどんひどくなってきていた。ケンとイズィはハリーを緊急棟に連れていき、ネスタは受付に走った。
「すみません。友人が足首を捻挫か骨折したんです」
「分かりました。すぐに医師が参ります。これに記入するように、お友だちに言ってください。OHIP（オー・ヒップ）[41] カードも必要です」

　OHIPは、オンタリオ州の健康保険プランを保証するものだ。オンタリオ州では、だれもが健康保険を利用できる。完全無料。毎月の分割払いなどもない。必要な医療はすべてこのプランでカバーされる。

　ネスタが戻ってみると、ハリーはもうカードを用意していた。数か月前、ビリーのことがあってトロントに戻ってきていたので、申請済みだった。

　ネスタがカードと用紙を受付に届けると、間もなく、
「ダラ・ハック様」

　受付係は、ハリーをフルネームで呼んだ。
「待合エリアにいるから、いいね」イズィ。
「頑張れよな、ハリー。寂しくなったら呼んで」ケンが励ました。
「ははは。大丈夫だ、ありがとう。ほんとうにごめんね。こんなことになって」

　約1時間後、ハリーは松葉杖をついて、ひとりで出てきた。捻挫だった。ネスタとケンはぐっすり寝ていて、イズィはタイム誌を読んでいた。
「ヘイ、起きて！」ハリーが叫んだ。「モントリオールに行くよ！」

41　Ontario Health Insurance Plan：カナダでは国民皆保険制度が完備。

モントリオールへ

2010年6月27日（日曜日）午後6時30分

　ボーイズはハイウェイ401に戻り、ケベックとの境界に差しかかっていた。カナダ第2の都市モントリオールは目前だ。

　ケベック州は、面積でいえば世界最大のフランス語圏だ。フランスの実に3倍の広さを誇る。また、カナダで最大の州であり、人口では2番目だ。実のところ、イヌイットが居住するヌナブト準州の北方地域は、面積ではケベックよりも大きい。しかし、そこは正式な州とは認められていない。

　植民地時代のいざこざから、ケベックと英語圏カナダのあいだには言語と文化の摩擦が常にあって、険しい道をたどってきた。ケベックは1980年と1995年に、独立を求めて住民投票を行ったが、両方とも僅差で否決された。ケベックはカナダ連邦の一員でありながら、今なお地域的なナショナリズムをくすぶらせている。

　モントリオールは、セント・ローレンス川の巨大な中洲だ。魅力的な島都市で、中央にそびえる美しいマウント・ロイヤルが市の全域を見おろしている。ケベックの州都ではないが（州都はケベック市）、州内で最も人口が多く、ビジネスと文化の中心地だ。公式にはフランス語圏とされていても、実質的には2言語で、フランス語を話す東モントリオールが、英語を話す西モントリオールより数で勝っているだけだ。

　ハイウェイ401をひた走るボーイズの上に、夕闇が降りてきた。
「ハリー、具合はどう？」

　ネスタが尋ねた。
「耐えがたい痛みのほかは大丈夫。あ？　僕に運転してほしい？」
「……む。してほしくない」

　ネスタは無表情に答えた。
「もうすぐ、ケベック州境を越えるよ」ケン。

　ハイウェイ401の周辺はまだ田舎だった。農家と納屋が点在する農村地帯

で、はるか遠くまでなだらかにうねる牧草地では、馬と牛が草を食んでいる。ときどき景色のなかから家々が現れて、ヒュッと飛び去っていく。

「おい、ケベックに入ったぜ」ケン。

「ほんとだ。標識がフランス語になってる」

　ハリーが興奮ぎみに確認して、

「*Bienvenue au Quebec*」

と、読みあげて訳してくれた———「ケベックへようこそ」

「州境にまったく気がつかなかったね。気づいてた？」ケン。

「ぜーんぜん」ネスタ。

　ケベックは州であって国ではないので、ゲートだ国境だというような境界はない。英語だった道路標識が、一瞬のうちにフランス語に替わるだけだ。

「気のせいかな？ それとも、やっぱりなんかが違う？」ケン。

「ほんと？ 僕にとっては、ずっとカナダだよ」ハリー。

「それはさあ、おまえががフランス語を話せるからだよ」ケン。

　ハリーは、旧フランス植民地のカンボジア出身だったので、フランス語を第2言語として話すことができる。

「いいかい。ケベックじゃ、おまえが通訳だ」ケン。

「やだよ。モントリオールでもみんな英語が分かるさ」

　ハリーはかたくなに拒否した。

「覚えている？ ケン。子どものころ、ホッケーのトーナメントでケベックに来たときのこと。あいつら、オレが言うこと、理解しなかった」ネスタ。

「それはさあ、おまえのジャマイカ弁のせいだったのさ」ケンがいじる。

「うん、それもある。だけど、オレが理解できなくてよかったようなことを、あいつらはフランス語で言ってたと思う。分からなくてよかったよ」

「うん、確かに。で、おまえは、あのクソガキをやっつけたよね。ネス」

「オレは、その子のヘルメットをはぎとって、鼻に血まみれの一発をお見舞いしてやった」

　ネスタは自分がしでかしたことに満足して、声をたてて笑った。

　それは、リーグ・オールスター・チームの一員としてケベックに来たときのことだった。ケンとビリーも一緒だった。観衆から有色人種の子どもに対して

人種的なヤジがとんだが、ボーイズは我慢した。しかし、相手チームの一人
が、ケンにあることを言ったとき、ネスタが代わりにその喧嘩を買って、手痛
いレッスンをお見舞いしたのだった。

「懐かしいなあ」ケンはくすくす笑った。「あのことでは、今でも感謝してるよ」

「そうそ。そうこなくっちゃ」

　ネスタも同感だった。

「なあ、イズィ。そこで寝てんの？」ネスタ。

「ちがーう。アイフォーンをいじってるとこ。調べ物」

「調べ物、って何をさ」

「君は、興味ないと思うよ」

「教えろよ」

「パレスチナ」

「国の名前？」

「そう、国。まあ、少なくとも、そうであるべき」

「そこで何が起きているんだい？」

「占領さ。最低だ」

「どうゆーこと？」

「パレスチナの人々に起きていることは犯罪だ。カナダも支援してるんだぜ」

　ボーイズは、突然しんとなった。はっきり言って、こんな話題はごめんだっ
た。マイノリティたちは、人種や文化について話すのが好きだ。しかし、地域
紛争の話になると口を閉ざした。それは不文律だった。

　フレモの住人は、地球上のあらゆる国、種族、宗教の代表であった。そうい
う人たちが1平方マイルの土地に押しこめられて住み、信じられないほどうま
くやっていく方法を見つけだしていたのだ。おそらく、敵と隣同士で住み、一
緒に働き、ライバルとは同じ教室で勉強していた。そこは多文化なゲットー
で、そこで新生活を始めるためには、故国同士の紛争は棚上げにしなければな
らなかった。このルールはみんなが理解していた。

「それって、興味深いね」

　ネスタがどっちつかずの調子で言った。

「忘れな。君が興味もつような話じゃないと、さっき言ったろ」

「いや、興味あるよ。今ちょうど、出口の標識を探してるとこなんだ。フランス語のひどい標識。出口って、フランス語でなんて言うんだい？ ハリー」

「*Sortie*」

「分かった。ありがとう。アイ、ソルティ、アンダスタンド」

　ネスタの下手な冗談に、ほかのメンバーは頭を振るばかりだった。

「モントリオールまで 10 キロだってさ。右車線にいて。出口を見逃さないように。あ、あそこだ！」ケンがナビを始める。

　都市影を示す暗いシルエットが、暮れなずむ空に見えてきた。モントリオールだ。離れて見るとトロントのそれと不気味に似ていた。ただ、近づくにつれて本質的に別物だった。

「あの古い家々を見ろよ。ああいうの、トロントで見たことある？」

　ケンは、ハイウェイぞいに立っているビクトリア・スタイルの家々を指して言った。1880 年ごろに建てられたものだろう。屋根は見るからにフランス風だった。そして、どの家にも階段がついていて、地面から 6 フィートほども高い 1 階につながるようになっていた。

「確かに。でも、ちょっと深読みすぎとちゃう？」ハリー。

「分かるさ。オレは建築を専攻したんだからな。ほら、何もかも違う。ここじゃワンコまでフランス風だ！」ケン。

　ハリーは、つける薬もないと肩をすくめた。

　わくわくしてきた。モントリオールに到着。

モントリオールで

2010 年 6 月 27 日（日曜日）午後 8 時 30 分

　ボーイズがモントリオールの中心部に入ったころには、燃えるように染まっていたオレンジレッドの空も濃いすみれ色に落ち着いてきていた。道路は渋滞していた。彼らはセント・カトリーヌ通りに来ていた。ダウンタウンを突きぬけて東西に走るメインストリートだ。

「どこに向かってんだあ？」ネスタ。

「ネス、疲れた？ ずっと運転してきたものね。お腹空いた？」ハリー。

「うん。ビール、食いてえー」

「ここで左に曲がって。サン・デニ通りだよ」ケンが割りこむ。

　サン・デニ通りはレストラン街で、老舗カフェ、ビストロ、バーなどが立ち並び、フランス風のクラシックな屋外テラスを備えた店もあった。若者に人気のエリアで、芸術家やミュージシャンにも好まれていた。

「通りの先に、安いホテルが何軒かあるみたい」

　ケンの提案どおり、バー地区から2、3ブロック先に駐車場つきのホテルを見つけた。建物自体は4階建てで、おそらく1800年代に建てられたフランス風ビクトリア・スタイルの構造だった。

　夕食は、モントリオール・デリといわれる「シュワルツ」に決めていた。スモークパストラミのサンドイッチが有名。カナダ一古い総菜店だとか。

「行きたいと思ってた店があってさ。友人がやってるんだ」

　イズィは一人で夕飯をとることになった。

「オッケー、食べ終わったらオレの携帯にかけて」ネスタ。

　ボーイズは「シュワルツ」で、巨大なスモークミートのサンドイッチを平らげ、デザートにはチーズケーキを食べた。そのあと、サン・デニ通りに戻ってきて、ストリップバーに入った。オンタリオでは猥褻なショーは禁じられているが、ケベックにはそういう法律はなかった。

「ずっとイズィにかけてんだけど、出ないんだ」ネスタ。

「もし来たければ電話してくるさ。心配するな、行こう」

　ケンはきっぱり言った。それから

「二度と聞かないけど、こういうの平気？ ハリー」

「どういう意味？」

　ハリーは眉のあいだに皺を寄せた。

「つまり、ね……ストリップだよ。えっとさ……おまえは苦手？」

「うわっ！ ……ぜんぜん平気。みんな一緒につるむんだろ？ 面白そう。それに、もしかしたらなんか参考になるかも」

　あは、は、は、は、は、は———。

　それは、100人ほど入れそうな居心地のいいバーだった。わりと薄暗く、各

テーブルには小さなオイルランタンが置かれていた。ハードウッドの半円形の
ステージは、１フィートぐらい迫りあがっていて、明るく、真ん中にポールダン
ス用の真鍮の棒が設置されていた。店はショーとショーの合間で、ステージ
は空だった。DJ が本日のスペシャル・カクテルについて喋っている。低いバ
リトンがハードロックのミュージックにかぶっていた。

　入り口近くで案内されるのを待っていると、ボーイズの前を一人のダンサー
が通っていった。強烈な香水の匂いに悩殺された。そこへ筋骨たくましい四十
男が、ポニーテールにゴーティひげ、タキシードという出で立ちで来て、ス
テージ近くのテーブルに案内してくれた。
「イズィが一緒に来たがらなかった理由、分かるよ」と、ハリー。
「なんで？　あいつはハイスクールのころ、ポルノ王だったじゃないか」ネスタ。
「さあてね、イズィは変わってしまったよ」ハリー。
「あいつ、最近ちょっと変だけど、みんなそんなもんさ。それに、あいつは元
からああだし。グレイ島に行ったら、ゆっくり話そ」ネスタ。
　ケンが新しい話題に振った。
「ウェイターがフランス語で話しかけてたね。きっと、フランス語でオーダー
すべきなんだろうなあ」
「オーケー。オーダーはハリーがする」ネスタが押しつけた。
「やだよ。まさか、飲み物も注文できないのお？　学校で何年フランス語を習っ
たと思って……」ハリー。
「6 年間」ケンが首をすくめた。
「分かった、分かった。オレが注文するよ。何が飲みたいんだい？」ネスタ。
「ビール」ケン。
「ボクも」ハリー。
　ビールなら、英語とおんなじだった。ネスタがウェイトレスを呼んだ。
「*Quelque chose a boire*（お飲み物は？）」
　ストラップレスのキラキラ光る黒いバニースーツ、白い尻尾、網タイツ、銀
色のピンヒール姿のウェイトレスがやって来た。黒い髪を束ねて丸く結いあ
げ、濃いアイライナーはもともと大きい目をさらに大きく見せていた。
「えっと、*Je veux le*、あ、違った、*les grande mug de la biere, Trois s'il vous plait*」

ネスタはめちゃくちゃなフランス語で言った。悲しい試み。
「つまり、ラージ・ビール、三つね？　アタシ、忙しいの」
　ウェイトレスが完璧な英語で答えた。
「おー、オーケー。悪かった」
　ネスタはおどおど。そんなネスタにハリーがトドメ。
「あの子、君のこと、まんざらでもなかったと思うよ」
　爆笑。
　DJがダンサーの紹介をフランス語で始めた。名前はマジェンタ。最初はマ
ジェンタ色の短いドレスを着ていた。でも、すぐに脱げてしまって、AC/DC
の *Highway to Hell* に合わせて踊り、客の一人をからかいだした。ネクタイをつ
かんで引っぱったり。それから、木の幹をはう人面ヘビみたいに、つるっつる
のポールのまわりをくるくるまわった。そのうち、マジェンタ色のパンティも
剥ぎとる。あとは、ヒョウ柄の毛布の上で定番のフロアショー。
　ボーイズはあんぐり口を開けて見とれていた。パフォーマンスが終わると観
衆は一斉に拍手し、ネスタはステージに近づいて、20ドルのチップを口移しで
渡した。クラブじゅうが、「やるね！」とばかり盛りあがった。
　ネスタがケンとハリーのところに戻ると、スキンヘッドにした白人が二人、
ボトル持参で同席していた。二人ともジーンズに格子縞のシャツ。
「あれ？　どうしたの？」
「ヘイ、プレーボーイ。マークとモーリスだ」
　ケンが、新入りをネスタに紹介した。
「アロー、おにいさん、一緒に飲もう。オレはモーリス、こっちがマーク」
　体の大きい方が立ち上がって、英語で自己紹介した。が、明らかにフランス
語系住民のアクセントで。そういえば、ああいう英語を話す偉大なフランス系
のホッケー選手がたくさんいたなと思い出させた。
「やあ、こんちは。君ら、ローカルなの？」ネスタ。
「ローカル？」
　モーリスが、首をかしげて聞き返した。
「失礼。地元の人か、という意味」
　ケンが言いなおした。

「もちろん。マークの方はケベック市生まれで、英語があんまりうまくない。でも、何を話しているかは、分かるよ」モーリス。

「*Oui*」マーク。

「テキーラが１ビンある。一緒に飲もう」モーリス。

「いいねえ」ネスタ。

　モーリスはウェイトレスに、ショットグラスをあと３個と、レモンの追加と、塩のお代わりを頼んだ。彼は、大きくて、大ざっぱで、人付合いのいい木こりタイプの男だった。野球のミットみたいな大きな手をしていて、胸板は樽のように厚かった。声はガラガラのバリトンで、目にはキツネに似た鋭さがあった。

「これが、モントリオール式の飲み方だ。親指と人差し指の付け根、ほらここに塩をこうやって置いて、なめて、それからショットグラスを空ける。そして、レモンをしゃぶる」

　モーリスは全員に注ぎながら言った。

「半分だけにして。酔っ払うから」ハリー。

「うん、それでもいいよ」モーリス。

「きれいなお姉さんに乾杯」マークが英語で言った。

「きれいなお姉さんに乾杯」×４

　親指の付け根、塩、一気飲み、レモン……茶色いテーブルの上に、グラスをどん！

「ところで、どこから来たんだい？」モーリス。

「トロント」ケン。

「でも、生まれは違うだろ？」

　モーリスは質問を言いなおした。

「オレはトロント生まれ、でもハリーはカンボジア、ネスタはジャマイカの出」

「え、ジャマイカ！ *One love! One love!*」

　あのボブ・マーリーの曲を口ずさみながら、モーリスは歌うように言った。

「*Ya mon*[42]」

　ネスタは、強いジャマイカ訛りで応じた。

42　Ya mon：ジャマイカの軽い挨拶。レゲエでもよく聞かれる。パトワ語（クレオール）。

「ところで、モントリオールはどう？」モーリス。

「来たばかりだけど、大好き！ でも、フランス語はむずかしい」ケン。

「それって、トロントじゃ英語、ここじゃフランス語、ってだけのことだよ」

「ボクらが英語でくっちゃべってると、まわりは嫌な気する？」ハリー。

「いや、ぜんぜん。でも、来た人には、ちょっと頑張ってリスペクトしてもらいたいなあってのはある。ここの遺産だもの」

「ネスタのフランス語ほどひどくなければ、ね。でないと、侮辱になる」

　ケンが混ぜっ返した。

「まあ、そうかも」

　モーリスはきっきっと笑い、大きな手でケンの背中をバンバン叩いた。

「でも、マジな話、リスペクトされてこなかったって感じてる人は多いよ」

「リスペクトされてこなかった、だと？ それ、ネイティブの人に言ってみ？」

　ケンが気色ばんだ。

「確かに、最初にいた先住民が、いちばんリスペクトされるべき。ヨーロッパ人がやって来て、めちゃめちゃにしてしまったのは、ほんとうにいけないことだった。でも現実問題として今は、ここの大多数は日常的にフランス語で喋ってる。オレはポーランド語も話すよ。オヤジがポーランド人だから。オフクロがフランス人。マークの母親はアイルランド人だ。ま、なんだかんだあっても、オレたちはみんなフランス語系ケベック人として、ここで生きてるわけ。英語圏の人とは違う独特のライフスタイルや文化もある。違う音楽、違う食べ物、女の好みだって……」

「おいおい。一般論で決めつけすぎ。オレは女は全部好き」ネスタ。

「そうだね」モーリスはまた笑った。

「しかし、言いたいのは、オレたちの文化を理解もリスペクトもしない英語圏の人がいる。だから、心配してるんだ。いつか、オレたちの伝統や言語は抹殺されて、残りのカナダに飲みこまれてしまうんじゃないかって」

「カナダに飲みこまれる？ でもさ、君もカナダ人じゃん？」

　ケンが反論した。

「どーかな。みんながみんな、同じカナダ人って思ってるわけじゃないよ。ケベックの方が先にできたフランスの植民地。あとからやって来たイギリスが

乗っ取った。もともと違うのに、一つの国になんてなれるわけがなかったのかも。ケベック人の多くは、別れて独立国になりたいと思ってるよ」

モーリスは苦々しく言った。

「ねえ、移民についてはどう思ってる？　ネスタとボクは移民だ。トロントはほとんど移民の町。バンクーバーは40％がアジア系だ」ハリー。

「正直に言うと、嫌う人もいる。そういう人たちは、アジア人が西海岸からカナダを乗っ取りはじめたと感じてる」

「バカ言うなよ！　ヨーロッパ人がここに住みついて、せいぜい数百年なんだぜ」

ケンはイラついてきた。

「ヘイ、落ち着こうぜ」

ネスタがケンをなだめにかかった。まわりの客が振り返った。

「いや、それって偽善なんだよ。カナダは進化しつづけている。確かに、最初は先住民の土地だった。ついで、フランスやイギリスが乗っ取った。今さらどうしようもないね。そして今、人口分布が変わりはじめている。世界じゅうからやって来た人たちが、カナディアン・モザイクをつくりなおしているんだ。受け入れるべきだ。もし、受け入れられないと言うなら、それは紛れもない偏見だ」

ケンの声はだんだん大きくなってきていた。

「抑えて、抑えて。君、ちょっと酔っ払ったね」

モーリスはケンの肩に手をかけた。

「君の言う通りさ。ケベックにはそういう考えもあるってことを言ったまで。でも、オレは違うから君たちと話したかったんだ。今、モントリオールには、ハイチ、ベトナム、アフリカ系の移民がいる。キリスト教徒も、ユダヤ教徒も、仏教徒も、ムスリムもいるよ。だから、もし君がフランス語を話してくれたら、お！　フランス語系住民じゃないか！　と思って、オレみたいなヤツは嬉しくなるよ。皮膚の色のこと言ってんじゃないんだ」

「となると、僕もフランス語系住民ということにはなるな」ハリー。

「うん、そうだね」モーリスが同意した

しばらくして、少し落ち着いてきたケンが言った。

「まあ、違いはおいといて、カナダにはみんなに共通するものが一つあるよな」

「なんだよ？」モーリス。

「みんな、ホッケーが大好きだろ」

　ケンは自信満々に言った。

「よし、モントリオール・カナディアンズのために乾杯しよう！」

　モーリスが先手をとった。

「違う！ トロント・メープル・リーフスだ！」

　ネスタが慌てて失地挽回。

「ネス、抑えて。ホッケーの話は、政治のことより危ないよ」

　ハリーが警告した。NHL[43]でずっとライバル関係にある２チームだから。

「分かったぞー」

　ネスタは自分のショットグラスにテキーラを目一杯注いで、立ち上がった。

「ホッケーに乾杯！ カナダのホッケーに、チーム・カナダに乾杯！」

　これを聞いたバー全体に大声援が沸き起こった。

「ゴー、カナダ、ゴー！ ゴー、カナダ、ゴー！ ゴー、カナダ、ゴー！」

　先ごろ行われたバンクーバー冬季オリンピックで、カナダがUSAに勝利して、金メダルを獲得していたからだ。

　ボーイズは、もう２、３杯テキーラをあおり、モントリオールの新しい友人と乾杯しつづけた。ケンのリクエストで、DJはカナダのテレビ番組 *Hockey Night in Canada* のテーマをかけた。すると常連客たちは、メロディに乗って情熱的に歌いだした。英語系もフランス語系も。

　そのころ、イズィはレストランではなく、モントリオール郊外のマンションに友人を訪ねていた。

43　National Hockey League (NHL)：北米のプロ・アイスホッケー・リーグ。

第 6 章
リプトン先生

1935 年 7 月 18 日生まれ／蟹座／血液型 O

ショー・アンド・テル

1972 年 9 月 25 日（月曜日） 37 歳 2 か月 7 日

ぐ〜〜！ この子たちには頭にくる。こんなの相手にオープン・マインドを
教えるなんて、どうすりゃいいのよ？ 教えることにクローズ・マインドに
なりそう。白髪が増えるわ！ ぐ〜〜！ とにかく深呼吸。

叫んだり、金切り声をあげたりしない。静かな湖と朝靄の日の出をイメージ
しよう……ふ〜〜！ ちょっといい感じ……深呼吸……とにかく、あの子た
ちを受け入れなきゃ、あんなにかわいいんだもの。

後ろで喋っている 4 人組には、まだまだイライラするわ。彼らは最悪。いつ
も教師の邪魔をする。何も聞いていない。男の子ってあんなもの？ でも、
あの子たちに礼儀を教えなきゃ。教師としての私の責任。いつか、私に感謝
する日がくるわ。

前の方にいる女の子たちったら、なんて可愛いの。質問すると、さっと手を
あげるの。シェリルを見て。ブロンドの髪をポニーテールにして、きらきら
したグリーンの瞳に向学心があふれている。そして、ケイ。つやつやとした
真っ黒い髪、バラ色の頬をした色白の女の子。とっても賢くて、勉強熱心
で、いつだって宿題は忘れない。そして、リタ、浅黒い顔と波打った黒髪は
熱帯の王女様みたい。この子たちはすごくイノセントですばらしいの。

もし今、クラスの後ろの方にいる悪ガキたちに聞く耳をもたせることができ
たら、教職は天国よ。分かっている……男の子ってあんなもの。たったの 8
歳かそこらよ……私の赤ちゃん、ははははは。夫のコメントが当たったわ。
私は姉妹のなかで育ったから、男の子を教えるのは手に余るだろう、と。で
も、すばらしい挑戦でもある。よーし、もうすぐ 9 時。

今日は「ショー・アンド・テル [44]」をやるのよ。そのあと、カナダについて
話し合う。男の子たちの興味を惹くように、ホッケーの話をするわ。サミッ

44　Show and Tell：小学校低学年向けの教育科目。自宅から何か道具をもってきて、クラ
　　スの仲間に説明する。パブリック・スピーキングの訓練にもなる。

ト・シリーズの決勝は今週の金曜日。あいにく授業中で見られないけどね。そうそう、放課後、校長にも会いに行かなくちゃ。何かしら？ きっと、私の教え方と教育方針についてよ。間違いないわ。一歩も引かないわ、一歩も。だれにも無理強いさせない。いつだって、正しいことをするわ。

……あ、始まった……国歌が流れだした。みんなすぐに立ち上がったわ。今日は、叫んだり、金切り声をあげたりしなくてよさそう。わあ、男の子たちでさえ、*O Canada* を歌っている。今日は、行方不明の子、いないかな？ 一人だけね、あとはそろってる。まったく、初めてのことだわ！

で、次は *The Lord's Prayer* ね。よしよし。机の後ろのスピーカーにちょっと手を伸ばして、少し音量を下げましょう。ほんの少し。お祈りしたい子は復唱できるように、そうでない子はやらなくてもいい。このことは、学期の初めに子どもたちに話してある。たぶん、校長が私に話したいことって、これでしょう。でも、これはカナダ人としての権利よ。特にここフレミングドン・パークでは。みんな異なるバックグラウンドをもっている。教育委員会とか校長がたとえ何を言っても、それは尊重されなければならないわ。

「じゃあ、今日の授業はショー・アンド・テルから始めますよお。席について。ネスタ、その雑誌を片づけなさい。イズィ、ハリー、あなたたちも」

私は大声をあげた。後ろの生徒たちは、ホッケーの雑誌をめくっていた。
「今日、リタとケンが、何かもってきてくれています。どちらが先？」
「私、私、私が先」

リタは、右手を精一杯高く振りながら、椅子の上でぴょんぴょん跳ねた。
「分かったわ。リタ、始めてちょうだい」

すると、リタはクラスの前に出てきて、みんなの方を向いた。浅黒い肌のリタは、ベージュ色のコーデュロイのジーンズの上に、白いフリルのついたオレンジと茶色のチェックのブラウスを着ていた。にっこり笑うと、前歯が2本ぬけているのが見えた。今からの発表を誇りに思い、興奮しているようだ。
「それで、今日、私たちに何を見せてくれるの？ リタ」

私が尋ねると、リタは青いシューズボックスのような箱からある物を取りだした。

「これは、ガネーシャです」

　リタは自信に満ちて、箱を開いた。なかには脚を交差して岩の上に座る黒ずんだ色のゾウの置物があった。古い銅貨のような色。何本かの腕があって、高さはおよそ 15 センチ、幅は 10 センチぐらいに見えた。

「神様みたいなものだと思います」

「きれいね。リタ。どんな神様かしら？　男かな？　女かな？」

「男、だと思います。お父さんが書いてくれたものを読んでもいいですか？」

　彼女はそう聞いてから、小さくたたまれた紙を箱から取りだした。

「もちろん、いいわよ」

「ガネーシャ、ヒンズーの神様です。彼は人々の障害物を取り除き、助けてくれます。ときには人々を守るために障害物を置くこともあります。彼は、新しいことを始めるときの神様でもあります。インドで最も有名な神様の一つです」

「すごく面白いわ。リタ。なぜ、その頭はゾウなのかしら？」

「ゾーダンばっかし！」

　ネスタが後ろの方で叫んだ。クラスじゅうが笑いの渦に包まれた。

「お黙りなさい！」

　私はあらんかぎりの声で叫んだ。

「自分にもそうしてほしいなら、ほかの人の文化を大切にしなさい！　今からは静かにして。じゃないと、放課後お残りよ！」

　私がものすごく大声で叫んだので、隣のセクションの全生徒が、いっせいに本棚越しに振り返った。

　グルノーブル公立小学校では、伝統的な教室形態ではなく、カナダでもいち早く「オープン・エリア」という形を採用していた。数クラス分の広いスペースを、壁で仕切らないで使うのだ。開放性とコミュニケーションを促進するという、きわめて画期的な試みだった。グルノーブル小学校がこのプロジェクトに選ばれたのは、その多文化な構成からだ。異なる先生の異なるクラスに属していても、同じ学年の子どもたちはつながっている感じがする。ときには摩擦も起きかねないたくさんの文化を棚上げして、まずは共同体意識を育てることができた。都合悪いことは、非常にうるさく……なる。

「ごめんなさーい。リプトン先生」

ネスタはいたずらっぽく答えた。

「これからはもっと気をつけます」

　オープン・エリアじゅう、くすくす笑いがさざなみのように伝染していた。

「そうしてね、ネスタ。リタ、男の子たちのこと気にしなくていいわよ。あなたのショー・アンド・テルはとても面白いわ」

　私は、リタを安心させた。

「じゃあ、ガネーシャは、なぜそんなに美しいゾウの頭をもっているの？」

「はい。ガネーシャがゾウの頭をもっているのは、シバとパールバティーという二人の神様が喧嘩をしたとき、彼がそれをとめようとしたからです。シバが間違って彼の頭を切ってしまい、そのことをほんとうに悪いと感じたシバは、ガネーシャのなくなった頭のところにゾウの頭をくっつけたのです」

　リタは、子どもらしくこまごまと説明した。

「でも、どうしてゾウの頭なの？　リタ」

「知りません。お父さんはそのこと、書いてくれていません」

　クラスじゅうが、また一斉に笑った。今度はリタも、みんなにつられて笑った。前歯の欠けたかわいい笑顔をまた見せて。

「だれか、質問ある？」

　私は、全員に尋ねた。ハリーが手をあげた。

「はい、ハリー」

「カンボジアにも、それと同じ神様がいると思います。カナダに来る前、ウチに大きいのがあったの覚えてます」

「前に、パキスタンでも見たことあるよ」

　イズィも割りこんできて言った。

「あなたが生まれた東パキスタンは、今はバングラデシュという名前になったのよね、イズィ？」

「はい、たぶん」

　イズィはちょっと自信なさそうだった。

「さあ、クラスを見まわしてみて。思っていた以上にたくさんのものを、私たちは共有しているのね。覚えといて。私たちはたくさんのものを分けあっていて、世界じゅうのことについてお互いから学んでいくのよ。違っていること

は、すごいこと。おかげでもっと頭がよくなって、もっと豊かになって、もっと幸せにもなれるわ。そのこと、絶対に忘れないでね、みんな」

「どういうふうに豊かにしてくれるの？」

　ハリーが尋ねた。

「私たちの心を豊かにしてくれるのよ。私の話、いつか理解できるわ」

「さ〜すがあ、リプトン先生。でも、その前にお金貯めるよ！」

　ネスタが冗談を言ったので、笑いはもっと大きくなった。彼はいつも冗談ばかり言ってまわるクラスのピエロ。でも、賢くてチャーミングで、憎めなかった。まわりを盛りあげる天才だ。

「静かにして！」と、私は再び叫んだ。「すごい品だわ、リタ。すばらしいショー・アンド・テルをほんとうにありがとう。今日一日、それを私の机に置いておいてもいい？」

「もちろんです。先生」

　リタはガネーシャ像を私の机に置いて、みんなの方に向けた。

「いい？　もし無礼なことをする子がいたら、必ず、ガネーシャはあなたたちに障害物を与えるわよーお」

　私はふざけて言ってみた。すると全員が笑った。前列の席に戻っていたリタも一緒に。彼女は握った手をきちんと机の上に置いて、たった今披露して説明しおえた物に対する誇りで輝いていた。

「はーい、次はケンよ。今日は、何をもってきてくれたの？」

　ケンは、長くて青い布の入れ物をもってクラスの前に出てきた。平らで細長い野球のバットくらいの大きさだった。彼はクラスの正面に立って、袋のてっぺんについているオレンジ色の紐をほどいた。そして、なかからもう一つのケースを引っぱりだした。それは硬くて黒くて、非常に長いネックレス・ケースのように、横から開く仕組みになっていた。ケンは、子どもたちのあいだで今流行のまだらブリーチのブルージーンズに、コンバースの黒いハイカット・スニーカーをはき、青と白のトロント・メイプル・リーフスのジャージを着ていた。背番号は 19。フォワードのポール・ヘンダーソンの番号だった。この選手は、その週のうちにカナダのヒーローになる。

「これは、サムライの刀です」

説明しながらケンは飾り物の刀を引っぱりだした。クラスじゅうから「うわあ」という声がして、全員度肝をぬかれた。

「ケン、それは本物？」と、私。

　ケンがそんなものをクラスにもってくるなんて、あまりに危険で、違法ではないかと思った。とにかく彼はたった8歳で、ここは小学校なのだから。

「これはテッド叔父さんのものです。ただの飾り物だって言ってました。刃はプラスチックに色を塗ったものだけど、柄のところは本物です」

　ケンは専門的な話をしていた。

「本物の刃はもっと大きくて、ものすごく重くて鋭いんです。テッド叔父さんの話では、ウチのご先祖様は日本のサムライでした。サムライは戦士みたいなもので、いつもこういう刀を1本とか数本身につけていました。昔、日本には階級制度があって、サムライがいちばん上でした。ほかの人たちはサムライの言うことを聞かないといけなくて、そうしなければ、首を斬り落とされることもありました。部族間でたくさんの戦いもありました。そのとき、刀を使い、殺しあいをしました。本物の刀はものすごく鋭くて、人を真っ二つに斬ることもできました」

「ハリーを真っ二つに斬れる？」

　ネスタが冗談を言った。

「お黙りなさい、ネスタ。羽目を外してはダメ」

　私は叫んだ。

「とにかく、テッド叔父さんが言うには、ボクのご先祖様は日本の鹿児島の出身で、バンクーバーの近くに移住してきました。漁師になる人もいましたが、ボクのお祖父さんは製紙工場で働きました。第二次世界大戦のとき、たくさんの日系カナダ人たちは仕事や家を取りあげられて、強制収容所に入れられました。ボクの家族もそうでした。カナダ政府は、日系カナダ人を敵と見たのです。でも、ボクんちのサムライの歴史は、その恐ろしい時代を生きぬくのに必要な誇りを家族みんなに植えつけました。テッド叔父さんもお祖父さんも『剣道』を習いました。その武道では、竹でできた偽の刀を使います。剣道のルーツはサムライから来ています」

「すごく面白かったわ、ケン。すばらしいショー・アンド・テルでした。それ

に、日系カナダ人の強制収用所の話を紹介してくれてありがとう。カナダにさ
え、その歴史のなかにはとても恐ろしい時代があったのよ、みんな。来週は、
ネイティブ・カナディアンに起こったことについて教えます。ありがとう、ケ
ン。席に戻って」

「はい、先生」

　ケンが席に戻るとき、数人の子どもたちが後ずさりして道を空けた。ケンは
サムライみたいに刀を自分の正面に置いた。

　私はクラスを見まわし、一人ひとり違う顔を眺めて、このショー・アンド・
テルを子どもたちにとって意味のあるメッセージで締めくくろうとした。

「私たちは常に、まわりで起こるいろんなことを見て、良いことと悪いことに
気づかないといけません。同じ過ちを繰り返さないためです。あなたの家族
は、けっしてカナダ政府の敵ではなかったわ、ケン。政府が間違っていまし
た。みんな、覚えておいて。政府でさえ、政治家でさえ、校長先生や教師でさ
え、間違うことはあるの。あなたたちには、権威に対して疑問をもつ権利があ
るのよ！」

　私は言い含めた。

「権威って、なんですか？」リタ。

「政府、上司、警察、それから先生だって、そうよ」

「先生も？」ハリー。

「でも、大人になってからにしてよ、いい？」

　私は念のため付け加えた。

　それにしても、この子たちはまだ8歳くらいなんだということを思い出し
た。私の傾向として、政治的なことに少しばかり熱くなりすぎる。でも、人権
や民主主義について語るとき、子どもたちが熱心に耳を傾けてくれるのはすご
いことだ。ぼんやりした表情で聞いていることが多いにしろ、いつか私の教え
たことが彼らの役に立ち、気づきをもたらすだろう。たとえ今は理解できなく
ても。

　ケンがいちばん後ろの席に座ると、10人ぐらいの男の子たちががやがやと彼
を取り囲み、押しあいへしあいして、サムライの刀を近くから一目見ようとし
ていた。

これが新しいカナダよ。そして、この子たちが、その一端を担おうとしている。この子たちは将来のリーダーで、その準備をさせることが私の仕事なんだわ。私が教育大学を卒業したのは、まさにこのためなのよ。

　数年前、ここフレミングドン・パークのグルノーブル小学校へ転勤になることを聞かされたとき、これは逃げられない話なのだと思った。この学校は、トロントじゅうで最も国際的な小学校で、英語さえ満足に話せない子どももいた。多文化というだけではなく、複雑な問題を抱える難民家庭の子が多い。祖国で、戦争、飢餓、強制退去、迫害、ときには死からも逃れてきたのに、この新しい国で直面したのは、人種差別、外国人嫌悪、過小評価、言葉の壁、貧困に近い生活、そして凍てつく冬、だけだったという家族もいた。

　フレミングドン・パークでは、カナダ生まれの白人の子どもでさえ、苦労と無縁ではなかった。崩壊家庭か一人親家庭の子が多かった。失業家庭だったり両親とも低収入だったりして、家賃の安いアパートや公共住宅地区に住んでいるのだ。この私に能力や気力があるだろうかと不安だった。かくも多様なバックグラウンドの産物である子どもたちを、一つのクラスにまとめて教育していけるだろうか、と。

　転勤の通知をもらってから、考える時間を2週間もらった。私はトロント北方のマスコーカ湖へ出かけた。そこに、ささやかなログ・コテージをもっていたので。日常生活に気を散らさず、仕事の将来を熟考したかった。私は原生林を歩きまわった。カエデやアメリカシラカバや松の木々が、岩盤に根を張って湖を取り囲んでいた。カヌーで湖上に漕ぎだしてみた。岩ばかりの島からくねくねと生えた松の木々は、カナダ印象派の油絵を連想させた。「グループ・オブ・セブン[45]」の画家たちが、この静かで瞑想的な地をよく訪れて、代表作を描いている。

　太陽が傾いてきたので、私はカヌーに座り、耳を澄ました。ものすごく静かで、1キロ先の音まで聞くことができるほどだった。私の古びた赤いカヌーにひたひたと寄せてくる小さな波の音、カヌーの内側に櫂が当たってカタンコトンとたてる鈍い音、そのはるか向こうからたくさんの鳥の声が聞こえてくる。

45　Group of Seven：1920年代のカナダで活躍した7人の風景画家たちに与えられた名称。

幾重にも重なって飛ぶ鳥たちが、あらゆる方向から囀ったり呼びあったりしている。サギ、タカ、マガモ、アビ、ウグイス。いく種類もの鳴き声が混ざって、まったく新しい音楽をつくっていた。重厚に入り組んだオーケストラみたいな。それは巨大な音のモザイクだった。

　そのとき、私の心に光が射した。フレミングドン・パークのグルノーブル小学校もこれと同じだ、と。鳥の代わりに、人と家族と子どもたちがいるんだ。たくさんの異なる文化が一つになっている。このさまざまな子どもたちの世話をだれかが引き受けて、たくさんの違うものが集まれば、びっくりするようなものが生まれる――そう教えなければならない。文化、宗教、人種の融合。これこそが新しいカナダならば、私もその発展の一部を担おう、と決めた。

　私自身もドイツからの移民だった。ユダヤ難民として、ナチスの政権を逃れて 1944 年にアメリカにたどりつき、1965 年にカナダに移住した。もともとの姓はリプシッツだったが、英語風にリプトンに改名した。そのとき、私は今の生徒たちとほとんど同い年で、大西洋を越えたのだ。だれかがあの子たちに教えるとすれば、それは私だ。私の天職。私はコテージに戻り、翌日、ノース・ヨーク教育委員会に、「やらせてください」と電話したのだった。

一歩も引かない

1972 年 9 月 25 日（月曜日）午後 3 時 30 分　37 歳 2 か月 7 日

　この日、グルノーブル小学校の授業は、特に問題もなく過ぎた。午前中の授業でショー・アンド・テルとスペルのクイズをし、ランチのあとは、体育の授業で子どもたちの大好きな室内ホッケーをした。それが終わると、カナダ対ソビエトのサミット・シリーズについて話した。このシリーズについてどう思うか、また、チーム・カナダを応援するかどうか。子どもたちは全員、チーム・カナダを応援していた。出身なんて関係なく、ロシア人のアナトリーさえも。「自分たちはカナダ人なのだから、チーム・カナダを応援するんだ」と。

　その後、私は子どもたちに、オタワに置かれている議会はどういうふうに動いているかを教えた。カナダは議会制民主主義を布いており、国民は支持政党

に投票する。時の与党は自由党で、カナダの首相は、移民受け入れと多文化主義を推し進めた、あの偉大なピエール・トルドーだった。

　午後3時30分、クラスが終わったあと、ジム・デイビス校長に呼ばれていたことを思い出し、長い廊下を歩き、正面入り口の隣にある校長室に向かった。秘書はすでに帰ったあとだった。入り口のドアが大きく開かれていて、私はなかに入っていった。ジムが執務机で私を待っていた。

「どうぞ、イボンヌ。座って」

　桜材でできた特大執務机があって、私はその正面に座った。

「校長。それで、お話というのは？」

「二、三話したいことがあってね。まず第1は、教育委員会が、サミット・シリーズの最終ゲームをクラスで見せていいと言ってきたんだ」

「でも、ゲームはソビエトで行われるんじゃないですか？」

　私は混乱して尋ねた。

「そう、モスクワでね。でも、トロントでもライブ放送されるんだ。正午にね。子どもたちにお弁当をもたせるよう、保護者に伝えてほしい。もちろん、保護者が家で食べさせるというなら、それもできる。午後1時からの通常授業には戻ってくるはずだ。この試合に関連したカリキュラムを設定してくれないか」

「で、この試合を観せてよいという決定は、どういう理由からですか？」

「だって、信じられないくらいのシリーズになってきてるから。国じゅうの人たちが観る勢いだ。もはや国民現象になりつつある。多くの企業で、シリーズが終了するまで休業にするという話まである。ゲーム視聴に関するアウトラインが、明日、教育委員会から郵便で届くことになっている」

「まあ、私にとってもすごくうれしいことです」

「じゃあ、もう一つの話。これはもっと言いにくいことだ。私が君のことをどのように評価しているか、分かっているよね。君はすばらしい先生だ。保護者も君のことは尊敬している。しかしながら、この学校の校長として、私には教育委員会の方針に従う責任があるんだよ。お分かりと思うが」

「あたたかいお言葉、いたみいります。でも、はっきりおっしゃってください」

「というのはだね、不満をだいている保護者がいるんだ。聞くところによると、君は朝の *The Lord's Prayer* のとき、スピーカーの音を消すそうじゃないか。そ

れは私の立場としては、困ったもんだと言わざるをえない」

「私はスピーカーを消してなどいません。ほんの少しボリュームを下げている
だけです。私のクラスの大部分の生徒は、キリスト教徒じゃありません。*The
Lord's Prayer* を強要するのは、とてもアンフェアなことですよ」

　キリスト教の祈りを教えて暗記させるようにというのは、教員養成期間にも
言われていたことだ。ヒンズー教、仏教、イスラム教、ユダヤ教の子どもたち
にまで。そのために毎朝、始業の前に校内放送で *The Lord's Prayer* の録音が流
される。そんなことを強要するのはモラルに反すると、私は感じてきた。

「校長、そのような行為は、彼らの権利の侵害であると言わなければなりませ
ん。私の権利までも。非民主的で、非カナダ的だと、私は思います。それは
各々の教義に背くものです。自分に合ったものを信仰する権利があるわけです
から。この点について、私は間違っていないと思いますよ、校長」

　私の声はだんだん大きくなってきていた。私は振り返って入り口に行き、重
いオーク材のドアを閉めた。

「君の考えは理解している。しかし、私が置かれている立場も理解してほしい。
君のクラスにも、キリスト教徒の生徒はいるだろ？　ほぼ半数近い。君の行為
は、同じように彼らの信仰の権利も侵害していることにならないか。それに、
これは教育委員会の決定なんだ。私はこれを実施しなければならない」

　校長は主張を曲げなかった。

「私たちは毎朝、国歌を歌い、*The Lord's Prayer* を流さなければならないとい
うことは理解しています。ちゃんとやっています。スピーカーの音量を下げて
はいけないという規定が、どこに書いてありますか？　校長、あなたの立場は
分かります。しかし、私は自分が正しいと信じることしかできません。私は、
スピーカーの音量を下げつづけるつもりです。キリスト教徒の子どもたちや、
だれであれ *The Lord's Prayer* を唱えたいという子がいたら、どうぞって言いま
す。しかし同様に、やりたくない子には、無理にやらなくてもいいという心の
平安を許します。もし、音量を下げることが許されないなら、私はキリスト教
徒でない子は教室の外に出そうと思います。そして、それが規範に反すると教
育委員会が判断するなら、そのときは、なさりたいようになさってください。
私は、喜んで結果を受け入れます。私の行動であなたにご迷惑をおかけするこ

とは重々承知しています。しかし、あなたにお願いします。私の回答を委員会
にそのまま伝えてください」

　それから、きっぱりと述べた。
「もし、委員会が私への処罰を決定したら、私を懲戒し、必要な処分を科して
ください。あなたを個人的に恨んだりいたしません。それは約束いたします」
「分かった。君の意見を正式に委員会に回答するよ。残念だ」
「かまいません、校長。ところで、サミット・シリーズ用のカリキュラムです
が、レポートはどうでしょう？　なぜ、チーム・カナダが好きか？　そして、カ
ナダ人であるとはどういうことか？　短いディスカッションもできますよ」
「それはすごい。しかし、忘れないで。彼らはまだ8歳だってこと」

　ジムと私は笑った。
「それから、カナダはこのシリーズで2ゲームも負けているんだからね。ディ
スカッションは期待するほど楽観的にいかないかもしれない。これはただの
ゲームなんだから、終始気楽にやってくれたまえ。いいね」

　私は立ち上がると礼を言い、校長室をあとにした。仕事の危機を招いてし
まったが、私には満足感があった。何か正しいことをしたと思えるような。

決勝の日
1972年9月28日（木曜日）午前11時30分　37歳2か月10日

　シリーズは全部で8戦で、最初の4戦がカナダの都市で、あとの4戦はモス
クワで行われた。結局のところカナダは、モスクワでの決定戦となる第8戦の
直前に2試合をものにして3勝3敗1分けとし、シリーズをイーブンにもちこ
んだ。敵地でのゲームだったことを考えると、驚くべき起死回生劇だった。

　モスクワでのゲームは事件と陰謀と政治的策謀に満ち、スポーツトーナメン
トというよりは、スパイ小説のようだった。不公平な判定、相手選手を狙った
故意の攻撃、食当たりを招くような食事、逮捕の脅迫まであった。

　この「親善試合シリーズ」は重要催事に発展し、カナダのモントリオールで
行われた第1戦では、オープニング・セレモニーであるフェイス・オフは、ピ

エール・トルドー首相によって投げ入れられた。モスクワでの試合にはソビエト連邦共産党書記長ブレジネフ、首相アレクセイ・コスイギン、最高会議幹部会議長ニコライ・ポドゴルヌイがすべて出席した。

　もはやスポーツイベントの域ではなく、氷上にもちこまれた東西冷戦の延長だった。勝者は、どちらが優れた社会かを決定する。同様に、ソ連とアメリカとで鎬を削っていた宇宙競争も、どちらが優れた政治制度か、その証を誇示するものになりつつあった。

　今、私は認めざるをえない。当時の私には、ソビエト連邦に対する愛情など露ほどもなかった。私の民族の多くは、スターリン主義のソ連でパージされた。ユダヤ人はアメリカ帝国主義の支持者であるとして処罰され、はるかシベリアのキャンプに送られた。処刑された人もいた。ヨシフ・スターリンは、ナチス嫌いだけでなく、ユダヤ人に対する嫌悪も隠さなかった。

　こうして、サミット・シリーズの勝敗は第8戦の決勝にもちこされた。引き分けでは、得失点差でソビエトが勝利する。カナダは、とにかくこのゲームに完勝しなければならなかった。カナダ代表であり、かつトロント・メープル・リーフスのウィンガーであるポール・ヘンダーソンは、直前の2ゲームで決勝ゴールを決めていた。そのため、彼への期待も高まっていた。闘いは熱狂的なクライマックスを迎え、カナダ国民一丸となって応援していた。

　見逃せない試合だった。人も顧客もテレビ中継が見られるように、企業の多くは仕事の手をとめ、商店は閉まった。ほぼ全家庭で、オフィスで、従業員控え室で、商店で、レストランで、銀行で、病院で、今や教室でも、国じゅうの場所でこの試合は視聴された。だから、当時この世にいたカナダ人ならほぼ全員、どこでその決勝を観たか、語ることができるくらいだ。

「はーい、みんな。邪魔にならないところに机を動かしたら、前に来て座って」

　男の子も女の子も机を片づけ、教卓の前にオープンスペースをつくると、オレンジ色のカーペットの床に半円形に座った。読み聞かせや話し合いのときにはいつもそうしていた。私は、カラーテレビの台を教卓の前まで転がしてきた。*Sesame Street* を見せるためによくこうしていた。この番組は多民族の人物が登場するアメリカのテレビ番組として、最初に試みられたものの一つだった。

「では、みんな。今日はなんの日？」

「ホッケーの日！」

　子どもたちは口をそろえて叫んだ。

「チーム・カナダはどうかしらね？」

「勝つ！」

「そのとおりよ、みんな。勝たなくちゃ。引き分けじゃダメなのよね。どうしても勝って、シリーズに優勝しなくちゃ。でも忘れないで。勝つだけがすべてじゃない。努力とチームワークよ、大事なのは。だから、もしカナダが負けても悲しまないのよ」

「は──い！」

　子どもたちはきゃあきゃあ叫んで盛りあがった。

「じゃあ、みんな静かにして。もうすぐゲームが始まるわ。エネルギーをためておきましょう」

　実際問題、最後の心配は、試合が終わるまでこのエネルギーを持続できるだろうかというほどであった。正午も近かった。

「今日、お弁当をもってきた人？ 教室で食べる人は何人かしら？」

　尋ねてみると、信じられないことに、子どもたち全員が手をあげた。普段は、半数の子どもたちは昼食時に家に帰っていた。しかし今日は、どの子も1分たりともゲームを見逃したくないようだった。

「今日は歌うの？ リプトン先生」ネスタ。

「歌いたい？」

　私は子どもたちに尋ねた。お昼休みの前に、私たちはよく歌った。ダンスつきの歌を教えるのが常だった。

「*Hava Nagila* はどう？」

と、私は聞いた。それはアップテンポの伝統的なヘブライ語の歌で、子どもたちにも教えてあった。ダンスも。輪になって踊るもので、子どもたちは大好きだった。校長のジムは、ユダヤの歌であるという理由で神経質になっていた。ときどき、ジムに悪いなと思うこともあった。彼は、私に対していろいろ我慢し、同時に、保護者や教育委員会からの圧力にも耐えていた。私はポータブルのプレーヤーを出してきてレコードをかけた。子どもたちは音楽に合わせて跳びはねてじゃれた。ちゃんと踊る子もいれば、めちゃくちゃな動きをする子も

いて、汗びっしょりになった。ネスタとケンは椅子の上で踊りはじめた。ジムが廊下の窓からクラスの様子を観察しているのが、ちらっと視野に入った。

「はーい、みんな、正面に戻って。もうダンスはおしまいよ。座って。ネスタ、ケン、すぐに前に来て座りなさいッ！」

この二人はまたしても私の神経を逆撫でした。

「ネスタ、すぐに椅子から下りなさいッ！」

「ごめんなさい。リプトン先生」

ケンが謝りながらこけて、クラスじゅうの笑いを誘った。

「終わりよ、みんなッ！」

私はとうとう大声で叫んだ。そして、子どもたちがクラスの前に集まりはじめたとき、いつものあの子が教室に入ってくるのが見えた。白人の男の子で、肩まで届きそうな長髪を真ん中わけにしたビリーだった。

彼は1週間ずっと学校を休んでいた。父親からの電話では、ひどい風邪をひいたという話だった。すぐに男の子たちが走りよって彼を取り囲み、出てこられたことを喜んだ。彼とソウル・シェイクをする子もいた。ほかの子も、彼の肩や背中を軽く叩いたりした。ほぼ全員が、彼に会えて興奮しているようだった。何人かの女の子たちはクラスの一方にかたまって、はにかんだように眺めながら、笑顔を向けていた。

ビリーは子どもたち一人ひとりに挨拶して、クラスの正面にゆっくり近づいてきた。9歳にしては堂々として、かっこいい自信にあふれていた。彼はほかの子たちより1歳年上だった。どうしてなのか、はっきりとは知らないけれど、1年生のときにほぼまる1年休んでしまい、1学年遅れたのだ。子どもたちにとって、1歳年上というのは信じられないくらい大きい差だ。それでも、教師としての日々のなかで、こんなに自然なリーダーシップとオーラをそなえた男の子を、それまで教えたことはなかった。

それでいてビリーは、とても丁寧で礼儀正しくもあった。それゆえ、ビリーがそばにいるとほかの子どもたちも行儀よくなった。唯一の問題は、ビリーがしょっちゅう休むことだった。あざやかなひっかき傷をつけて来ることもザラだった。ホッケーでつけた傷だと私には話したが、本当かどうかと首をかしげることがときどきあった。

ビリーは、友だちと戯れにストリート・ホッケーをやるレベルではなく、エリートぞろいのMTHL[46]においてもちょっとしたスター選手だった。こんなに幼いのに、すでにプロのスカウトが目をつけていた。ある日、ビリーが両目ともにアオタンをつけて学校に来たことがあった。ショックと恐怖で、どうしてそんなものがつくことになったのか説明を求めた。ホッケー中の喧嘩で、とビリーは言い張った。信じるべきか否か、私は迷った。しかしその晩、私はコミュニティの新聞で、ビリーが相手選手と乱闘している写真を見た。彼はいつも言っていた。喧嘩になったら、本当のホッケー選手は、相手選手の手を痛めないようにヘルメットを脱ぐものだと。どうも、喧嘩はヘイトからではなくリスペクトによるものらしい。私としては、その理屈がいまだに飲みこめないのだが、とにかく同級生のあいだで、彼はレジェンドになっていた。

「ビリー、あなたが戻ってきてくれてとってもうれしいわ。でも、どうして遅刻するの？」

「ほんとうにすみません。お父さんをお医者さんに連れていかなきゃいけなかったんです。月曜日に、お父さんが梯子から落ちて、脚を折りました。ボクは病院でお父さんと一緒にいました。ここに、お父さんからの手紙があります」

　彼の母は数年前に亡くなっていた。そのため彼は、いろいろと家事を引き受けることになった。父親の世話も含めて。その父親というのがまた、よく分からない状態にあった。ビリーは、着たきりスズメのナリをしていた。古くてだぶだぶのお下がりのジーンズ、黄ばんだ白いTシャツの上に、赤いのフランネルのシャツ。くしゃくしゃのダーティブロンドの髪が顔にかかり、深くてきりっとしたヘーゼルの目を部分的に隠していた。彼はクラスの正面まで進み出て、私の前にやって来た。その顔には、謝罪の表情が浮かんでいた。

「いいわ、ビリー。お弁当をもってきた？」

「いいえ、先生。帰ってもだれもいないので、ランチタイムのあいだ、ここにいるしかないんです」

「お弁当がないということ？」

「ええ」

46　MTHL：Metro Toronto Hockey League（当時）。現在は、Greater Toronto Hockey League という名称。アイスホッケーのマイナー組織。

ビリーは視線を落としたままだった。私はショックで、またしても規範破りを決めた。

「分かったわ。だれか、ビリーにお弁当を少し分けてあげられる？」

　するとほとんどすぐに、クラスの4分の3くらいが手をあげた。

「あ、私、私、私！」

「ぼく、ぼく、ぼく！」

「あら、ビリー。カレーライス、ピタパン[47]、キムチ、焼きそば、ピザ、コーシャー[48]、ハラール、または普通のサラミ・サンドイッチ、こんなにたくさんのなかから選ぶことになるみたいよ！」

　私は冗談を言った。

「サンドイッチ半分だけでいいです。先生」

　ビリーは丁寧に言った。

「分かったわ、アナトリーはサラミ・サンドイッチの半分、どうぞ、してあげられる？」

　私はクラスで唯一のロシアの男の子、アナトリーに聞いた。彼の父は、書物で共産主義政府を非難した知識人だったため、逮捕される恐れがあって家族を連れて昨年カナダに逃げてきたのだった。

「ハム・サンドイッチなんだけど……」

　アナトリーは私の誤りを訂正した。

「まあ、私はハムを食べることができないけれど、確かビリーは問題ないはずよ。でしょ？　ビリー」

　私は、ポークを食べない個人的な食習慣コーシャーについて触れた。

「問題ないです。先生」

　ビリーは答えた。

「私のも。リプトン先生」インドの女の子、リタが申し出た。「私のには、タンドゥーリ・チキンが入ってます！」

「どう？　ビリー？」

「タンドゥーリ・チキン、大好き！」

47　Pita bread；中東あたりで始まったといわれる、無発酵の丸く平たいパン。

48　Kosher；ユダヤ教で食べてもいいと定められた食事。

ビリーは興奮してきた。

「ボクのにスーブラーキ[49]、あるよ」

　ギリシャ人の男の子、ニックが言った。

「ボクのには、余分のロールキャベツがある」

　ハンガリーの男の子、ティビも。

「ブルコギ[50]よ！」

　ケイは自分のバケツ型の弁当をもちあげた。

「香辛料のきいたヌードル！」ハリーが大声を出した。

「マトンライス！」イズィ。

「ジャークチキン！」ネスタ。

「マクドナルドのフライドポテト！」

　ケンが冗談を言ったので、みんなが笑った。

「では、先生からはチーズ・ベーグルよ」

　という具合に、クラス全員が自分たちの伝統食を少しずつ提供して、ビリーを助けることが決まった。あがった食材を見るといささかステレオタイプに思えるかもしれないけれど、これは実際に起きたことで誇張はない。

「全部残さず食べられそう？　ビリー！」

「はい、先生！」

　子どもたちは、またビリーを取り囲んだ。今度は銘々のお弁当をもって。

　なんとも素敵で楽しいランチタイムだった。ビリーはお腹いっぱい食べて、立ち上がれないほどになった。それが終わるとディスカッションを再開した。子どもたちはまた、クラスの前の方に集まって、カーペットの上に座った。

「じゃあ、質問するわね、みんな」

　私は子どもたちの目の前の椅子に腰掛けて言った。

「カナダ人であるって、どういうことかしら？　カナダ市民のパスポートをもっている、なんていう意味じゃないのよ。あなた自身にとって、個人的に何を意味するか、知りたいの。じゃあ、ネスタから始めて。君は、何か言いたくてたまらないって顔してるから」

49　Souvlaki：肉の串焼き。ギリシャ料理。

50　Bulgogi：すき焼きに似た韓国の肉料理。日本ではブルコギまたはブルゴギとよばれる。

「えーと、それはカナダ流の生き方がいいんだと信じることです。なんでもできる、制限なし。あ、それから、雪が好きになること」

　みんな、くすくす笑った。

「はい、ありがとう。じゃあ、ケイは？」

「うーん。国じゅうの行きたいところ、どこへでも自由に旅行できることです」

「そのとおり。アナトリーはどう？」

「ウチのお父さんはいつも言ってます。だれも傷つけないなら、なんでもしたり言ったりできる権利をもつことだって」

「とっても知的な答えだわ、アナトリー。私もまったく同じ意見よ」

　私はこのとても利口な子に一目置いていた。ちょうど1年前にカナダに来たばかりだけれど、もうクラス1の成績だった。英語さえも。

「ケンは？」

　私は半円のいちばん後ろにいるケンを指した。

「インディアンであること。ネイティブのカナダ人っていう意味です」

　私の予想外のことを、ケンは言いだした。

「えーと、実際、君はまったく正しいわ。ケン。ネイティブの人たちが本来のカナダ人です。ほんとうに。それ以外の人たちは、ネイティブの大切な遺産が長く保たれるよう望むことしかできないわね」

　私は言葉を失っていた。私が子どもたちに教えたかったのは、ネイティブの人々に対して本来のカナダ人として敬意を払うべきだということ。一方では移民を正当化しながら。

　私は、ロンドンからやって来た女の子のキャロルを指した。

「キャロルは？」

「カナダ人は、英国王の臣民であると読んだことがあります」

　キャロルは真剣に言った。当時カナダは、まだイギリス連邦の一員だった。

「そう、確かに。形式的にはそういう面もあるわね」

「ハリーは？」

「戦争のない安全な社会に住めることです」

　ハリーは、身内がカンボジアで受けた暴力的な経験を思って言った。

「すばらしい！　では、イズィは？」

「白人であること」

　イズィはもう一つの爆弾を放った。それはちょうど、後方のドアのそばに立っていた校長のジムが、ディスカッションをやめさせるべく教室に入ろうとしているときだった。

「イズィ、貴重な意見をありがとう。でも、それは真実ではないわ。カナダ人になるには白人じゃなくてもいいのよ。それを忘れないで、私は本気よ！」

　私は厳しく言った。

「……はい、……リプトン先生」

　イズィはいい加減に答えた。

「先生、意見を言ってもいいですか？」

　ビリーが手をあげていた。

　ビリーは立ち上がって、クラスの前に来て、私の横に立った。まるで話す許可を得るかのように、私をちらっと見た。

「どうぞ、ビリー」

「リアル・カナダ人であるとは」

　ビリーは思慮深く慎重な口調で話した。年齢にそぐわないほどの成熟ぶりをただよわせて。

「学校に来ること。そこには、世界じゅうのいろんなところからやって来た友だちがいて、ほんとうに必要とするときに助けてくれること。お互いの食べ物を分けあうと、それぞれの食べ物はものすごく違うんだけど、どれも全部おいしいこと。違う家族、違う洋服、なんだか変な家具、おかしい音楽に慣れた子どもたちが一緒になって、絶対負けないチームをつくること。一人ひとりが絵のなかの色で、できあがった絵がすごくかっこいい、みたいな。一緒にいて、どんなことでもいつも喜んで助け合う。本当の家族でなくても、家族になること。たまたま一緒になった国に住むこと。それが、カナダ人であるということなんだ」

　9歳の子どもが、今ビリーが話したようなことを言うなんて、信じられなかった。長い沈黙があった。だれもが、聞きなれない方言を理解しようとしているときのように。言葉の意味は理解できたし、ビリーが言ったことの深さも重要さも感じていた。でも、意味が分かるまでの時間が必要だった。

そのとき、クラスの後方から、拍手が聞こえてきた。ゆっくり始まって、それから早くなった。大きな大人の手による拍手だった。校長のジムだった。全員振り向いて、ついで大喝采になった。

「みんな、ビリーはものすごく正しい。そして、リプトン先生はすごい先生だ。あの手紙は教育委員会には送らないことにするよ、イボンヌ。君たち全員、本物のカナダ人として、今日ゲームを楽しんでほしい。みんなの熱意と応援があれば、勝てそうな気がしてきたよ！」

　そう、ジムは言った。

「ゴー・カナダ・ゴー！　ゴー・カナダ・ゴー！　……」

　ジムが唱えはじめると、クラスじゅうが加わってたっぷり５分ほど続いたあと、私はテレビをつけた。その続きは、いわゆる歴史の１ページになった。このオープン・スペースにいるほかの２クラスも加わって、一緒にこの英雄的なチーム・カナダを応援した。子どもたちは、試合のあいだじゅうわめいたり叫んだりしていたが、今日ばかりは、彼らのやりたい放題にさせておいた。

　カナダは残り38秒のところで、この第８戦をものにした。そのゴールを決めたのは、またしても地元チームの人気選手、ポール・ヘンダーソンだった。

　これは、私がカナダで暮らした34年間で、自分はほんとうにカナダ人なんだと実感した最初でもあった。チーム・カナダはゲームに勝利したが、チーム・ビリーは私の心に勝利した。

第 7 章
キングストン へ

翌朝

2010 年 6 月 28 日（月曜日）午前 10 時

　ケンとネスタが朝食をとりにホテルのレストランに下りていくと、ハリーは
オムレツをもう半分くらい食べたところだった。

「おあよ〜」

　ネスタが眠そうに言った。

「やあ、気分はどお？」

　ハリーは楽しそうに目を見開いて尋ねた。

「死にそ」

　ケンはレイバンのサングラスをかけたまま答えた。

「オレもだ」と、ネスタ。「ハリー、おまえは、なんでそんなに早起きなんだ
よ、え？　気味わるっ！」

「ボク、テキーラ 1 杯とビール 1 杯でやめたから。覚えてない？」

「うーむ。ぜんぜん覚えていない。このままついでに思い出させないでくれ。
ピエールとイボンにそそのかされただけだ！」ネスタ。

「正しくは、モーリスとマーク。確かに、あいつらはチョー悪いヤツらだった
よ。みんなあいつらのせいだ」

　ハリーは皮肉いっぱいに喋りながら、最後に付け加えた。

「ところで、ボクらの飲み代を全部払ってくれたのもヤツらだ」

「なんだって？」

　ネスタは驚いて目が覚めた。

「そうだよ。覚えてない？　あいつらったら、もし君がストリップをするなら、
勘定をもってやると言ったんだ」

「ああ、知りたかねえなあ……で、オレは、やったってか？」

　ネスタは両方のてのひらで顔をおおい、指の隙間からのぞきながら、

「待て待て、思い出すから……」

「えっとね、かいつまんで言うと、テキーラをラッパ飲みして半ビン空けてか

ら、ソックスを脱いで、パンツも脱いで、ステージに上がろうとしたんだ。用心棒が飛んできて、ジャガイモ袋みたいに君を外に放りだしたのさ！」

　ネスタは頭を振り振り聞いていた。

「最初のテキーラあおりのあとは、なんにも覚えてない！　で、オレたち、どうやって戻った？」

　ケンも頭を振り振り言った。

「えっとさ、君とネスが、通りの真ん中で、見ず知らずの人を捕まえて踊ってるあいだ……」

　ハリーが説明しはじめた。

「ちょい待ち。通りでダンスだと？　知らない人と？」

　ケンがさえぎって聞いた。

「そうだよ。ボクはモーリスとマークにお礼を言って、あの二人も君らと同じくらい酔っぱらっていたけどね、バーの人たちに謝って、どうにかこうにか、君らをホテルまで誘導して連れてきたんだ。松葉杖の人間にとっちゃ、すんごい重労働だったんだよ！」

「そうかあ。おまえさんのおかげだ」

　ネスタは言った。

「とにかく帰る途中、君らは公園じゅうの見世物だった。クール・アンド・ギャングの *Celebration* を何度も何度も歌いつづけて、だれでも捕まえて一緒に歌わせた。噴水にも飛びこんだんだよ。覚えてないの？」

「お〜、ノォォゥ。今朝、服が全部ぬれていたのは、そのため？」ケン。

「そして、オレはすっぽんぽんだった？　オレの服はどこ？」ネスタ。

「とりあえず、寄付したって言っとこう。幸いボクはオーバーコートを着ていたからね。それで隠してあげたから、すっぽんぽんは免れた。露出狂みたいには見えたよ。財布と携帯は預かってる」

「感謝、感謝！　朝からずっと探してた！」

「どういたしまして」

　ハリーはすまして言った。

「ところで、イズィを見かけた？」ハリー。

「いや」と、ケン。

「あいつは今朝、部屋にいなかったよ」ハリー。

「おいおい、今度はヤツが運転する番だぜ。いないとまずいよ。言おうと思ってたんだけど、今日はオレ、運転できない」ネスタ。

「オレも」

　見るからに二日酔のケンも言った。

「ボクは、まだ足痛いし……」

　ハリーは捻挫した足首が治りきっていない。

「あ、イズィが来た」

　ケンが窓の外を指差したとき、ホテルの前に１台の黒いトヨタ・プリウスが着いて、イズィが降り立った。黒い顎ひげを生やし、サングラスをかけた、かなり大柄な男が二人、代るがわるイズィと長いハグをかわしていた。彼らは１、２分立ち話をして、もう１回互いに抱きあって、イズィが別れの手を振ると去っていった。

「あれっ、どこに行ってたんだろ？」

　ネスタがつぶやいた。

「知らない。あいつらだれだ？　なんだか怪しげだったね」ハリー。

「友人だろ？」ケン。

「あ、来た！　おーい、イズィ、ここだよーお！」ケンが呼びかけた。

「おはよう。遅れてすまん。もう、食事は済ませてきた」

「ぜんぜん問題ないよ。聞いて。ケンとオレはこのとおり二日酔。ハリーは、へまやっちまった。んで、おまえが運転するしかないってわけよ」ネスタ。

「分かってる。やるよ。上に行って自分の荷物つめて、すぐ下りてくるから」

「オーケイ」

　ネスタが答えると、イズィは３階の部屋に続く階段をのぼっていった。

「変だと思わない？」

　ハリーがケンとネスタに聞いた。

「何が？」と、ケン。

「分かんない、何かがさ」ハリー。

　ボーイズはめいめいに荷物をマスタングのトランクにつめて、乗りこんだ。天気はまたしても上々。気温が30℃近くまで上がったので、ハリーの提案でコ

ンバーチブルの屋根を開けることにした。オープンカー、白いシート、ブルーのメタリックな車体の脇にはレーシングマシンのようなストライプ。超ド派手！交差点でとまるたびに、人が足をゆるめた。

「わっ、すごい車！」

　二人連れの青年が歩道から叫んだ。ボーイズはとても誇りに思い、また若いころに戻ったような気になった。

「おい、こういう車に乗ってると、若いおねえちゃんを何人か拾えそうだぜ」

　車の前を若い美女が二人横切ったとき、ネスタが言った。

「ハリーを降ろさないことにゃ、場所がねえな！」

「黙れっ！」ハリー。

　彼らは 401 に戻り、今度はキングストンに向かって西に走っていた。クール・アンド・ギャングの *Celebration* が車のスピーカーから突然流れだした。昨夜、ネスタとケンが酔っぱらって歌っていた曲だ。ボーイズはみんなで歌った。イズィまでも。目的地が次第に近づいてきていた。

401 で
2010 年 6 月 28 日（月曜日）午後 2 時 30 分

　復習しよう。旅の初めに彼らはまず東に向かい、キングストンには入らず、国境を越えてニューヨーク州に渡り、カナダに戻ってモントリオールへ来た。今度はまた、セント・ローレンス川のカナダ側を、401 に乗ってキングストンに向かっているのだ。

　ハイウェイでコンバーチブルの屋根を開けて走るなんてことをしたので、車のなかにあったいくつかのものを不本意にも失うはめになった。

「あ、やべ！　地図がとんだ！　つかめ！　ああクソ、行っちゃった。残念、信じられない！」

　ケンが叫んだ———「みんな、気をつけろよ！　シートの上に地図を置いちゃだめだぞ。吹きとばされる」

「自分こそ気をつけな！　百ドル札をシャツのポケットからとばしてしまったの

は、どこのどいつだ」

　ネスタが言い返した。

「ああ、あれはガソリン代だった。ちゃんと弁償するよ。おまえと違って」

「おまえはもう文無しなんだから、ドー・シヨー・モネー・ダロ？」

　ネスタはジェット気流のなか、わめいた。声が風に飲まれてびろんびろんに割れた。そのとき、ハリーの野球帽が吹っとんだ。

「ハリー、帽子！」

　ケンは大声をあげたが、さっきと同じようにもっていかれてしまった。

「プレゼントだったのにぃ！」

　ハリーが振り返ってみると、野球帽は遠くにとんで落ちていった。

「君らがわめいたり金切り声あげたりしてなかったら、帽子をなくさなかったよ！ おかげで注意散漫になってた！」ハリー。

「注意散漫？ え？ だからオレたちのせいだと？」ケンが言い返した。「このクソ屋根を開けたいと言ったのは、おまえじゃないか！」

「おい、ハリー。ところで、これは合法？ ハイウェイで屋根を開けて走んの」

　ネスタが言いだした。

「ちょっと危険なニオイ。まだ、だれも吹っとばされてないのは驚き」ネスタ。

「ボクが知ってるとでも？ もうカナダの住人じゃないし。映画なんかでは見かけるよね」

　ハリーは守勢にまわった。

「そもそも、ビリーにコイツを買ってやったの、おまえだろ？ ハリー。渡す前に調べとくもんだろよ！」

　ケンも参戦してきた。

「黙れ！ 黙れ！ 黙れ、ってんだよお！ 腹立つなー、おまえら！ 僕は、この戦艦みたいなヤツを運転してんだぜ。バカな子どもの集まりみたいに、耳元でいつまでキーキー言ってんだ！ いい加減、黙れ！ じゃないと事故るぞ」

　イズィはハンドルを握っていた手をゆるめて、みんなを叱りつけた。

　まさにそのときだった。バーンというピストルの発射音のような音がしたかと思うと、ガタガタガタという衝撃と横揺れがきた。車は右に傾いて内側のレーンから隣のレーンにはみだし、すぐ後ろを走っていたBMWとあわや衝突

しそうになった。反射的にイズィは凸凹の路肩に乗りあげた。車はフルスピードで走りながら、トカゲのように大きく蛇行した。左側が浮いて右側のタイヤ2本だけとなり、危うくひっくり返りそうにもなった。通過中の車やトラックは、衝突を避けて内側のレーンに移っていった。

　曲乗り状態を脱して左側が着地すると、車はぼんぽこ跳び弾み、コマのようにスピンした。1回、2回、3回。ボーイズは車から投げだされないよう、なんであれ手近なものをつかんだ。車はさらにスピンした。ものすごい埃が舞上がり、もはやどっちが前でどっちが後ろか、上か下かも分からなかった。大きくて眩しい閃光。一瞬、まるで稲妻のように、あらゆるものが浮かびあがった。あとは、何もかもがスローモーション。風に吹かれる洗濯物のように、腕も脚もちぎれ飛んで空中にただよっているような気がした。どうにかこうにかスピンがおさまると、騒ぎのあとのシュールな静けさがやって来た。

　埃のなか、ボーイズはシートに座ったままショックで口が利けずにいた。たった今起きた信じられない事態。しばらくのあいだ無音のなかに身を沈め、ゾンビのようにまっすぐ前を見つめてじっとしていた。
「まさか、このタイヤ、車とおんなじくらい古かったんじゃないよね？」
　ケンが苦々しく沈黙を破った。
「なんでボクが知ってんだよ」ハリー。
「だって、40年前のオープンカーで、カナダをまたぐ旅をしようと言いだしたの、おまえじゃないか」ケン。
「それはすごいアイディアだと、みんな賛成したじゃん。忘れた？　人のせいにするな！」
　ハリーはケンに向かって怒鳴った。
「それにしても、無人島で幽霊に会うために来てんだぞ。生きるか死ぬかの旅に出る前に、タイヤ交換ぐらいやってあると思ってたぜ！」
　ぼやいているうちに、ケンの声と血圧はまた高くなった。
「だまれ————っ！　バカやろう！　まぬけ！　車から降りろ、そして、このクソタイヤを交換しろ！　今すぐ！」
　ボーイズはイズィの罵声に驚き、ウサギのようにシートから飛び降りた。
　イズィが感情的になったことなど今までなかったし、特に、そんなふうに声

を荒らげることなんて初めてだった。

「イズィ、落ち着いて」

　　ケンが抑えた口調で言った。

「そう、気にしないで。タイヤがパンクしただけだ」

　　ネスタが付け加えた。

「うん、深刻に受けとめないで。イズィ」

　　ハリーもフォローした。

「死んだかと思った……じゃあ……タイヤを替えて……くれるかい……」

　　イズィは深呼吸して、怒りを抑えた。

「オーケー、みんな、ハップ、ワン、ハップ、トゥ」

　　ネスタは、アーミーの軍曹口調で命令をとばした。

「イズィ、トランクの鍵をくれ。それから、ハザードライトをつけて」

　　ネスタはトランクを開けてスペアタイヤを取りだした。ケンはジャッキを
シャシ（台車）の下に置いた。ハリーは非常用の照明弾に火をつけて、車の後
方30メートルのところに置いた。太陽は真上にあって、気温は30℃を超して
急上昇していた。見渡すかぎり農場と草地が広がっていて、アップダウンする
牧草地の向こうから、犬の吠える声と牛の鳴き声がかすかに聞こえた。マッ
ク・トラックが1台、あとはもっと小さな車が数台、のどかな田舎の空気を突
き破って、ビューンと全速力でぶっとばしていった。

「暑いなあ、水あるかい？」ネスタが尋ねた。

「ない、何もない」と、ハリー。

「何もない？　ほんとかよ」ケンはイライラして──「ハリー、レンチ！」

「トランクにある？」

「もちろん。トランク！」

「ほんとに？」

　　ハリーは、奥の方までくまなく探した。

「そうさ。タイヤ交換用のレンチを常備していない車なんてないさ。ジャッキ
もそこにあったんだし」ケン。

「うん、ジャッキはあっても……、レンチはない……」

　　ハリーはトランクのなかに半分ほど体を突っこんで喋っていた。

「レンチを常備していない車なんて聞いたことがないよ……40年前のポンコツ
でなければ」

　そこまで言ってから、ケンはジャッキで車をもちあげるのを諦めた。

　ちょうどそのとき、真新しいキャデラックSUVが減速してきて、ボーイズ
のクラシックカーのかたわらにつけた。バスのきいたヒップ・ホップが、火山
から吹きだす溶岩のように窓からあふれ出ていた。20代前半の若者たちが、
拳を振りながら、身を乗りだしている。ボーイズと同様、いろいろな民族が混
じっていた。

「かっこいい車じゃん！　ひゅ〜、ひゅ〜」

　彼らの一人はスマホでビデオを撮っていた。

「楽しかった時代を思い出しな、おっつぁん」

　もう一人の青年が叫ぶと、だれかれとなく笑い、互いにハイタッチして去っ
ていった。

「クソじじい、ハゲ──ッ！」

　青年が捨て台詞を投げた。

「オメエらもだ──！」

　ケンは大声で叫び、石を拾ってSUVめがけて投げはじめた。ハイウェイを
100メートルほど追いかけて、やめた。ケンが戻ってくるまで、再び沈黙が支
配した。

「クソ、ガキッ！」

　ケンはぶつくさ言いながら、ハイウェイ脇のU字溝に続く埃だらけの盛土に
座った。ほかのメンバーも来て並んだ。

「あのさ」

　ネスタは遠くをじっと眺めて、振り返りながら言った。

「あの若いの、ちょっとオレたちに似てたな。昔の」

「うん、気づいてた」ハリー。

「言えてる、メタフォーみたいだった」と、イズィ。「若くて自信たっぷりなガ
キども。新車に乗って、新しい服着て、新しい音楽かけて、ハイウェイの脇に
立ち往生しているポンコツ車のオヤジ、からかって」

「ボクたちも、あんなだったのかなあ」ハリーが言った。

「ちょうどあんなもんだったさ」イズィ。

「ありえねー」ケンが腹立たしげに言った。「オレたち、もっと礼儀正しかった」

　ボーイズは、この状況にぴったりな気の利いたジョークを探しながら、遠くを見つめて座っていた。しーんとした数分。

「オレたち、あのアホタレたちより、いい服、着てた」

　ネスタがぽそっと言った。

　ケンがくすくす笑いはじめた。最初は聞き取れないくらい、それからどんどん大声になった。ハリーがその笑いに加わった。それから、ネスタ、とうとうイズィも。そうやってボーイズは、長いあいだとりとめなく笑っていた。腹を抱え、子どものように土の上をころげまわって、そのうちハリーは溝に転がり落ち、それを見てみんなはもっと笑った。

　結局、ネスタの提案で、CAA（カナダの自動車協会）に電話して修理してもらうことになった。待つこと1時間足らず、CAAのスタッフが来て、20分でパンクしたタイヤを取り替えてくれた。

　ボーイズはまた旅を続けることになった。レナード・スキナードの *Free Bird* が、38年前の車のダッシュボードからガンガン鳴り響いていた。

キングストンで

2010年6月28日（月曜日）午後7時

　キングストン、オンタリオ。それは12万平方キロのエリアに12万の人口を抱える町だ。もともとはヒューロン族が住んでいた土地だったが、イロコイ族に取って代わられ、最後は武力で圧倒するヨーロッパ人の手に落ちた。歴史的な重要都市。少なくともヨーロッパ側から見れば。オンタリオ湖からセント・ローレンス川に続き、大西洋に出るための要所だ。フォート・フロンテナックとよばれるビーバーの毛皮取引所として、1673年にフランス人が植民地化した。それを七年戦争でイギリス人が奪ってからは、ずっと重要な軍事拠点だった。19世紀の半ばには、数年のあいだカナダ州の州都でもあった。

　だから、視覚的には、植民地時代の建造物が海岸線にずらりと並ぶ魅力的な

町だ。南に広々としたオンタリオ湖、東にはまばゆいばかりのサウザンド諸島。中心部は、さながら19世紀の博物館のようで、大部分は英国風の建築物だ。あげれば切りがないが、レッド・ブリック・ロウとよばれる様式の赤レンガ造りのビルディング、すばらしい石造りの大聖堂、ネオ・クラシックやビクトリア・スタイルの家々、パラディオ様式の別荘、古典的な石造りの裁判所、エレガントな市庁舎などなど。オークとニレの並木が、歴史的な通りをさらに美しく引き立てている。歴史的な流れで、州刑務所の本拠地でもあり、かつては州立女囚刑務所（2000年閉鎖）や、いろいろな軍事施設があった。ヘンリー要塞という観光名所もその一つだ。

　ボーイズは、午後7時にようやくキングストンに到着した。ビリーの兄のイアンと合流し、グレイ島まで連れていってくれる地元のガイドにも会うことになっていた。約束の場所は、「マーサーズ」という地元のレストラン。
「オーケー。それで、どこに駐車すればいいんだい？」イズィ。
「GPSによれば、次の信号で右に曲がる、いや、ごめん、左だ」
　ハリーが、スマホでナビっていた。
「右？ 左？ どっち？」
　イズィは、まだイラついていた。
「左、って言った。ゲ〜、今日のみんな、なーんかとんがってない？」
　ハリーも同じようにイライラしていた。
「あ、ここだ、ここ！ 店の前に、イアンのハーレイが駐めてある。バイクの後ろに駐めちゃお」ハリー。
「バイクの後ろ？」イズィは確認した。
「そ、バイクの後ろ、って言ったよ。聞こえてない？」
　ハリーはとんがっていた。
「違う、聞こえてる。おまえが間違えてばかりいるから、二度聞きしなきゃなんないの！」
　イズィは非難めいた口調になった。
「もう、いい。やめろ。着いたよ。忘れろ」ネスタが割って入った。
「お好きに」
　ハリーは両手をあげて言った。ここ数時間のばかばかしい衝突に嫌気がさし

ているのを隠さなかった。

「なんで、こんなに口喧嘩になってしまうんだ？ 子どものころのこと、覚えてる？ オレたちが口論になると、ビリーはいつもうまくまとめてくれた。よく言ってたよね『お互いを頼れなくなったら、だれを頼りにすりゃいいんだ？』てね。今日ここにいるのは彼のためだ。ならば、もうちょっとビリーの精神とお互いを大事にして行動しようよ」ネスタ。

「そのとおりだ、ネス。それに、今からクソったれイアンに会うわけだから、少なくとも気持ちを一つにしよう」

　ケンが提案した。

　「マーサーズ」はキングストン風家庭料理の店で、ポップなレストランだった。市庁舎の近くにある赤いレンガ造りのビルにテナントとして入っていて、大通りの１本に面していた。木製の茶色い手作り看板が入り口の上から突き出ていて、これも手作りのロゴマークの下に、金色の古めかしい字体で「Martha's」と彫りだしてあった。なかは、昔懐かしいキングストン文化を満喫できるように設計されていた。

　ウェイターはフランネルのシャツに、サスペンダーつきのモスグリーンのズボンをはいていた。ウェイトレスは、『赤毛のアン』を彷彿させる出で立ちだった。メープルシロップと、ローストされた鳥料理の匂いが混ざって、ボーイズの興味はすぐさまそちらにそそられた。

「うーん、いい匂い」

　ネスタはぶつぶつ独り言をこぼしていた。

「イアン、どこだろ？」ケン。

「あれじゃない？」

　ハリーがレストランの奥の方を指した。

　その日、イアンは実にクリーンに見えた。ビリーの葬式で会ったときのむさ苦しさとは大違いだ。髪を切り、ひげも剃って、メタルフレームの眼鏡。バーガンディーのコーデュロイシャツと黒いデニムのズボンをはいていた。アジア系とみられる連れの方は、まっすぐで長い黒髪を薄手の革のヘッドバンドで押さえ、刺繍のあるデニムジャケットと、色あせたブルージーンズだった。

「こっち、こっち」

イアンはボーイズに合図した。

「よう、マスタングはへこたれなかったかい？　ビリーはいつも、ピッカピッカ
にしてた。パーツは全部オリジナルのままだけど！」

「うん、苦労してそれが分かったよ」

　ハリーは皮肉をこめて答えた。

「ねえイアン、なんか……ハンサムに見える」

　ネスタは握手しながら冗談を言った。

「生まれ変わったんだ。見かけがすべてだ。だろ？」

　イアンは一人ひとりと握手しながら大げさに言った。ケンだけは、イアンを
無視して握手しなかった。全員着席。

「イアン、歯が全部あるじゃない！　前歯がぬけてなかった？」ハリー。

「入れ歯だよ。現代歯科医療のミラクル！」

　イアンは笑ってみせて「ま、座れ。腹、減ってない？」と言った。

「当たり！　なんかある？」ネスタ。

「なんかある、だと？　ここはなんでも美味い。オレに言わせれば、ターキーの
プレートがおすすめだな。バター炒めの人参、マッシュポテト、メイプルロー
ルがついてくる」

「へええ。3人前くらいいけそうだ。なーんちゃって、1人前とコーヒー。みん
なは？」ネスタ。

　がやがや言ったあと、みんな同じメニューにまとまった。ネスタはウェイ
ターを手招きした。ボーイズと同年輩のハンサムな白人ウエイターがやって来
た。ネスタは妙に気になった。

「どっかで会ったことない？　なんて名前？」

「ジェレミー」

「あ、高校のときも、ジェレミーってヤツいた。ソイツにすごく似てんの。めっ
ちゃ若かったけどね」

「うわ、偶然ですね」

　ジェレミーは言いながら笑った。

「ターキーのプレート四つ、すぐにおもちします」

「……ってなわけで、実はオレ、システムエンジニアに転職したんだ。ワーク・

プロセス、最適化と危機管理ツールの責任者だ。銀行むけの」

　イアンが説明した。

「おまえがあ？」

　ネスタはショックで椅子から滑り落ちそうな振りをした。

「そうさ、20年近くこのテの仕事してる」

「おまえがあ？」

　ネスタが繰り返した。

「もーちろんだ。シティバンクの仕事もしたし、つぶれる前のリーマンブラザーズの仕事も。しばらく失業したこともあった。でも、スコシアバンクからオファーがきてさ、断りきれずに。カナダの銀行だぜ。すごいだろ」

「わ、びっくり」

　ケンは直接イアンを見ないで言った。

「なんていうか、失業保険のご厄介になってるか、やばい仕事に手ぇ出してるか……と」

「なーんでよぉ？　オレがガッコでヤク中だったってか？　おまえだってそうだったろが」

　イアンがケンに言い返した。

「で、みんな、この人はD。アルファベットのD。イロコイ族名はデガナウィダ、意味は、二つの川が流れている。もう一つ意味があって、二つの魂をもっている。でも、Dと呼んでほしいそうだ」

「はい、Dの方が言いやすいですし。はじめまして」

「よろしく」

　ボーイズは、ほぼ同時に言った。

「Dがオレたちをグレイ島まで案内してくれる。で、滞在中もずっと世話してもらお？」

「はい、グレイ島まで、2隻の小型ボートで行くつもりです。1隻に3〜4人乗れるので、3人ずつに分けます。ボートは小型のアウトボード・プロペラ・モーターつきです。操縦できる人います？」

「できる！」

と、イズィが言ったので、全員、へ〜という顔で彼を見た。

「サウザンド諸島のアメリカ側に、別荘をもっていたんだ。小型ボートももっていた。ほら、そのころ僕は、ロチェスター大学で教えていたろ」

　ボーイズは思い出した。ロチェスターはオンタリオ湖のアメリカ側にある都市で、サウザンド諸島とも近かった。

「ほかにもたくさんの教職員が、あすこに別荘をもっていたよ」

「へえー、聞いてみるもんだね！」

　ネスタは唖然として言った。

「最初は、イアンのなんちゃってビル・ゲイツ２世。で、今度はイズィが船乗りだとお？　オドロキ、モモノキ……」

「とにかく、今夜は全員同じホテルに泊まります。明日の朝は、９時にロビーに集合。そこから、船着場に移動します。イアンと私でグループを決めちゃいました。私と、ケンとハリーで１隻、イアン、イズィ、ネスタでもう１隻、……いいですか」

　Ｄがみんなの名前をすでに覚えていたのには感心した。

「イアンと私で、滞在中の食べ物、飲み物、そのほか必要なことは準備しました。今朝、それらを島へ運搬済みです。あとはあなたがたの衣服と、ほかに何か必要なものを運ぶだけです。いいですか？」

　完璧だ。ボーイズはターキーのプレートを食べおえると、店を出て、ホテルにチェックインした。二組に分かれ、疲れきって部屋に入った。

グレイ島へ

2010 年 6 月 29 日（火曜日）午前 9 時

　次の日９時に、ボーイズはロビーに集合した。こぢんまりとエレガントなホテルで、裁判所の向かい側に立つ 19 世紀の石造りの建物のなかにあった。ケンが来るまで、みんなはロビーに置いてある伝統的なビクトリア・スタイルの肘掛け椅子でくつろいでいた。高い天井に巨大なシャンデリアが一つ。

「ごめん。髪を乾かしていたんだ」ケン。

「オーケー、おめかし坊や。出発の時間だ」ネスタ。

「みなさん、朝食は済ませましたか？」

　Ｄが確認した。「はい」だの、「いいえ」だの、バラバラの答えがきて、Ｄを戸惑わせただけだったが、彼はテキパキと仕事をこなした。

「外にトラックが来ています。３人は荷台に」

　10キロくらい西に向かって走り、小さな船着場に到着。1800個もあるといわれる島々に行く手段は、ボートしかない。ものすごい高級ボートやハイエンドなヨットのために、ハイテクの粋を集めて設計された埠頭もあるが、ほかは使い古されて腐りかけた木製の船着場も多かった。ボーイズが乗る２隻のボートは、もう一段階さらに粗末なところにつながれていた。

「じゃあ、イアン、イズィ、ネスタはこっちに」

　Ｄは、赤いヤマハのエンジンを装備したそこそこ新しいボートを指差した。

「ほかの人は私のボートに。ちなみに、あなたたちのボートは『ランニング・ディア（駆けるシカ）』という名前、私のは『スリーピング・オウル（眠れるフクロウ）』。名前はネイティブのテーマです！」

「すごい。でも、このシカちゃんは、跳ぶだけじゃありませんように。浮く方が得意でありますように！」ネスタ。

「ボートは二つとも安全です。でも、運転は慎重に。分かってますか？　イズィ」

「うん、分かってる。それとも、有色人種はボートを操縦できないとでも？」

　イズィはやけにささくれだっていた。そして、船着場から目いっぱい離れて立っているイアンを見とがめて、

「オレの代わりにキャプテンやりたい？　イアン」

「やだよ。オレ、水恐怖症。島に出かけるだけでも、オレにとっちゃ十分に挑戦なんだよ」

「オーケー。じゃあ、ライフベストを着て、エンジンを起動しましょう。イグニッション・キーはこれです。イズィ」

　Ｄはキーが１個ついたキー・リングをイズィに投げた。

「あ、足元の箱にも気をつけて。イズィ」

「何？　これ」

　イズィは二つの箱を見て言った。ブリーフケースくらいの黒いプラスチックのケースと、クーラーボックスくらいの大きいケース。

「花火用の防水ケースです。小さい方は自動発火打ちあげ装置、大きい方には実際の花火が入っています。両方とも密閉されていますので、ぬれません。明日の晩、いくつか島からあげてみたらいいな、と」D。

「カナダ・デーに？ やったー。あげ方を知ってるから手伝うよ」イズィ。

「そりゃいい。では、グレイ島を目指して」D。

「ボート、揺らすな！」

　イアンが最初に乗りこんで叫んだ。

「揺らしてないよ！」

　ネスタは、わざと揺らした。

「ばかやろー！」

　イアンは大声でわめきつづけている。

　イズィは最後に乗りこんで、モーターに近い後部座席についた。

「座れ、そして、どうか大人の振舞いをすること、さもないと、水中に放り投げることになる」

　イズィは脅した。

「覚えといて。オレ、泳げないんだ」

　イアンは、なさけない声でカミングアウトした。

「オーケー、行きましょう。およそ1時間ぐらい湖の上にいます。グレイ島は、ほとんどアメリカとの境界線のあたりです」

　かくして、彼らは出発した。

　天気は、過去2日間に比べると下り坂だった。曇り気味で、気温は少し下がって25℃くらい。空気は物憂げで、遠く湖の向こうに霧が薄い層になってたなびいていた。それでも、あたりはすばらしくドラマティックな眺めだった。あとからあとから島が現れ、水路に散らばっていた。大小さまざま。岩一個だけの小さな島にもお目にかかった。コテージが島のすべてを占めていて、庭もなく、玄関さえない状態だった。

「ここの人、どこでバーベキューするんだろね？」

　ネスタがからかった。「何？」と、イアンが聞き返したが、船のノイズでかき消されてしまった。

「かっこいいなあ！ せっかくだから、この眺めを楽しんでよ。イズィ」

ネスタは、イズィが操縦している後部座席に向かって叫んだ。

「言ったろ？　数え切れないくらいここに来てる、って」

　イズィは相変わらずとげとげしい。が、不意にイアンに向かって叫んだ。

「ね、イアン。ビッグズ島ってこの辺？」

「上院議員の島？　うん、もうちょっと行ったとこ。でも、アメリカ側だけどな。見たいか？　どデカいコロニアル・スタイルの邸宅が立つ豪華な島だぜ。みんなが身分証明書をもってるなら、ちょっと見てみる？」イアン。

　アメリカ領の水域に入るのは、法律的には違法だった。しかし、有効な身分証明書をもっていれば、警察は見逃してくれた。

「もちろん」イズィ。

「たくさんのこういう島々は、裕福な英国人入植者の休暇用リゾートだった。彼らはキングストンに住んで、外交や管理の仕事をして、こういう島々で週末や休暇を過ごしたんだ」

　イアンが説明した。

「じゃあ、なぜ、ビリーは、ここの島を所有してるんだい？　ただの白人労働者階級の子どもでしょ？……あんたと同じ……はは……ちょっと、ちょっと！　イズィ、なんてことをするんだ」

　ネスタが話してるあいだに、ボートは大波を受けた。

「嵐で波が高くなってきてるな」と、イアン。

「嵐？　どんな嵐？　天気はよさそうなのに？」

　ネスタが説明を求めた。

「それが、外れて嵐になりそう」と、イアン。「とにかくだ、ビリーはグレイ島を相続した。つまり、1世代スキップして。そいでかどうか、親父とビリーは反りが合わなかった。恨み骨髄ってヤツさ。ビリーはママっ子だったし」

「シェークスピアの劇みたいじゃないか。驚いたね。グレイ家とシェークスピア。あのウィリアムは、墓の下でくしゃみしてるだろうよ……わあお！」

　またまたボートは大波を受けて、みんな一瞬、空中に放りあげられた。とにかくネスタは賑やかだ。

「うわっ！　転覆しそうだった！　イズィ。今まで君をからかって悪かったと謝ったじゃないか。許してよ、プリ————ズ」

このときばかりは、3人とも声をたてて笑った。
「見ろ！　見ろ！　向こうの島々。見える？」
　イアンが指差したのは、各々建物が一つだけ立つ小さい島々が連なっているところだった。建物には星条旗がひるがえっていた。
「アメリカとの国境があるところだ。あっち側はアメリカ領内だ」
「線もないのに、どこに国境があるんだい？」ネスタ。
「線なんか引けるわけないだろ？　水の上に」イズィ。
「言えてる」ネスタ。
「ずっと向こう、右方向、巨大な大邸宅とヨットがあるどデカい島を見ろ」
　イアンが違う方向を指差した。
「あれが、ビッグズ上院議員の島だ。ヤツを覚えてる？」
「共和党の？　大統領の指名のために走った」ネスタ。
「そ。あいつは、ちょっとした戦争屋。武器産業のロビイストだ」イアン。
「そうだね。それに、ちょっとした人種差別主義者だよね？」ネスタ。
「ちょっと、だと？　あいつに比べりゃ、ウチの親父なんかガンジーみたいなもんさ」
　イアンが冗談のストライクゾーンを攻めた。それから、
「すべて、政治。本人はたぶん人種差別主義者ではないかも。でも、白人労働者階級の支持者にアピールするためにやんなきゃならないのさ。お決まりのセットは大手石油会社と軍隊」
「そうだ。金持ちから金を、田舎者から票を集める。完璧な結婚だ」
　ネスタが核心を突いた。
「右手のあの家かい？」イズィが聞いた。
「そう、右手のあの家」イアン。
　イズィは、上院議員の島の近くまで操縦して、速度を落とした。うっすらたちこめた霧の向こうに、ホワイトハウスの小型版といった感の白亜の大邸宅が、誇らしげに立っていた。正面には巨大な星条旗、もう少し小さい旗もあちこちにはためいていた。カーテンは閉まっていて、芝生はといえば、まるで2か月ほども刈りこまれていないように見えた。家の左側には、錆びた古いぶらんこがあった。また、右側には、大きくて丸い標的を備えたライフル射撃場の

ようなものも見えた。

「ちょっと気味悪いや」

　怖気づいたか、ネスタが身震いした。

「ありゃあ、1,000万ドルの家だぜ」

　イアンが見積もった。

「*Oh Canada. Our home and native land!!*」

　ネスタが突然立ち上がって、左手を胸に置いてカナダ国歌を歌いはじめた。

「座れ！ バカモノ！」イズィが叫んだ。

「ボートがひっくり返る！」と、イアン。

「*True patriot love. In all thy son's command....*」

　ネスタは、声高く、誇り高く、歌っていた。

　こうしてボーイズは、ようやく彼らの目的地にたどりついた。グレイ島だ。それは、ビリーの誕生日の2日前だった。この2日間というもの、彼らはビリーについてほとんど話さなかった。が、とうとう、ビリーがいると思われるところにやって来た。

第 8 章
ケン（カナダ時代）
1964 年 8 月 25 日生まれ／乙女座／血液型 B

追悼のことば

2010 年 3 月 6 日（土曜日）　45 歳 6 か月 9 日

今日ここに立ち、偉大な友人ビリー・グレイに敬意を表すことになろうと
は、複雑な気持ちです。デヴィ、キオン、グレイ家の皆様、私にこのような
機会を与えてくださってありがとうございます。

私は、ケン・ソーマと申します。ビリーは私たち全員の大切な友だちでし
た。彼に出会った人はだれでも変わりました。彼は明るい陽光であり、揺る
ぎない力になってくれました。私はだれよりもこの男を尊敬していました。

ビリーの全生涯を語ろうとしても、二、三の短いパラグラフで宇宙の記述を
試みるようなものです。不可能です。ビリーは、すばらしく複雑でユニーク
でした。そのスピリットを、彼と出会った人々の魂のなかで、そして、私た
ち全員の思い出の浄らかな祠のなかで、生かしつづけていきましょう。

私がビリーに初めて会ったのは、1971 年ごろでした。ビリーも私も、礼儀
知らずの生意気盛りでした。場所は、あの懐かしいフレミングドン・アリー
ナのロッカールーム。シーズン初めての稽古日で、私にとっては本格的な
ホッケー初体験の日でした。初めてスケート靴の紐を締めて、私はとても緊
張して、文字どおり震えていました。

ジャージの背番号を選ぶ段になり、どの番号がほしいか、コーチが私にも尋
ねました。そのころ、私は夏にサッカーをしていて、たまたま 14 番だった
ので、その番号を希望しました。その途端、ロッカールームに張りつめた
沈黙を忘れることができません。隣に座っていた子が、「14 はビリーの番号
だ」とささやきました。さらに「ビリーはキャプテンで、いちばんのお気に
入りはデイブ・キオン」だと。トロント・メープル・リーフスの象徴的キャ
プテンです。ビリーはその前のシーズン、その背番号をつけて最多得点をあ
げ、MVP に選ばれていました。私はすぐに 14 番ジャージを辞退しました。
レジェンドのビリー・グレイが、私に腹を立てるだろうと思って。

するとビリーは立ち上がり、14 番は私がつけるようにと主張しました。ビ

リーが言うには、それはいちばんいい番号だから、前の年に彼が得たような大きな助けを、今年は私にもたらすだろう、と。そして私の方を向き、14番ジャージを着た子には不思議な呪文がかかって、すばらしいシーズンを過ごすことができるんだと話しました。新米の私をサポートして、私がオープンのときはいつでもパックをパスするようにと、ほかの子たちに言いました。そしてビリーは、ゴーディ・ハウがつけている9番を選びました。

次の週、私たちは開幕戦に勝利し、私は初めてゴールを決めることができました。ゲーム後のロッカールームで、ビリーはチームの全員に向かって、MVPは私だと言いました。実際には、ビリーがハット・トリックを勝ち取り、ゲームの全局面を支配していたのですが。無私無欲の子でした。ビリーはそんな幼いころでさえ、常に本物のリーダーシップを発揮していました。フレミングドン・パークでしっかり生きぬくための自信を、私はビリーからもらいました。

また、つい最近のことですが、第二次世界大戦中に収容所に抑留された日系カナダ人に対して、補償が可能かどうかを探るシンポジウムが開かれました。そのとき、ビリーはスピーチすると言って聞きませんでした。およそ100人ほどが日系カナダ人文化会館に集まりました。ビリーの前に、3人の収容所経験者が体験を話しました。ビリーは、スピーチに立ったなかで唯一日系じゃない人でした。

彼は、戦争中に日系カナダ人たちが受けたひどい扱いについて触れ、それはあからさまな人権侵害であり、非カナダ的だったと述べました。また、抑留された人々が、いかにカナダ国民であることを誇りに思い、カナダに忠誠を誓っていたかについても語り、さらに、戦争後にも、なんのかんのと中傷された経験は、収容所体験に負けず劣らず恐ろしい出来事だったのだ、と。れっきとしたカナダ国民に対して、政府が先導した偏見と差別、これ以上の罪はありません。この状況を正す唯一の方法は、形式的な形にならざるをえないとしても、正式な謝罪と財産補償です。さもなければ、私たちが愛してやまない国の名誉と尊厳は、永遠に汚れて傷ついたままになります、とも。彼は、聴衆からスタンディング・オベイションを受けました。

ビリー・グレイは、いつも他人のことを考えていました。まさにそうするこ

とが彼にとっては当たり前だったのです。そんな大きな星を失って、残念で
たまりません。彼の光はこんなにも急に現世から消えてしまいましたが、ス
ピリチュアルな世界で永遠に燃えつづけます。

ビリー、今まさにここで聞いているんでしょ。だから言う。

ありがとう、今日あるのは君のおかげだ。永遠に感謝する。いつかまた会え
るだろう。それまでは、君が誇りに思ってくれるような生き方をするよ。安
らかに。

ケン・ソーマ

雪

1972 年 1 月 19 日（水曜日）7 歳 4 か月 25 日

　またお残りだって？　信じられなかった。2 週続けて社会科の課題を仕上げる
ことができなくて。担任のグリーン先生は、もしボクが何か悪さをしたり、宿
題を忘れたら、5 時までお残りにしてよいという許可をあらかじめ両親から取
り付けていた。が、この日は、両親が出かけることになっていたので、実は体(てい)
のいい無料ベビーシッターってわけだった。

　ボクの課題は、文化的なバックグラウンドについてレポートすることだっ
た。学校のカセット・テープ・レコーダーを使って、まわりの人にインタビュー
して、それをクラスで発表しようとしていた。

　問題は、パパが、学校のテープ・レコーダーを使わせてくれなかったせい
だ。日本製だから。おかしいね。それで今、ボクはお残りになって、「課題は
ちゃんとやります」っていう文章を、100 回ノートに書いている。

　雪が降りはじめた。ほんとうに外に行きたいよう。それで、二階の窓から
ずっと外を眺めていた。窓はボクの机のすぐ後ろにあったから、外を見るため
にくるりと後ろ向きになっていた。

「ケン！　前を向いて書きなさい！」

　グリーン先生が教卓から叫んだ。先生は豊かなブロンドの髪をアイスクリー
ムコーンのように結いあげていたから、背が高く見えた。尖った黒縁のメガネ
のせいで、いつも怒っているように見えた。

「でも、手が痛いんです！」

「あらまあ。もっと早く、それに気づくべきだったわね！」

　そのうち、スクールヤードからざわめきが聞こえてきた。グリーン先生がほんのちょっと席をはずした隙だった。チャンスだ！ ボクは後ろ向きになって、何が起きたのか見た。

　数人の子どもたちが、小柄な子を取り囲んでいた。顔ははっきりとは見えないけれど、間違いなく東洋系の子どもだった。どうなるんだろうと心配で、顔を窓ガラスに押しつけて見た。すると、いじめは突然暴力になり、少年たちが小柄な子に雪玉をぶつけて地面に倒した。言葉までは聞こえない。でも、いじめっ子がその子に向かって「チンク」と呼んだのだけは聞こえた。

　それまでストレスの塊になっていたボクは、突然、安心感に包まれた。犠牲になっている子は、もしかしたらボクだったかもしれないと思って。タウンハウスの白人の子が数人で、ボクみたいな子をいじめている。ボクはこっそり眺めつづけていた。そこへ先生が戻ってきた。もっと見ていたかったけど、できなかった。でも、外に出される方がもっと怖い。あのいじめっ子たちが、ボクのところにも来たらどうしよう、と。

「終わったの？ ケン」

　グリーン先生が聞いた。

「いいえ、先生」

　嘘をついた。

「今から教員室に行かねばならないの。バツとして、あと50回ね。私が戻るまでに仕上げておくのよ。さもないと、さらに50回よ」

　ありがとう先生！ ボクは反省文をすごくゆっくり書くことにした。

パパ

1977年7月10日（日曜日）　12歳10か月15日

　ウチには、だれにも言えないタブーがあった。普通の人は気づかなかっただろうけど、ボクには見えていた。大事なものが欠けていた。

それは、先祖の歴史を一切口にしないことだった。思い出すのは、ハリーの家に行くと、お母さんがカンボジア料理をつくってくれて、ステレオからはクメール語の音楽が流れていたこと。食材について詳しく説明してくれて、レシピはどこから来たかとか、その地方はどんなところかなどの話が聞けた。プノンペンは人でごった返していて刺激的だとか、田舎は貧しくて、埃っぽくて、ココナッツ畑と水田ばかりだとか。焼けるように暑い日もあって、そういう日は食欲をなくすので、スパイスを多めにして食べやすくするんだ、とか。そうすると、カンボジアとその文化についてもっと知りたくなったものだ。

　ネスタの家では、いつもカリプソかレゲエの音楽がかかっていて、親も子もリビングルームで踊っている。ネスタはジャマイカのパトワ語を教えてくれて、彼の従兄弟たちを相手にそれで話してみろと言ったりした。ボクがおかしなことを言うものだから、みんな笑った。

　守りの堅いイズィさえ、ときたま自宅に招いてくれて、どういうふうに祈るのか見せてくれたりした。あの部屋で初めて食べたハラール料理の味は忘れられない。すごく美味しくて、ハラールをそれまで食べたことがなかったと言うと、笑いながらお代わりをくれたものだ。

　ボクが行ったなかでは、ビリーの家だけが伝統を語ろうとしない家だった。でも、それはビリーの父と兄があまりボクのことを好きじゃなかったからだ。

　友人たちの家族が自分たちの文化を誇りに思い、大事に受け継いでいるのを見て、ボクは羨ましくてたまらなかった。それは、フレモの子どもにとって必須だったから。学校では全員カナダ人だったけど、家ではそれぞれ違っていた。だから、ショー・アンド・テルはすごく面白かった。みんなでお互いのバックグラウンドを共有していた。パパの弟のテッド叔父さんは、日系であることを誇りに思う人だった。一度、侍の刀をショー・アンド・テル用に貸してくれたことがあった。でも、

「パパには内緒だよ。おまえのパパはカンカンに怒るから」

と、口止めした。

　リプトン先生によれば、ほかの人の文化を理解するのはとても大事で、理解できたら良い人になれるって。でも、それにはまず、自分自身の伝統を理解しなくちゃ。大いなるモザイク国家カナダというのは、どっちを向いても人種と

文化のるつぼ、ってことなんだから。

　しかし、パパは違っていた。家のルーツをたどって付合うなんて、一切しなかった。実際には、拒絶していた。自分たちはカナダ人であって日本人ではない、日本人の血筋なんか誇れるようなもんじゃない、と切り捨てていた。「あいつらは原始的で非情な民族だ。同胞の日系カナダ人のことを、腐っているだの、力に屈しただの、知性がないだのと見下す」とまで。

　ママは日本生まれの日本人なのに、どんなに辛かっただろう。日本にいる親戚を訪ねることもできず、孤独だったに違いない。ボクが幼かったとき、ママの両親、つまりボクの祖父母がトロントまで訪ねてきてくれたことがあった。二人はテッド叔父さんの家に泊まっていて、ボクとママはテッド叔父さんに迎えにきてもらって、やっと会えた。パパは絶対に来なかった。またあるとき、ママがほんとうに見たいと思った日本映画があったらしく、こっそりボクだけを連れて見にいった。

　それでボクは、自分のバックグラウンドに矛盾した気持ちを抱えて育った。一方では、パパと同じだった。凶悪な人種の子孫だなんて、恥ずかしくて、悔しかった。汚くて卑しいと感じたこともあった。だから、できるだけ自分の民族出自を明かすことも避けた。ボクの名字は「ソーマ」で、どうとでも取れる名前だったので、ほかの人種だと匂わせて逃げることができた。その一方で、ボクは何者だろうとか、ママが生まれた国に対して密かに興味をもっていた。

　確かに、ボクは日本国民ではなかったけれど、日系カナダ人だった。これって、ビリーがアイルランド系カナダ人なのと同じだ。ボクはいわゆるサンセイで、パパはニセイ、ママはイッセイ。大部分の日系カナダ人は、自分のアイデンティティを属する世代の形で認識していた。いうなればそれは階級制度みたいなものだった。カナダ生まれの人たちは、サンセイかヨンセイであることを誇りに思っていた。受け継いだものが長ければ長いほど、よりカナダ人に近いというわけで。イッセイは一般的にカナダ生まれに敬意を払う。パパがそうであったように、イッセイをバカにする人もいた。

　ボクの親類の大部分は日系コミュニティで活発に活動していて、ウチからほど近い日系文化会館へ、毎週とか毎月出入りしていた。剣道や柔道の練習にいったり、生け花や盆踊りを習う人もいた。一度、剣道の練習に行ってもいい

かと聞くと、パパは返事さえしなかった。ウチでは、日本のアートや音楽や何かの武道にさえハマることが一切なかった。

　ビリーがよく言ったものだ。

「ここんちはボクんちより WASP [51] だねえ」と。

　なんかおかしいと、最初に気づいたのは8歳か9歳ぐらいだった。そのときまでは、カナダの家庭はこんなものと思っていた。テレビは米国製のゼニス、ステレオはラジオ・シャック、パパはクライスラー300に乗っていた。ちょっとした好奇心で、日本製のものがないかチェックしてみた。なし！　レコードに日本のアーティストのものがないか調べてみた。なし！　すなわち、ウチには、日本につながるものの片鱗さえないのだった。

　そういえばボクが3年生のとき、ボータブル・カセット・レコーダーを学校から借りてきたことがあった。それが日本のサンヨー製だったものだから、パパは翌朝すぐに返せときつく念押しして、茶色の紙バッグに入れて玄関先に置いてしまった。それからは、ボクが学校からもち帰ってくるもののラベルをいちいちチェックしだした。図工クラス用のパステル・セットが日本製だといって、ホビー・ショップで日本製じゃないセットを買ってくれた。ボクにとってはどーでもいいことだった。新しいのは色の種類がたくさんあって、前のより大きかった。

　それは12歳のころ、中学1年生のときだった。パパとパパの強迫観念に初めて反抗したのは。

　夏休みのあいだ、ボクはフレミングドン・コミュニティ・センターでスポーツのレッスンを受けるのが常で、費用はパパが出してくれていた。たいていはサッカーだったが、その年は空手と決めていた。そのころ、ブルース・リーの活躍もあって、格闘技は大人気で、トロントじゅうの子どもたちが、空手かカンフーのクラスに押しかけていた。だから、あとで問題になるなど思いもせず、パパには言わなかった。KARATE はすでにワールドワイドだったし。

　3回目のレッスン日、終わってから真新しい空手着を渡されて帰った。ものすごくわくわくして、すぐに自分の部屋に飛びこむと、パリッとした新しい道衣を着て、帯を締めて、部屋の端から端まですり足で動いたりしてみた。もう

51　WASP：ワスプ。ホワイトのW、アングロ・サクソンのAとS、プロテスタントのP。

空手の達人の気分。ちょうどそのとき、パパが入ってきた。

「それは、なんだ？」

　パパはいつもの暗い抑えた声で聞いた。

　実は、ウチのパパは痛々しいほどに静かで、非社交的な男だった。怒鳴ることもなければ、ボクやママにいちいち指図することもなかった。自分自身のペースで自分自身の仕事をこなし、食事が終わるとリビングルームに行ってソファーに座り、テレビ・ニュースを見ていた。ときどき、事件についてコメントをすることもあったけど、ママもボクも返事をしなかった。ボクらの意見を聞いているわけじゃなかったから。

　ママはナデシコだった。控え目でペコペコしている日本女性。けっして口答えせず、病気のときでさえ家事をないがしろにしなかった。背丈はパパぐらいで、たぶん、ほんのちょっと低くて、少しぽっちゃりだった。肩までの髪にパーマをかけ、優しくて親切そうな目は微笑むと直線になった。無理やり微笑んでいることもちょくちょくあった。

　ボクが幼いとき、パパはよくシムコー湖まで釣りに連れていってくれた。どうやって針に餌をつけるか、どういうふうに糸を投げるかを教えてくれたあとは、座って待つだけ。喋らず、音をたてず。魚が釣れると、釣り針から外し、また湖に逃した。ボクが魚を釣ると、どんなに小さくてもよくやったと褒めてくれて、帰りにマクドナルドでご馳走してくれた。静かに座って、ボクが釣った魚について少し喋って、ボクが食べ終わるとすぐ家に向かった。何も言わずに黙々と歩くだけ。これが、仲良かったころの話。

　パパは、ビリー以外のボクの友人にも一切関心がなかった。ネスタにも、イズィにも、ハリーにも、「やあ」とさえ言わなかった。そのくせビリーがやって来ると、いったいどこからひねりだすのか満面の笑顔になった。『不思議の国のアリス』のチェシャ猫みたいに。そして、パパの会社でやっているプロジェクトについて誇らしげに説明したりした。パパは電気工事士で、トロントじゅうの配線を担当していた。断言する。ビリーに話すことの方が、ボクに話すことよりよっぽど多かった。

　パパが近くにいると、ママは人前でほとんど話をしなかった。ママが話す英語のアクセントが、パパを縮みあがらせるから。パパは大慌てでママの口から

出た言葉を拾い、大げさにカナダのアクセントで言いなおすのだった。ボクの話し方についても、パパは気にした。文法的な間違いをすると、何をやっていてもやめて正しにきた。パパの口癖は、間違った話し方をすると、ハクジンからバカにされる、だった。ハクジンは日本語だ！

そうして迎えた 1977 年の夏の日、パパはボクの空手着に大いに異を唱えた。

「何を着ているんだ？」

パパは繰り返した。前より大きな声で。

ボクは鏡に映る自分の勇姿にほれぼれしていた。何か言われているなとは思ったけど、パパが動転しているなんて夢にも思わず、

「ああこれ？ 空手着だよ」

パパはボクの後ろに立って、しばらく言葉を発しなかった。なんだか威圧感が伝わってきた。

「脱げ」

「何？ パパ」

「脱げ、と言っているんだ。ケン。すぐに！」

パパは怒鳴った。初めての剣幕に、ボクはおびえた。

「でも、これ、空手クラス用だよ」

するとパパは警告なしにボクを捕まえて縫いぐるみのようにベッドに押しつけ、空手着をはがし、ゴミ同然に丸めてボクの部屋を飛びだした。ボクは台所まで追いかけていった。パパはいちばん下の引き出しから緑色の不燃物用ゴミ袋を出して空手着を入れ、袋の口を力任せにぎりぎりと結んだ。それから紙にマーカーで何か書いて、テープで袋に貼り付けた。

「明日、あの袋をだれでもいいから係の人に渡してこい。朝、電話しておくから。息子はもう空手クラスには出席しません、と言っておく」

「でも、どうして？ ボク、行きたいよ！ ビリーもネスタも行っている！ すごく面白いんだ！ 行かせてよ！ お願い！」

「ダメだと言ったらダメだ！ つべこべ言うんじゃない！」

「お願い、パパ！」

ボクは泣きはじめた。膝をついて、出ていこうとするパパのシャツを後ろからつかんだ。

「ダメだ、言ったろ！」

パパは振り向いて、力のかぎりボクの頬を平手打ちした。

何もかもが動いた。ボクの顔、頭、脳が。魂も。スピリチュアルな脳震盪とでもいおうか。心の地殻プレートが、ボクの魂の奥深く滑りこんで、それからぐいと動いて、基盤を揺るがした。時間は凍った。ボクはパパのシャツを放し、リビングルームの床に突っ伏した。まるで、レッドウッドの木がチェーンソーで伐られて、地面に倒れるように。

ボクの人生は、この瞬間に変わった。12歳の少年は、わずか数秒で永遠に過ぎ去り、別のものに置き換わった。過酷な現実から守られたイノセントな特権が、ボクサーのマウスピースのように飛び去っていった。パパは、それまで一度もボクを段ったことがなかった。家のなかに問題を抱えてはいても、ある種シェルターで保護された人生を送ってきた。

今、ボクは乱暴に起こされて、力ずくで放りだされた。成人した男の冷たくて、湿った、ギザギザの岩の上へ。ボクはショックと不信で、声を発することもできないでいた。痛いと大声で泣き叫ぶでもなく、穴の空いたタイヤのように、食道からわずかばかりの空気が出たり入ったりするばかりだった。

ビリーが言っていたことを思い出した。ビリーの父もときどき彼をひどく打つことがあって、その瞬間は息が塞がる、って。数分、話もできなくなる、って。怪我しない？　って聞いたら、もう大人だからうまくかわしていける、とも言っていた。ボクも、もう大人になったのかな？　ひりひり痛む左頬を上に向け、右頬はワックスのかかった床にくっつけて、生肉の切れっ端みたいにうつ伏せに横たわっていた。

ぼんやりと照らされたリビングルームの床、椅子もテーブルも棚も、摩天楼のように高く見えた。ソファーの下も見た。埃まみれのまま置き忘れられた雑誌、先週じゅうずっと探しまわっていた古いテニスボール。そのとき、リビングルームの向こうの廊下を、ピスタチオみたいな形のものが、洗面所の方へもぞもぞ動いているのに気がついた。体長2センチぐらいのゴキブリだった。用心深く、動いてはとまり、一度に一掻き、ハードウッドの海を渡り、白い磁器でできた洗面所の岸を目指していた。敏感な毛髪状のアンテナに先導されて、探りながら、調べながら、這いながら、ほんの微かな動きや音を察知して固ま

り、ついに真ん中辺まで来た。

　30秒ぐらい息をとめて死んだ振りをしていたのだが、我慢しきれず咳きこんでしまった。予想に反して、その昆虫は逃げだすどころか、ヒッ！　ととまり、90度右に向きを変えた。まるで、ミニチュアの宇宙探査機みたいに。ソイツがまっすぐにボクを見た。ボクもよく見ようとして目を細めた。やっぱり！　ゴキブリはアンテナをちっちゃい刀のように振りかざして、ボクを凝視していた。

　すると、ソイツが話しはじめた。そう、ボクに向かって！　犬にしか聞こえないくらいの高周波音声で。ボクは精一杯耳をそばだてた。全部は聞き取れなかったが、確かにこう言おうとしていた。

「ヤッタネ、ケン！」

「ヤッタネ、ソッチモ！」

　ボクはささやき返した。実際には声なき声で。

　するとソイツはくるりと向きを変え、再び洗面所の方に向かうと、今がその時とばかり、シャカシャカシャカという小さな音をさせてフロアを横切り、シンクの下の穴に逃げこんで姿を消した。

　うわっ、なんて不思議な瞬間だったんだろう。ゴキブリと交信したぜ。また会えるかなあ？　未来か、別の人生で？　だったらそこで、ボクはゴキブリでいたい、と思った。ゴキブリは地球上で最もタフな生きものだと何かで読んだことがある。何百万年も生き延びていて、実質的に不滅なんだとも。ボクも、シンクの下へ潜りこみたいなあ。あのゴキブリと一緒にいて、ゴキブリの家族に囲まれていたら、ここよりずっと楽しい場所に違いない。なんてあったかくて心地いい考えだろう。お互いに愛しあう家族。ボクは目を閉じて、微笑んで、ゆっくりと我に返った。

「おい！　大丈夫か？　わしは……そんなつもりじゃ……こっち向いて……」

「え？……ごめんなさい。もう二度としないから」

　ボクは現実に戻り、腕で顔を隠した。またビンタされると思ったのだ。

「カッとなってしまった。どうしてだろう。　わしのこと、嫌わんでくれ」

「嫌いじゃないよ」

「さあ、起きて。ぬれタオルをもってきてやる。すぐによくなるよ」

　パパはパニックになっていた。ボクを部屋に連れていき、ベッドに寝かし

た。その腕は震えていた。ボクはちょっと目眩がした。パパは台所に戻って、ぬれタオルと氷のキューブを2、3個もってきて、ボクの左頬に当てた。
「ごめんな。ほんとうに悪かった」
　パパは繰り返し言いつづけた。
「うん、大丈夫みたい。ねえ、ゴキブリ、見た？」
「何？　なんのことを言ってるんだい？」
「ゴキブリがボクに喋ったんだ。ソイツはボクと友だちになりたがっていた。あいつを探しにいかなきゃ！」
　ボクは立ち上がって洗面所に行こうとした。しかし、パパは押しとどめた。
「混乱してるよ、おまえ。ちょっと横になりなさい、水をもってきてやる」
　パパはコップをもって戻ってきた。ボクの頭を支えて、飲ませて、あとはずっと黙っていた。見おろされている視線を感じていた。
「空手は、行かせてやれない」
　パパが沈黙を破った。
「今まで絶対に話さなかったことがある。大事なことだ。経験したいろんなこと。見てきたこと。なぜなら、おまえに重荷を負わせたくなかったからだ」
　長い気まずい沈黙があった。ボクは、パパがまた怒りを爆発させるのではないかと恐れていた。パパは視線をあげて、自分にしか見えないものを睨むかのように中空をじっと見た。深呼吸して、唾を飲みこんで、咳払いした。
「わしはブリティッシュ・コロンビア州のエメラルド・フォールズで生まれた」
　パパは語りはじめた。
「そこはうっとりするくらい美しいところだった。森に包まれて、宝石みたいな町だったよ。小さな湖に面していて、湖の水は西におよそ50マイルほど行ったところにある太平洋に流れこんでいた。丘や山や生い茂るレッドウッドの木々。ロッキー山脈が不動の姿で見おろしていた。変わるのは、伸び縮みする山頂の綿帽子ぐらい。安全で、何も心配のないところだった。財布の方は知らないが、心は豊かだった。湖の向こう、山側へ3キロほど行くと、きれいな滝があった。とんがった崖から10メートルほど下にあるエメラルド色のラグーンに落ちているんだ。暖かくなると、そこへ泳ぎに出かけたもんだ。天国だったねえ」

パパはしばらく言葉を切った。そして、左から右へと視線を流した。まるで心のなかのページをめくるように。

「おまえのお祖父さんとお祖母さんは、1924 年に日本からカナダに来て、湖に面した製紙工場で働いた。5 年後の 1929 年にわしが生まれて、その 2 年後にテッド叔父さん、さらに 5 年して、さゆり叔母さんが生まれた。そのころ、おまえのお祖父さんは日本人労働者と日系労働者の部署の責任者になり、お祖母さんは日本人学校で美術を教えるようになっていた。お祖父さんの夢はカナダ人になることで、1935 年に帰化した。2 年後にお祖母さんも。白人でなかったから選挙権はなかったけど、カナダ人になれたことはお祖父さんの誇りだった」

　パパが話しているあいだ、ボクは仰向けに寝て天井を見つめていた。そこはボクの心のキャンバス。幼いころから、夜中に天井をじっと見つめて、想像上の絵具で絵を描くことがよくあった。10 歳のとき、ブルースという名前のキャラクターを創作した。それはボクの分身だった。彼は東洋人で、体にぴったりの忍者みたいな黒装束を着ていた。顔はブルース・リー。当時のカナダでは唯一、東洋人の英雄だった。何か困難なことにぶつかると、ボクはベッドに寝ころんで、ブルースに魔力を使わせた。可能性は無限大。天井は宇宙と同じくらい大きかった。

　自分の頭を、人間フィルム・プロジェクターに変身させることもした。本日のおすすめ映画は、パパの子ども時代の物語だった。それはテクニカラーでつくられていて、題名は *Emerald Falls*。

「エメラルド・フォールズには、日本人と日系が 200 人ぐらいいた。わしらは少数派で、ハクジン住民とは離れたところに住んでいた。そのころ、ハクジンと有色人種は一緒に住まなかったんだ。違う学校に行って、違う店で買い物をして、違うレストランで食事した。教会でさえ別だった。ハクジンの友人も何人かはいたけど、彼らの近所にいって住むなんてことは絶対しなかったし、ハクジンの女の子とデートも結婚もしなかった」

　パパは薄笑いを浮かべた。

「今の時代からすると、人種差別だな。だがその当時は、受け入れるしかなかった。おまえのお祖父さんとお祖母さんは、なんであれ仕事に就けるだけで幸せだった。わしらはハクジンに質問も、口答えもしなかった。ブリティッシュ・

コロンビア州は白人ファースト、そのほかは下級の人間。ネイティブ・インディアンの人たちでさえね」

「わあー」

「それでも、わしらはラッキーだった。ブリティッシュ・コロンビアのほかの場所では、アジア人が白人至上主義者たちによってハラスメントを受けていたし、差別は普通のことだと思われていた。しかし、エメラルド・フォールズでは、ハクジンともうまくやっていて幸せだった。選挙権がないとか、豪邸に住めないとか、気にならなかった」

　パパは、いつものパパに戻っていた。厳格で抑制がきいて、親切で。

「わしらの入植地には、たくさんの中国人家族も住んでいた。でも、彼らはほかの人たちとまじわらなかった。英語がすごくうまかったのにね。ハクジンに比べると、わしらはほんのちょっとしか稼ぎがなかった。しかし、中国人はさらに、わしらの半分だった」

「彼らはナイスだったの？ エメラルド・フォールズのハクジンたちは」

「うーん、ナイスが、何を意味するかによるよ。ハクジンでも、わしらと一緒に野球をする子もいたし、わしらの家に来て、遊んでいく子もいたしな。ただ、なんて狭くて汚い家なんだとショックを受けていたがね。共同便所と共同風呂だったから。ハクジンたちはわしらのコミュニティをファームとよんだものさ。家畜のような暮らしに見えたんだろう。あすこへは行くなと自分の子どもに言いきかせる親もいた。病気をうつされては大変ってわけでね。でも、大部分は、そこまで意地悪じゃなかった」

「なぜパパは、普通にホワイトとよばないで、ハクジンとよぶの？」

「習慣だ、たぶん。隠語ってヤツさ。別の言葉もあったな、ケトウっての。毛深い生きものっていう意味。それはほんとうに悪意を含んでいる。とにかく、わしらは、そういう日本語を使った方がいいと感じていたんだ。ホワイトとよぶのは、少し怖かった」

「なんで？」

「なんでかな」

「ハクジンの子どもにいじめられた？」

「ときどきね。でも、そんなに多くはない。中国人の子どもはもっといじめら

れていた。モンキーだの、チンクだのと。だからわしらは、中国人に見られないようものすごく気をつけたもんだ」

「ボクのこと、中国人とよぶ子もいるよ。ボクは気にしないけどね」

「日本人は、信頼できる働き者だと見られていた。わしらが解けこんでいたからだ。中国人はそうではなかった」

「日本人と中国人の違いは見分けられるのかな？」

「そりゃ無理だろ」

パパは滅多にしない含み笑いをした。

「ただ、わしらは信じたかった、違いは分かると。わしらも人種差別主義者で、尊大だったってわけだ。奇妙だな。三流でさえなければ二流市民で十分満足だった！ トーテムポールの最下層になることを恐れていたんだね。しかし、まもなく事態が急変した」

「どういう意味？」

「今のおまえと同じ12歳だった。放課後、ほかの日本人の子と野球をして、遅く帰ってきた。おまえのお祖父さんとお祖母さんは、近所の人と一緒に、ラジオのまわりで身を寄せあっていた。テッド叔父さんはもう寝ていた。だれかがたった今死んだみたいに、どの顔にも深刻な表情が浮かんでいた」

「ラジオで何を聞いてたの？」

「ニュース。おまえのお祖父さんはわしをベッドに追いやって、詳しく話そうともしなかった。なんかまずいことが起きたんだろうなと感じた。眠ろうとしても眠れなかったので、起きて、何を聞いているの？ 教えて？ と言った」

「答えは？」

「日本軍がパール・ハーバーを攻撃した、って」

「ハワイの？」

「そうだ。1941年の12月7日。そのとき、わしはパール・ハーバーってなんのことか、どこにあるのかも知らなくて、まして自分らとどう関係があるのかも分からなかった。わしらにとっての第二次世界大戦が、その日、始まったんだ」

「でも、日本軍が攻撃したのはアメリカでしょ？」

「うん、そうだ。でも当時カナダは、今よりもずっと密接にアメリカと行動をともにしていたから、カナダが攻撃されたようなもんだったのさ」

「何が起きたの？」

「さーて、まさに次の日、町じゅうパニックになった。想像つくか？ ハクジンがみんな、汚いワン公でも見るように、日本人を見下しはじめたんだ」

「怖い」

「そのとおり。わしはちょうど今のおまえと同じ年だったと言ったろ？」

　パパは再び黙った。それからゆっくりと、

「製紙工場で、おまえのお祖父さんはハクジンの監督と喧嘩になった。その人が『ダーティジャップ』と呼んだからだ。お祖父さんは右目の上に切り傷を負い出血した。しかし、会社のクリニックは絶対に手当てをしてくれなかった。うんざりした顔で帰ってきたお祖父さんが、テーブルを蹴とばしたのを覚えているよ。会社のことを警察に通報すると意気ごんでいた」

「やったの？」

「いいや、町全体がその製紙工場で潤っていたんだから、市長から警察署の署長までみんな会社に感謝していた。それに、警察も同じことを考えていたんだから、どうなる？ これは一時的なことで、2、3日たてばなんでもなくなるように祈った。わしらにパール・ハーバーの責任はない。ハクジンもそのうち分かってくれるだろうと信じていた」

「関係ないよね？」

「もちろんないよ。とにかく、みんなで笑いとばしていたんだ。いずれちゃんと証明されるはず。わしらはカナダ人なんだし、ってね。だって、警察署長はドイツ系だったけど、ヒトラーに関する責任が彼にあるなんて、だれも思ってなかった。でも、それは大外れだった」

「ええっ？」

「その夜、一団の青年たちが松明をもってわしらのコミュニティにやって来て、*DIRTY JAPS GO HOME!*（出ていけ、クソ日本人）と奇声をあげた。家の壁にペンキで殴り書きするハケの音がした。家族は、恐怖で固まったウサギのようにソファーに身を寄せ、荒くれオオカミが去るのを待った。焼かれずには済んだが、夜明けとともに外に出てみると、窓の半分は割られ、白ペンキで『JAP』と塗られた家がたくさんあった。近所のリーダーだったケビン・ハヤシさんが教えてくれた。たくさんの白人の若者たちが大暴れしたが、警察に通報しても

来てくれなかったそうだ」

「パール・ハーバーはどうなったの？ 何が、そこで起きたの？」

　ボクの想像上の映画はモノクロになっていた。ビンテージ映像だ。

「日本帝国海軍が、パール・ハーバーでアメリカ艦隊を爆撃したんだ。それは不意打ちで、大部分の船が破壊された。何千人ものアメリカ人が死んだ。至るところに燃えあがる船と死体が散乱していたそうだ。日本人は、自爆飛行隊を送りこんで、それをやらかした。野蛮で冷酷。次の日、ルーズベルト大統領は、日本に宣戦布告した。大方の見方では、日本の軍隊はまもなく北アメリカ西岸を攻撃するだろうということだった。当然、ハクジンはますますわしらを疑うようになった。恐怖とパラノイア(被害妄想)が横行した。それまでは温厚で親切だった人たちでさえ、わしらに食ってかかるようになってきた。わしらのことを日本のスパイか協力者だと信じる人が増えた。攻撃のことも、わしらは前もって知っていたと思う人までいた」

「ほんとうに、だれか知っていたの？」

「もちろんだれも知らないさ！ 日本はなんてことをしてくれたんだ！ と思った。わしらだって、うんざりしてた」

　パパは再び興奮して、声が大きくなった。

「パパ、怖いよ！」

「日本のことなんか屁とも思わなかった！ カナダが大好きだった！ それなのに、みんながわしらのことを、汚いジャップのスパイだと疑っていた。中国人たちも、玄関に『私たちは中国人です。ジャップではありません』という紙を貼り出した」

「わーあ」

「その翌年2月、パール・ハーバー攻撃の2か月後に、マッケンジー首相は『戦時措置法[52]』に署名した。国の安全のために必要なら、政府はなんでもできることになった」

「お祖父ちゃんは、まだ仕事ができていたの？」

「うん、製紙工場は人手不足になり、まだ雇いつづけてくれていたけれど、前

52　War Measures Act；戦時措置法。カナダの法律。これにより、日系カナダ人強制収容（Japanese Canadian internment）が行われることになった。

182

より賃金は下がった。もう機械を使って働くことは許されなくなって、ドックで重い荷物運びの仕事にまわされた」

「人種差別はよくなったの？ 悪くなった？」

「うーん、両方だね。わしらをジャップとかブタとか呼んで嫌う人は、どこにでもいたね。ものすごく傷ついたけど、すぐに慣れた。家や商店の破壊もときどきあった。される度に落書きを消して、やられたらまた消す、の繰り返し」

　パパはくすくす笑った。

「わしらの我慢も限界で、反撃も始まった。あるとき日本人の何人かが立ち上がり、そのなかには、おまえのお祖父さんもいたんだけど、ならず者たちを力で叩きのめして警察に突き出した。それからは、親切なハクジンの市民グループが助けてくれるようになり、嘆願書に署名して市役所に抗議してくれた。クリスマスディナーにわしらを招待してくれる家族、水曜日の祈りのために毎週来てくれる人もいた。近くに住む中国人の家族も親切だった。それは、ものすごくリスキーな行為だったにもかかわらず」

「よかったね」

「けど、『戦時措置法』が施行されてすぐ、『夜間外出禁止令』が出された。さらに2週間後、すべての日系家族に政府から通知が届き、移住させられることになった。太平洋岸から100マイル（160キロ）以内に住む、日本人を祖先にもつ人は全員、移住センターに送られることになったんだ」

「移住センター？」

「捕虜収容所。強制収容所。どっちにしろ同じ。どの家にも州の警察がやって来て、時間構わずドアをドンドン叩いて、24時間以内に立退けと命令した」

「24時間？ そんなんで十分だったの？」

「もちろん、十分なはずがない。しかし、ほかに選択肢がなかった。わしらはスーツケース1個分の荷物だけ許されて、強制的に退去させられた。ものすごく怖かった。子どもたちは叫び、女性たちは泣いていた。まるで犯人扱いで、全員、ヘイスティングズ公園にある大きな厩舎に押しこまれた。そこはひどかった。牛と馬用の家畜小屋で、ウジが湧いていた。耐えられない悪臭がして、何人もの人がバクテリアに感染して病気になった。真冬のすごく寒い時期なのに、暖房もないし、毛布にはシラミがついていた。ところが10日後に、

おまえのお祖父さんだけ引き離されて、北部オンタリオのアングラーという戦争被告人キャンプに送られた」

「なんで？」

「あの荒くれ者と格闘したからさ。判決は逆転敗訴で、お祖父さんは犯罪者にされてしまった。皮肉なことに、アングラーはならず者たちを収容するひどい刑務所なんだ。毎日重労働が科せられた。囚人服には、脱走を企てたときに備えて、背中に標的が縫い付けられていた」

「お祖父ちゃんは撃たれた？」

「幸運にも、撃たれなかった。おまえのお祖母さんと、さゆり叔母さんとテッド叔父さんとわしは、数日後にブリティッシュ・コロンビアの東にある別のキャンプに送られた。政府は基本的に、西海岸のすべての地域から日系人を締め出した。おまえのお祖父さんがアングラー行きの列車に乗りこんだときから、次に会えるまで３年かかった。わしらがキャンプで過ごした長さだ」

「キャンプはどんなだった？」

「エメラルド・フォールズのつましい我が家を、宮殿のように思い出させてくれたよ。比較の問題だがね。わしらは、タシムという山深いキャンプに割り当てられた。皮肉にも、今じゃ、サンシャイン・バレーとよばれている。およそ2,000人の日系カナダ人が、そこに移住させられた。タシム。それを聞くとゾッとする。最初は日本の名前かなと思った。だとしたら、なかなか思わせぶりな管理者だが、実は３人の抑留担当幹部役人の名前から来ていた。［テイラー］＋［シェアラー］＋［メーアン］＝［タシム］」

「そこまで、どうやって行ったの？」

「イワシのように電車につめこまれて、着いたところで家畜トラックに移された。タシム村では、家はまだ全部建っていなくて、完成するまではテント生活だと言われた。わしらは幸運にも、板一枚貼り付けただけの家に住むことができた。でも、電気も水道もなかった。季節は氷点下の極寒だ。マットレスが凍らないように、ベッドの横にランタンを置いて寝たものさ」

「１家族１軒なの？」

「違う。５家族一緒で、張りめぐらしたロープから毛布を吊るして仕切りにしていた。プライバシーもヘッタクレもないさ。風呂はちっちゃなタブしかなく

て、冬でさえお湯は出なかった」

「まるで刑務所だね」

「アメリカのキャンプや、ヨーロッパのユダヤ人強制収容所とは違って、フェンスも囲いもなかった。でも、ロッキー山脈のど真ん中だ。わしらは現金なんてもっていなかった。仮に逃げたところで、どうにもならなかった」

「お金や家はどうなったの？」

「わしらの所有物は、家も、車も、資産も、没収されて、驚くほど安く売り払われた。企業も没収されて売却された。何千もの釣り舟は囲いのなかに入れられて、叩き売られた。そうやって集められた資金と、キャンプで強制労働させられた収益は、すべてキャンプの維持や住宅供給費にあてられたんだ。なんのことはない、わしらは、収容所生活の全経費を自分たちで賄っていたんだ」

「ひどいね」

「それでもだ、わしらは形ばかりのちゃんとした生活を取り戻そうとした。間に合わせの学校をつくり、礼拝して、野球チームもいくつかできて、タレントショーも開かれた。地獄の住宅環境のなかで、なんとか生きようとしていた。人権はないとしても、尊厳と人間らしさだけがあった」

「みんななんとか幸せだった？」

「もちろん、ノーだ。とりあえずあるもので、できるだけのことをしていただけだ。抗議や抵抗を起こそうという話も聞いた。逃亡して、帝国日本を支持しようとしている者がいる、とか。どれもできるわけがない。謀議しただけでも捕まえられて、もっとひどい捕虜収容所に送られてしまうからだ」

「お祖父ちゃんが行かされたみたいなところだよね？」

「そうだ。ほとんどの人はただ受け入れた。『しかたがない』って。たくさんの人がキャンプで生まれて、たくさんの人がキャンプで死んでいった。さゆりも6歳のときに結核で死んだ。イノセントで明るい子だったのに。ロマンスが生まれて、別れと離婚があった。コンサートや劇もあったな。楽器を弾いたりスポーツやったり、洋服を縫って、本を書いて、絵を描く人もいた。神に出会う人、悟りをひらいた人、心の平安を得る人、反対に鬱になったり、気が狂ってしまう人もいた。不安だらけだった。もし戦争が永遠に続いたらどうなる？ わしらは置き去りにされる？ まさに最後の日まで、生き延びられるかどうか分か

らなかったんだ」

「そこを出てからどうなった？」

「バーチャルな奴隷状態と投獄の３年が終わって、わしらはやっと解放された。しかし、これが始まりなのかどうか、まだ分からなかった。おまえのお祖父さんにも再会したが、すべてに失望して、もはや別人になっていた」

　パパの声はだんだん大きくなり、早口になった。

「なかでも、お祖父さんをいちばん打ちのめしたのはさゆりの死だった。キャンプに行かなければ病気にかかることもなかった、自分がそばにいれば大丈夫だった、何もかも日本のせいだと、と。わしも同じ思いだった」

「なぜエメラルド・フォールズに戻らなかったの？」

「わしらは、西海岸に戻ることを許されなかったんだ。戦争が終わっても、ののしられた——出ていけジャップ！　汚いジャップ！　つり目のジャップ！　放浪してろジャップ！　ここはジャップお断り！　死ねジャップ！　——それほどひどかった。それで政府が、東部カナダに移住するか、日本に移民するかという選択を迫ってきたんだ。わしらは、東のオンタリオに移住してリンゴ園に取り組むことになった。そのとき、日本に帰る方を選んだ人もいた。でもね、日本語を話すことさえできない日系もいて、焼け野原になってしまった日本への逆移民は、予想もしなかった新しい悲劇を生んだんだ。黄色い肌だから日本の人たちにフリーパスで受け入れてもらえると思ったら大間違い。今度は『腐っている』だの、『汚い』だの、皮肉なことに『敵』とまで言われて、さらにすごい偏見の餌食になったんだ」

「パパはどう？　パパはどうしたの？」

「そうだな、わしは16歳ぐらいで、大人になりかけていた。何をしたいのか、まったく分からなかった。でも、一つだけ分かっていたのは、もう日本人でいたくないということだった。ウチの家族が地獄を見たのは、カナダ人なのに、日本人に見間違えられたからなんだ。もし日本がパール・ハーバーを攻撃しなかったら、わしはわしの夢を生きぬいただろう。家、仕事、基本的な人権、そしてさゆり。わしらは全部失ってしまった。日本がわしらの人生をぶち壊してしまったんだ」

「でも、強制収容したのはカナダ政府なんだよ」

「そうだ。でも、カナダはやるべきことをしただけだ。カナダは国を守ろうと
した。もし、わしがハクジンだったら、同じことをしただろう。わしの忠誠は
カナダにあったし、今もそうだし、カナダだけにあるんだ。わし自身と、わし
の家族の愛国心を、再び疑われたりするのはごめんだ！」

　パパはまた叫んで、ボクを怖がらせた。顔が赤くなって、こめかみの静脈は
今にも飛びだしそうに見えた。

「そして、あの言葉。あの醜い、醜い言葉。歴史のなかで最も弱い言葉、日系
が好んで言うシカタガナイ *nothing can be done*。そしてガマン *persevere*。どん
なに嫌いだったか。降伏の言葉。敗北の言葉。牢屋にぶちこまれたり、貧し
かったり、病気になっても、わしらは我慢しなければいけないのか？ 動物のよ
うに扱われてもしかたがないのか？ あの可愛いさゆりが死んでも、しかたがな
い？ 何もかもサヨナラだ。日本の精神が良いとするあらゆるもの。破壊と降
伏。武士道だとお？ フン！ わしは日本人なんて大嫌いだ！」

　パパは悲鳴をあげていた。ボク自身も今にも泣きだしそうになった。

「ウチに日本のものが一つもないのは、このせいだったんだね？」

　ボクは返事を迫った。

「だから、ボクに空手の稽古をさせたくないと思ったんだろ？」

「なぜかは、もう話した！」

「日本のものを毛嫌いしたり、日本語のバカな言葉を口にしないとかで、ボク
らは安全だと思う？ そんなことで、白人がボクらの愛国心を疑わないと思う？
彼らがパパを嫌ったのは、見た目のせいだったんだよ。パパ。それって、典型
的な人種差別だったんだ！ 鏡で自分を見てみなよ。外見から逃げることはでき
ない。あんたは日系カナダ人なんだよ、パパ。あんたはそれを誇りに思うべき
だ！ ボクの友だちはみんな、自分自身を誇りに思っている！ ネスタもハリー
もイズィも、自分の歴史を語ることができる。過去にどんなことがあったとし
ても、政治のせいじゃない、パパ。あんたは言ったよね。ドイツ系カナダ人
は、ヒトラーのせいでキャンプに送られたりしなかった、って。ね？ イタリア
人だって、そうだろ？ それって、彼らが白人だったからなんだよ。あんたは白
人にはなれないんだ。パパ！」

「黙れ！ 黙れ！ じゃないとまた叩くぞ！」

「やりな。ボクはもう気にしない!」

　長い沈黙があった。パパはボクのベッドから立ち上がり、机の上のコップを壁に投げつけた。破片が部屋じゅうに散った。

「あんたはサイテーだ、パパ。ボクは、あんたをかわいそうに思う! あんたは自分を嫌ってる、そしてボクのことも嫌いで、ママも嫌いなんだろう! ママは本当の日本人だ。それなのに、あれじゃママがおかしくなる!」

　また長い沈黙があった。パパは両手で頭を支えると、深呼吸して天井を見上げ、それからドアに向かって歩きだした。

「寝ろッ」

　パパは振り向きもせずに言った。

　真上の天井で上映中だった映画は終わった。白色光と映画のフィルムの尻尾が、プロジェクターに当たってピシャッと音をたてた。何も見えなくなった。

ジュディス
1979 年 14-15 歳

　あの一件から、オヤジとオレは、深い会話は一切しなくなった。家で鉢合わせすると、あ、居るんだなと思う、その程度。一緒に食事するのさえやめた。ママとオレは今までどおり、オヤジは新聞を読みながらひとり黙ってキッチンテーブルにつく。喧嘩も口論もしない。どんなコミュニケーションであれ、パスした。一種の停戦というか、無言作戦。正直なところ、関係修復を一切図らなくていい、ってのは簡単だった。

　オレは 2 年間で 1 フィートほど背が伸びて、両親の背丈をとっくに追い越していた。声も変わって低いバリトンになった。女の子に対する興味がつのり、勉強なんかどうでもよくなった。基本的に、四六時中、女の子のことを考えていた。おもにヤッテみたくて付合った子は二人ほど。でもステディになった子はいなかった。人にも言えないがまだ未経験で、何人かの女の子とは一歩手前までいった。

　付合ったうちの一人は、スーという名の韓国人だった。オレのようにちょっ

ととんがってる子だった。肩にスパイダーのタトゥを入れていて、そういうのがオレを興奮させた。オレはすでにホッケーをやめて、ロン毛にのばし、ロック・バンドのメンバーになっていた。リード・ギターで、それなりに追っかけもいた。スーとオレはよく谷に行って、タバコを吸ったり、シケこんだりしていた。彼女はあまり英語がうまくなくて、友だちとか先生についてちょっと話す程度。その代わりスーはいくつかの韓国語を教えてくれた。特に下品なヤツ。オレがそれを言って、彼女が笑う。ところがある日、彼女の家族は突然荷物をまとめて帰国してしまった。それ以降、一度も会っていない。最近になって彼女の方から Facebook でオレのことを見つけてくれた。

　オレが完全にイカれてしまったのは、化学の授業で一緒だったスコットランド系の女の子だった。実際にはカナダ生まれで、両親がスコットランドからの移民だった。同じフレモの一角に住んでいたので、ときどき一緒に歩いて帰った。名前はジュディス。ウエーブのかかった長い赤毛で、目はグリーン。ジャクソン・ポロックの絵みたいに、鼻も頬もそばかすだらけだった。ちょっとシャイだけど、とってもフレンドリーだった。少なくともオレに対しては。頭も良くて、学校の成績は体育に到るまでオール「A」だった。忘れられないのはあの日、通知表をもらったあと、彼女が泣きだしたことだ。なんと化学が「B+」で、オール「A」を取りそこねた、ってさ。オレたちは一緒に歩いて帰った。オレは泣きつづける彼女を慰めようとして、言った。
「オレなんか、たった一つある『A』は美術だぜ。なぜかっていうと、その授業しか出てなかったから」

　彼女は笑って、オレをハグしてくれた。「お茶でも飲む？」と、家に招待された。両親は休暇でフロリダに行って留守、兄貴はアメリカン・フットボールの練習に行ってる、って。

　オレたちはリビングルームのソファーに並んで座った。喋って、笑って、ミルクティを飲みながらチョコチップ・クッキーを食べた。前触れなく、彼女はまたオレをハグして、今回はずっと離れなかった。ゆっくりと顔を近づけてきて、その唇をオレの唇に重ねた。まるまる30分もそうやっていちゃいちゃしてから、彼女は立ち上がり、両手でオレを引きおこし、じゃれながら自室に案内した。それがオレの初体験。

その翌週、ジュディスとオレはまた一緒に帰った。今度は手をつないで。彼女の両親がちょうど休暇から帰ってきたところだから会わせたい、と言って。オレは同意して彼女のアパートに行った。

「ママ、パパ。ただいま。このあいだ話してた男の子、ケンよ。ほら、連れてきた。彼に会いたい？　彼、ほんとうに素敵よ」

　ジュディスは家に飛びこんで叫んだ。オレは緊張して外で待っていた。

「もちろんよ。私たちと一緒に夕食もどう？『スイス・シャーレ』に行くつもりよ。今日は料理する気になれないの」

　独特のスコットランド訛りで話す女性の声がした。

「いいわ、彼に聞いてくる」

　ジュディスの声。

「あと 10 分で出かけるよ、いいかな？」

　さらにきついスコットランド訛りの男性の声がした。

「さ、入って。両親があなたに会いたがってる」―――「ママ、パパ。ケンよ」

　気まずい沈黙が流れた。彼女の両親はリビングルームに立ったまま微笑んでいたものの、しどろもどろになった。

「んーん。あ、んーん。こんにちは。ケンだったかしら？」

　お母さんが、ぎこちなく足で床をコツコツ鳴らしながら尋ねた。

「はい。こんにちは」

「ケン、いい名前ね。んーん、ちょっと違う人だと思ってたのよ。なんていうの、お会いできてうれしいわ。んーん、ジュディス、ちょっと話が」

　お母さんはわざと笑顔をつくって言った。それから 3 人は、ベッドルームの一つに行って相談していた。何を話しているのかは聞き取れなかった。しかし、ジュディスが動揺して、泣いているらしいことは分かった。オレは、リビングルームの真ん中に、一歩も動かず立ち尽くしていた。

　5 分ぐらいして、ジュディスが出てきた。彼女の目は赤く腫れていた。オレの手をとって、外へ促した。アパートの廊下で、彼女は声をあげて泣いた。

「ごめんね、ケン。帰ってくれる。両親がなんて言ったか、あとで話すわ。ごめんね。ごめんね」

　続く夏の 2 か月間、オレたちはこっそり会った。オレはのぼせあがって、

すっかりジュディスの虜になっていた。いつも、学校の裏手にある谷で、彼女を待っていた。川の辺りに座って、何かを話すときもあれば、話さないときもあった。ときどき公園のベンチでキスしたり、草の上で抱きしめたりもした。一度、ドン川ぞいの草むらでセックスしたら、身体じゅう蚊に刺されたので、もう二度とやらなかった。彼女に夢中だったから、両親に望まれなくても、ぜんぜん気にならなかった。だから言った。ジュディスのためなら死んでもいい、と。

　9月になり、ジュディスの両親は、娘をノース・トロント高校に入学させた。それは、中部トロントにある圧倒的に白人が多い高校だった。上流階級の都会的な場所にあり、当時はクラシックな赤レンガ造りで、1か所に白人のティーンエイジャーがたくさん集まっているところだった。ずっと多文化なコミュニティに住んできたので、まわりじゅう白人ばっかりというのは、オレにとってはカルチャーショックだった。

　新学期が始まってから2回会った。1回目は、彼女の学校まで行って、正門の前で待っていた。そこからフレモまで話しながら歩いて帰った。2時間かかった。彼女の家のある建物まで来たとき、ジュディスのお父さんが車の中からオレたちを見つけた。オレは平気だったが、父親の青いポンティアックを見た瞬間、ジュディスはオレの手を放して後ろ向きになった。

　さらに次の週、2回目に会いにいったとき、オレは完全に無視された。彼女はくるりと背を向けると、学校のなかに戻ってしまった。廊下を走って彼女に追いついた。
「ジュディス、どこへ行くの？」
　ジュディスはうなだれて、すれ違うほかの学生たちから身をかわしながら、返事もしないで歩きつづけた。
「ねえ、とまってよ！」
「私、あなたとお話しできないの。ケン」
「何してるの？　どうして、こういうことするの？」
　オレは満足のいく答えを求めた。
「私のこと、忘れて。ケン。どうにもならないの！」
　ジュディスは涙目で言った。

「何？ 今、なんって言った？ 愛してる、ジュディス！」

　彼女はオレと目を合わせようとしなかった。

「愛って何か、あなたは分かってないのよ。ケン！」

「どうして？ 分かっているよ。オレのこと、愛してないの？」

　オレは彼女の肩をつかんで向きを変えさせた。

「ケン、もう会えないわ！」

　ジュディスは大声で言った。まわりは何事かと振り向いた。

「ここで、何をしている？」

　ジョン・レノン風の丸い眼鏡をかけた白人男性が問いかけてきた。見るから
に先生らしかった。

「君はここの学生かい？ そうでないなら出ていきなさい！」

　一瞬、オレの注意がそれた隙に、彼女は正門から走りでようとした。

「ジュディス！」

　オレは追いかけた。しかし、彼女は走り去って、跡形もなく消えていた。オ
レは呆然と立ち尽くした。もしかして帰って来るかもと期待して、ずっと待っ
てみた。日が落ちて家に帰った。

　ジュディスは二度と連絡してこなかった。手紙さえなかった。数か月後、彼
女が住んでいたアパートに行ってみた。引っ越してしまったあとだった。電話
番号も変わってしまい、通じなかった。オレは再び学校に行って、管理部で彼
女について聞いてみた。2学期から転校したという返事だった。

　その後、オレも二度と彼女に連絡を試みなかった。ところが何年もたってか
ら、韓国人のスーの場合と同様、Facebookでつながった。彼女は結婚して、3
人の子持ちになっていた。高校の1学期が終わったあと、トロントの西の端に
引っ越したことを初めて話してくれた。Facebook Messageで非常にすまなそ
うに書いてきた。すべてが過ぎてしまった今、オレはそれを笑いとばすことが
できた。

　しかし、この試練は、当時のオレにとってはものすごいトラウマとなり、忘
れられない刻印を心の奥に残した。

第 9 章

グレイ島

到着

2010年6月29日（火曜日）午後12時

　グレイ島。ついに到着。

　7月1日の真夜中に来てくれと、ビリーが指定した場所だ。もし来てくれるなら、スピリットになって待っている、とビリーは約束していた。額面どおり受け取るかどうかは解釈の問題だ。

　もしかしたらこのどんよりした空模様のせいかもしれないが、キングストンの船着場を出てグレイ島に着くまで、見るもの触れるものすべてに神がかりを感じるほどだった。

　下船すると、ボーイズは子どもじみた好奇心であたりを見まわした。波立つ湖面で感じた奇妙な雰囲気は、グレイ島に上がってからも同じだった。生前ビリーが歩きまわったり作業していた島だ。強い風が吹いて、ハリーのサファリハットが吹きとばされた。それは、ハイウェイ401で吹きとばされた野球帽の代わりに、キングストンで新調したものだった。

　グレイ島は、ボーイズが予想していたより大きかった。驚いたことに、10エーカー（4,000平方メートル）もあって、家は部分的に木々に隠れ、船着場から100メートルはあろうかという高い丘の上に佇んでいた。

　ボーイズは曲がりくねった泥道をのぼりながら、錆びた古い三輪車や半マストのまま放置されているカナダ国旗を過ぎて、エキゾチックな構えの家に着いた。グレーと白の木造2階建て、ビクトリア・スタイルのエレガントな家だった。3階部分に、ちょうど教会の尖塔のような展望タワーがついている。また、広々としたコロニアル・スタイルのベランダが、ぐるりと家を取りかこんでいた。15段の階段をのぼって、手彫り装飾を施した白亜の玄関に至る。Dが鍵を開けて、ボーイズを招き入れた。

　一行は、巨大な吹きぬけのロビーに迎えられた。部屋の両サイドに、カーブした白い手すりつきの階段があって、中2階へと続いていた。その下にはドアが二つ。一つはキッチン、もう一つはリビングルームに通じていた。イアンは

地下室の発電機をオンにして、明かりをつけた。

　リビングルームは完璧なまでの優雅さで、ボーイズは呆然として息をのんだ。1,000平方フィート（100平方メートル）もある広々とした空間は歴史博物館のようだった。ウォール・モールディング[53]された壁やドアに、装飾的な木製暖炉。アトリウム風に吹きぬけになっているので2階部分が見えて、上の階は回り廊下になっていた。ケンとネスタはのぼってみた。2階には大きな寝室が二つあり、ジャグジーのついたバスルームがあった。

「すんげー」

　ネスタが階下にいるハリーとイズィに手を振った。

　2階のアトリウムのずっと上に、屋根と同じ形をした天井が見えた。深いネイビーブルーに塗られていて、その効果で、小型のプラネタリウムを思わせる広々とした空間が広がっていた。

　リビングルームの床はオイルステイン仕上げの木製で、部分的にアイボリーのシャギーラグが敷かれていた。そのまわりには森の色を思わせるビクトリア・スタイルのソファーと金色のテーブル、ほかにはアンティークのロッキングチェアが三つ、後方の巨大な窓に向かって置かれていた。その向こうは、品のいい和風の竹林。

　また、暖炉の上にはブロンズの仏像、その右隣には木製の巨大な《お祖父さんの古時計》が置かれていて、律儀に時を刻んでいた。

「真夜中に、あの古時計がボーンボーンと鳴って、家じゅうに響きわたるんだぞ。12回もゴングが鳴るんだ。島じゅうが目を覚ますぜ」イアンが笑った。

　暖炉と向かいあう位置に、金色の王座風のものが置いてあった。その後ろには、チェリー・サンバースト塗装されたクラシックなギブソン・レスポール・エレキ・ギター。ツイード貼りのフェンダー・アンプに立てかけてあった。

　イアンがスポットライトを点灯すると、光の帯がレーザー光線のようにいろんな方向から部屋じゅうに交差して、芸術品の一つひとつを浮かびあがらせた。シュールなギャラリーのような雰囲気だ。さらにイアンがサラウンド・ステレオをオンにすると、マイルス・デイビスの *Kind of Blue* が五つのスピーカー

---

53 wall mouldings：建築用語。ケーシング（額縁）・ベースボード（巾木）・クラウン（廻り縁）など各部の見切りやおおいに使う部材の総称。凹凸の多い、装飾的なインテリアになる。

から、金色の蜂蜜のように流れでた。

「ほんとにすげえ」

　ネスタが、ケンと一緒に下りてきて言った。

「いつ、建ったんだい？」

「1863 年」

　イアンは低いかすれた声で言った。

「うわっ、すごーい」と、ハリー。

「なんというか、オレはまったく別のものを想像してたよ」

　まるで星でも見上げるように、頭上に視線を投げながらケンが言った。

「何を予想してた？　ヒルビリー[54] 好みの山小屋？」

　イアンは非難めいた口調でケンに言った。

「うーん。そうそう」

　ネスタがユーモラスに答えた。

「ケンの言い草は、グレイ家の家族のことを過小評価してたってことなのさ」

　イズィが突然口をはさんだ。

「型にはめて見てたろ？」

「そうだ！」イアンはぴったりはまる言葉を探しながら「……ってことは、も
しこれが、古臭い丸太小屋で、壁に鹿の頭でもかかっているような家なら、大
して驚かなかった、ってことかい？」

「うーん。確かに！」

　ネスタがまた冗談を言った。

「どいつも、こいつも……」

　イアンはマジに話しはじめた。

「おまえらいつも、ステレオタイプの人間に腹立てるけど、自分らだっておん
なじ！」

「だよね」

　ハリーがイアンを支持した。

「とにかく、くつろいで。もし、行きたければ、島のまわりを散歩してもいい
よ」イアン。

54　hillbilly；泥臭いカントリー風。

「ただ、ヘビには気をつけてくださいね」

　突然、Ｄが割りこんできた。今まで、ボートを船着場につないでいたのだ。

「ヘビ？」

　ネスタは目を丸くした。

「ジョー・ダン・デス・ヨ」

　Ｄが笑いもせずに言った。

「れ、れ、ここのターザンはユーモアがあるねえ！」

　ネスタがからかった。

「ときどき！　でも、ほんとにときどき」

　Ｄは、ゆっくりと抑えた話し方をする。各音節が同じ長さで、ほとんど祈りのリズムにも似ていた。声は低くて、叡智にあふれ、愛想よくしながらも、滅多に笑わなかった。

「それにしても、ここのインテリアはだれがやったの？」ハリー。

「ビクトリア・スタイルのものはビリー。アジアっぽいものは、言わずと知れたデヴィの影響だ」イアン。

「言っとくけど、あの仏像は何年か前にボクがビリーにあげたものだからね」

　ハリーが訂正した。

「そうそう、庭、見る？」イアンが思い出した。「数年前に、オレはビリーとここをリノベーションしたんだ。庭は全部オレの作。それから島の水彩画、これはビリーの作だ。あの二人はほぼ夏ごとに来てたよ」

「すごいな。オレたちがまったく知らなかったビリーの横顔だ。んで、イアンは和風庭園を？　うわおー」ハリー。

「うん、島の権利について、ウチじゃよくもめてたからね、ビリーは口が堅くなってたかも。家庭争議ってヤツさ。この島の不動産譲渡証明書をもらえなかったことで、オヤジがへそ曲げたのはよく分かるよ。ここは金鉱というよりも、パラダイスなんだから。ビリーが逝ってしまった今、どう維持して、固定資産税を払いつづけるか、だ。こうなったからには、デヴィがひとりで背負うにはちょっとばかし重すぎる。いつか息子が成長したら所有権を引き継ぐことができる。それまでは、オレが資産の後見人をするしかない。だから、いつでも来たいときに来ていいよ」

「サーンクス!」ネスタは言った。「ヘイ、ここでCDのレコーディングをしたらばっちりだよな。ケン!」

「うん、もしかしたらね」

　ケンはさほど乗り気ではなかった。

「ほんとにやっていいの? イアン」ネスタ。

「もちろんさ! が、忘れんじゃねえぜ。ここの冬は地獄だ。耐えられるのはDぐらいのもんよ!」

「はい、私はメンテナンスのために冬も来てますよ。マイナス40℃。風が吹けばマイナス60℃ぐらいに感じます。水路が凍結することもあって、そういうときは、ボートから島まで氷の上を歩いて来なければなりません。湖に落ちないかぎりは楽しいもんですよ!」

「そんじゃば、クリスマスのレコーディングはパスだな」

　ネスタは早々に撤退を決めた。

「では、給湯炉の準備をしてお湯が出るようにしないと。そのためには薪割りをしなくてはいけません。だれか手伝ってくれます?」D。

「もちろん」イズィ。

「ボクも」ハリー。

「でも、その足じゃ」

　Dは、ハリーの捻挫した足首を心配した。

「すごくよくなった気がする。見て! じゃーん!」

　ハリーは松葉杖なしで歩いてみせた。ちょい足を引きずってはいるが。

「じゃあ、外に出ましょう。ケンとネスタはイアンの手伝い。食事の準備を頼みます。ベランダでバーベキューをしましょう」

　ネスタとケンは、キッチンのイアンに合流、ハリーとイズィはDのあとについて裏庭に出た。

　そこは、100平方メートルくらいの更地だった。仕事場として設計されていて、着古した白いTシャツとグレーのオーバーオールが、洗濯物のロープからぶらさがっていた。

「空気が美味しい! 町じゃ味わえないよね」ハリー。

「そう! それに僕は、島の匂いが好きだ。水、木、土、有り余る酸素。歩く

と、足の下で小枝や葉っぱの音がする。僕の耳には音楽のよう！」イズィ。

「そう。分かります」

　Ｄが空を見上げながら言った。

「明日あたり、嵐がきますよ。もう、こっちに向かっている」

「大きい嵐になりそう？」イズィ。

「はい、そうですね。南の方からきます。ニューオリンズからはるばると。まったく弱まりもしないハリケーンです。でも、今日は大丈夫ですよ。雲が少しと、風がほんのちょっと吹いているだけだから」

「ハリケーン？　ニューオリンズから？　なんかドキドキするね」ハリー。

「じゃあ、斧を使える人、います？」Ｄ。

「できるよ！」イズィ。

「わあ、イズィって、なんでもできて驚くことばかり」ハリー。

「言ったろ？　前に、アメリカ側に別荘もってたって」

「さあ、バーベキューの準備ができる前に、片づけちゃいましょう」

「よーし！」

　イズィは力をこめて応じた。そして、野球選手のように両手に唾を吐いてこすりあわせた。

「じゃあ、イズィはそっちの、大きい丸太の上でやって。私は、こっち。斧はここにあります。ハリー、あなたは、あそこの小屋から木を運んできてくれますか？　それを、それぞれ10本分くらいに割りますから」

「分かったー！」

　ハリーは50メートルぐらい離れた小さい緑の小屋まで、足を引きずりながら歩いていった。

「で、あなたは、アメリカ側に別荘をもっていたんですって？　イズィ」

　二人とも薪割りの準備ができたとき、Ｄが聞いた。

「うん、3部屋の小さなログハウス。投資目的で買ってみたら、すっかり気に入って。僕の隠れ家だったね。数年前にトロントに戻るとき、売っちまった」

「分かります。サウザンド諸島のエリアは特別です。私の先祖にとっては、聖なる場所でした。でも、もう、私たちのものではありません」

「もう、自分たちの民族の土地でないことに、怒りを感じます？」

イズィは急に丁寧な言い方になって尋ねた。

　Ｄは深く息を吐き、間をとった。実際に口にする前に、これから言わんとする言葉を頭のなかで整理していた。

「もうずいぶん昔に起こったことですから。変化は、人間の進化の一部です。見て、あなただってここにいる？　でしょ？　あなたは、どこの生まれですか？」

　Ｄはゆっくりと、フレーズごとに間をとって話した。ときどき、遠くに視線を遊ばせながら。まるで、空から言葉を紡ぐように。

「バングラデシュ」

「ほらね。だれかに当たり散らしてみたって、意味ないでしょ？　ネイティブ・ランドを所有している白人に本気で怒っていたら、こんなふうにグレイ家のために働くことなんかできませんよ。それに、今では白人だけじゃない。この向こうには韓国人の島もあるし、この後ろにはサウジアラビアの男性の島もあります。怒りを隠して働いても偽善になってしまいます。でしょ？」

「分かります」

　イズィがまた礼儀正しく答えた。

「私が唯一望むことは、この土地は、ネイティブたちの正当な祖国なんだと、世界が認めてくれること。私たちは、ほんとうにこの大陸の先住者なんだ。そして、紛れもなくこの土地の代表者なんだ、ってこと。私たちはモンゴル人じゃない。ポリネシア人でもない。そのほか、なんとか人だとラベルを貼り付けられたりもしますが、そういう者でもない。研究者や大学の先生たちはなぜ、私たちがどこか遠く離れたところからやって来たと仮定して、証拠探しに躍起になるんでしょうね？　ヨーロッパ人がどこから来たか、アフリカ人がどこから来たかなんて、問題にしないですよね？　私たちはこの土地の先住者です。クリストファー・コロンブスがアメリカ大陸を発見したんじゃありません。元からずっとあったんです。私たちだって、ずっとここにいたんです！」

「話してくれてありがとう。Ｄ」

　イズィは言って、Ｄの手を握った。

　そのとき、ハリーが４本の小さな丸太を腕いっぱいに抱えて戻ってきた。

「二人分だよー。またすぐに戻るよ」

「ハリー、大丈夫ですか？」

「なんともないよ。足はだんだんよくなってる」

「ありがとうございます。じゃあ、イズィ、これを縦に四つ割りにしてくれますか?」

「了解!」

「もうひとつ心配なのは、私たちが受けた苦難について間違った情報が出まわることです。歴史はいつも、征服者によって書かれます。そして、私たちはほんの少ししか残っていない」

「そうだね」

「アメリカにはたくさんのアフリカ系アメリカ人たちがいて、奴隷制度について真実を開示するように求めています。また、たくさんのユダヤ人たちもいて、ホロコーストの話を語り継いでいます。当然、そうすべきです」

「そのとおり」

「コロンブスが到着する前、アメリカとカナダに、どのくらいの数のネイティブが住んでいたか知っています?」

「分からないなあ。100万人くらい?」

「そこが勘違いの元。ほとんどの人は、あなたと同じくらいに思っています。いろいろな数え方があって、今後もはっきりとは分からないでしょうけれど、平均推定値は3,000万人から5,000万人くらいで、中米と南米を含むアメリカ大陸全体では1億人以上です。で、今はどれくらいだと思いますか?」

「実は、知らない」

「アメリカとカナダでおよそ450万人。イヌイットと混血の人を含めてもね」

「ひぇー! どうやって死滅したわけ?」

「西洋からもちこまれた病気、天然痘なんかにやられたんです。ネイティブには免疫がありませんでしたから。でも、それもありましたが、ほとんどの場合は政府が仕組んだ大量虐殺でした。4,000万人以上殺すことを想像してみてください? それは、カナダの人口と同じです!」

　Dは薪割りしながら話していた。イズィも頑張っていたが、Dはそれよりももっとすごい勢いだった。まるで、ちょっとした怒りが斧の振り下ろしに影響したように。青い鳥が飛んできてイズィの丸太にとまり、イズィが斧をとる前にまた飛んでいった。

「わあ、ほんとにすまない。何も知らなくて」

「謝ることないですよ。あえて言ってみただけですから。大部分の人、特に白人は、この問題に取り組みたがりません。それは、歴史の資料に埋めこまれてしまっているんです。古代神話です。でも、ご覧の通り、私たちはまだ存在しています。言ってる意味分かりますか？」

　イズィは言葉を失った。

「これを、地下にある給湯炉に運んできます」

　Ｄは薪カゴを抱えて、家のなかに消えていった。

「ヘイ、もってきたよ。ねえ、なんのこと話してたの？」

　またハリーがやって来た。

「真実のこと……真実……」

　たった今、Ｄから聞いたことが、イズィの頭から離れなかった。

「真実のこと、ってどういう意味？」

「何も。ハリーが聞いても面白くないと思う」

　イズィは、素っ気なく言った。

「言ってみろよ」ハリー。

「もしかしたら、あとで。もうちょっと薪が必要だよ。ハリー」

「ねえ、どうかしたの？　君が何考えているのか、ときどき分からなくなるよ」

　ハリーは冷たく言いすてて、小屋に引き返していった。足を引きずり、頭を揺らしながら。

　一方キッチンでは、ケンとネスタとイアンがバーベキューの準備をしていた。

「オーケー。グリル用にステーキと鶏のシシカバブを買ってある」イアン。

「うまそー」ネスタ。

「野菜はコーンとカボチャがある。だれかサラダをつくってくれないかな。レタスとラディッシュとトマトがあそこのボックスにある」

　イアンは冷蔵庫の隣の床を指差して指揮していた。

「発動機の調子が上がってきたから、冷蔵庫もじきに冷えてくるよ。ヘイ、ネスタ、ビールを冷蔵庫に放りこんどいてくれる？」

　イアンが次から次に号令を出した。

「あいよ！」ネスタ。

「サラダはオレがつくるよ」ケンは進んで引き受けた。「飲食業界に６年いたの、伊達じゃないって」

「すげ。なら、皿洗いもチョチョイのチョイだね」

　ネスタはすかさずツッコミ。それから──「ね、できたら、島を探検してまわれるかな？　どんな種類の植物と動物がいるか見たい」

「お、そうだ、生物学を専攻したんだっけ」イアンが思い出した。

「実は、生物学教師だよん。高校のね」

「おまえが高校で生物を教えてる？　想像できねえな。ネス」

　ケンは野菜をシンクで洗いながら言った。

「おまえが建物を設計してる？　そいつも想像できねえな。ちょっとしたセイフティ・ハザードだよ。ヘイ、ビール全部、冷蔵庫に入れちゃう？　２ダース入りが３箱もあるみたい」ネスタ。

「２ダースでいいだろ。ウィスキー、ウォッカ、ラム、テキーラ、酒、ウゾー[55]も、なんでもかんでもそろってるから」イアン。

「完了！　で、ソフトドリンクは？」

「地下にあるよ。腐るほど」

「オーケイ、テキトーにもってくるよ」

　ネスタはキッチンの後ろの階段を下りていった。キッチンにはイアンとケンだけが残された。

「で、おまえは建築家なんだって？」

「うん、まあ。建築学科を卒業してから建築事務所で働いてた。でも、あんまりしっくりこなかったから、仕事にはしなかった」

　ケンは居心地悪そうに答えた。イアンの方を直接見ようとしないで、代わりにシンクのなかの野菜に視線を落としていた──「オリーブオイル、ある？」

「あるよ、頭の上の戸棚」

　イアンは言いながら、銀のトレイに肉を全部並べてラップをかけた。

「たぶん、おまえならケイブの設計ができるだろ？」

「ケイブ？」

「というか、小さなゲストハウスみたいなもの。西側の岸に、大きいウインド

55　Ouzo：ギリシャのリキュール。

ウのある一部屋だけの隠れ家をつくりたかった。あそこはビリーのお気に入り
の場所だった。ほかの島々が見えて、信じられないくらいの眺めなんだ。日没
がまたすばらしい。あすこを、ビリーのメモリアル・プレイスにしたいとずっ
と思ってた」

「えっとお……、ビリーのためなら、やってもいいけど……」

　ケンは口ごもった。

「基本イメージは決まっている。オレは建築家でもなんもでないけど、実際に
建てることはできるよ。だから、オレのアイディアを設計図にしてくれたら、
あとはオレが建てるから」

「えっと、ちょっと考えさせて。ここんとこ、ちょっと忙しいんで……」

　ケンは、まだ視線を落として考えこんでいた。

「まあ、聞いてくれ。もうスケッチはできているんだ。だから、たぶん、おま
えなら下図は起こせるよ」

　イアンは、共同作業を提案しながら言った。

「オレは普通、一人で仕事するんだ。ほかの人のアイディアで設計するのは嫌
だな。もしよければ、スケッチから自分でやりたい」

「変なヤツ」

　イアンは作業の手をとめて、ケンと向きあった。

「変？」ケンはいぶかしんだ。

「そう。ぜんぜん変わっていない。おまえは依然として、昔と同じ引っかかり
を抱えている。何が問題なんだ？」

「……ってか、あんたが変わったってこと、オレはまだ確信できていない」

「あらら。もしかしたら、変わる必要があるのは、おまえの方かも。おまえは
オレのこと何も知らないだろ？　おまえはまだ成長しきってないみたいだ」

　イアンはケンの目をのぞきこもうとしたが、ケンはそれを避けて、たっぷり
１分もかけて洗いあげたトマトを見つづけていた。

「もういい。じゃあ、全部、ベランダへもっていこう。グリルの準備は完了」

　ちょうどそのとき、ネスタが２リットル入りのソフトドリンクを５本、両腕
に抱えて地下から上がってきた。

「こいつら、どんどんでっかくなりやがってよお」

ボトルの１本が滑り落ちて、ネスタが言った。

「ガキのころ、こんなモンスターサイズ、あった？」

「ないっ！」イアンの一言が笑いを誘った。

　ボーイズはバーベキューのためベランダに出た。イアンはグリラーにガラガラと炭を入れて火をつけ、ステーキ、シシカバブ、コーンを網にのせた。D、イズィ、ハリーの３人も、薪割りを終えて帰ってきた。

　全員そろったので、めいめいビールの瓶をつかんだ。ただし、イズィだけは紙コップにジンジャーエールを注いだ。

「ビリーに」イアンが宣言した。「そして、昔からの付合いに」

「乾杯！」

　みんな立ち上がって、ビンとカップを寄せあった。

「ビリーに！」

　ボーイズは食っちゃ飲み、食っちゃ飲みしながら、ビリーを偲び、子ども時代を懐かしんだ。太陽が沈みはじめるとボーイズの口から懐かしい曲が出てきたので、ケンはビリーの古いエレキ・ギターを手にした。20曲目ぐらい、ビートルズの *Hey Jude* を歌い終わったところでやめた。だんだん日が暮れてきた。そこを片づけてリビングルームでくつろぐことにした。

「ほんとうに楽しかった。こんな懐かしいカナダのバーベキューを、何年もしていなかったよ」

　ハリーがしみじみと言った。

「だね！　それに、ベランダから見たサンセットは衝撃的だった！　色の爆発みたいで。空のアートショーだ」ネスタ。

「あれは、何万年も前からここに存在した空です」D。

「あ、ところで、面白い話をありがとうね、D。ものすごく教えられることが多かった」

　イズィが思い出して言った。薪割りをしながら聞いた、ネイティブ・カナディアンのことだった。ハリーがいぶかしげに見た。

「どういたしまして、イズィ」

　Dはそう答えてから、給湯炉に薪を足しまた地下へ下りていった。

「もう熱いお湯が出ます。お風呂でシャワー浴びられますよー」地下から声。

「おっ、手伝うよ」イアンも地下へ。

「ねえ、二人で何を話してたの？　君とＤで。あとで話すって言ってたじゃん。今がそのあとだよ」

　ハリーがイズィに迫った。

「今じゃなくてもいいだろ、ハリー」

　イズィはハリーの要求にイラついて、また素気なく外した。

「あのさ、旅の最初からほんとうに変だったよ。イズィ。何があったんだ？」

　ハリーが嚙みついた。

「どういう意味？」

「なんかおかしい。すごく無口だった。モントリオールではボクらと別行動だったし」

「酒を飲まないから。それに、僕は友だちに会いたかったんだ」

「でも、その友だちってのも、ちょっと怪しげでさ。どうしてボクらに紹介しなかったんだい？」

「みんな忙しかったから。それに、みんなには関係ないと思ったから」

「なんか誤魔化している。イズィ、君は変わった。悪くなった」

「ヘイ、落ち着いて。ハリー。大したことじゃないじゃん」

　ネスタはハリーを鎮めようとした。

「いいや、うやむやにしたくない。みんなが思っていることを言っただけだ」

「もう、いい！」

　イズィは立ち上がるとコーヒーを入れにキッチンへ行った。そのあいだも、ハリーはリビングルームから攻撃しつづけていた。

「ほかにもなんか暗ーい隠し事はないの？　イズィ、え？」

「………」

「なんでも言ってごらん。みんなに言いたいことがあれば」

　沈黙が流れた。キッチンから聞こえるのは、コーヒーマグをスプーンでかきまわす音だけだった。

　しばらくして、イズィがコーヒーをもってリビングルームに戻ってきて、ソファーに腰を下ろした。

「じゃあ、ついでにちょっと言ってしまいたいことがある」

イズィが言った。それからソファーに座って、コーヒーをサイドテーブルに
置き、深呼吸した。祈るように手を握り、うつむいて言葉を探していた。
「ハリー、いつか、初めてビリーに会った日のこと、話してくれたよな。一団
の子どもたちが校庭で君をいじめたと。7歳か8歳ごろ。タウンハウスの数人
の白人の子だって。あいつら、ほんとうにひどいことした、って。鼻血だし
て、全校生徒の前で恥かかされた、って。」
「そうだよ。だから？　何が言いたい？」
「あのいじめっ子のうちの一人を覚えているかい？　スキーマスクのヤツ？」
「うん。はっきりとね。それで？」
「あのね、いいかい？　ハリー？」
　イズィはもう1回深呼吸をした。これから言おうとしていることについて、
もう1回考えた。ついで顔をあげて、ハリーの目をまっすぐに見た。
「あれは、僕だった」
　厚く重い沈黙。ナイフでもなければ切り裂けないほどだった。ボーイズは張
り裂けそうな緊張の色を浮かべて座っていた。
「そう、僕だったんだ。とんでもないことだよね？　信じてくれ、洗脳されてた
というか、そんな感じだった。たぶん、移民の子が嫌いだったんだ。自分もそ
うなのに。僕がああいう白人の悪ガキとつるんだのは、あいつらと一緒にいる
と自分も強い気がして、ほかの子も僕にちょっかい出さないからだった」
　イズィは言葉を切った。
「そして、ハリー。同じフロアに、インド人の家族が住んでいたろ？　父親は反
社会的で、ときどき女房を廊下に閉めだしていた。その名字をどうしても思い
出せないと言ってたよね？　その家に、変な子がいたってのも、覚えてる？　同
じ階に住んでいた家族のことだよ？」
「うん……」ハリーが口ごもった。
「実は、あれも僕なんだ。そのことを、今まで話せなかった。だって、あまり
にもきまり悪くて」
　イズィが言葉を切るたびに、しーんと沈黙が降りてきた。ハリーは、ものす
ごくショックを受けて凍りついていた。まったく予想もしないことだった。ハ
リーが子ども時代に受けたひどい経験の一つ。しかも、それに手を貸していた

のは、ほかならぬ親友の一人だったなんて。ハリーはそろそろと立ち上がり、暖炉の前の王座に座って、今聞いたばかりの話をじっと反芻した。彼は目を閉じて、大きすぎる椅子にさらに深々と身を任せた。

「ハリー？」

　イズィはハリーの注意を引こうとした。返事はない。

　今の話を理解しようとすればするほど、ハリーの過去に影を落とす不安が、煮えたぎって吹きだしそうだった。カンボジアからの脱出、父との別れ、カナダで経験した偏見、自分のセクシャリティに関する問題。

　休火山が今しも目覚めようとしていた。熱く溶けた溶岩が、ゆっくりとあふれ出す。お腹のなかで感情がぱんぱんに膨らんで、爆発寸前のところまできた。ハリーは王座から立ち上がると、それを吐いた。

「おまえは……」

　次が出てこない。

「おまえは……おまえは……コノヤロウ。クソ野郎……てめえ……」

「ヘイ、落ち着け、ハリー」

　ネスタが駆けより、今にも飛びかかりそうなハリーの肩を後ろから抱えた。

「おまえは……おまえは……おまえは……」

　ハリーはキレかけていた。

「殺してやる」

「やめろ、ハリー。40年も昔のことじゃないか」

　ネスタはハリーを羽交い締めにして言った。

「放せ。クソったれ」

　ハリーは叫んだ。その言葉に深く傷ついて、ネスタはハリーを放した。いつも楽し気で礼儀正しいハリーが、こんな無礼な口を利くなんて。

「ハリー！ 落ち着け」

　ケンも、ハリーを羽交い締めにするため駆けよった。

「どうしてボクにそんなことができたんだ」

　ハリーは金切り声をあげ、すすり泣きはじめた。

「おまえは、全人生を通してボクに嘘をついた！ おまえは、役立たずの畜生野郎だ！」

ケンが後ろからハリーの腕をつかんでいるものだから、ハリーはイズィを蹴ろうとしたが失敗した。
「バカ野郎、バカ野郎、クソ野郎！」
　ハリーは、今までだれも聞いたことのない金切り声をあげて、気が触れたように叫びつづけた。
「おまえは残忍な嘘つきだ。なんの価値もないクズ！　それは、おまえのせいじゃない。おまえは、そういうふうに育てられたんだ。それがおまえの血筋だ。え？　おまえはどうすることもできない。おまえの民族のやり方かい。そうだろ？　嘘ついて、憎んでろ、え？　おまえの民族は、ボクみたいな国の人が嫌いなんだろ？　もしかしたら、ボクの首、ハネ落としたいと思ってるんだろ！」
　イズィは立ち上がり、いたたまれない苦痛で出ていった。ハリーの口からあふれ出る悪意の弾丸から、逃げるしかなかった。魂が裂かれて、粉々に切り刻まれるようだった。息ができない。彼は玄関に走り、壁にかかっていた懐中電灯をつかみ、暗い夜道を船着場へと走った。
　事の起こりは、イズィの痛ましい告白だったのだが、ハリーも大罪を犯してしまった。イズィの文化や信仰といった人格のコアな部分を、ぐさぐさ刺した。ハリー自身も分かってはいたが、もう遅い。
　モーター音がして、1隻のボートが唸り声をあげて離れていった。サウザンド諸島の真っ暗闇のなかへ。呻きにも似た音が尾を引いて消えると、ボーイズはショックでへたりこんでしまった。
「追いかけなきゃ」ネスタが言った。
「いや、暗すぎる。イズィはこのエリアに詳しいから、自分で運転できる」
　イアンが地下から戻ってきて言った。一部始終は聞こえていた。
「たぶん、キングストンへ向かったんだろう」
　また沈黙が支配した。
　だれも、こんなことになるとは思いもしなかった。最愛のビリーを偲ぶ旅。それは、旧友たちの懐かしい再会になると、みんな楽しみにしていた。彼らは多文化なサクセス・ストーリーの当事者で、世界に誇れる好例になるはずだった。タフではあったが稀有な生い立ちと子ども時代があったおかげで、かくもパワフルに人生を生きることができた。それを祝い、分かちあう旅だったのに。

ボーイズは変わってしまったのだろうか？　それとも、彼らの関係は、思っていたようなものではなかったのか？　何もかもイルージョン？　ないと思ってきたものも実はずっとそこにあって、長じてからの経験が、それを暴露させた？　自分と違うものに対する、先入観や、偏見や、軽蔑は、やはりあったのか？　差別なんかに動じないと言いながら、心のいちばん暗いところに押しこんできただけで、本当はそうじゃなかったのだろうか？　不安が疼きだした。

「ちくしょー。いまに戻ってくるさ。めちゃめちゃだ」

　ネスタは言ってから、長い溜息をついた。

　ハリーはといえば、また王座に座って、両腕は特大の肘掛けに、足は突っぱったまま、目を閉じ、頭は後ろにもたれ、静かに息をしていた。彼は本心を吐きだして、奇妙にもほっとし、同時に、良心の呵責で吐きそうだった。

「ハリー、大丈夫？」

　ケンがなぐさめた。ハリーは答えなかった。

　なんともいえない夜となって、ボーイズはさっさと寝ることに決めた。明日の晩はビリーの誕生日イブだ。大切な日になる。大きな嵐がこのエリアに近づいてきていた。だから、島を見てまわり、ドアや窓を補強しなければならない。新しく入れた薪のおかげで、給湯炉はゴーゴー燃えていた。

　すべての後片づけを済ますと、みんなは静かに部屋に引揚げた。ケンとハリーは２階の寝室の一つをシェアし、ネスタはもう一つの部屋でひとりで眠った。イアンはリビングルームの大きなソファーの上で、Ｄはタワーの小部屋で寝袋におさまった。

第 10 章

ケン（日本での日々）

1964 年 8 月 25 日生まれ／乙女座／血液型 B

剣

西南戦争 1877 年

草と泥が混じりあった匂い。鼻にツーンとくるが、いい香りだ。子どものこ
ろ、〈あにょ〉とよく遊んだ薩摩の湿った洞穴のなかのようだ。朝、すっき
りと晴れわたり、あんなにいい天気だったのに。物事の変わりようは矢が飛
ぶがごとし。それが人生だ。それが死だ。

〈おい〉の右側にいる〈あにょ〉の方を見る。〈あにょ〉は、いよいよ運命の
時が来たと、ゆっくりうなずく。

〈あにょ〉と〈おい〉は子どものころ一緒に薩摩示顕流の稽古に通った。
「キィエーイ」という掛け声とともに、より速く、より強く、木刀で横木を
叩く打ちこみをやった。横木は敵だ。〈あにょ〉は言った。精神を研げ。〈お
いどま〉、いつかその時が来たら、迷いなく行動するためだ、と。

今、敵の声は間近に迫っている。馬の鼻息といななき、何百、いや何千とい
う足と蹄の音が、太鼓のような地鳴りを轟かせている。政府軍の兵隊と馬だ。

〈おい〉は、両手で剣を構える。剣は〈おい〉の心であり、精神であり、魂
である。ここに残る薩摩軍は数においては劣勢だ。しかし、〈おいどま〉しっ
かりと結ばれている。薩摩に忠誠を誓い、すべてを捧げている。

突然、暗い木々のあいだから、政府軍の兵士が現れる。銃が火を噴く。〈お
い〉のまわりで 10 人ぐらいの薩摩兵士が倒れる。右の方に弾を装填してい
る敵がいる。〈おい〉は突進し、頭上高く剣を構える。一瞬の躊躇もなく〈お
い〉は剣を振りおろす。薩摩示顕流、「一の太刀を疑わず」だ。

右手を見る。〈あにょ〉と敵が斬りあっている。別の敵兵が〈あにょ〉に銃
口を向けている。〈おい〉は無我夢中でその敵を、斬る。振り向くと、また
新しい敵。〈おい〉は天を指して高く剣を振りあげ、渾身の力で振りおろす。

そのとき、後頭部にドサッという鈍い音を感じる。世界がまわりはじめる。
木々、雨、兵士、血、殺しあい、喧騒がぼやけて意識が薄れていく。〈おい〉
はバランスを失って倒れる。刀が滑り落ちていく。

鹿児島
1990 年 3 月 23 日（金曜日）　25 歳 6 か月 26 日

　鹿児島駅に降り立ち、改札口をぬけて通りに出た。どこかで見たことのある心あたたまる雰囲気を感じた。デジャヴュといった懐かしさ。歴史的な古い駅だというのに、日本の標準に照らしてもあまりにも小さかった[56]。

　鹿児島市にボブ・マーリーはいない。しかし、西郷隆盛はいた。ラバーズ・リーブはない。しかし、港の東方 2、3 キロのところに、活火山の桜島が堂々とそびえている。桜島は年がら年じゅう火山灰を吐きだしていて、鹿児島市に振りかけているわけだが、住人はみな桜島を誇りに思っている。こんな要衝に位置していながら、何をもってしても人口が増えない理由の一つは灰だとか、桜島がちょくちょく噴火するおかげで、鹿児島特有の方言と文化が残ったのだとか、いろいろ言われながら。

　江戸時代、薩摩は半ば独立した郷（くに）として島津氏によって治められていた。南に点々と島々が続き、その先には琉球王国があった。その琉球を中継地として周辺諸国とつながり、鎖国下でありながら海外貿易で大きな富を築いた。その富と影響力のおかげで、薩摩は将軍家から特別の計らいを受けることができた。江戸から遠く離れているので、幕府の目が届きにくいこともあった。また、よそ者にはほとんど理解できない薩摩弁も役に立ったらしい。最後に薩摩は倒幕に尽力し、天皇を国家権力の中心にすえることに成功した。

　しかし、国の体制が激変するなか、薩摩藩士たちは、操られて、軽んじられたと不満を募らせるようになった。そうして勃発したのが西南戦争だった。薩摩軍のリーダー西郷隆盛は、結果として朝敵の汚名を着せられてしまうのだが、矛盾を抱えこんだ部下たちの思いを背負い、決起して破れ、切腹して果てた。その後、大勢の元侍たちはどうなったか。侍は、新時代に用なしとなり、失業し、排斥された。漁師か、農民か、職人に転職した者、あるいは新世界に

56　鹿児島駅舎：1901 年（明治 34 年）開業。この小説では、2018 年（平成 30 年）10 月まで使用された 4 代目駅舎を指している。現在では、一つ隣の鹿児島中央駅の方が大きい。

人生をかけて船出した人たちもいた。

1905年、船で2か月以上かけて、はるばるカナダの西海岸にたどりついた人々のなかに、オレの遠縁がいた。大伯父、つまりオレのお祖父さんの兄だ。新天地のカナダで露骨な人種差別にあいながら、彼らは頼るものもないなか、漁師か、農民か、鉄道工夫になった。オレのお祖父さんは、鹿児島で漁師となって経済的に苦しんだあと、兄を頼って1924年にカナダに渡ったのだった。

オレは大学では建築学を専攻し、卒業後は建築設計事務所で製図やパース描きの仕事をしてキャリアをスタートさせた。そのかたわら、ときどきプロのギタリストとして、トロントやニューヨーク州のクラブでバンド活動も続けていた。その生活に不満はなかったけれど、どうしても行かなければいけない大事な旅があると思ったので、事務所を辞めて行動を起こした。1990年の3月1日に東京に着いて、まずは母方の親類に身を寄せた。その後は、雪に包まれた北海道を皮切りに、2週間以上かけて、本州最南端の鹿児島にたどりついた。

その間、いろんな都市に途中下車したが、どこへ行っても、不気味なくらい同じ顔つき、同じ言葉、同じファッションの人たちがいた。フレミングドン・パークという多文化な土地で育ったオレには、ちょっとしたカルチャーショックだった。が、これもなかなか好ましく思われた。ほとんどの製品が白人向けにつくられているところからやって来ると、日本のものはなんでもオレにぴったりだった。洋服、シャンプー、コロンに至るまで。オレの苗字を彫ったハンコまで売っているじゃないか。カナダでは絶対にありえないことだった。生まれて初めて、何もかもがオレ向きだと思われた。

正午だ。空にはところどころ雲が浮かび、鹿児島はちょっと蒸し暑かった。オレはアルミの背負子フレームがついたグレーの大きなバックパックを背負っていて、それには小さなカナダ国旗がついていた。オフクロのお手製で、赤と白のカエデのエンブレムが、だれからも見えるところに縫い付けてあった。
「こうしとけば、どこへ行っても安全よ。日本人はみんなカナダが好きだから」

オフクロは、オレがこのままずっと帰ってこないかもしれないと感じたか、涙で顔を曇らせた。

そのバックパックには、柄だけは本物というフェイクの日本刀が入ってい

た。テッド叔父さんが何年も前につくったプラスチックの刃は、フェイクにしてはよくできていた。空港の手荷物検査で物議をかもしたが、フェイクと分かり搭乗できた。元の刃はいったいどうなったのか、ずっと謎のままだった。

　それは、大伯父が1905年に船でバンクーバーに渡るとき、カナダに帯同したものだと言われている。その後、オレのお祖父さんがもらい受けたものの、すでに柄だけの状態で、高校の卒業記念にテッド叔父さんに贈られた。それを鹿児島に返すようにと、テッド叔父さんから頼まれた。日本を出てから85年、ようやく故郷に帰ってきたのだ。

　オレはあたりを見まわして深呼吸した。ここにオレのルーツがある！　初めて訪れた土地で、こんなにつながりを感じた場所は今までになかった。

「孫娘のうんまれびなんだよ」

　突然だった。赤信号でとまっていると、もじゃもじゃの白髪のおじいさんが、オレの隣でつぶやいた。

「エッ？　ナンデスカ？」

と、オレはかなり英語訛りのアクセントで聞いた。

「孫娘のうんまれびなんだ、けは。おいは、むひこの家へいっとこだ。いぶすっから来たとこだ」

　強い鹿児島弁だった。ジャマイカ弁と同じくらい。聞き取るのに一苦労。

「プレゼント、買わなければならん。ないがよかかとおもっか？　孫は25だ。おまんさーとおんなしくらい」

　このたどたどしい人懐っこさに、オレは面食らった。

「ハァ？　エットオー、ボクナラ、CD Walkman ニ、シマス」

「なんじゃっと？」

　老人は言いながら近づいてきたが、まだオレのことを直視しなかった。

「Walkman デス。headphone ツキノ portable CD player」

「ああ？　うおーくま？」

「ソレ、ソレ、ソレ！」

「おまんさー、外人かないかか？　外人のように聞こゆっ。おまんさーは、おいの孫に英語をいっかすっアメリカ人のケビンせんせのように聞こゆっ」

「マア、ソンナカンジ」

オレは背中のバックパックを下ろして、縫い付けてあるカナダ国旗を見せた。
「ココカラキマシタ！」
「ああ、かあなだ！」と、老人は言った。「みごて国じゃった。だいぶ前に、姉じょを訪ねてそけ行ったどん。小林花子を知っちょっかい？」
「イイエ。カナダ、カナリオオキイデス。ソノヒトハ、ドコニスンデイマスカ？」
「いやあ、姉じょは死んもした。ビクトリアに住んでいもした。おまんさー、ビクトリアがどこにあっか、知っちょっかい？」
「モチロン」
　ビクトリアは、バンクーバーの西に位置するバンクーバー島にある。
「みごてとこでな。サケとマスを釣りにいっもした。カナダのインディアンにもそこで会いもした」
「グレート！　ボクハ、カゴシマノオジサンヲタズネルトコロデス。アトデ、オーハマトイウ、チイサナビレッジニモイキマス。オーハマ、シッテイマスカ？」
「うん。大隅半島にある。みごて浜ときらきらの黄いろい砂の漁村だ。反対側がいぶすっだ。あっちから見ると、開聞岳がみごてかど」
「シンセキガ、オーハマニイマス。デモ、モトハ、イブスキ。アナタトオナジ！」
「ほんとか？　じゃあ、わしらはもしかしたら親戚だ！」
　老人はそう言って、ようやくオレの顔を見た。目を細めて、お互いの顔つきが似ていないか調べている。
「長い顔で耳がデカいな。もしかしたら遠い親類かもな！」
「モシカシタラ！」
「うおーくま、だな。分かった。電気屋で見てみる」
「CD Walkman デスヨ。Cassette Walkman ハダメ。ソレ、ジダイオクレ！」
「大丈夫だ。分かったよ。しーでーうおーくま！」
　交差点で立ち話しているうち、三つか四つぐらいは信号をやり過ごしたと思う。オレはほんとうに嬉しかった。幼いころから、オフクロが日本語を教えてくれていたおかげだ。ちゃんと通じた。オヤジがいないとき、オフクロはよくオレに日本語で話しかけてきた。夕食の準備が終わって、オヤジが帰ってくるまでのあいだは、食堂のテーブルが日本語学校。オフクロは日本に住んでいた

とき、アメリカ人の子どもたちに日本語を教えていたことがあって、そのときの古いテキストブックを使っていた。大きな地図帳も用意していた。オヤジが早く帰ってきたとき、慌ててテキストブックを隠すために。テッド叔父さんも、鹿児島方言の面白い言葉をたっくさん教えてくれていた。

　いずれにしろ、あの「いぶすっ老人」との出会いは、鹿児島での大きな一歩になった。そう、オレはこの町にとても癒されるのを感じた。先祖の地だ。

　駅前通りの向こう側にタクシー乗り場を見つけた。いちばん前の車に乗った。ドアが自動で開くんだぜ。おおっ！　とびっくりして、思わず後ずさりした。運転手は、モスグリーンのブレザーに白い手袋まではめている！
「けは、へがいっぺ降っど」

　運転手はミラー越しにオレを見て、湾の向こうの堂々とした桜島を指差した。しわしわだけど、彫りの深い目元がミラーに映っていた。桜島のてっぺんからは、もくもくと噴煙があがり、巨大なキノコ雲になっていた。それが空いっぱいに広がり、周辺に影を落としている。
「アブナクナインデスカ？」

　オレはカナダ風の日本語で不器用に尋ねた。
「よかど、ぜんぜん！」

　運転手はぬけた前歯を隠しもせず笑った。この人もベタベタの鹿児島弁だったので、聞き取るには体を乗りださなければならなかった。
「桜島は毎週噴火しとっど。ときには週に３回も４回も。洗濯物に注意しやんせ。それから、口を開けて歩いてはやっせんど」

　鹿児島人の人懐っこさに、また胸を打たれた。

　伯父さんの家の前にタクシーをつけると、トロントで会ったことのある勝男伯父さんと奥さん、それから従妹らしい若い女性も、転がるように出てきた。

　先祖の実際の出身地はおよそ100キロほど南だが、勝男伯父さんは料理人で、鹿児島の錦江湾の近くで割烹を経営していた。家は広い日本家屋で、背中を痛めている大叔母さんも広間まで出てきて挨拶してくれた。度の強い老眼鏡をかけていたので、目がカップケーキのようになっていた。カナダのバンクーバー生まれで、青春時代のほとんどを強制収容所で過ごし、解放直後に日本に帰国した人だ。そのあと日本で味わされたひどい仕打ちについては、前に

オヤジから聞いていた。生粋の日本人たちから投げつけられた偏見——祖国に帰ってきたのに裏切り者のように扱われ、「腐っている」だの「汚い」だの「敵」とまで言われて、またもや差別を受けることになってしまった。大叔母さんの名前はカナエ。「カナ」は「カナダ」から。

皮肉にも、年はとっていても、大叔母さんは家族のなかで唯一英語を話したり理解できる人だった。でも、この何十年というもの、一言も英語を話さないできたと、日本語でオレに言った。

オレは最高に歓待された。すべて勝男伯父さんが腕によりをかけてこしらえてくれたものだ。彼ははっきりとした彫りの深い面差しで、背筋を伸ばしてキビキビ動く所作はとても美しかった。長いまっすぐな鼻、高い頬骨、削りのよい下顎の輪郭、思慮深い目。背丈はおよそ 155 センチで、「もう 15 センチ高かったら、人生変わっちょったろうや」が口癖だった。

「ないごてぬしゃそげん背が高うなったんじゃい？」

勝男伯父さんは、オレを立たせて隣に並んだ。

「柿もぎん季節におってくれたら、役にたったどん」

何杯も焼酎をお代わりした。

そのうちなんの話からか、薩摩や家族の歴史に話題が移った。この手の話になると、勝男伯父さんは郷土愛に燃えて多弁になった。曰く、「薩摩人はほかの日本人とは違うんだ」と。それからまたこうも言った。「何百年も続いた徳川幕府によっ統治んあと、明治天皇を再び国家元首にすっために協力したどん、明治政府によって後ろから刺されたんじゃ」と。

「お黙りやんせ。そげん話、お客はんがうんざりしやっど」

伯母さんが勝男伯父さんを叱った。

「酔うぱらうといつもこうと。もう毎日じゃ。うんざりごわんど」

勝男伯父さんは、奥さんの言うことを無視して語りつづけた。……敗れたりといえども、我々、士族相馬家の者たちは、裏切り者に抵抗して、あのカリスマ的リーダーであった西郷隆盛をいかにして助けたか……。

それを聞いて思い出した。オレはバックパックからカナダのお土産を取りだした。また、カナエ大叔母さんには家族のアルバムを手渡して、

「Mom and Uncle Ted said hi to you, Aunt Kanae」と伝えた。

「Thank you」

　カナエ大叔母さんは完璧な発音で答え、それ以上は何も付け加えなかった。

　次に、日本刀の入ったケースを取りだし、ほとんど儀式のようなやり方で勝男伯父さんに贈った。勝男伯父さんも両手でうやうやしく受け取り、ケースを開けた。中身が現れたとき、勝男伯父さんはものすごく驚いて、眉をつりあげ、口はぽっかり開いたままになった。

「あいがとな、ケン」

　勝男伯父さんは抑えた声で言った。2、3分前のやかましい口調とは大違い。

「これがまだあったとは知らんかった」

　伯父さんは5分ほど別の部屋に姿を消し、古くてカビ臭い木の箱をもって戻ってきた。

「この剣は、ウチにとってわっぜ大事なもんやっど、ケン」

　勝男伯父さんは言った。

「こん剣がどけあったか、信じられんじゃろう。剣が見たもんも。おまんさーの先祖ん魂がこん剣にこもっちょっど。ケン。こん剣には、おまんさー遺伝子がはいっちょっど」

　勝男伯父さんは古びた箱をゆっくり開けた。

「やっとこん剣はまた一つになった。つながった。わいとウチん家族んごつ。長か年月やった。違う大陸へ数千キロも旅して。悲しかこと苦しかこと耐えぬいたんだ。じゃっどん、今は平和や。つながって元ん形に戻った」

　元の刃？　勝男伯父さんはそれを、オレがカナダからはるばる運んできたフェイクの日本刀と並べて置いた。

「今度、専門家んところへもっていって、ひっつけてもらうど」

　本物の刃はオレが想像していた物よりうんと長かったし、反っていた。剣はようやく一体となり、オレの任務が完了したのを感じた。

　結局東京に住みついた。1年ほどしたらトロントに戻るつもりでいたのに。

　とりあえず英会話の先生になった。そのあとは、日本の広告会社が求人していたフルタイムの校正の仕事に応募した。しかし、日系人に対する態度は想定外にひどいものだった。オレは、二級品の欠陥者みたいに扱われた。完全な日

本人でも、完全な外人でもない、キズモノだと。「本物の外人」を探している
んだと、面罵されたこともあった。当時の日本では、「本物の外人」とは白人
だけだった。何十年も前、カナエ大叔母さんも同じように、いやもっとひどい
目に合わされたことだろう。結局、仕事には就けなかった。

　日本人の多くは、白人を皇族のように扱う。オレがほんのちょっとでも日本
語のミスを犯そうものなら、必ずバカ扱いするが、白人が同じようなことをし
ても「無理もない」と大目に見たり、むしろチャーミングだと言ったりする。
白人が箸を使うと大げさに褒めそやす。

　ある日、銀座にほど近いガード下の屋台で、おでんを突っつきながら愚痴っ
ていたら、おでん屋のおばちゃんが言った。
「ハーフの赤ちゃんがほしくて、白人の彼氏を探す女の子もいるよ。実は私も
ハーフなんだよ、だーれもお世辞言わないね」

　おばちゃんは笑った。コリアとのハーフらしかった。

　落ちこむのもシャクだから、オレはトロント時代にやっていた音楽に集中す
るようになった。想像もしなかった偏見からたまるストレスを発散するのに、
これはもってこいだった。オレはギタリストで、オレの人生の物語を語る手段
として曲をつくった。英語で詞を書き、アコースティック・ギターを抱えて、
小さなクラブやストリートでパフォーマンスを始めた。

　ある晩、新宿の通りで演奏しているときだった。幸運にも柴田さんという
ビーナス・レコードのプロデューサーにスカウトされた。これはオレにとって
は、ほんとうにドリームズ・カム・トゥルーの出来事だった。

　長い話をかいつまんで言うと、オレは契約にこぎつけて、ビーナスから何枚
かのCDをリリースした。ポップスターとして芽が出て半ば成功しかけて、や
がて徐々に勢いがなくなっていくまでの数年間だった。オレはツアーで日本
じゅうをまわり、鹿児島でも何回か泊まり、その度に親戚を訪ねた。映画やテ
レビのショーにも楽曲を提供したが、やがて人気に翳りが見えると、ホステス
クラブからお呼びがかかるようになった。ホステスクラブのペイは良かったけ
ど、日本のアーティストとしてのキャリアが終わったというサインだった。

さゆり

2000 年 3 月 18 日（土曜日）　35 歳 6 か月 21 日

　ホステスクラブのライブの前には、地元の神社に立ちよることにしていた。それは神聖な時間で、夜の仕事の前に内的な平和をもたらしてくれた。ライブの場所は、吉祥寺の風俗街にあるホステスクラブだった。キーボード奏者と歌手とオレとでやる 3 セット構成のショー。オレは毎週土曜日の夜、そこで働いて、ギターを演奏して、二、三の曲も歌った。英語の曲だ。日本語は話せない振りをさせられていた。ホステスの女の子と話さない、休憩時には店から出る、そういう決まりもあった。オレだけがアジア系で、あとはだいたいが黒人ミュージシャンというのは、ちょっと誇りだった。

　歌手は日替わりだった。どんな歌手で、どの曲をやるのか、本番直前まで分からない。イントロを聞いてキーを見つけ、合わせていく。リズム＆ブルースなら、コーラスもしなくちゃいけない。あのな、1 番のあいだに、自分のパートをつかみ、歌詞を拾って、それからちょうどいいピッチとフィーリングで 2 番を一緒に歌いはじめんだぜ。そんなことができたら、だれからも尊敬されるだろうが、もしできなかったら、翌月からお呼びはかからない。オレはこのクラブに 2 年いたので、うまくやっていけてたんだと思う。

　クラブの店先にはタキシード姿の若い男たちがいて、2 時間ほど若い女の子と話すために、2 万円から 5 万円ほどをポンと払ってくれそうな上客を呼びこんでいた。女の子たちは、意味もない笑いを振りまきながらおべんちゃらを言い、なぜか手をひらひら動かして、客の傷ついた自尊心を慰めてやっていた。

　内部は 80 年代のディスコのようにキラキラしていた。小さなダンスフロアと 30 ぐらいのテーブルがあった。毎夜毎夜、50 人くらいのケバい化粧の女の子たちが、露出度の高いショートドレスを着て、テーブルからテーブルへと渡り鳥していた。客のほとんどはスーツで決めたサラリーマンだった。

　オレたちの小さなステージは、フロアの奥まったところにあって、客のお遊びの邪魔をしないよう、ボリュームを絞って演奏していた。逆にステージ・モ

ニターの方はガンガン鳴らして、内輪で盛りあがっていた。オーディエンスは会話に夢中で、どうせ聞いてもいないわけで。ごくたまに音楽好きな客がいて、割り箸の先に1万円札をはさんで、見え見えのチップとして置いていってくれることもあった。たいていはホステスを意識した見栄だけど。

「ケン、テーブル2に鳶さんが来てるよ」

　マネージャーが日本語で言った。

「Thanks Mr Yamazaki」

　オレは英語で答えた。

　テーブル2をちらっと見る。なるほど、なかなかガタイのいい男が、黒と紫が混じったミズノのスウェットの上下を着て座っていた。髪はパンチパーマ、長めのもみあげ、あばた顔。薄いカラーレンズが入った金縁メガネを通して、彼の目がかろうじて透けて見えた。50代半ばと見た。笑うと切歯に金冠が見えた。マネージャーの話によると、大きなプロジェクトが終わったときぐらいしか来ない客だそうだ。

　「鳶」というのは、鳥のトンビのことだが、江戸時代には火消しとしても大活躍した。男気が勝負の「鳶」は、公平さと勇敢さの代名詞でありながら、どこかアウトローっぽいところもあって、いなせな兄さんとして大いにモテた。

　キーボード奏者のアーロンと女性歌手のキーシャが到着して、最初のセットがスタート。オレたちは5曲演奏して1セット目を閉じた。

「ケン。テーブル2に行って。鳶さんが呼んでる」

　前から噂には聞いていたが、鳶さんと対で話すのはその日が初めてだった。

「Hello, very nice to meet you」

「What's your name?」

　鳶さんは流暢な英語で聞いてきた。奥さんがフィリピンの人で。

「Ken」

「You look Japanese」

「I'm Nikkei」

「From where?」

「Canada. Toronto, Canada」

　鳶さんは、パッケージからタバコを一本ぬきだした。若いウェイターが走り

より、片膝ついて、ゴールドのダンヒルのライターに火をつけて差しだした。

「ありがとう」

　あたたかいハスキーな声だった。

「Canada? Nice country」

　煙を吐きながら、鳶さんがまた英語でオレに言った。この先もすべて英語で会話が続いたのだが、便宜上、日本語で書いておく。

　彼の英語はとてもいい感じだった。アクセントはかなりきつかったが、分かりやすくて表現力豊かだった。

「この店で日系のミュージシャンはあんたが初めてだ。ミュージシャンのほとんどは黒人で、たいがいアメリカ人だもんね」

「はい、そのとおりです。ボクは、リズム＆ブルースとジャズが大好きなんですよ」

「いいねえ。あんたは歌もいいし。こちとらもジャズが好きでね。ジョン・コルトレーンって、知ってる？」

「もちろん！ ボクも、大好きですよ！」

　こんな感じで、音楽にわりと詳しいので、こちらも気持ちが乗ってきた。

「ケンに、この店にあるいちばんいいウィスキーをあげて」

　鳶さんはテーブルについている女の子の一人に日本語で言った。黄色い短いドレス、パーマをかけた長い茶髪、煌くような大きな目のホステスが、ウェイターにオーダーを通した。

　鳶さんは礼儀正しくて行儀がよかった。

「むかーし、暴走族のカシラやっててさ、部下が3,000人いたんだ」

　鳶さんが若いころの話を始めた。

「弱い者いじめするヤツが大嫌いでさ。そういうヤツらを凹ませるために、強くなりたくて暴走族に入ったんだ。そいで、カシラにまでのぼりつめた。ずうっと、ボクシングが趣味」

　今では鳶の会社のオーナー社長だって。昔も今も、ずっとボスだ。オレはこういう人が好きだった。ちょっと強面だけど、すごく人間味があって、高いモラルをもちあわせている。お軽いビジネスマンとは対照的だった。

　オレがステージに戻ろうとすると、鳶さんがオレに握手を求めてきた。て

のひらに何かの感触があった。それは小さく畳まれた1万円札だった。

　3セット目が終わると、オレはアーロンとキーシャにさよならを言って、PA
をオフにし、テーブル2に行って鳶さんにお礼を言った。それから吉祥寺駅に
向かってダッシュ。下北沢のアーティなエリアにある自宅目指して。余裕で最
終電車を捕まえた。混んではいなかったけど席は全部埋まっていて、ドア付近
に立つしかなかった。電子音の発車ベルが流れた。

　ちょうどそのとき、茶色の毛皮のコートを着た小柄な女の子が、すれすれの
タイミングで飛びこんできて、乗った途端にオレのギターケースを蹴っとば
し、「ごめんなさい」と言った。さっき、黄色いドレスを着て働いていたホス
テスだった。オレのウィスキーを注文してくれた子。彼女はオレを見上げて、
だれだか分かったらしく微笑んだ。今まで見たこともないくらい大きくてきれ
いなスマイル。笑うと唇の両側にかわいいえくぼが立った。あれ？　彼女、裸足
だ。銀色のハイヒールは、右手からぶら下がっていた。

「やったあ！」

　彼女はハアハアという息の下で言った。

「よかったね！」と、オレは日本語で言った。「靴、どおしたの？」

「電車に乗るために脱いで走ったの」

　彼女は説明してから気がついた。

「れっ、日本語話せるの？　外人じゃなかったのお？」

「外人が日本語を話しちゃだめ？」

　オレは皮肉めかして聞いた。

「クラブじゃ、日本語を話すなって言われてんだ。たぶん、イメージづくり」

「じゃあ、日本人なの？」

「まあね。日系カナダ人。あのテーブルで、鳶さんに言ってたとおり」

「分かってる。でも、その振りしてるのかどうか、よく分からなかったのよ。
この業界はすべてイルージョン。女の子たちは、何から何まで嘘ついてる。名
前さえ明かさない」

「じゃあ、オレにも偽名を使う？」

「私の本名はさゆり。同じ名前をクラブでも使ってるよ」

「さゆり？　その名前好きだよ」

「ほんとに？」

「うん、さゆりという名前の叔母さんがいた」

「いた？」

「ずっと前に亡くなった。オレが生まれる前にね。会ったことはない」

「あらぁぁぁ……。で、ケンって名前は？ 本名？」

「もちろん。英語でも日本語でも通用する完璧な名前だ」

　　オレはくすくす笑った。

「何歳？」

「35、もう年だ」

　　オレはちょっとめげた。日本人って、面と向かってすぐ人の年を聞く。で、相手が年上だと、急にフォーマルな口調になる。さゆりは違った。

「あら、若く見える。ハンサムだし！ 私、10歳下」

「25？ サバ読んでない？」

「違う。私、嘘つかないもん。私が嘘つくときは、これは嘘ですと言うもん。だから、実際には嘘にならない」

　　さゆりは幼げな説明を並べて笑った。

「よし、信じるよ。たまに嘘つくこともあるけど、今のは嘘じゃないとかなんとか本当のこと言ったから」

　　二人とも声をたてて笑い、まわりの視線を集めてしまった。

「ケンはどこ、住んでるの？」

　　彼女はちょっと酔っているように見えた。顔が赤かった。ホステスはできるだけたくさん飲んで、客にも飲ませるよう店からハッパかけられている。

「下北沢」

「ほんとに？ やばっ！ 私も！」

「オレは、代田なんだ」

「じゃあ、隣同士じゃない」

「すごい偶然だね。で、靴はかないの？」

「はかない。私ね、自然のままが好きなの！ それに、足の裏はもう汚くなってるし。この靴、すごく高いのよ」

　　さゆりは、なんか可愛かった。ものすごくオープンで、能天気だった。テン

ネン。人懐っこくて、お喋りで、すぐに微笑むのだ。クラブの大部分の女の子は嘘のかたまりだった。客を相手にしているときは度を越すくらい親しげに振舞うくせに、そうでないときは冷たく固まって、表情一つ変えなかった。さゆりはそのまんまで、何よりもおかしかった。彼女が夜どうして過ごしているか話しているあいだ、オレは、その大きな情熱的な瞳や、ぽってりした唇や、小さくて薄い体つきをしげしげと眺めずにはいられなかった。くるくる動く満面のスマイル、それがこちらにも伝染して、つられて微笑むという種類の。大きな歯は、白くて、まっすぐ。顎の右側に直径５ミリくらいの濃いあざがあった。また、すごく薄化粧だった。オレは魅了された。

　電車のスピーカーが、次は下北沢だと機械的に告げた。

　飲みに行こうと誘いたかったが、思いとどまった。ミュージシャンがホステスと付合うことは堅く禁じられていたから。

「ねえ、シモキタで一杯どお？」

　さゆりの方から誘われて、オレはまったく面食らった。

「ん、何？　つまりその、どこで？　いつ？」

「今よ！」

　下北沢で降りた。ホームは最終電車に乗る人たちでごった返していた。駅を出て、小さな商店やレストランが続く一方通行の道を行くと、さゆりが突然オレの腕をつかみ、通りからセットバックした小さなバーに引っぱりこんだ。こんな店があるなんて、今まで知らなかった。

　薄暗くてうら寂しい狭いバーだった。天井からぶら下がった小さなミラーボールが、ラバーランプの光を壁やカウンターに反射させ、星の世界のように見せていた。灰色のスーツを着た年とった男がひとり、端っこのスツールに腰掛けていた。終電に乗りそこねて、迷いこんでちょっと暇つぶし、みたいな場違いな男。バーテンダーは頭を剃りあげて、顎に小さめのゴーティひげをつけた20代後半のオトコマエ。カウンターに２枚の木のコースターを敷いて、オーダーを待っていた。

「テキーラ・サンライズ」

　さゆりが注文した。それから「ケンはウィスキーでしょ？」

「違う、ウイスキーはもうさんざん飲んだから、もっと軽いのがいい。テキー

ラをワン・ショット！」

　そういうわけで、さゆりとオレは客やホステスの噂話をして、ちょっとから
かったりしながら、最高の時間を過ごした。さらにもう2軒ほどハシゴして、
だらだらと流れてきた。「仕上げの一杯」はオレの家でとなり、「これが最後だ
ぞ」と互いに堅く約束して、コンビニで白ワインを1本買った。

　翌朝目を覚ますと、ワインの空ビンが転がっていて、二人は生まれたまんま
の姿であたたかい毛布の下で抱きあっていた。最初のキスだけは覚えていた
が、あとはまったく記憶なし。

「見ないで！」

　さゆりがかすれた声で言った。

　「見てないよお」と宣言して、彼女に飛びついてくすぐった。もつれあって、
笑って、もう一度愛しあった。今度は忘れないぞ。その後、もう2時間眠っ
た。次に目が覚めたとき、二人でタバコを吸って、また少し話した。

「今日が休みでよかったあ。仕事入れてたら死んでたよ！」と、オレ。

「今夜、熱海まで行かないといけないの。で、泊まりになるはず」と、さゆり。

「熱海？ 家族と？ 友だちと？」

「お客さんと」

「お客さんと？」

　オレは何がなんだか分からなかった。

「普通はお客さんと旅行しない。でもね、この人はいい人で、お金持ちなの。
贈り物を買ってくれるから、あとで売れる。そういうこと」

　ホステスがそういうことをするくらいは知っていた。しかし、なんという
か、さゆりは違うと思いこもうとしていた。気持ちがズシンと重くなった。

「そっか、じゃあ、行くしかないね。オレだってそうするよ！」

　精一杯ワルぶって、先刻ご承知の世慣れニイちゃんを装おうとした。

「やるっきゃないね。できるうちが花」

「そのとおり」と、さゆりは言った。

　彼女は新しいタバコに火をつけ、口にくわえてパンティとブラをつけた。
バッグからヘアブラシを取りだして髪をとかし、洋服を着て、イヤリング、ブ
レスレット、腕時計の順につけていった。その間ずっと、すぼめた唇に火のつ

いたタバコをくわえていた。これってなかなかセクシーだった。すごくキュートで若いくせに、慣れたもんよ、という雰囲気をまとっていた。
「電話番号、教えてくれない？　ケン」
　さゆりが聞いた。
「また飲める？　ちょっかい出さないから大丈夫よ！」
「いいよ！」と、名刺を渡した。
　オレは２種類の名刺をもっていて、住所をのせたのとのせないのとを使い分けていた。そう、念のためにね。でも今回、さゆりには完全版を渡した。
　さゆりは「さゆり」とだけ書かれたピンクのカードをくれた。角が丸くカットしてあって、普通より一回り小さいサイズ。携帯番号だけが書いてあった。
　自分の遊び人ライフを思えば、さゆりにジェラシーを抱く筋合いはどこにもなかった。オレは夜な夜な女の子を引っかけ、朝になって隣にいるのはだれだっけと思いながら目覚める生活。
　さゆりはベッドのそばの空き缶にタバコを捨て、狭いアパートの玄関に行って銀色のハイヒールをはいた。それから振り向いて、オレを見た。
「靴、ちゃんとあった。すごーい！」
「実は、最後のバーで忘れてた。オレが運んできたんだ」
「ぜーんぜん、覚えてない」
　そう言って笑った。
「来て、ケン」
　ドアのそばに立って、両手を開いてそう言った。オレが行くと、ハグして、左の頬にキスしてくれた。それからオレの胸をポンポンと叩いて、今度は唇にキスしてくれた――「連絡してね」
　オレは金持ちでもないし、オレのことを気に入ってくれたとしたら、セックスが良かったのか、性格が気に入ったのか、どっちかだなあと自惚れた。
　さゆりが去ったあと、オレは銭湯でまったりしたあと、年老いた夫婦がやっているさびれたラーメン屋に入った。前の晩の午後８時から、ちゃんと食べていなかった。もう夕方の６時だった。さゆりに会ってからおよそ20時間だが、すでに真っ逆さまに恋に落ちていた。ちっくしょう。
　メールを書くまで２日間待った。必死になっていると見られたくなかった。

慌てないことに決めた。わざと気のない振りを装うことにする。二つ折り携帯
でメールを打ちはじめる。

「さゆり、元気？ 飲んで話して、チョー楽しかった。オレたち共通点が多い
ね。忙しいかもだけど、近いうちにまた！」

オレは２回ばかり読みなおし、ぎこちない文になっていないか確認した。そ
れから、送信ボタンを押そうとしたそのとき、手のなかで携帯が振動した。新
着メッセージを開くとさゆりだった。びっくりして携帯を落としてしまった。

「ケン、私のこと覚えてる？ いっぱいカノジョいて忘れた？（冗談）。なんで
メールくれないの。会いたい。今度の土曜日、仕事のあと。都合知らせて！
さゆり」

メールを読むうち、オレは心臓がキュルキュルしてきた。３回読んだ。わあ、
彼女、オレのこと好きだって！ 信じられない！ それとも、お世辞？ いやい
や、彼女はオレに興味もってる！ 送りかけたメールを書きなおした。

「さゆり、メールありがと。遅くなってごめん。毎日リハーサルでさ。ワル
イ。もち、また行きたいよ！ 12 時 35 分発のいちばん後ろ。今度はスニー
カーでおいで！ ケン」

何度も何度も読みなおし、カッコ悪い文に見えないよう小さな訂正をした。
これを読んで、さゆりがカジュアルすぎると思わないよう願った。同時に、真
面目すぎるとも思われたくなかった。ああ、ちくしょう、もうぞっこんだ。
問題の土曜日、オレはクラブでアーロンといつもの３セットをこなした。歌
手は今回また替わった。オーストラリアから来たパメラという白人の女の子
だった。ステージでも、休憩時間にも、さほど話さなかった。その代わりに、
オレはさゆりばかり見ていた。これまでなんで彼女に気がつかなかったんだ
ろ。シュールに思えた。どこからともなく魔法で現れた女の子？ 今夜は短いマ

ゼンタ色のドレスを着ていた。

　3セット目が終わると、オレは荷物をまとめて、少し早めにPAの電源を落とした。会話を避けて、ギターをもってまっすぐに駅に向かった。いつもより10分も早くホームに着いたので、2席確保し、足を広げてギターケースを置き、だれも隣に座らせないようにした。しかし、発車2分前になってもさゆりが現れる気配はなかった。オレの正面に立っている酔っぱらいが、のたりくたりと体を揺らして、2席占領しているオレにイラついていた。

　ドアが閉まりはじめた。首を伸ばして、素足で走る目を引く子がいないか見たが、いなかった。完全に閉まった。オレの前の酔っぱらいは、もういいだろとばかり、オレの隣に雪崩こんできた。

　忘れたか？　客と飲みに出たか？　気が変わったか？　頭がカッカして、怒りも込み上げてきた。メッセージを送ることにした。家に帰るよ、って……。
「ああっ、見っけ！」

　見上げるとさゆりだった。彼女のやわらい、ふんわりした声は、たちまちオレの後ろ向きな考えを打ち消してくれた。
「いちばん前の車両にいたのよ。そこにいないから、探しにきたの。いちばん前じゃなくて、いちばん後ろだったあ？　ごめ〜ん」
「そう、いちばん後ろ。でも、どっちでも。会えたからいいよ」

　オレはあたたかいハチミツを注入されたような安心感に満たされた。立ち上がって彼女に席を譲った。

　その夜、オレたちはソウルバーに行って、2、3時間話した。デートの最後はまた我が家に来て、ワンス・モア。そのあと何週間もこれを繰り返し、溺れるような夜々を過ごした。いつも同じ電車で会った。約束を違えることは一度もなかった。

　飽きさせない女の子だった。実際、相性がぴったりで、抱きあうと、軽くて透明な感じがした。重さがないというか、重荷に感じないというか。日がたてばたつほど、オレはどっぷりと恋に落ちて、もう後戻りできないところまで来ていた。女の子にこんなに激しくのめりこんだのは初めてだった。

　2か月ほどたったころ、店がハネてから話があるとさゆりの方から言ってきた。その夜は午前3時まで開いている沖縄料理屋に行った。ポリネシア系の薄

暗くて落ち着ける内装だった。籐の間仕切り、天井からぶら下がった橙色のランタン、小さなシーサーがフロアのあちこちに置いてあった。静かにかかっている音楽はまさに沖縄だった。三線も女性歌手の歌も5音音階のメロディ。オレたちは小上がりの大きなクッションに座ることにして、テーブルをはさんで向きあった。いつもなら隣りあって座るのが好きだったけど。沖縄のウオッカ、泡盛をひと瓶、注文。

　さゆりはタバコに火をつけて、何も言わずにオレを見つめていた。テーブル越しに左手を伸ばして、オレの前髪をかきあげて、ワンサイドに流した。

　デジャヴュ —— オレはジュディスとの初恋を思い出さずにはいられなかった。あれがトラウマとなって、女の子と真剣に付合うことを避けてきた。態度をはっきりさせないカジュアルな関係にするか、行きずりの相手と一晩だけの時をもつか。おかげで薄っぺらな人間になった。

　高校時代は、深入りしないようデートして、すぐに飽きて、別の子が見つかると棄てた。大学時代は、五股も六股もかけて、ファーストネームしか知らないか、その名前さえすぐに忘れた。日本に来てからは、駄菓子屋に入った子どもみたいだった。毎週、いや、ときには毎晩、女の子を取り替えて寝た。もちろん、さゆりに出会う前のことだ。

　彼女が現れて全部変わった。さゆりは太陽みたいに、オレの魂の冷たい鎧を溶かしてくれた。あらわにされたのは、だれかを愛したくて、まただれかに愛されたくて、のたうちまわっている幼子のオレだった。
「髪、切ったら？」さゆりは言った。

　オレのまっ黒い縮れ毛は耳をすっぽりおおい、目も半ば隠していた。
「切ってあげる」
「いいよ。美容院に行くさ」と、駄々をこねた。
「なんで好きかっていうと、そういうピュアなところ。空気みたいに。きっと、アーティストだからだろうね。フィルターのかかってないリアルなケンが見える。人生でいちばん大事なことは、地位でもお金でもない。みんなそれに血眼だけど、ケンにとってはどうでもいいのね」

　さゆりはソフトな抑えた声で言った。オレはちょっと落ち着かなくなった。
「さゆりが考えるほどピュアじゃないよ。ワルだよ、オレ」

「そ、ワルだって分かってる。でも、中身はきれいなお水みたい」

　彼女は言ったが、今度は目がわずかに腫れていた。

「どうしたの？　さゆり。仕事でなんかあった？　またあのストーカーの客が来た？　マネージャーに言うべきだよ」

「え？　そうね」

　オレの言葉が耳に入ってないのは明らかだった。

「実はね、話しとかなきゃいけないことがあって、緊張してるの。このまま長く続けるなら、知っておいてほしいことがあるの」

　悪い予感がした。彼女が今から話そうとしていることを、ちゃんと受けとめられるだろうか。悪い方、悪い方に考えて、身構えた。

「いいよ。何？　言ってごらん、覚悟できてるよ」

「私ね、ケンが好きになりすぎちゃった。今までこんなに参っちゃった人初めて。ケンといると何も怖くない。守られている感じがして、安心できる。生まれも育ちも違うのに、心はつながっていて、もう一つの別の世界で出会った人のような気がする」

　さゆりは言葉を切って、短く息を吸った。

「オレもおんなじ。さゆり」

「母さんの出がね、北海道のアイヌなの。それで差別された。父さんは私が子どものころ、家族を捨てて出ていってしまった。だから母さんは苦労した。私は進学を諦めて東京に出てきたの。19のとき」

「そうかあ。言っとくけど、オレの両親も離婚してんだ。オレが高校生のころ。だからオレのオフクロも大変でさ、そんで、オレもバイトしたよ」

「私がアイヌだって聞いてもぜんぜん驚かないの？　日本じゃ、たいていびっくりするのに。アイヌを見下げる人もいるし」

　先住民なのに、アイヌの人々は長く組織的な差別を受けてきた。その状況は、カナダのネイティブととても似ている。

「まあね、意外だった。でも、あくまでもいい意味でだよ」

　純粋に感動して言った。

「オレは人種や文化の混じったところで育ったんだ。違ってるのはいいこと」

「すご！　私たち、似てるかも」

さゆりは控えめに驚いていた。

「でもね、あなたと私は、ちょっと違うところもある」

「どういうこと？」

　オレはまた心配になってきた。やっぱりこれは正式な別れ話だろうか。

「私のこと、愛してる？　ケン」

　今度は彼女の方が、その答えを恐れていた。

「もちろん。はい、に決まってる」

　さゆりは手を伸ばしてオレに抱きついてきた。手が解けて、テーブルの向こう側に崩れ落ちたとき、彼女はすでにすすり泣いていた。

「ケンは心が広くて、日本のほかの男の人たちみたいに決めつけないのね。もし私のことを知りたいと思うなら、それがとってもとっても大事。本当の私を知るために、ケン、私を信じてくれる？　ほんとうに私を信じてくれる？　今から言うことは、とっても辛いことなの」

「もちろん」

「じゃあ、何を聞かされても、広い心のままでいると約束してくれる？」

「約束する」

　あらゆるイメージが、オレの心をよぎっていた。

「あのね、私、ほかの場所でも働いてるって言ったでしょ。ほかのクラブっていうか、ほかのビジネス」

「うん」

「あのね、手短に言うと、私が働いている場所の一つは……」

　さゆりは言葉につまった。彼女の声は張りつめて、少し震えていた。それから咳払いを一つして、飲みこんで、大きく息を吐いた。

「何？　話してみて」

「私はね、ソープランドで働いてるの」

　最悪の答えを覚悟していたとはいえ、真っ逆さまに想定外だった。解体現場の鉄球にやられたみたいに、オレは粉々に粉砕された。夢でも見ているんだろうかと頭を振った。いや、現実だった。

　なんでそんな仕事に手を染めたんだろう。思いつくかぎりの理由をめぐらしてみた——病状が末期でお金がいる？　ヒモのヤクザがいる？　麻薬の常用者で

借金がある？ ありとあらゆる理由を考えた。だめだ、ノー！ ノー！ ノー！ 目を覚まそうとして、もう一度頭を振った。

「ケン、大丈夫？」

「うん……えっとお……つまり、そこで何してる？」

　レジか、クロークか、マネージメント係であることを祈った。

「ケン、聞こえなかった？ ソープランドで働いてるソープ嬢……」

　彼女は視線を落として下を向いた。オレの気のない返事に落ちこんでいた。

「どれくらい、やってる？」

　オレはクールを装ったが、カチコチのロボットみたいな声になってしまった。実際、心臓がバクバクして、胃は酸で焼かれたようにムカついていた。顔はほてり、頭は爆発しそう。込み上がる強烈な感情は、彼女が客と熱海に行ったときより千倍も激しかった。

「5年くらい……」

　オレは自分が何を質問したか忘れてしまっていた。

「私がいるソープランドは、ホステスクラブと同じ会社が経営してるの。ホステスになる前に、最初からソープ嬢だった。1年ぐらい前、ホステスクラブが人手不足だから、どの日でもいいから週1か、週2くらいの割で、クラブを手伝うように言われたの。だから、前は私に気がつかなかったのよ。ケンに会ってからは、土曜日出勤にしてもらってる」

　オレは息がつまり、今にも窒息しそうだった。変態ジジイたちがオレのさゆりにやりたい放題しているというイメージが、イナゴの大群のように心を蝕んだ。沖縄料理屋の壁が迫ってきた。熱帯のヤシの木の模様の壁紙が、するする這ってくる巨大なニシキヘビのように見える。逃げなきゃ。オレは、視線を上げてさゆりを見た。彼女は何を見るでもなく、ぼーっとしていた。オレはまた頭を振る。口はカラカラだった。泡盛を一口飲んだ。

「大丈夫、ケン？」

「うん。この泡盛が効いてきた。強い酒」

「じいちゃんとばあちゃんを助けるために始めたの。二人とも年で働けない。家も借金のカタに取られて、にっちもさっちも行かなくなった。母さんは死んじゃった。父さんはどこにいるか分からない。だから、私が助けなきゃいけな

いの。この仕事は、今まで就いた仕事のなかで何倍もペイがいいの」

「知ってる」

「でも、一つだけ知っておいて。私、誇りをもってやっているの。卑下したり
なんかしていない。変に思われそうだけど、なんていうか、私、この仕事得意
なの。体のサービスのことじゃなくて、一緒にいてあげて、心を癒すこと。な
んかの理由で女性から相手にされない男がたくさんいて、私のところにやって
来るのよ」

「うーむ」

「これって悪いことじゃないわ、ケン。私はだれも傷つけない。ドラッグもや
らない。盗みもしない。ぜったい嘘つかない。ほかの女の子ともすごくうまく
やっている。スタッフもマネージャーも、親身に私を守ってくれる。なんか
ね、家族みたいなの。私に家族ってなかったから。仲間はみんな苦労人ばかり
よ、ケン。互いに助けあってやってるの」

　オレはきりきり滲みる胸の奥で繰り返した。《ぜったい嘘つかない。ぜった
い嘘つかない》──何度も繰り返していると、言葉が竜巻のようにぐるぐるま
わりだした。そのままガンガン速度をあげ、「嘘つかないサイクロン」になっ
てオレの頭を占領した。

《ぜったい嘘つかない──、ぜったい嘘つかない──、あ───────》

　どのくらいそうしていただろう。オレのなかにあった怒りは、このいともシ
ンプルな言葉に巻き取られていった。《ぜったい嘘つかない》──オレはこの
言葉にしがみついた。そうでもしなければ正気でいられそうもなかった。

　さゆりは、オレが知るかぎり最も正直な人だった。そして、彼女はその正直
さで、オレに懸けた。この見事に正直な女性が、オレを恋人に選んでくれた。
彼女はオレのなかに何を見たんだろう？　でも、オレはそれに応えていない。

　心がほんのちょっと開きはじめた。オレは、腹の空いたオオカミのように、
その突破口に突進した──失いたくない！

「ケン？　大丈夫？　ねえ、ケン？　あんなことを言わなきゃいけないなんて、ご
めんね、ごめんね」

「嘘つかないでくれて、ありがとう。君の正直さにありがとう。オレの天使で
いてくれて、ありがとう。オレは君を失いたくない」

オレは今まで女性を本当に愛したことがなかったんだと気がついた。

さゆりは崩れ落ちて、手放しでむせび泣いた。打ち明けるときのストレスと不安は、とてつもない重さだったろう。それが、彼女の華奢な肩から滑り落ちて溶けていった。

蟬

2001 年 8 月 16 日（木曜日）　36 歳 11 か月 22 日

2001 年の 8 月、風もなく、雲もなかった。ただただ蒸し暑く、ジージーというセミの鳴き声がずっと続いていた。セミは 17 年間も地中で育ち、成虫となって地上に出てからは、たった一夏に命を懸ける。恋をして、最後の歌を鳴き切ると、木から仰向けに落ちて死ぬ。

そういう日は、スイカを食べて、寝転んでいるくらいしかやることがない。数日前、高原のサマーフェスに行き、演奏して帰ってきたところだった。そこそこ有名なロック・バンドから声がかかり、専属ギタリストに落ち着いていた。例のホステスクラブでは、前ほど仕事をしていなかった。

同棲しはじめたのは 1 年ほど前。目黒川にそったこぢんまりした 40 平米のアパートだった。2 階だったので、春には花見にちょうどよかった。東京じゅうから花見客が押しよせる目黒川。名所は川ぞいの 10 キロほどで、その後は東京湾にそそぐのだ。夜になると外は花見の宴会でうるさくなるけど、さゆりに言わせれば、「あれはセラピー」だということだった。

さゆりは、自宅からほど近いスポーツジムで、新しく受付のパートに就いていた。それまで普通の仕事をやったことがなかったので、最初はカチコチだった。スキャナーで客の ID を読み取ったり、電話を受けたり、新規会員にプランの説明をしたり。採用にあたっては健康診断が条件だった。ここ数日、インフルエンザのような症状もあったので、一石二鳥とばかり受診した。結果は今日出ることになっていた。もう昼すぎで、さゆりは病院にいた。予定では、中目黒駅で待ち合わせて、二人でランチすることになっていた。

アパートのエアコンが不調だ。こんな暑い日に。ガスもれかオーバーヒート

236

か。しょうがなくてベランダのドアを開けると、セミの鳴き声がジ──ッと部屋に流れこんできた。

　出かけようとしたちょうどそのとき、携帯が鳴った。さゆりだった。

「あ、どしたあ？」

「ケン、病院に来なきゃダメ」

　その声は聞くからに動転していた。

「何？　なんかあったの？　迎えに来てほしいの？」

　悪い予感がした。

「違う、そういう意味じゃない。血液検査を受けてほしいの」

　彼女の声は震えていた。

「3月にしたよ」

「だめだめ。もう1回、血液検査しなきゃ。ケン。すぐによ」

　彼女の声はだんだん大きくなった。

「ケン、聞いてる？　私、HIV陽性だったのよ」

　そこで会話は途切れた。長い沈黙。そして、さゆりの声。

「ケン？　ケン？」

「いやあ……本当……」

「うん。確認検査もやったの。でも、お医者さんは確信したみたい！」

　言いながら泣いていた。

「あなたが心配。ケン」

　HIVだと診断されたばかりの人が、オレのことを心配していた。

「すぐ行く」

　タクシーを拾い、病院に走った。

　さゆりは震えていた。オレに、すぐにも血液検査を受けるよう言ったが、病院はとても混んでいた。彼女は叫び、ヒステリックになって、この人にすぐに血液検査受けさせて、と半狂乱の要求を繰り返した。2時間くらい待ったあと、ようやくオレも検査を受けた。結果は、3日後。特別に早くしてもらった。

　それからの3日間は、張りつめた日々だった。さゆりは2日目にノイローゼに陥って、叫んだり、子どものように泣いたりした。そして、次の日には緊張症になりかけて、一言も言葉を発せず床に伏していた。食べることも拒否し

て、ただただ「ごめんね」と呪文のように繰り返すばかりだった。

　４日目、オレは結果を聞くために出かけようとしていた。さゆりはベッドに寝たままで、何も目に入らない状態だった。自分の今後もさることながら、もしオレがHIV陽性と出たら、さゆりがどう受けとめるだろうと心配になった。

　病院では、すぐに診察室に呼ばれた。

「HIV陰性でした」

　医師は、オレが椅子に座る暇も与えず検査結果を告げた。

「よかったあ」

　オレはほっとして思わず言ったが、形勢は悪夢の入り口だった。

「ほかに何か聞きたいことは？」

「はい、さゆりに関してですが。今後の見通しは？」

「あなたがたは結婚してらっしゃいませんよね。ご親族でないと、病状を事細かく公開することはできかねます」

　それが医師の判断だった。

「でも、HIVの特性とか、現在の症状とどう関係しているか、教えていただけませんか？」

「一般論ならいいですよ。HIVに感染しても、治療を受ければ、必ずしもエイズを発症するわけではありません。臨床潜在ステージが後期だと診断された人のなかには、わりあい早くエイズを発症してしまう人もいます。後天性免疫不全症候群です。免疫細胞が破壊されて次々に免疫不全を起こし、命にかかわります。で……」

　医師は口ごもった。

「渡辺さゆりさんの場合は、すでに……すぐに応急処置が必要です」

「HIVだと言ってましたよ」

「なら、聞き間違えています」

　オレの心臓はとまった。HIVのステージとか、HIVとエイズが本当のところどう違うのかさえ分かっていなかった。しかし、とんでもないことになったというのだけは理解した。

　さゆりは次の週から、応急処置を受けることになった。いつだれから感染したのか分からないと言った。今さら知ろうったってどうにもならなかった。さ

238

ゆりと交際のあった人には検査を受けてもらったが、全員、陰性だった。その年の9月11日に、ニューヨークの世界貿易センタービルが攻撃されたので、飛行機を怖がるさゆりは、米国での治療も拒否した。

11月27日から3日間、さゆりは発熱と下痢症状がおさまらず、病院で診察を受けた。エイズが悪化し、それまでの治療では進行が抑えられなくなっていると分かった。さゆりは肺炎と診断され、その日のうちに入院した。

1週間後、結核を発症。そのときでさえ、毎日見舞いにいくオレに、機嫌よく接してくれた。静かに眠るさゆりのそばで、オレは忘れられない体験を思い出していた。

沖縄料理店で重い告白を聞いてから2か月ほどのころ、さゆりは突然ソープランドをやめた。そして最後の日に、ソープランドってどんなところか、一度来てみて、と強く主張した。きまり悪いよとオレは言ったが、後悔なくありのままの彼女を受け入れるためには、じかに見ておくべきだと言うのだった。

オレの方は精一杯努力して無頓着を装い、何も嫌がっていないふうに見せていた。彼女が仕事に出ていくときも、帰宅したときも、まるでパートにでも行くように接していた。正直なところ、自分では上等だと思っていた。

しかし、さゆりの強いすすめで、最初で最後のソープランド見学を敢行した。それは「エアプレーン」という、わりと小さな店で、青い空にピンクの飛行機が描かれた看板がかかっていた。外では、髪をブリーチブロンドに染めた若い男が客引きをしていた。

建物に入ると、タキシードを着た痩せて無表情な中年男が、待合室に先導してくれた。「着いたらすぐマネージャーの池田さんに連絡して」と言われていたので伝えると、タキシード男は小型のトランシーバーに何か喋って部屋を出ていった。天井にある古いスピーカーから、うるさいJ-POPの曲が流れていた。煌々と電灯のついた部屋で、壁にそってソファーが置いてあり、男が二人、順番を待っていた。壁はタバコのヤニで黄色く変色しているのに「禁煙」の張り紙。初老の男がエロ雑誌をめくっており、もう一人の若い男は、ビルトインされたテレビでポルノビデオを見ていた。自意識過剰のオレは、携帯を見る振りをしていた。両手が少し震えた。

5分ほどして、タキシード男がオレを2階に案内した。明るく照らされた狭い廊下の右側に、五つぐらいのドアが並んでいて、それぞれソープ嬢の部屋に通じていた。オレは緊張の頂点にいた。何番目かの部屋のドアが少し開いていた。内部は水浸しで、ピンクの照明のなか、パンティ一つの女の子が床に散らかったティシュを拾いあげていた。胃が縮みあがった。

　真ん中あたりの部屋から、さゆりが顔を出した。やたら短い丈の青いスチュウーデスの制服を着ていた。首にはゴールドのグッチのスカーフ、頭には帽子、足元はいつもの銀色のハイヒール。微笑んで、お辞儀をして、「さゆりです」と自己紹介した。彼女はここでも本名だった。

　25平米ぐらいの部屋は、タイル張りの浴室と、カーペット敷きのベッドルームに分かれていた。照明は薄暗いピンク。だから、何もかもピンクに見えた。ロビーと同じJ-POPの曲が流れていたが、ボリュームは絞ってあった。何か言おうとすると、彼女はオレの唇に人差し指を立てて、ショーを始めた。
「さゆりの部屋へようこそ」
「ありがとう、さゆりちゃん。すごくかわいい」

　少しばかり皮肉っぽく調子を合わせた。
「もっと気持ちよくして差しあげますが、よろしいですか？」

　さゆりは立ったままで、オレの衣服を全部脱がせた。それから自分も脱いで、オレを浴室に連れていき、全身をくまなく洗った。大事なところに手を伸ばしたとき、オレはくすぐったくて、くすくす笑った。さゆりは微笑んで仕事を続けた。次々と、ソープ嬢のフルコース。信じられないくらの気持ちの高揚のなかで、ほかの男たちにも同じサービスをしていたんだという事実に打ちのめされた。オレはパニックを起こし、ここに来たのはやはり間違いだったという恐怖がつのった。
「大きく息をして……」
「ゆっくり……」

　さゆりがインストラクターのようにリードした。あとはダブルベッドへ。
「今日は、スペシャル・サービスの日です」

　彼女は熱っぽく告げた。
「ほかのどのお客様にもこのサービスは提供しません。お客様だけです」

ちょうどそのとき、さゆりの部屋に隣接しているドアが開いて、もう一つの
シルエットが現れた。驚いたのなんのって、オレはベッドから飛びおきて、タ
オルで素っ裸の体を隠した。さゆりは笑いながら、不意に現れた闖入者の手を
引いて連れてきた。その子は、ピンクの光に染まった赤っぽいローブを着てい
た。さゆりよりやや背が高くて、少しスリムだった。まっすぐな長い髪と、小
さな丸い目と、小さな口。アニメのキャラクターのようだった。

　さゆりが何をして生きてきたか知ってから、正直言うと、オレのなかには密
かな不安がずっとくすぶっていた。一つには彼女がほかの男たちに抱かれると
いう怒り、もう一つは、一風変わったジェラシーだった。心の奥の奥で、オレ
は彼女を羨ましく思っていた。圧倒的な不公平感があった。マネージュ・エ・
トロワは、現実には起こりえないと思っていた、オトコの秘めたファンタジー
だった。さゆりはそれを満たすことで、オレの心の火事を消そうと仕組んだ。

　そのことがあってからは、さゆりがソープ嬢であった過去に対して、怒り
や、不安や、ジェラシーを、オレは抱かずに過ごすことができた。

　12月15日までに、だんだん食欲がなくなり、体重も落ちた。

　12月25日、オレたちは正式に結婚した。ウェディングドレスを着て、式を
あげて、幸せに暮らす。これは、子どものころからのさゆりの夢だった。

　朝のうちに婚姻届は提出しておいた。午後3時30分、彼女の祖父母のほ
か、牧師さんやソープランド時代の友人たちも集まった。母親は亡くなってい
たが、音信不通になったままの父親を探しだそうとした。が、見つからなかっ
た。テーブルに小さなクリスマスツリーを飾り、プロの歌手も呼んでみんなで
クリスマスキャロルを歌った。間に合わせの式ではあったけど、花嫁の付添人
はソープランド時代の友人が務め、オレの介添人には親友のビリーがカナダか
ら飛んできてくれた。点滴をしたまま、体じゅうにセンサーがついてはいた
が、さゆりは白いウェディングドレスを着ることができた。オレは前にディ
ナーショーで着たタキシード。病状の深刻さにもかかわらず、二人にとっては
人生で最上の日だった。

「やったね、さゆり。ブータンで結婚式したよ」

　ベッドに横たわる花嫁の手をとって、オレは言った。

「どーゆーいみ？」

　さゆりがか細い声で聞いた。

「だってさ、ここが世界でいちばん幸せな場所だから[57]」

　オレが微笑むと、さゆりも微笑み返した。

　1月の初め、さゆりは食べることも飲むこともできなくなった。点滴だけで
もちこたえていたものの、自力で起きあがることはもう無理だった。体重は元
の半分、記憶は混濁し、もはやオレのことも分からなくなった。医師団はリン
パ節癌の診断も下した。

　1月17日、さゆりは意識を失い、1月19日、最期の日が来た。オレは近親
者として、彼女をこの世につなぎとめてくれていた装置の解除を許した。彼女
の手を握り、ときおり額を撫でて、拍動がだんだんゆっくりになっていく電子
音を、親しい人たちと聞いていた。呼吸器も、その速度を落とした。血圧は、
岩のように急落していった。

　やがて、心電図計のビープ音が完全にとまったとき、何かがオレの体を走り
ぬけた。それは、さゆりの手からオレの手に、腕を伝い、肩に達し、頭のてっ
ぺんから昇っていった。享年27、彼女はカムイのもとに帰った。

　葬式では気丈に振舞った。しかし、悲しみは深く、ずっと続いた。至るとこ
ろにさゆりの気配を感じた。日中は太陽の光に、夜は暗い影に。ギターを弾け
ば、ネックや、ボディや、弦に。アンプのスピーカーからは彼女の声がして、
リバーブはそのきれいな声をエコーさせた。台所で、窓辺で、ベッドで、彼女
はささやく。「ここよ」とか、「心配しないで」とか、「待ってるわ」とか。

　さゆりはほんとうに、オレの人生に魔法で現れた透明な女の子のようだっ
た。生と死を教えてくれた。

　どうにか幻聴も弱まって、オレは音楽活動を再開した。5年ほど夢中でギター
を掻き鳴らし、そこそこの結果をおさめた。しかし、ついに2008年、カナダ
のトロントに戻った。日本で18年を過ごし、オレは43歳になっていた。

57　Gross National Happiness（GNH）：国民総幸福量。ブータンでは、1972年から「経済
　　的な豊かさではなく精神的な豊かさを重んじる」目標が国家政策として掲げられている。
　　2013年にGNH（国民総幸福量）で世界一となり話題になった。

第 11 章

疑 心

もしかしたら

2010 年 6 月 30 日（水曜日）午前 9 時

　遠くからモーター音がした。ゆっくりと物寂しい音は、嵐の前の静けさに似ていた。空模様は前日よりもさらに暗く、重く、渦巻く嵐を予感させた。

　それにしても、だれのボートだろう？　もしイズィが、買い忘れた物や食料品をキングストンで買い足してきただけなら、どんなによかっただろう。今夜はビリーの誕生日イブだから。

　いや、違う。これは小型ボートに搭載されている室外モーターの高い振動音ではない。もっと馬力のあるやかましいヤツだ。

　それはだんだん大きくなり、明らかにグレイ島目指して近づいていた。やがて岸に着いてエンジン音はとまった。二人の男の声がする。でも、言葉までは聞き取れない。どちらの声もイズィではなかった。

　数分後、遠くから足音がして、伸び放題の草をガサガサかきわけ、さらに砂利を踏み、木造の玄関ポーチをキィキィ軋ませてとまった。

　コツ、コツ、コツ——ゆっくりだが慎重なノックが 3 回、玄関ドアを打つ。

　無反応。すると今度は、前より速く強く間隔をつめて打つ音が 5 回、古いビクトリア・スタイルのドアを揺らした。

「ミスター・グレイ」

　一人がドア越しに叫んだ。

「ミスター・グレイ、OPP、オンタリオ州警察です。いくつかお聞きしたいことがあって来ました」

　ケンとハリーとネスタは二度寝の最中だった。夕方からの嵐に備えて、早朝から窓の補強をし、あちこち固定してまわったあとだったから。半ば覚めてはいたが、起きあがるエネルギーが不足していた。

　男たちがまたドアを叩いたので、庭の始末をしていたイアンが裏口から突進してきて、ボーイズがいるリビングルームを走りぬけ、玄関のドアを開けた。

「ああ警察の方ですか。何かご用ですか？」

イアンは上半身裸で、洗いざらしのカットオフのジーンズとグリーンのゴム長姿だった。
「ミスター・グレイ？」
　二人の警官の一人が尋ねた。ともに白人で、ライトブルーの半袖制服の肩には、ブルーとゴールドのOPPの記章が縫い付けられていた。ネイビーブルーのスラックス、二人とも右のホルスターにはピストル。問いかけた警官は170センチくらいの丸々した男で、ライトブラウンの髪に、ぼさぼさの口ひげ。かけていたティア・ドロップの反射サングラスをはずして、イアンに聞いた。
「ミスター・ウィリアム・グレイ？」
「いえ、それは弟で、先日亡くなりました。私は兄のイアンで、この島の管理をしています」
「それはどうも。私はスコット・マッキンレー巡査です。こちらはオンタリオ州警察のショーン・マッキンレー巡査。我々は、ニューヨーク州側の島で今朝9時ごろに起きた事件に関して、聞きこみをしています」
　二人の巡査はとてもよく似ていたが、ショーン・マッキンレーの方が5センチほど背が低くて、口ひげがなかった。
「どんな事件ですか？」
「ニューヨーク州側の警察から連絡がありましてね、近くの島で大きな爆発が起きたのです。詳細はまだ入ってきていません」
　マッキンレー大が言った。
「はい、詳細はまだ入ってきていません」
　マッキンレー小が口真似した。
「爆発？」
「ビッグズ島で爆発があったんです」マッキンレー大。
「ビッグズ島で」マッキンレー小が繰り返した。
　二人はなんだかコミカルに見えた。背の低い巡査が、背の高い方のジェスチャーを真似たり、同じことを復唱したりする。
「上院議員の島のことですか？　ジェームズ・ビッグズ？」
「そうです」マッキンレー大。
「だれか怪我でも？」

「いいえ。しかし、火も出まして、半焼しました。上院議員には連絡を試みている最中です。本件に関する捜査で来たわけではありませんが、何かヒントが見つかるかもしれませんので……」

　ここで、マッキンレー大は言葉を切った。

「ビッグズ島は、ニューヨーク州立公園警察の管轄なので。今のところ」

「今のところ」マッキンレー小が繰り返した。

「どんな爆発ですか?」

「これも、よく分からんのです。本日のちほど鑑識が到着して、何があったか正確な調査が行われます」

　マッキンレー大が言った。

　二人の巡査は、同じ声で同じイントネーション、そっくりな話し方だったが、マッキンレー大の方が上司らしく、正面に立ち、ほとんど一人で喋っていた。マッキンレー小はわずかに後方に下がり、ときおり復唱しながら熱心にノートをとっていた。

「では、捜査に協力するために、何をしたらよろしいでしょう?」

　イアンは礼儀正しく尋ねた。

「現在この島にだれとだれがいるか、教えてもらえますか?」マッキンレー大。

「えーと、私。それから、3人の友人がまだリビングルームでごろごろしています。あ、それから、Dという私の助手が島のどこかに……では、どうぞ」

　イアンは、イズィのことをすっかり忘れていた。

「お邪魔します」×2

　警官たちは完璧にハモりながら言った。二人はなんて似ているんだろう。

「こんなこと聞いて失礼ですが、お二人は兄弟ですか?」

「はははははは。違います。姓が同じなだけです。親戚でさえありません。20年も一緒にやってきたので、互いに影響しあった結果かと」

　マッキンレー大が真面目に答えた。でも、動きだすと歩き方までそっくりだった。肥満男によくあるタイプ。

「おい、みんな、起きろ! 起きろってんだよ。警察だ。ほら、ほら」

　ゆっくり、もそもそ、ボーイズは起きあがった。

「え? なんで?」

ネスタは、ドア越しに警官を認めると、たちまちシャキッとなった。

「何が起きた？」

「アメリカの上院議員の島で、なんか爆発があったとよ。覚えてるだろ？　昨日、そばを通ったよな」イアン。

「ああ、あの島？　どんな爆発？」ケン。

「まだよく分からないらしいけど、大きかったって」

　ちょうどそのとき、警官たちがリビングルームに入ってきた。

「起こしてしまい申し訳ありません、皆さん。この地域で、何かいつもと変わったことに気がつきませんでしたか？　不審なボートとか、この島で見かけない人物とか？」

　マッキンレー大が尋ねた。

「えーとお、オレたち自身がここに来たばかりで、何もかもある意味見慣れないものばかりなんですけど、でも、変なヤツはいませんぜ」と、ネスタ。

「そ、オレも何もなし」と、ケン。

「ボクも」と、ハリー。

「皆さん、キングストン地域にお住まいですか？」

　マッキンレー大が尋ねた。

「いえ、全員、トロントからです。さっき言ったように、弟が亡くなったんで。あ、Dはこの地域の出身でネイティブです。島のどこかにいるはずです」

「怪我人は？」ネスタ。

「幸いにも。爆発のとき、島にはだれもいなかったので」マッキンレー大。

「被害は？」ケン。

「かなり広範囲のようです。爆発元がなんであれ、やや大きかったので。爆発と火事とで家の半分が完全に焼けてしまいました」

　マッキンレー大は手でジェスチャーをまじえながら爆発の様子を語った。

「そうです。家の半分が」マッキンレー小。

「それは、テロ攻撃かなんかで？」ネスタ。

「この段階では何も言えません」マッキンレー大。

「あのう、二人は兄弟？」

　ネスタが我慢できずに聞いた。

「いいえ、姓が同じだけです。ご覧のとおり、中身も外見もまったく別人で。とにかく、どんな情報でもありがたいです」マッキンレー大。

「どんな情報でも役に立ちます」マッキンレー小。

「うわお、奇遇だねえ。ビッグズ島を見にいったのは昨日だぜ」

　　ネスタが口を滑らせた。

「ちょっ、ちょっと待って、あそこにいたんですか?」

　　マッキンレー大が反応した。

「いえ、ボートで通りかかっただけです。遠くからなら問題ないということだったので。身分証明書ももってましたし……」ケン。

「じゃあ、報告書を。見たことを正確に話してもらいたい」マッキンレー大。

「何もかも」マッキンレー小。

「オレたち、ほんと、さほど見てないわけで。大きくて古い大邸宅とたくさんの星条旗。アメリカ人って、ほんと、国旗が好きっすよねー」ネスタ。

「それでは、詳細にかつ公式に、説明していただきます。ご面倒をおかけしますが、あなたがたは今や目撃者ということになりますから」マッキンレー小。

「はい、もちろん。いいですけど……」ケン。

　　ボーイズは順番にキッチンテーブルに呼ばれ、ビッグズ島で見たものや、グレイ島に到着以降、何か変わったことを感じなかったかについても個別に質問された。聞き取りの最後はイアンだった。

「すいません。Dが見つからなくて……、今朝見かけたんですけど」

「Dのフルネームは?」

　　マッキンレー大が、イアンに質問した。

「ああ、それは、えーと、デガナウィダ。二つの川が流れている、または、二つの異なる魂をもつ、とかそんな意味です……」

「彼のフルネームですよ。正式な姓と名前」マッキンレー小。

「D-E-G-A ? えーと……あれっ」

　　イアンは組んだ腕を見おろしていて、気がついた。Dに助手の賃金を渡してはきたものの、わざわざフルネームなんて聞いたことなかったなあ、と。

「では、彼が戻ったら、お手数ですが、フルネームと写真つき身分証明書みたいなものをもっているか聞いていただけませんか。それで、名前とIDナンバー

をメールしてもらえたらありがたいです。何もかもちゃんとなっていると確信
しますよ。心配しないでください」
　マッキンレー大はイアンを安心させ、名刺を手渡した。
「ともあれ、我々はあと二つほど島をまわってから、ビッグズ島へ戻らなけれ
ばなりません。変わったことがあったら、私の携帯に電話してください」
　聞き取りが終わって、イアンと警官たちがリビングルームに戻ってきた。
「そうだ、もう一つありますよ。忘れていました」
　イアンの言葉に部屋は急に静まりかえった。何を言いだすのか分かっていた
ので、ボーイズは互いに顔を見あわせた。
「昨夜、もう一人いたんですよ」イアン。
「もう一人ぃ？」×2
　二人のマッキンレーは同時に言った。
「はい。トロントから来たもう一人の友人が。彼は、えーと、うーむ……彼は、
昨晩、ほかのボートで出かけて、まだ帰らないんです」
　イアンはしぶしぶ話しだした。あまり喋りたくないというふうに。
「もう1隻、ボートがあったんですね？」マッキンレー大。
「はい。彼は、このあたりに土地勘があります。以前、アメリカ側に別荘をもっ
ていましたので」
「では、彼はアメリカ側に渡ったかもしれない、と言うんですか？」マッキン
レー大。
「いいえ。実際には知りません。キングストンに戻ったのかもしれない。ちょっ
とした意見の食い違いがあったんです」
　イアンは心なしか緊張気味だった。マッキンレー小はこれを見逃さなかった。
「彼のフルネームを教えていただけますか？」
「ええ……、もちろんですが」
　イアンは躊躇した。イズィを不必要な問題に巻きこみたくなかった。
「彼の名前は、イズィ……えっとぉ──」
「イシマエル・ラヒム」
　ハリーが脇から割りこんだ。
「了解。少なくとも今回は名字が分かりました。生年月日、分かります？」マッ

キンレー大。

「1964年の4月だったかな？ はっきりしないけど」ケン。

「1964年3月11日。みんなの誕生日、覚えているんで」ハリーが断言した。

「ありがとうございます。彼が帰るまで、ラヒム氏はABP（広域指名手配）の対象になるかもしれません。単なる保安処置です。彼が戻ったら連絡してください。そうしたら、ABPを解除しますから」マッキンレー大。

「必ず連絡します。ありがとうございました」イアン。

「どういたしまして」×2

　二人の警官は最後にもう一度、パペットのように口をそろえて言った。

「お役に立てたら幸いです。ミスター・グレイ」×2

　二人のオンタリオ州警官はボートに戻っていった。低くガスガスしたエンジン音を轟かせてボートが次第に離れていくのを、ボーイズは聞いていた。

　しばらくのあいだ、だれも口を利かず、それぞれの思いに沈んでいた。

「だれも言いたくないんなら、ボクが言おう」

　ハリーが口火を切った。

「イズィがボートに乗って、ビッグ島に行ったのさ。間違いないよ」

「ビッグ島じゃなくてビッグズ島。オーナーの名前から。アメリカの上院議員」

　イアンがハリーの間違いを突いた。

「昨日、あの島を通りかかったとき、イズィがどういうふうに行動してたか、覚えてる？ じっと見つめてた。まるでチェックするように。ちょっと気味悪かったよ」ハリー。

「彼はいつだって、ちょっとエキセントリックだった。な？」ネスタ。

「そんなんじゃない。あいつはほんとうに変わった。別人みたいにね。それに、40年間も隠し事をしていたんだぞ」ハリー。

「もしかしたら、言いだせなかっただけじゃないのか？」イアンは思いやった。

「いや、あれはボクのトラウマになっていた。そのワルの一人が、実は親友だったなんて、めっちゃくちゃだ。おっと、今となってはモト親友だね。カンボジアのことで学んだよ、信頼できない人物ってのはいるもんなんだ、って」

「どうしたんだ？ ハリー、バカなこと言うの、やめろ」

　ネスタはうんざりして言った。

「そ、口を閉じな、ハリー。どうしたんだ？ オレたちは一緒に育った。今まで、なんか問題あったかい？ なし、だ！」

　ケンもだんだんカッカしてきた。

「実は、大ありだよ。家族と一緒に国から国へ渡りあるき、憎しみから逃れるために来たカナダで、それよりもっとひどい憎しみを抱えてしまう、それがどういうものか分かる？ そしてさ、その憎しみの原因がイズィだったなんて」

　ハリーが押し返した。

「それはもう40年も前のことだ。イズィは一生かけて重荷を背負うんだ。男らしく許してやれよ。あ、ちょい待ち、君は男じゃなかったっけ」ケン。

「今の、どういう意味？ え？ 君ら、ゲイ・アレルギー？ そんな言い草、どこで覚えたの？ 日本で？」ハリーが叫んだ。

「ちょっとおまえを落ち着かせようとしただけだよ。それに、日本に関する今の言い方、受け入れがたいね」ケン。

「日本じゃ、ゲイだと公言するとLGBTの人は職をなくすそうじゃない。それって、ボクに言わせりゃ、ちょっとしたゲイ・アレルギーに聞こえる！ でさあ、日本人って外人恐怖症で、ほかのアジア人にすごく人種差別するんだ。そのくせ白人にはシッポ振ってさ」

　ハリーは毒舌になってきた。さらに――「おまえらって、かーわいそ！」

「でもな、少なくとも日本人は、カンボジア人みたいに自国民を虐殺しないからな！ 今の、自己嫌悪？」

　ケンが反撃に出た。

「よくも言ったね！ ボクのことも、ボクの国の人たちのことも、なんにも知らないくせに！」

　ハリーも言い返した。

「おいおい、どっちもアジア人じゃないか、うまくやっていく方法はないのか？ いっつも喧嘩しててさ」

　ネスタが頭を振りながら介入してきた。

「ん？ 黒人同士の犯罪についてはどうなってんだよ」

　ケンはネスタの方に向きなおった。

「なんだとお？」

今度はネスタが気色ばんだ。

「うるさい！ うるさい！ どっちもやめろ！ 頼む！」

　ついにイアンが立ち上がった。

「オレたちはビリーのためにここにいる！ こんなことしに来たんじゃねえ！ おまえらにはうんざりだ。差別だのなんだのと、あれこれ偉そうに御託を並べやがって、そのくせ隣のヤツとおんなじ偏見をちょっとずつ隠しもってるのさ。化けの皮が剥がれたぜ」

　部屋はまた静かになった。しかし、ハリーが最後の議論をふっかけた。

「みんな、ボクと同じことを考えているくせに。これは偏見なんかじゃない、真実なんだ」

「落ち着け、ハリー」

　ケンはハリーの見立てには取合わず、長い深呼吸をし、気持ちを鎮めた。

「オレたち、変わっちまったな……。ガキのころ、こんなだった？」ケン。

「こんなじゃなかったよ」ネスタ。

「オレたちはただ、お互いを友だちやクラスメイトとして見てた。長く生きてるうちに、なんかロクでもない考えに染まっちまったみたいだ。恥ずかしいことにな」

　ケンは、昔の自分たちを振り返って言った。さらに、

「オレたち、自分も白人のような気で行動してたよなあ。あのころ」

「なんだと？」

　今度はイアンが気を悪くした。

「でも、ほんとだよ。子どものころ、色で区別したのは白人たち。あんたらは人種差別主義者だった。おまえとか、おまえっちのオヤジたちだよ」ケン。

「ヘイ、もう、やめろ、それ！」

　イアンが抗議の大声をあげた。全員急に黙り、それぞれに自分の言ったことを後悔した。

「とにかく、このビッグズって人物はどんな政治家？」

　ハリーはようやく落ち着いた声に戻って聞いた。

「えっと、共和党の右翼だよ。ジョージ・ブッシュみたいな。武器産業を支持する主戦論者だ。イラク戦争を支持したし、現在はイランの侵入を後押しして

る。オレも保守派だけど、そういうのとは違う。彼の主張は狂ってる」イアン。

「そ」ケンが短く同意した。

「待てよお！」イアンが突然会話を切った。

「イズィが乗ったボート。ヤバいぞ、あれ。あのなかに花火を忘れてた。Dが今夜打ちあげようと言ってたヤツだ。あれは火薬が充填されてて、すぐに火がつくと思う。ボートに積んだまま一緒にもっていきやがった」

「え——っ？　ううむ……」ネスタが唸った。

捜索

2010 年 6 月 30 日（水曜日）午前 11 時

「それで、オレたちはこれからどうする？」ネスタ。

「分からない。警察に知ってることを報告すべき？」ケンが聞き返した。

「OPP に電話して全部話さなきゃ。ボクら、犯罪の従犯にされちゃう」ハリー。

「となると、刑務所に行くか、友人を売るか、どっちかだ」ケン。

「でもよ、もし、何もかも報告したあとで、爆発がただの事故だったらどうする？　イズィを危険な窮地に陥れるぜ」イアン。

「どおゆう意味？」ネスタ。

「だってさ、捜査はたぶん、アメリカの調査官が仕切るだろ？　イズィはアメリカの市民じゃねえ。もしアメリカ側に渡ったとしたら、米当局によって権利も認められず、無期限に収監される可能性だってある。覚えてるだろ。いつかのシリア系カナダ人の男みたいにさ」イアン。

「マハール・アラール」ネスタ。

「それそれ。彼は 9/11 のあとニューヨークの JFK 空港で拘束されたんだ。アラブ系でムスリムだというほかはなんの理由もなくね。パスポートを取りあげられて、2 週間にわたって独房にぶちこまれ、弁護士に連絡することもできなかった。そのあとカナダじゃなくてシリアに送られて、まるまる 1 年間拷問された。あとで、完全に無実だと分かったけど[58]」イアン。

58　Maher Arar Case：シリア系カナダ人の Maher Arar 氏拘束事件。

「うわあ」ネスタ。

「じゃあ、何ができる？」ケン。

「まず、オレたちの手で探す。残っていたガソリンの量からすると、行ける場所はさほど多くない。それに、あのボートはどんな船着場でも目立つ」

　イアンが結論を下した。

「分かった。行こう。でも、Dのことは？」ケン。

「今、Dを探してる暇はない。彼はたぶん、この島のどっかで、なんとも不思議なネイティブの儀式でもやってんだろう。とにかく、時間がない。もうすぐ嵐になる。オレたち4人なら、一つのボートに乗れる」イアン。

「そうだね。おおっとお！　だれが操縦する？」ネスタ。

「ネス、やってよ。ジャマイカでやってたでしょ？」ハリー。

「えーと、子どものころにな。そのボートはもっとちっちゃかった。けど、いいよ。もう一回、ヒーローになってみるか」

　ネスタがおどけたので、みんな昨日から初めて笑った。

　ボーイズは船着場へ急いだ。ネスタは後ろ、モーターのそば。イアンはネスタの前、ケンは最前列の左、ハリーはその右側。空は恐ろしい嵐の前兆を見せ、水面は前日より波立っていた。ボートに蹴りとばされて腹を天に向けた魚の死骸がいくつか浮いていて、腐った生き物の臭いがした。

　ネスタはボートを発進させた。イズィの捜索が始まった。

「オーケー。まっすぐ行って、赤い家が立つ島で右へ曲がって！」

　イアンが叫んだけれど、プワーンというモーターの唸りで、声はほとんどかき消されてしまった。

「最初にビッグズ島にちょっとまわってみよう。移動中も、どっかにイズィのボートがないか、目ん玉ひんむいて見てろよ」イアン。

　ネスタは、イアンの指示したところで曲がった。カナダとアメリカの境界に点在する小さな島々が遠くに見えた。

　いくつか島を通りすぎた先に、テキサス選出の上院議員が所有する島にやって来た。ネスタはスピードを落とし、岸からおよそ300メートルのところでとまった。OPPのクルーザーが船着場につながれていて、ほかにも星条旗をつけたわりと大きなボートが2隻見えた。あれは、ニューヨーク州立公園警察のも

のか。放水銃を装備した赤と白のさらに大きな消防艇も、船着場に隣接した砂浜の半分を塞いでいた。

　ボーイズのいるところからも、めちゃくちゃになった家が見えた。不気味でシュールな眺めだった。つい昨日、白く堂々と立っていた木造のコロニアル・スタイルの建物は、右ウイング側からおよそ75％が焼失していた。窓は吹きとばされ、屋根の一部は、爆発か火事のどちらかで、ばっくり裂けていた。その開口部や窓から名残の煙がくすぶっている。黒焦げのストーブや冷蔵庫と一緒に、無残に変色したビクトリア・スタイルの家具が、前庭のあちこちに投げだされていた。まるで死体だ。

　ネスタはボートをもう少し島に近づけた。ライフル射撃場があったところに、先ほどの二人の警官が、ライトブラウンの制服とマーシャルハットに身をかためた警官と立ち話をしていた。完全武装の消防士が一人、正面ドアから出てきた。左手には斧、右手にはシカの頭をぶら下げてきて、黒焦げの屍の山にぽいっと投げた。シカの頭、ムース（アメリカヘラジカ）の頭、剥製のキツネとウサギ。動物狩りの戦利品たちが、無言で横たわっていた。

　ゆっくりと島の脇を通りぬけようとしたとき、二人のマッキンレーがボートに気づいて、ボーイズの行く手を指差した。隣にいたアメリカの警官たちもちらっと見て、カメラで写真を撮り、そろって船着場の方へ歩きだした。

「オレたち、撮られたぜ。見た？」ネスタ。

「うん、ちょっとヤバイよ」ケン。

「逃げよう」ハリー。

「いい考えとは思えないが……怪しまれないようにしろよ」

　イアンは静かに言葉を吐いた。

「だとよ」

　ネスタは皮肉っぽくつぶやいて、

「怪しく見えなくするには、どうすりゃいいんだい？ え？ オレたち、アマチュアのスパイ集団に見えるだろよ」

「大丈夫。オレたち、何もしていない。二人のマッキンレーが説明してくれてるさ」イアン。

「やば！ こっちを指差してる」ハリー。

「わっ、ほんとだ。言うとおりにしろと言ってるみたい。言われたとおりにすべき？　じゃないと、撃たれる？」ネスタ。

「法律的にはこの島はアメリカ領内だ。もし逮捕されたら、オレたちに権利はない。オレたちたぶん、グアンタナモ送り」ケン。

「ちくしょう！　逃げるぜ！」

　ネスタはパニックになった。

「おまえら、何言ってんだ？　おまえら、おかしいよ」

　イアンはみんなを落ち着かせようとした。しかし、声に勢いがなかった。

「おかしくて結構、死ぬよりマシ！　逃げるぜ！」

　ネスタは頑として聞き入れなかった。

　そのままゆっくりと舵を切り、密かに船着場のエリアを過ぎて、常緑樹の陰にボートを入れた。もはや警官たちからは見えない場所だ。そのとき、木の向こうで警察のボートの1隻がエンジンを吹かした。

「やばっ。あいつら、追いかけてくる！」ネスタ。

「行こう！　ネス、行こう！」ハリーが叫んだ。

「だめだめ。オレたち、もっとマズイことになる。もし、彼らがオレたちに用があるなら、とまってまたなきゃ」

　イアンはネスタをとめようとしたが無駄だった。

「もし気に入らないなら、いつでも飛びこみな。ご自由に」ネスタ。

「ちくしょう！」イアン。

　水恐怖症の身ではどうすることもできないという事実を、イアンは受け入れるしかなかった。

　ボーイズは、ビッグズ島から逃げた。

「すぐそこで、左！　あいつらを巻かなきゃ」ケン。

　ネスタは全速力で発進して、島の後ろ側にまわった。ボートが波にぶつかるたび、舳先が上へ下へと跳ねあがる。ネスタ以外は縁にしがみついた。イアンは目をぎゅっと閉じて、歯ぎしりしながらボソボソと神に祈っていた。

　そのころ、イグニッションを唸らせて動きだしたマッキンレーたちのボートは、逆方向のキングストン目指して走り去っていった。また、警官たちが指差していたのは彼らではなく、損傷激しい船着場だった。その周辺を写真におさ

めていただけ。

　それなのに、あたかもキングストン刑務所の脱走犯のように、強迫観念に
せっつかれたボーイズは、全速力で逃げていた。水路から水路へジグザグに動
き、無数の島々を過ぎ、いつしかアメリカ領内に深く深く侵入していた。

　20分も過ぎたろうか。大脱走の恐怖でヘトヘトになったネスタは、スピード
をゆるめて水路の真ん中でボートをとめた。そこは、差し渡し150メートルほ
どもある島と島とのあいだだった。ボーイズがいるところからはなんの建物も
見えなかったが、ずっと向こうの島に、弱い明かりがポツンとついていた。

　アビたちが水かきのある足ですぐそばを泳いでいた。先ほどまで荒れ狂うよ
うに波立っていた水は、今は無気味に静かだった。嵐の前の静けさ。まだ午後
も半ばだというのに、垂れこめた雲が湖面に緑がかった影を投げていた。

「あいつらを巻いたね」

　ネスタは満足気に振り返った。

「うん。やったね」

　ケンもほっとしていた。

「怖かったーあ」

　ハリーは言いながら深呼吸した。

　イアンは試練のあいだじゅうショック状態だったが、ようやく目を開けた。
彼はなおもボートの縁をきつくつかんだまま、小言を垂れた。

「クソったれ！　何をしでかしたか、分かってんだろうな？　逮捕に抵抗したら確
実に犯罪だぞ」

「でも、オレたち、逃げ切ったじゃん」ネスタ。

「おまえはアホか？　言ってることの意味、分かってんのか？」

　イアンの声がどんどん大きくなるにつれて、ボートは激しく揺れた。

「警官たちは、オレたちがだれか分かっている！　グレイ島がどこにあるかも
知っている！　オレたちは死に体だ。それが分かんねえのか？」

「追われているなんて知らなかったと、言えば？」ケン。

「警官たちはオレたちを指差していた。なのに逃げた。故意に抵抗したんだぞ。
とんでもないアホ。　オレたち、撃たれてもしかたなかった！」

　イアンは今や絶叫していた。

「どっちにしろ、撃たれてたさ」ネスタ。

「で、強制収容所送りになっていた」ハリー。

「アホ。アホ。アホ。だれも収容所なんかに行かねえよ」

　イアンはハリーにも怒鳴った。

「あんたは白人だからね。それに、実際何が起きたか見てもいない」ハリー。

「そうさ、イアン。おまえは、ずっと目をつぶっていた臆病者だ」ケン。

「言ったろ？　それはオレの心理的欠陥なんだって」イアン。

「うん、言ってたな。おまえは頭おかしいんだ」ケン。

「オレが頭おかしいだとお？　おまえら、見てろよ。よくもオレをこんなことに巻きこみやがって」

「なんだとお？」

　イアンの言葉に気を悪くして、ケンが言った。

「ここへ来てから2日とたってないんだぞ。それなのに、おまえらときたら、もう国際事件にオレを巻きこみやがって」イアン。

「なーにほざいてんだよお！　とにかく、ここに来てからずっと、おまえの上から目線にはうんざりだ」

　ケンは向きなおって、真っ正面からイアンと鼻を突き合わせた。

「なんだとお？　上から目線だとお？　どこが？」

「オレたちを見下して話すことさ。偉そうに、すべてお見通し、みたいな態度で。おまえが何を考えているか分かってるぞ！」

　ケンはカッカきていた。

「オレが何を考えているって？」

　イアンは欲求不満をつのらせて言った。

「面倒を起こすグレイ島の有色人種の集団。そうだろ？　いつもオレたちを下に見る。おまえも、おまえのオヤジも、レッドネックの馬鹿野郎はみんなそうだ」

　ケンの不満が炸裂した。

「オレのこと分かってねえな！」

　イアンが大声をあげた。

「知りたくもねえ！」

　ケンが言い返した。

「ざけんじゃねえ！ このクソ野郎！」

　イアンは怒った勢いで立ち上がり、ケンを小突いた。ケンは狭いボートの前方に仰向けに倒れる。イアンがパンチを見舞う。ケン、身をかわして避ける。そのはずみでイアンはバランスを崩し、ボートの縁を越えて水中に飛んだ。

「うわあ！ イアンが落ちたあ」ハリー。

　ドラマ続きで、ボーイズはライフベストの着用を忘れていた。

「オレ、泳げない！ 助けて！ 助けて！」

　イアンは悲鳴をあげた。

「大変だ！」ネスタ。

「溺れるう！」イアン。

「分かった、オレが引きあげる」

　ケンは我に返った。彼は泳ぎがうまかった。ボートの最後尾に立ち、白いTシャツを脱ぐと身を躍らせた。ところが飛びこむとき、慌てて強く蹴ってしまったため、ボートは逆方向に振れた。

　ケンが飛びこむ――ネスタとハリーが反対側の水路に吹っとぶ。

　ネスタも泳ぎがうまかった。生まれ故郷ジャマイカのセント・エリザベスでは、エビや小魚を獲りに潜ったものだ。しかし、ハリーはそこまでのスイマーではなかった。

　一瞬の出来事で、考える暇もなかった。今、全員が水のなかにいて、何が何だか分からない。ようやくネスタとハリーが体勢を整えて、犬のように水を掻きはじめた。

「ありゃあ！ ボート！ ボート！」ネスタ。

「ひっくり返ってる！」ハリー。

　ネスタはすぐさま転覆したボートに泳ぎつき、何度も起こそうと試みる。

「だめだ。つかむところが何もないし、重すぎる」

　ネスタは空気を求めて喘ぎながら言った。

「ボク、もうあんまり長く浮いていられない！」

　ハリーが情けない声を出した。

「モーターをつかむんだ」

「プロペラを？」

ネスタの指示で、二人は転覆したボートの後方にまわった。

　一方、ケンはイアンを救うために奮闘していた。イアンの左腕を自分の首と肩にまわし、仰向けにして運ぼうという作戦だった。イアンはたくさん水を飲み、ぼんやりしていた。一方ケンも、冷たい水に飛びこんだため、左ふくらはぎの筋肉が攣っていた。

「助けて！ だれか助けて。イアンを運べない。足が利かない！」

　悲痛な叫びが、湖上にこだました。

　が、悪いことに、転覆したボートがバランスを崩しだした。先端がゆっくりあがり、45度ほどの角度に達した。そこでいったん動きをとめて、まるで最期の敬礼をするようにとどまっていたのだったが、やがてバターに刺さるナイフのように、水中に滑りこみはじめた。

「ちくしょう、ああ！ ボートが沈んじゃう」ネスタ。

「ああ、ごめん。ボクのせいだあ」

　ハリーはプロペラにぶら下がっていたことを悔いて、泣いた。

「もう遅い。沈んでいく」ネスタ。

「無理……ボク、もう泳げない。すごく疲れた」

「分かったよ。ハリー」

　ネスタはハリーのところへ泳いでいった。

「オレの背中につかまって。浮かせといてやるよ」

「わあ、ロマンティックだなあ」

「おっもしれー」

「あ！ あそこに明かりが見えるよ」

　ネスタの背中につかまったハリーが、500メートルほど離れたところにある灯火を見つけた。

「助けを呼ぼう！」

「助けてー！ 助けてー！ 助けてー！」

　ネスタとハリーはヒステリックに叫んだ。

　別のところでは、ケンとイアンが、もつれあいながら水をがぶ飲みして、「うがうがうが」と動物のような呻き声をあげていた。

　そのとき、ケンは不思議な光景を見た。イアンが水中でめちゃくちゃに手足

を動かしはじめたのだ。

「わあ、あんたが泳げるなんて！」ケン。

「学ぶに遅すぎることはねえだろ？」とイアン……が言ったような気がした。

「あんたの上達が速いといいな」

　ケンは皮肉を吐きながら、日が暮れて暗くなってきたなあと思った。

　遠くから音がした。それがだんだん大きくなって近づいてきた。

向こう岸

2010 年 6 月 30 日（水曜日）午後 4 時

　それは、古びた明かりだった。正面玄関のそばにかかっている黒い金属製の門灯。汚れたステンドグラスにはどの面にもヒビが入り、なかは昆虫の死骸とクモの巣でいっぱいだった。しかし、まだ現役だった。夜間、ポーチを照らすには十分で、ないよりマシの灯台みたいに、霧の日でも湖から光が見えた。

　わりと小さな別荘だった。木造の平屋で、屋根には緑色のこけら板、壁のあちこちは塗装がめくれていた。木製のポーチは腐って穴があき、足をとられないよう注意が必要だった。長年の猛烈な吹雪、風、ハリケーン、動物の侵入、シロアリにやられながら耐えてきた。土台は、すぐそばに生えているカエデの大木の、アナコンダみたいな根に押されてところどころ曲がっていた。

　内部は、外に負けず劣らずみすぼらしかった。フローリングは歩くとミシミシ音をたてた。壁のベニア板には、ジミイ・ヘンドリクスやボブ・ディランやニール・ヤングのポスター。6 人は座れると思われる木製の食卓テーブルは、オーク材を輪切りにした巨大な一枚板で、二つの丸太にのせられていた。丸く蛇行する年輪は、その木がこの世に存在した日の記憶だった。

　キッチンの壁ぎわには桜材でできた食器棚があって、世界じゅうの国々から集められたコレクションが並んでいた。食器棚は、銀製のハヌカメノーラ[59]で浄められていた。夕食時から就寝時まで、毎晩火が灯される。

59　Hanukkah Menorah：ユダヤ教のハヌカ「灯火の祭日」で使われる 9 つに枝わかれした燭台のことだが、小説のこのシーンでは日常的な 7 つに枝わかれした燭台。

ボーイズは寝室に寝かされていた。一部屋に二人。バスローブを着せられて、仰向けに横たわっていた。ひとりが眠りながらくしゃみをした。その声で、もう一人が目を覚ました。
「うえッ、ここはどこ?」ネスタ。
　ぼんやりした部屋の様子に、だんだん目が慣れてくる。彼はゆっくり起きて、居間に続くドアの方を向いた。意外なことに、まだ午後4時だった。あの最悪の事態から3時間だ。
「ネス、起きた?」
　イズィが声をかけた。立ち上がってネスタを助けおこし、居間の肘掛け椅子に連れてきた。
「気分どう?　大丈夫?」
「何が起きたんだい?　ここはどこ?　天国?」ネスタ。
「天国だと?」
　イズィは意味が分からず苦笑した。
「みんな死んだと思ってた」ネスタ。
「だね。死んだかと思ったよ……」ケンの声。
　彼も目覚めて、ネスタとイズィがいる居間にやって来た。
「おっ、ケンも気づいたか。大丈夫そうだな。君ら、ほとんど溺れてたぞ」
　イズィが説明した。
「まず、ボートの音がしてさ。そのうち、なんだかわめいたり叫んだりしてる声が聞こえてきた。初めは、泳いで騒いでいるだけかなと思った。でも、なんかおかしい。助けを呼んでいるみたいだった。それで見にいってみたら、君らを水のなかから引っぱりあげることになったんだ」
「そうそう。最初、オレたちを追いかけてきたケーサツかと思ったよ」
　ネスタが、記憶の断片をたぐりよせながら言った。
「ケーサツ?　追いかける?　んん?」
　イズィは意味が分からない。
「とにかく、ここに運びこむと同時に、みんな気絶してしまった。知った顔がガン首並べて、まあ、びっくりしたのなんのって!　いったい何が起きたんだ?」
「ボクら、湖に落っこちたんだってば」

ハリーもみんなの輪に加わってきて言った。イアンと一緒の部屋に寝かされていたのだが、イアンはまだ眠っていた。

「落ちた？　どうやって？　船着場から？　溺れる寸前だったぜ」

「ちがう、オレたち、ボートに乗ってたんだけど、転覆して沈んだんだ。オレのせいだ。ボートの上でイアンと喧嘩になって……」ケン。

「ボートの上で喧嘩？」

　イズィがあんぐり口を開けた。

「ちょっと込み入った話になる」ケンは言いよどんだ。

「馴染みのない土地で何やってたんだい？」イズィ。

「それも込み入ってる」ネスタ。

「ところで、まだＤが見つからないんだ？」

　イズィが沈んだ声で言った。

「あ、Ｄは一緒じゃなかったんだ。まだグレイ島のどっかにいるはず」ケン。

「じゃあ、とにかくアダムに電話だ」

　イズィは言って、アイフォーンを手に勢いよく話しだした。

「あ、アダム？　大丈夫。Ｄは一緒じゃなかった」

「どうなってんだ？　アダムってだれだよ」ネスタ。

「この別荘の持ち主。10 年前に、彼に売ったんだ。Ｄも君らと一緒だったと思って、湖まで探しにいってくれてんだ」

「ところで、イアンは？」ケン。

「まだ眠ってる。水をたくさん飲んで。しばらく休ませておこう。もし、まだ気分悪そうなら、明日、地元の病院へ連れていくよ」イズィ。

「んで、ここ、どこ？」ケン。

「なーに言ってんだ？　ここはニューヨーク州。君ら、こんなとこまで来てたんだよ」イズィ。

「ニューヨーク？　カナダじゃないのか？」ケン。

「そうか。ここがおまえらのアジトだな」

　ハリーが非難めかして言った。

「アジト？　なんの話だ？　頭でも打っておかしくなったか？」イズィ。

「ボクら、被害の状況を見にビッグズ島に行ったんだ。それで、警察から逃げ

なきゃいけなくなったんだ。おまえがやったことで」ハリー。

「なんだって？　僕が何をしたって？」

　イズィは半ば笑いながら言った。

「抑えて、ハリー」ケンがたしなめた。

「イアンの花火でビッグズ邸を爆破したろ？　ほんとのこと吐け！」

　ハリーが問いつめた。

「なんと……」

　イズィはやれやれという顔になった。

「ビリーの別荘で議論になったあと、おまえは花火を積んだまま、ボートでビッグズ島へ行ったんだろ？　最初からそのつもりだったんだろ？」

　ハリーは咳きこんで、着せられていたバスローブの袖で口をおおった。

「いったいぜんたい、正気か？　ええっ？」イズィは叫んだ。「ご参考までに、教えといてやろう。ビッグズ邸の爆発は、なんらかのガスもれだった。アダムと僕には、今朝、ニューヨーク警察から連絡が入ってたよ」

「ガスもれだとお」ネスタ。

「そのアダムとやらはどこの出身？」ケン。

「おそらく、イズィの裏組織の一味さ」

　ハリーは、イズィの説明に納得なんかしていないことがありありだった。

「友だちのアダムのこと？　ハーバード時代からの知り合い。アダムは医者で、シルバーマン・ファウンデーションの創始者。すごく有名だよ」

「ユダヤ人だろ？」ハリー。

「うん、そうだよ」

　イズィは大笑いした———「それで？」

「何の問題もないよ」ネスタ。

「アダムと僕はいい関係だよ。すごいヤツなんだ。ハーバードでは、いろいろ助けてもらった。僕はシャイなガキでさ、アダムは何かと連れまわしてくれて、人生についてたくさん教えてくれた」

「しかし、おまえは旅のあいだじゅう変だった」ハリー。

「どんなとき？」

「旅のあいだじゅう、ずっとだよ。車のなかで、みんなと付合わなかった。知

らない友だちを連れてきても、紹介しようともしなかった」

「モントリオールでのこと？ 僕をホテルに送ってきてくれた人たちのこと？」

「そうだよ、なんでボクらに紹介してくれなかったんだい？」

「うん、あのときは、ほんとうに言うことができなかった。というのは、あのなかの一人は、僕のフィアンセの兄なんだ。ハーバードの古い友だちでね。彼が、妹を僕に紹介してくれてたんだ」

「フィアンセ？」

　ネスタはずっこけた。

「そう。僕のフィアンセはモントリオール育ちなんだ。それで、あの日の前の晩、彼女の兄と一緒に、初めて両親に会ったのさ。フィアンセは、仕事の都合でモントリオールまで来られなかった。それで、兄が面倒なことを一切合切引き受けてくれたんだ。この婚約に、両親はそんなに乗り気じゃなくて。言わなかったのは僕が悪い。でも、まだどっちに転ぶか分からない状況だったんでね。これ以上ないくらいナーバスになっていた。それに、この旅行を私事に利用していると思われたくなかったし。ごめんよ」イズィ。

「それでやっと分かったよ」ケン。

「彼ら、ちょっと怪しい感じがしたんだ」ハリー。

「怪しい？ テロリストとか、なんかそんな感じ？」

　イズィはガラガラと笑った。

「年取るにつれてどんどん偏見をもつようになる、みたいな話だな」

「悪かった。知らなかったんだよ。何もかも誤解」ケン。

　ハリーは急に静かになった。

「まあね、世の中には誤解が多すぎる。こういう誤解が現実に人を傷つけることだってある。ちゃんと分かってないといけない。君らだって、固定観念で判断されたり、プロファイリングされたら、な？ 面白くないだろ？」イズィ。

「実は今朝、おまえがいないとき、おんなじことを話してたんだ。オレたち、すっかり変わっちまったな、って」ネスタ。

「それ、それ！ そういう偏見はメディアから学んだんだよ。テレビ、インターネット、映画。特定のグループをスケープゴートにして、分断させる狙いもある。*selling fear*（恐怖の押し売り）とか *generating hate*（誹謗中傷）ってヤツ

さ。利益と視聴率稼ぎが大好きでさ。政治家のなかには、即、集票だと思ってる輩もいる。ブギーマン[60]を捕まえろ、じゃないと、ソイツがおまえの家を燃やしちゃうよ、仕事も盗られて、家族が殺られちゃうよ、だからオレに投票しろ、ってね。恐怖！ 恐怖！ 恐怖！ 分断と制圧だ。財産、土地、ライフスタイル、自由、地位を失う恐怖なんだね。その結果、外国人恐怖症、偏見、人種的憎悪が蔓延する。だから、9/11が起きたとき、僕みたいな平和主義者たちは板ばさみにあったんだ」

　イズィが真剣な顔で言った。

「そうだね。思い出すよ」ネスタ。

「そういうメディアの描写がいつまでも続いて、激しかったから、インテリ層で、普段は寛容な人たちでさえも影響された。君らのうちにも、そういう人がいるらしいもの」

　イズィは皮肉をこめて言った。ハリーは黙って聞いていた。

「今、公平に見ると、こういうことに同調せず、僕たちを支えてくれた立派な人々もたくさんいた。特に大学にはね」イズィ。

「うわあ、第二次世界大戦中に、日系カナダ人に起きたことと似てる」ケン。

「皮肉にも、アダムと僕の絆はそこなんだ。彼の民族がひどい目にあったから、僕の気持ちを理解してくれている」

　長い付合いのなかで、イズィがここまで喋ったことはなかった。

「興味深いね」

　今度はケンが説明する番。

「第二次世界大戦後、解放された日系カナダ人は社会からパージされて、仕事にも就けなかった。トロントで日本人に援助の手を差し伸べてくれたのは、ユダヤ人のコミュニティだったんだ。彼らも苦しんだ経験があるから、オレたち日系人の苦境を察してくれたんだ」

「でもさ、なんのかんの言ったってさ、ボクはもう、おまえが言うことは何も信じられないんだ。イズィ」ハリー。

「どうして？」

「だっておまえは、40年間も、ボクに嘘ついてたから」

60　boogieman：子どもたちが信じる伝説上の妖怪。人さらい系のストーリーが多い。

「どうしても僕を赦す気にはなれない？ 過去のことはどうしようもない。でも、ほんとうに、ほんとうに、ずっと後悔してきた」

　イズィは苦しい胸の内を打ち明けた。

「僕にとっても恐れだった。父はそのとき、どうしようもなく落ちこんでいた。すごく長時間、一生懸命に働いても、テーブルに家族のための食べ物を置く余裕さえなかった。英語がおかしいという理由で、仕事仲間からよくからかわれていた。父は、バングラデシュの大学から博士号を取得していた。それなのに、毎日倉庫で、トラックの荷降ろしをする羽目になった。一度なんか、ソイツらが父を日がな一日、物置に閉じこめたことがあった。帰宅したものの、ノイローゼになっていた。自殺しようとしたのは、そのときだった」

「知らなかったよ……」ネスタ。

「皮肉なもんでさ、同僚たちのほとんどと、マネージャーの全員が東アジア人でね、父はどんなに頑張っても、英語が下手で昇進させてもらえなかった」

　こういうことまで、イズィは話すつもりじゃなかった。しばらく中断して、また意を決して話しだした。

「それに、弟には障がいがあった。そのことでウチの家族は、精神的にも経済的にも余計な負担を抱えていた」

「ラジだろ、知ってるよ。いい子だった。よく一緒に泳ぎにいったよな」ケン。

「そのころつるんでいたタウンハウスの子は兄弟だった。もう名前も思い出せないけど、僕には親切で、東アジアの子を憎んでいた。なぜなら、彼らの父親の工場が閉鎖に追いこまれて、仕事を失ったからなんだ。ソニーとか東芝とか日系企業が台頭してきて、古き良きアメリカの会社を廃業に追いこんでしまったものだから、あいつらの父親は相当頭にきていた」

「じゃあ、ハリーじゃなくて、オレをいじめるべきだったね」

　ケンは言いながら含み笑いをもらした。

「父親たちの経験から、その兄弟と僕には共通の敵がいると思いこんでしまった。それが君をいじめた理由だ。君でも、ケンでも、ほかの東洋人の子でも、だれでもよかった。君への個人的な理由からじゃない。1、2か月ほどで、あの連中とは付合うのもやめた。あいつら、今度は僕をなぶりだしたからだ」

　子ども時代にイズィが背負っていた苦しみを、ボーイズは知る由もなかった。

「でも、君らと友達になってから、僕は立ちなおった。仲間に入れてくれたのはビリーだ。フレモでの経験で、僕はまっすぐになれた。もし、フレモの子じゃなかったら、ハーバードにも行けてなかっただろう」

「そうかあ。お互いに苦労があったみたいだね。だから、オレたちユニークなんだ」

　ケンは、自分の半生を思いながら言った。

「だね。オレたちの仲間から、頭良くてクリエイティブなのがいっぱい出たもんな」ネスタ。

「あとで仲良くなったとき、ハリーにしたこと、とても言えなかったよ。君っていう友だちを失いたくなかった。そのことを思うと辛くて、記憶から締めだしてきた。そして今日に至った。『ごめんな、ハリー』ということ以外、何を言ったらいいのか分からない」

　イズィはそう説明して、少し涙を浮かべた。すごく長い沈黙があった。

「ボクもごめんね、イズィ」

　ついにハリーが震え声で言った。

「ボクもバカだったけど、イズィ、そっちもバカだった」

「そう、ば——か！」

　イズィには不似合いな言い方で、ボーイズはひぃひぃ笑った。

　外では空がさらにさらに暗く重くなって、遠くから嵐の前触れが聞こえていた。黙りこくったまま、ボーイズは車座になっていた。子どものころよくやったように。

「オレたちさ、元のところに戻らなくちゃいけない」ケン。

「絶対に」ネスタ。

「そうだね」ハリー。

「よし、グレイ島に戻ろう。ビリーを待たせておけない」

　イズィが言った。

第 12 章
イズィ
1964 年 3 月 11 日生まれ／魚座／血液型 A

ブルーバードの囀り

2001 年 9 月 11 日（火曜日）午前 12 時 00 分　37 歳 6 か月

　2001 年 9 月 11 日火曜日、正午。3LDK の僕の家のまわりでは、高い松の木々からブルーバードのやわらい囀りが「ちいちい」と聞こえていた。深い青空から太陽が降りそそいで、気温は 23℃。パリッと澄んだ空気には一滴の湿気もなかった。午前中いっぱい、貿易センタービルへのアタック報道に釘付けになっていた。まだ詳細は分からなかったが、家を出る時刻になった。愛車の SUV を起動させると、ブルーバードがいっせいに飛び立った。

　大学に着くと、授業までまだ時間があった。ロチェスター大学リバー・キャンパスは、町の中心部からおよそ 3 キロのところにあって、蛇行するジェニシー川ぞいにある。1930 年に建てられたラッシュ・リーズ図書館は、目の醒めるような建物で、キャンパスの目玉になっている。

　ロチェスターはオンタリオ湖をはさんでトロントの対岸にある。ここも歴史的な町だ。先住民族のセネカ族 [61] とイロコイ連邦 [62] の人々が住んでいたところで、ピューリタンの入植はそのずっとあとだ。元奴隷だったフレデリック・ダグラス [63] は、奴隷制度廃止運動の新聞 *The North Star* をこの地で発行した。スーザン・B・アンソニー [64] は女性参政権獲得に尽力した国家指導者だが、ロチェスターを活動拠点とした。黒人奴隷たちを密かに自由の国カナダへ逃がすため、秘密結社 *Underground Railroad* [65] の重要な基地もロチェスターにあった。

61　Seneca；セネカ族。ニューヨーク州北西部ロチェスター近郊に居住していたアメリカ・インディアンの一大部族。イロコイ連邦の主力メンバーだった。

62　Iroquois Federation；イロコイ連邦。五大湖湖畔のカユーガ族、モホーク族、オナイダ族、オノンダーガ族、セネカ族の 5 つの部族に、18 世紀前半にタスカローラ族が加わって「6 Nations（6 部族連合）」となり、今なお強固に結束している。結成を主導したデガナウィダとハイアワサは、「Grand Peace Maker」と称えられている。

63　Frederick Douglass（1818 年 - 1895 年）；奴隷制度廃止運動家、新聞社主宰、政治家。

64　Susan Brownell Anthony（1820 年 - 1906 年）；公民権運動指導者。アメリカ合衆国における女性参政権獲得に尽力。

65　*Underground Railroad*；秘密結社「地下鉄道」。19 世紀に、奴隷制が認められていたアメリカ合衆国南部諸州から、奴隷制の廃止されていた北部諸州、さらにカナダまで亡命することをサポートした組織、およびその逃亡路。

僕は数学学部の研究室の机に座り、ノートをさらった。今日は前回の授業に関する小テストをして、線型代数学に進む予定。ド近眼のフィル・コーエン博士が、僕の右隣の机に座っていた。彼は代数学が専門の、背の高い、みすぼらしい感じのユダヤ人。ぶ厚い黒いフレームに牛乳瓶の底のようなレンズ、櫛も入れていない縮れた茶色の髪は薄くなりかけていた。

「線型代数学について、なんかアドバイス、ある？」

「線型……って、何？　ん？」

　フィルは支離滅裂。

「線型代数学。今日、初めて教えるんだ」

「ああ……いいねえ……大丈夫……やりたいように」

「何言ってんの？　フィル、起きて！」

　僕は彼の顔の前で手を振ってみたが、彼はモニタをじっと見ていた。

「地球よりフィル博士へ。地球よりフィル博士へ」

「ああ、ごめん。なんか言った？」

　フィルは明らかに上の空だった。僕にはその正体が分かりはじめていた。

「何見てる？　フィル」

「貿易センタービルへのアタック。おお、怖！」

「見た、見た。今朝。君はそのとき講義中だったのかい？」

「うん。……線型代数学202」

　フィルのつぶやきに僕は笑ってしまい、皮肉っぽく頭を振った。

「それで、最新のニュースは何？」

「ジョン・マケイン上院議員が、これは戦争行為だ、と言い切ったところ」

「そっか、マケインがね」

　僕は共和党ではなく、民主党のアル・ゴアを支持していた。環境問題に関する彼の政策から。が、カナダ人だから、選挙権がなかった。

「とにかく、行かなきゃ。線型代数学についてアドバイスありがとう」

「もちろん、いつでも」

　フィルは振り向きもしない。何を言ってもこりゃだめだ。

　今日のクラスは、約150人収容の講堂で行われる。部屋の奥まで半円形に席が5列、だんだん高くなっていき、円形劇場風になっていた。ギリシャの哲学

者みたいな気分にさせてくれるから、僕はこの教室が好きだった。

　始業5分前、75人のはずが3分の1ほどしかいない。もう少し来るかなと期待したが、ベルが鳴ったので小テストの用紙を配った。

「いいかな、みんな。今日は、前回学んだ計算式についての小テストから始める。小テストは30分くらい。何か質問は？」

　学生たちから、ささやくような声で同時に「ありません」と返事がきた。

　25人の学生。これは、非常に小さなクラスだった。この大学で教えた最も小さなクラスの一つ。明らかに、何かが起きていた。

　30分後、僕は全員のマークシートを集めて教卓に戻り、空席の目立つクラスを見まわした。大部分は留学生だった。中国とインドからの学生は普段通り出席していた。最優秀学生のクロアチア人の女の子もいた。彼女の家族全員が内戦で死んで、アメリカ人の家族の養子になっていた。頭のいいケニヤ人の若者と、父親が軍のリーダーだというナイジェリア人の女の子も見かけた。アメリカ生まれの学生はほとんどが欠席で、例外は2、3人だった。

「さて、小テストについては、全員特に問題はなかった思うけど？」

「むずかしかったです」

　中国人の男子の一人が言った。

「アビーはどうだった？」

「問題ありません。簡単でした」

　ナイジェリア人の女の子の答えに、クラスがなごんだ。

「オーケイ、何か質問は？　ない？　では、先に進む。今から話すのは……」

と言って、僕は板書しはじめた。

「線型代数学。だれか、これ、なんのことか説明できる？」

　ボビー、インドの男の子が手をあげた。

「はい、ボビー」

「一種の幾何学で、ベクトル空間の線型関数です」

「そのとおり。ありがとう、ボビー」

　答えながら、ケニヤからの男子留学生が上の空なのに気がついた。

「サミュエル？　線型代数学について君の見解は？」

　彼は前のめりにパソコンを凝視していた。

「線型代数学とは何か、君の見解を聞いたんだよ。どうした？」

「それは、ベクトル空間に共通の特性をもつ場合の、線と平面と部分空間の学問です。多次元表現のために、二次元の推論を定式化します」

　サミュエルは才能のある学生だった。が、どうにかしないと、集中力がもちそうもない状態になっていた。僕も、ニューヨーク・シティで何が起きているか知りたかった。

「で、何がそんなに重要なんだい？　ベクトル空間について考えられなくなってるようだが、ん？」

「すみません、先生。ものすごくひどいことがたくさん起きているので」

　サミュエルは認めた。

「やめる！」

　僕は自分の好奇心を隠しながら言った。

「じゃあ、ほかにもインターネットを見たい者はいるか？」

　手があがった。そして、また一人、また一人、とうとうクラスじゅう、ニューヨーク・シティの事件で上の空になっていることが明白になった。

「ま、少なくとも、君たちは出席してくれたから、ご褒美としてインターネットの閲覧を認める。で、みんな、両親や家族に自分の無事を連絡したかい？」

　「はい、しました」と「今、やっているところです」という答えが、バラバラに来た。

「ラヒム先生」

　アメリカ人のジャックが手をあげた。ボストン出身。彼は、ある名前を口にして、だれかと聞いた。私には既知の名前だった。

　その瞬間、心臓がとまり、僕はマネキンのように固まった。動けない。握り拳の内側には冷や汗。心臓はハンマーで打つようにドキドキしていた。学生たちの顔がぼんやり遠のいていく。目眩。

　2、3人の学生が寄ってきて、僕を支えてくれた。それまであえて無視してきた潜在的な恐怖が、突然あらわになった。今朝からずっと、このアタックは国内の事件であってくれと願ってきた。が、ジャックが、首謀者らしいとしてその名前を口にしたときから、世界は二度と同じ状態には戻れまいと思った。僕は教卓の木の椅子に前かがみに座った。

「先生、大丈夫ですか？」

　ジャックは言いながら僕を支えて、まっすぐ座らせてくれた。

「うん、低血圧。それだけだ」嘘をついた。

「汗びっしょりですよ。ラヒム先生。ナースステーションに電話をしましょうか？」アビー。

「いや、いや。大丈夫。ときどき起こるんだ。ごめん。ここはどこ？」

　そのころには、学生全員が僕のまわりに集まってくれていた。

サタデー・ナイト・フィーバー
1971 年 11 月 13 日（土曜日）午後 7 時 30 分　7 歳 8 か月 2 日

　僕の部屋の西の窓、夕日。オレンジと紫の雲がだんだん広がって、空のほとんどをその色に染める。お父さんは、アパートの居間でお母さんに怒鳴っている。やめて！とお母さんが頼んでいるが、お父さんはなおも怒鳴ったり、わめいたりしている。突然、皿が粉々に割れる音がした。僕と弟は寝室で、おびえたウサギのように震えている。ドアは閉まっていて、音は多少は弱まって聞こえるが、ほんの少しだけだ。

　僕と弟のラジはベッドカバーの下に隠れる。ラジはカナダ生まれだからベンガル語が分からない。弟が泣きだす。まだ 4 歳だ。僕は 7 歳。だから、僕は弟を守らなければならない。ラジには障がいがあり、僕が必要なんだ。二人ともお腹がぺこぺこだ。お母さんがさらに大声で叫ぶ。僕は出ていきたいけど、そんなことをしたらお父さんに怒られる。お母さんが泣くときはとっても嫌。また、カシャンという音がする。今度はガラスだ。僕は耳を手でおおう。それでも音はまだ聞こえる。聞こえなくするために、頭のなかで叫ぶ。ちょっとマシ。それで、やり方をラジに教える。大きな目をして弟が真似をする。弟の笑い顔を見るとほっとする。僕らは口は閉じてもっともっと叫ぶ。ラジが笑いころげる。僕らはお腹が痛くなるまで笑う。

　部屋の外はしーんとしている。僕らは耳をおおっていた手をはずす。ベッドから出て、寝室のドアまで這っていった。ドアを少し開けて見る。お父さん

はどこ？ お母さんはどこ？ いた！ お母さんはキッチンを掃いている。お父さんの姿が見えない。出かけたのかな？ 僕はラジのところに戻って、OK のサインをする。弟もベッドから出てくる。微笑んでいる。

突然、お母さんがまた叫ぶ！ お父さんに向かってわめいている！ 僕のところからは見えない。お父さんは聞いたこともない声で話している。泣き声かな？ ああ、やめて、お父さん。泣くなんて。お母さんがお父さんに何かお願いしている。どうしたんだろう？ そして、僕の名前を叫んでいる！

《イシマエル！ イシマエル！ 来て、お父さんを助けて！ イシマエル！》

僕は起きて、居間に続くドアをバーンと開ける。お父さんさんはどこ？ お母さんはどこ？ 二人ともバルコニーだ。行かなきゃ。

《お父さん、だめ。お父さん、だめ。ここは 14 階だ！ お父さん、やめて》

僕はお父さんにむしゃぶりつく。引っぱる。もっと引っぱる。お母さんはお父さんにしがみついている。ラジも来ている。彼は小さすぎる。力も足りない。危ない。弟がか細い声で「パパ、やめて」と泣く。僕は強く引っぱる。引っぱって、引っぱって、引っぱって……。突然、お父さんが力をぬいた。そのままバルコニーの床に崩れ落ちて、枠にもたれかかる。お父さんの胸はものすごく波打っていて、口はハアハア言って、体は葉っぱのように震えている。そして、すごく泣いている。涙があふれて、大きくて立派な顎ひげに雨粒のように落ちる。僕はお父さんを抱きしめる。ラジもお父さんを抱きしめる。お母さんはバルコニーの向こう端に倒れている。僕がもっと強くお父さんを抱きしめると、ラジも同じようにする。

だらりと垂れていたお父さんの腕が、やっと動いて、僕たちを抱きしめる。抱きあって、僕たちはじっとしている。お父さんが言う。

《もう大丈夫だ。何もかも、もう大丈夫だよ》

暗くなるにつれて雪になった。初雪だ。僕たちが抱きあっているところに大きい雪ひらが降ってくる。ラジがその一つを口でキャッチしようとする。できた。僕はお父さんから離れない。またやりかねなくて怖いから。30 分くらいしてから、とうとうお父さんが「家に入ろう」と言う。僕たち、風邪をひきそうだ。

《イシマエル。座って》

　母と弟を寝室に行かせてから、お父さんが僕を呼んだ。

　僕は、ソファーに座った。僕の手はまだ震えていた。夕ご飯ぬきだったことも忘れていた。木の肘掛けがついたソファーはすごく硬くて、ベンチのようだった。薄っぺらいクッションが二つ置いてあったけど、座ると木の骨組みがモロお尻に当たった。前の持ち主の犬の臭いもした。

　お父さんは立ち上がって、手と顔を洗いにいった。片方のてのひらが血まみれだった。寝室のドア越しに、お母さんのすすり泣きが聞こえていた。ラジは自分の部屋に追いたてられたけど、ドアの隙間からのぞいているのが見てとれる。寝る時刻はとっくに過ぎて、明かりは消してあった。お父さんがドアを閉めなおしても、またそっと隙間が開いた。

　弟には半身麻痺がある。赤ん坊のときポリオにかかり、右足が左より短かった。家族のだれもそのことに触れなかったから、弟は気にしていなかった。ストリート・ホッケーをするときは、走る代わりにスキップをした。お父さんは、もし前の国にいたら、ラジはちゃんとした治療が受けられなかっただろうと言っていた。本当は、追加費用をかければ、もっとやれることがあるんだけど、ウチではできないんだ、って僕は知っていた。両親はそれを悩んでいた。

《イシマエル》

　お父さんは母語のベンガル語、つまりバングラデシュの公用語で言った。

《私は少し疲れていて病気なんだ。君とお母さんを煩わせてごめんよ。これは、いい人間になるために、ときどき大人たちがやることなんだ。今、さっきよりずっと気分がよくなったから、心配しなくていいよ》

《うれしい。ちょっと怖かったけど》

《この先も、怖いことにたくさん出会うだろう。いろんなことを経験すればするほど、君は強くなる。君は長男だ。何も怖がってはいけない。弟の面倒をみなければならない。ときどき私は怒るが、それは君にプラスになる。それで君は強くなれるから。分かるか？》

《はい、お父さん》

《人生に公平なものは何もない。何もかも自分の思うとおりにいかないだろう。しかし、君は人の2倍努力して、乗り越えなければならない。私は、バングラ

デシュでは頭脳明晰と言われた。みんなから尊敬されて、教授にまでなった。バングラデシュでは科学者だった。知っているよね？》

《はい、お父さん》

《今、私は愚か者と言われる。負け犬だ》

《それは違うよ。お父さん、そんなこと言わないで！》

《君たちと、お母さんを幸せにしたいだけなのに、期待を裏切ってしまった》

《お父さん、そんなことないよ！》

《いずれにしろイシマエル。一つ、約束してほしい》

《はい、お父さん》

《一生懸命に勉強すると約束しておくれ。カナダの言葉を、カナダ人よりもうまく話せるように勉強する、と。分かったかい？　それから、学校で１番になると、約束しておくれ。怠けちゃだめだ。いいかい？　最高の大学に入るんだ。そして、だれからも、バカだの、役立たずだのと、後ろ指差されないように》

《はい、お父さん》

《よーし。じゃあ、ゴミを捨ててきて》

《はい、お父さん》

　僕は立ち上がってキッチンに行き、壊れたグラスやお皿を用心深くビニール袋に入れて、古新聞で包んだ。それをもって、エレベータホールにあるトラッシュ・シュートに向かった。途中で、カンボジア人家族の家のドアが少し開いているのに気がついた。僕は近づいてのぞいた。僕ぐらいの年の小柄な少年が、家族に囲まれてソファーに座っていた。ものすごく幸せそうで、部屋の様子も楽しそうに見えた。僕の家もあんなだったらいいなあと思った。

　そのとき、少年がこちらを見たので、僕は歩いている振りをした。そのまま、トラッシュ・シュートに行って、ビニール袋を投げ入れた。ゴミが14階の高さを落ちていき、地下のゴミの山に叩きつけられるのを聞いていた。

　その後も、お父さんは倉庫の仕事を続けた。でも、背中を傷めて、ショッピングモールの警備員の仕事に替わった。収入は前よりもっと減った。僕が12歳のとき、お父さんはもう１回、バルコニーでスタントマンもどきをやった。幸運にも、僕はまたしてもその場に居合わせた。前より大きく強くなって。

アイビー・リーグ

1983 年 9 月 10 日（土曜日）午前 10 時 30 分　19 歳 5 か月 30 日

　ハーバード大学での最初の年が始まる。アメリカ人なら「フレッシュマン」とよぶ。カナダでは「1 年目の学生」とよぶだけで、「フレッシュマン」がはめたりするカレッジ・リングのようなものもない。

　ハーバードの一員になることは、長いあいだの夢だった。この伝説的な最高学府から入学許可が出るなど思ってもみなかった。しかし、フレモの家に手紙が届いて、弟が読みあげたとき、僕は父愛用のソファーに飛びこんで、喜びの唸り声をあげた。試合に勝ったプロレスラーがロープにのぼって発するような。

　母は泣いた。いつもはネクラな父もめちゃくちゃ顔をほころばせて、プライドをこめて激しく握手した。高校では首席で、数学学部の推薦状ももらっていた。だが、ハーバードの教授面接はまったくひどいものだった。僕のやる気も業績も大して認めようとせず、僕なんかぜんぜん特別じゃないとでも言いたげに、ただ標準的な面接に終始していた。だから、何百人もの申請者のなかから選ばれたとき、どんなに有頂天になったか想像つくだろう。

　ハーバード大学に入ることで、今まで犠牲にしてきたことがすべて報われた。夜遅くまで教科書や数式にかじりつき、社交的な行事やパーティをパスし、友だちや恋人をつくる機会も失い、ホッケーの観戦やコンサートに行くこともなく、周囲とのつながりを断ってきた。同年代の子どもならとっくに経験しているようなことにも、本質的に初心だった。

　3 年間の高校生活のあいだ、僕は事実上世捨て人で、ガリ勉のバングラデシュ・オタクだった。幼なじみの仲間にも、滅多に会わなかった。ビリー、ケン、ネスタ、ハリー。彼らもそれぞれ自分のことで手いっぱいだった。

　今日は、いよいよ寮に引っ越す日だ。それは、マンションタイプの複合型集合住宅で、ピーボディー・テラスとよばれていた。1964 年の建設。背の高いのと低いのと、いくつかの建物の複合体。外側はレゴ・ブロックのようなモダンな形、それでいて内側は何か別のドームのようだった。

それはケンブリッジ地域にあって、チャールズ川とシティ・パークを見渡せる場所に立っていた。僕の部屋はいちばん高い建物の一角にあって、16階。そこにはすでに住人がいて、医学生だという話だ。社会生活のスキルにさほど自信はなかったが、親から離れて新生活をスタートさせることにワクワクしていた。天気はこの上なくマイルドで、新たな門出にぴったりだった。

　前日にボストンに着いて、ホテルで1泊した。前の入居者が、契約上は今日の午前9時まで部屋を借りていることになっていたからだ。僕は、衣類や洗面具でぱんぱんになった大きなバックパックに、あらゆる希望や夢もつめこんで到着した。ほかのものは、翌週、郵便で届くことになっていた。

　エレベーターから降りて、自分の部屋、1606号室を探した。最初、間違った方向に行って、ようやく探し当ててみると、傷だらけの木製ドアの向こうから、やかましいロック・ミュージックが聞こえてきた。管理事務所でもらった鍵でドアを開けると、ばかデカい音があふれ出てきた。マイケル・センベロの*Maniac*。だれかが大声で歌っていた。

　僕は奥へ進み、リビングルームまで来た。そこで出くわしたのは、肩まで伸びた茶色いカーリーヘアの青年が、掃除機のホースを抱えてエア・ギターを弾いている姿だった。掃除機がウオンウオン鳴っていた。彼は僕の方に背を向けて、全身サイズの鏡に向かってがなり立てていた。

「エクスキューズミー」

　僕は声をかけてみた。音楽がやかましくて返事はなかった。

「エクスキューズミー！」

　もっと大声で言ってみた。まだ返事がない。掃除機の雑音も加わって、部屋じゅう耳をつんざく大音響だ。

「ヘイ、エクスキュウ──ズミー！」

　どうしたものかと迷いながら、大声で叫んだ。今度はやっと聞こえたようだ。彼は掃除機のホースをうんざりした体（てい）で床に投げ、振り向いた。

「このドアホウ、まだいたのか！」

　明らかに僕を別人と勘違いしているようだ。

「ごめん、邪魔して。僕、ここの新入り」

　するとヤツはじっと僕を見た。

それから部屋のいちばん奥の角までハードウッドの床をスライディングして
ステレオを消し、またソックスの足でスライディングして戻り、掃除機をオフ
にした。ついで、ちょっとばかり黒ずんだ手を薄汚いジーンズで拭いてから、
ボーイ・スカウトのようにシャキッと体を伸ばし、白い歯を見せてあたたかく
笑った。長いまつげの奥で、瞳がきらきらしていた。
「うわあ、ごめん。前のルームメイトだと思ったんだ」
と、ヤツは言った。
「とんがった、ヤな野郎でさ。出てってくれてうれしいよ。あいつはもう戻っ
てこねえ」
　ヤツはまた走っていき、コリドー（通路）を半分くらいまでスライディング
して、ドアの一つを開けてのぞくと、戻ってきた。
「よし、あいつのものは全部なくなっている。ありがてえ。あいつはオレをイ
ライラさせた。まったくつまんねえ野郎でさ。オレの音楽を嫌うから、ボリュー
ムいっぱいに上げて、キレさせてたわけよ。で、君が新しいルームメイト？」
「そう、名前はイズィ」
　僕は彼の方に手を伸ばした。彼はもう一度ケツで手を拭いて、握手した。
「オレ、アダム。君が音楽好きだといいな。もしそうでなかったら、問題が起
きるかも。ああ、靴を脱いでくれなくちゃ。そこ、もう掃除済みなんだ」
「わあ、ごめん」
　僕はあわてて靴を脱いで、片方の手にもった。
「ついて来て」
　アダムは僕を、ついさっきチェックした空き部屋に連れていった。
「ここが君の部屋。掃除しておく約束になっていた。でも、早く来ちゃった」
「このままでいいよ」
「掃除のバイト代、もうもらってんだ」
「取っといて。なんの問題もないよ。この部屋、すごくきれいだ」
「うん。ヒューバートはかなりきれい好きだった。それは認めるよ。すごく気
むずかしくて、なんのかんのうるさいんだ。フランスからの交換留学生だっ
た。オレたちは現代版の *Odd Couple*[66] だったよ。オレは超クールで、あいつは

66　*Odd Couple*：『おかしな二人』。1968 年のアメリカ映画、のちにテレビドラマ化もされた。

バカ。やってけるはずがなかった」

　そこで僕も、クールでリラックスしているヤツだと見せたくて、無造作にベッドの上にバッグを放り投げた。僕自身はぜんぜんリラックスしていなかったが。

　新しい自室はほどよいサイズだった。そして、普通サイズのベッドと、小ぶりの机と引き出し、それにクローゼットがついていた。この建物は全戸二人部屋で構成されていて、ひと続きになったリビングルームと食堂、独立したキッチン、バスルームと、広々としたバルコニーがあった。バルコニーからは、右手にはボストンの市街が、左方向には広大なチャールズ川がはるかかなたまで蛇行して消えていくのが見渡せた。

　リビングルームはなんだかがらんとしていて、ベージュ色のソファーと茶色の肘掛け椅子だけ。あとはテレビ、ステレオ、サイドテーブル、それに本のつまった本棚があるくらいで、白い壁にはサイケデリックなアクリルの絵がかかっていた。

「それで、君はどんな音楽が好き？」

　リビングルームに戻りながら、アダムが尋ねた。僕はソファーに座り、アダムは食堂の椅子を引きよせて、後ろ向きに座った。

「うーん。実はなんでも。ミュージシャンの友だちがいてさ」

と、ネスタとケンのことを言った。

「君もやるんだろ？　オレは、楽器は弾かないけど、どんちゃん騒ぎが好きでさ、ちょっと歌う。あ、これ聞いてみて」

　アダムは部屋の隅に置いてあるステレオに行き、ケースを開けて CD を取りだした。

「CD って聞いたことある？　音がすごくいいよ。傷とか何もないし。この CD プレーヤー、オヤジが送ってくれたんだ。ものすごくいいぜ」

　アダムは、テレビの下のプレーヤーに CD をセットした。レゲエの曲だった。

「この曲、知ってる？　UB40 の *Red Red Wine*。いいだろー？　え？　こいつら、ジャマイカ人みたいだろ？　な？　イギリス出身の白人さ。信じられる？」

　アダムがボリュームをいっぱいにあげた。低音が僕の胸にガンガン響いた。

「で、どこの出身？」

「トロント」

「トロント？　大都会だ。そこに親類がいる。オレは生まれも育ちもボストンだけど、高校はニューヨーク。ウチは何世代もボストンに住んでいる。ボストン訛り、分かる？」

「そう言えば」

　特徴的な鼻にかかった母音は、ジョン・F・ケネディ大統領を思い出させた。

「そう、オレは典型的なボストンのユダヤ人！」

　アダムは笑って言った。背はおよそ170センチ、ガッチリした体で、ロックスターのような長い縮れ髪をしていた。生意気だけどすごくフレンドリー。

「へえ、そうなの。ボストンに来たのは初めて。ニューヨークには何回も行ったことがあるよ」

　僕はそこで話題を変える。

「あすこで、従兄弟がモスクをやってるから」

　身を固くして待つ。アダムがどんな反応をするか、少し心配だった。

「いいね、ニューヨークのどの辺？　クイーンズ？」

　アダムは僕らの違いにまったく無頓着だった。

「実はマンハッタン」

「ああ、そこ知ってるよ、たぶん。君の家族はどこの出？　パキスタン？」

　僕は、アダムの寛大さに感動した。それから、僕のバックグラウンドを推測する鋭さにも。彼の低くてハスキーなバリトンは、ティーンエイジャーのではなく男性の声だった。半ば伸びた顎ひげは、彼を実年齢よりも世慣れした大人に見せていたし、その縮れた長髪は、トロントから出てきた19歳の若造の目には、まるで英雄のように映った。僕にとってアダムは、これまで出会ったことのないタイプの人間だった。ものすごくフレンドリーなんだけど、そんじょそこらではお目にかかれそうもないエキセントリックな感じ。あとで分かったことだが、アダムはこの上ない特権階級で育ったぼんぼんだった。それは、僕が育った環境と、なんと違うことだろう。

「実は、バングラデシュ」

　アダムは膝の上でエア・ドラムを叩いていた。部屋じゅうにレゲエ音楽が満ちていた。僕はネスタのことを思い出していた。

「で、君の専攻は？」アダムが尋ねた。

「数学と物理。基本的に数オタク。君は？」

「医学生。父と兄、両方とも医者でさ。祖父《じい》さんと曽祖父《ひいじい》さんも。人生で何をしたいのか分かってなくて、それで、はっきり分かることだけしてきた。まったくつまんねえ」

「何をしたいの？」

「もちろん、どんちゃん騒ぎ。君もパーティ狂？」

「う〜ん、さほどでもない。でも、教えてもらおうかな。大して飲めないけど」と、僕は言っておいた。

「ぜーんぜん問題ない。ウィードは吸う？」

「まさか」

「女の子は好き？」

「たぶん」

「よっしゃ！ 決まり！ ボストンには、君みたいにハンサムなハーバード学生を追っかける女の子がうじゃうじゃいてさ。ねえ、今夜どう？ オレ、パーティに行くんだ、来なよ？」

「うん、バックパックから服を出す以外、まったくすることがない」

　二人とも笑った。

「分かった。じゃあ、やんなきゃいけないことを先ずやりな。で、6時にここでまた会おう。いい？」

　もうハーバードの生活が始まった。

「分かった！」

　僕は部屋に戻り、すべての服を引っぱりだして引き出しに入れ、てんてこ舞いで過ぎた午前中にくたびれ果ててベッドに身を投げた。

　黒い天井をじっと見上げていると、自分を誇りに思う気持ちが湧いてきた。ここにたどりつくまでの長い道のり——カナダでの生活に適応するしかなかった現実、英語の習得、父の鬱、貧困に近い暮らし、弟の障がい。自分はいったい何者だろうと悩んだ日々。数学というささやかな居場所を見つけられたのは幸いだった。僕は今、ハーバード大学の学生寮のベッドに寝ている！ 将来はかぎりなく明るく見えた。僕は微笑んで、目を閉じて、まどろみに落ちていった。

だれかがドアのベルを鳴らした。ドアを開けて、招き入れる。えっとお、何か御用？　あなた、だれ？　なんでわめくの？　その書類は何？　何が起きたの？　読ませて。

なんで、僕を家から引っぱりだすの？　なんで、手錠をかける？　なんかの間違いだ。冗談？　あなた、警官？　兵士？　なんで僕を護送車に乗せる？　何も悪いことをしていないよ！　僕は犯人じゃない！

僕を連れこんだこの場所はどこ？　ここ、前に来たことがあるような気がする。ヘイ、おまえはだれ？　僕の言うこと、なんで聞いてくれない？　帰らせてくれ！　僕は、何も悪いことをしていないっ！　うっ！　痛いじゃないか！　歯を殴られた。ううううっ！　今度は頭！　コンクリートの床に打ちつけられた！　別の部屋へ引きずられていく？　僕はベッドに縛られている？　ううううっ！　何が知りたいんだ？　そんな人たちのこと、知らないよ！　叩かないで！

僕は聴力を失った。何も聞こえない。ううううっ、叩かないで！　鼻が……僕の鼻の骨が折れた！　相手の声が聞こえない！　僕の顔に何かを押しつけるのやめて……くるしい……やめて……息ができない……溺れる！　やめて、やめて！　……窒息する！　やめて、死にそう……んがががががが。

「起きろよ！　起きろってば！　大丈夫か？　どうした？」

ぼんやりした部屋がゆっくり形を結びつつあった。ここはどこ？　目の前の大きな影がはっきり見えてきた。アダムだった。新しいルームメイトの医学生。彼が、肩をつかんで僕を揺りおこしていた。

「夢んなかで叫んでたぜ。頭をボコボコにやられてたみたい。それから、窒息しそうになっていた」

「大丈夫だ。ちょっと悪い夢」

僕はぶつくさ言った。

「どんな夢？　元カノ？　ははは」

アダムは目をきらきらさせて微笑んだ。彼は、物知りげに人を見る。まっすぐにこちらの心の奥まで見透かすように。何を考えているか分かってるぞ、と。その上、気づかれていることも先刻ご承知という具合。もしかしたら、僕が世間知らずで、経験不足だっただけなのかも。でも、アダムには、この世の

ものではない感じがあった。

「溺れたかなんかしてたみたい」と、僕。

「うん、あのな、夢は虫の知らせって言うじゃん。前にも、そこに行った気した？ デジャヴュみたいに」

「はぁ？」

　実はそんな気がした。でも、それをアダムに話したくなかった。

「未来は過去、過去は未来。言ってること分かる？」

「うん、もちろん」

　でも、僕はぜんぜん分かっちゃいなかった。

「心配するな。まだ歯はあるぜ[67]」

　アダムはそう言った。僕は、なんで歯のことを知っているんだろうと思った。

「おっと！ 6 時だぜ、シンデレラ。パーティの時間だ。行こう、準備して。オレたちが着くまでに、女の子全員、連れてかれちまう」

　僕は飛びおきて、シャワーを浴びた。顔じゅうに水を振りかけてから、鏡に映る僕自身を見た。しばらくじっと見て、髪の毛をラフにして、オタクっぽく見えないように仕上げた。

パーティ
1983 年 9 月 10 日（土曜日）午後 8 時　19 歳 5 か月 30 日

　アダムと僕は、眩いばかりに美しいチャールズ川の南岸、ドーバー地区の超高級住宅地に着いた。人口 4,000、ほぼ全員が白人。アダムによれば大部分は保守的な共和党員だという。プールと、車 4 台分はあるガレージと、大木が生い茂る広々とした庭を備えた大邸宅が並んでいた。

　信じられないくらいの豪邸ばかり。住人たちの富と地位もそんじょそこらとは比べ物にならないほどなのに、家のまわりにはフェンスもなければ門もなかった。家々は、まるでカモが座るように敷地内に鎮座していた。

67　You still have your teeth.：ボストンっ子のアダムが、「まだ歯がそろってる＝若い」と、軽妙な英語表現で返しただけ。

アダムの愛車は、ミントグリーンのクラシックカー、1963 年型 BMW。カッコイイ車だった。豊かなドーバー地域へ入っていくにつれて、僕はますます陸^{おか}にあがった魚の気分になっていた。黄昏時で、家々の多くにはすでにフロッドライトが点灯されていた。あたかもステージを際立たせる照明のように、己が富にスポットライトを当て、誇示しているかのよう。

　目的の家は、中世の館よろしく石造りの豪邸だった。完璧に手入れの行き届いた芝生の正面に、アダムはまっすぐ車を乗り入れた。エンジンを吹かしてスリップさせ、芝生にくっきりと轍をつけた。僕は助手席から彼を眺め、まだこの男を理解できないでいた。アダムはスウェードのジャケットの内ポケットから銀製のフラスコを引っぱりだして、ラッパ飲みした。

「シングルモルトだ。元気出るぜ」

　アダムは僕にフラスコを手渡した。

「あまり飲めないんだ」

「ガキみたいなこと言ってねえで、がぶっといきな。ネクタイも緩めて」

　アダムは僕の顔にフラスコを押しつけんばかりにして言った。僕はがぶっといった振りをして、フラスコを返した。

　アダムはもう 1 回ごくごく飲んで、奇声を発した。

「ウィ〜〜！ そうこなくっちゃ！ さて、こいつら好きだろ？」

　ロック・バンドのカセットをオン。

「だれ？」特に興味もなく。

「ドアーズだよ、最高さ……*C'mon baby light my fire!!*」

　アダムは、サイケデリックなロックの歌詞にあわせて歌いだした。

「いいねえ」嘘をついた。

「ライター、もってる？」

「いや、タバコは吸わない」

「げっ！ もう、いいよ、見っけ」

　グローブボックスの奥に手を伸ばして、アダムは言った。それはプラスチックのどデカい青いライターだった。

「タバコ、吸うの？」

「おまえったら、ほんとにクソ真面目な野郎だなあ。カナダじゃ、みんなそう？

瞑想して、*Kumbaya*[68] 歌って、ナッツとベリーを食べてるわけ？　ボストン・ライフを教えてやるよ」

　言いながらタバコのようなものを取りだした。それにしては細いものを。それに火をつけて、ながーい一服をして、深く吸いこんだ。それから息をとめて、僕に渡し、ジェスチャーで同じようにするよう求めた。

「やめとく」

「そっか。ミスター・ボーイスカウトちゃん。好きにしな。では、カクテルの仕上げにもう一つ」

　アダムは彼のポケットに手を突っこんで財布を引っぱりだし、コインケースからすごく小さな切手くらいの物を取りだした。それを口に放りこんでウィスキーで飲み下した。

「行くぜ！」

　アダムが命令した。

　二人は車から降りて家に向かった。予めアダムから聞いた話では、パーティを主催する子の両親は、今、世界1周クルーズの最中だそうだ。それで若い息子は、ここ数週間、週末になるとパーティを開いているらしい。ただ、アダムが来たのは今回が初めてだった。

　正面玄関を避けて、脇にまわり、直接裏庭に向かった。そこには青いタイル張りのプールがあって、30人ばかりの水着姿の男女がいた。どうも全員白人のようだ。僕以外は。みんなの目が、一斉に僕に向いた。なかの一人が、親しげにアダムに近づいてきた。

「やあ、アダム、元気？」

　短く切られたブロンドの髪、顔にはそばかす。青い垂れ目とにっこり笑った口元から、アイルランド系かなと思われた。上半身裸で、オレンジと白のアロハトランクス。背丈は190センチぐらいあり、筋骨たくましい体をしていた。プールサイドにいる男たちも、みな同じような体格だった。

「別に……」アダム。

「ほんとによく来てくれたね。ほどほどにやってくれ。分かってるね？　警察が

68　*Kumbaya / Kum ba yah*：アフリカ系アメリカ人訛りの英語で、「Come by here」（主イエスよ、こちらへ来て）と歌うゴスペル。

オレたちに目をつけている。おとなしくやってれば、パーティには目をつぶってくれる」

「うん、大丈夫だよ。それに、君のパパがウチの親父の病院で働いてるからって、そんなに親切にしなくていいよ」

「おんや、君のお父さんのことなんか気にしてないよ。ただ、控えめにやってね、ってこと」

「分かったよ。で、ビールはどこ？ おっと、そうそう、こっちは友人のイズィ」

「やあ、イズィ。こんにちは」

　彼は手を伸ばして握手を求めてきた。とってもいいヤツに見えた。

「おい、みんな！」

　アダムは大声で叫んだ。

「友だちのイズィ。仲良くしてやって。オレのルームメイト、分かったあ？ トロントの出身。めっちゃ頭よくてハーバードに入ったんだ、いいかい？」

「アダム、静かに」

　さっきの若者が制した。

「ビールはキッチンにあるよ」

「すごい。じゃあ、キッチンに行こう」

　僕たちは裏口から家に入り、1階のキッチンに行った。それは、エレガントなアメリカ風のキッチンで、ほかの家ならリビングルームに匹敵しそうなほど広かった。アダムは冷蔵庫を開け、ビールを2本取りだした。

「ここにいるアホどもは、アメリカで最も金持ちの家の子どもらだ。ほとんどはハーバードかマサチューセッツ工科大か似たようなとこに通ってて、この先20年はあいつらがこの国を動かすだろうから、知っておいて損はねえぜ。あいつらはすごく礼儀正しくていい感じに振舞う。だが、そんなのインチキで、偽善で、ハートのかけらもねえヤツもいる。世界一ね。あいつらがもってる物ときたら、金と不安さ。家族のコネや賄賂でハーバードに入れているだけ。たぶん、オレも同じ理由で来てんだけどね」

　アダムは笑いながらタバコに火をつけた。1本すすめられたけど、僕が首を横に振ったので、ジャケットのポケットにしまわれた。

「だねっ。タバコ飲むと死んじまわ。ははははは。まあね、オレはここにいる

クソったれのマヌケとじゃなくて、いっそホームレスと付合いたいよ。でも、オレは今夜、あるステートメントを発表するつもり」

「どんなステートメント？」

「いまに分かるさ。ところで、オレはこの辺の生まれよ。ウチは、この川の1マイル上流にある。いつか連れていくよ。オヤジはクソ病院長で、カーチャンは神経症のクスリ常習者。きっと気にいるよ、あいつらのこと」

アダムは冗談ぽく言った。

「きっとね！」

僕の返事に二人で笑った。

「2階、どうなってるか見にいこ」と、アダム。

僕らは、ボールルームふうのロビーに設えられているミシミシ音をたてる大きな階段をのぼっていった。コリドー（通路）に出ると、アダムは歩きながら、はいていた茶色のカウボーイブーツで片っ端からドアを蹴破った。最初の部屋から悲鳴が聞こえた。カップルがキングサイズのベッドでいちゃついていた。カーペットの上に服が散らばっていて、二つの裸体が明るい照明の下で重なっていた。次の部屋では、3人の野郎たちがガラスのテーブルを囲み、クレジットカードを手に順番を待っていた。3人は僕らの方を見たけれど、それも一瞬で、そのまま元に戻った。

この家にはいちいち数えていられないくらい部屋があった。ホールの端っこはセカンド・リビングのような部屋だった。およそ10人くらいの男女が豪華なベージュのシャギーカーペットに座り、ジョイントの回しをしていた。ボブ・ディランの *Blowin' in the Wind*[69] がかかっていた。ステレオのそばに男が一人。レコードを取り替えようとして、次のジャケットの裏側を読んでいた。アダムはつかつかっと近づいて、それをむしり取った。

「なんだ？ これは。*Flashdance*？ げっ！ *Flashdance* だとお！」

アダムはジャケットからレコードを取りだし、フリスビーのように投げた。それは壁にぶつかって粉々になった。彼は僕の方を向いて、「見たよな」という顔でウィンクした。

僕はアダムがしでかすことに、とてもショックを受けていた。しかし、部屋

69　*Blowin' in the Wind*：邦題「風に吹かれて」

にいたヤツらは、ただじっと見て、ゾンビのようにへらへら笑っただけだった。次にアダムはしゃがみこんで、レコードの山から古いぼろぼろのアルバムを選びだした。それからジャケットを指差して、そのうちの一曲をかけるよう、その若造に命令した。ほかのヤツらはまだへらへら笑っていた。かかった曲はローリングス・トーンズの *Sympathy for the Devil* [70] だった。

「ヘイ、どこの出身？」

　僕の足元に座っていた 18 か 19 ぐらいの女の子が聞いた。

「え？ 僕？ あ、カナダの出身。トロント」

と、答えはしたが、僕の注意は、この子の質問とアダムのあいだで散漫になっていた。アダムときたら、音楽に合わせて取り憑かれたように激しく踊りはじめたのだ。

「そうは見えないわ」

「あ、家族はバングラデシュから」

　答えながら、このパーティで唯一の有色人種であることに、少しばかりおびえた。

「すごー！ ねえ、私のそばに座って。楽にして」

　女の子がそう言ったので、僕は言われたとおりにした。

「私はキャロライン、あなたは？」

「イシマエル。イズィと呼んで」

　その子はすごく魅力的だった。小柄な赤毛の子で、大きい緑の目にきらきらするスマイルを浮かべていた。カットオフのジーンズにベージュの花柄のブラウスを着て、裸足だった。デイジーの花でつくったヘッドバンドをつけていて、1960 年代のヒッピーの女の子みたいだった。

「ねえ、イズィ。ハーバードに入学するの？ 私は来年、そこに行こうかな」

「いいねえ」

　その子の飾りっ気なさに、すっかり舞上がってしまった。

「ハンサムね」彼女は僕の顔に手を置いた。「きれいな肌の色。私もあなたみたいにダークだったらなあ」

　キャロラインの言い方は、今まで褐色の人間に会ったことがないかのよう

70　*Sympathy for the Devil*：邦題「悪魔を憐れむ歌」

だった。僕は外来種の動物になった気がした。

「私はつまんない白人の女の子。バングラデシュに行ってみたいわ！」

　あっという間に、彼女は僕の唇に自分の唇を重ねてきた。キスが始まった。

　僕はそれまで女の子とキスしたことがなかったので、彼女をがっかりさせるのではないかと死ぬほど心配した。彼女の舌がぬるぬるしたヘビのように、閉じた唇のあいだに侵入してきた。2、3分すると彼女は僕の手をとって立ち上がり、2階にたくさんあるベッドルームの一つに連れていった。そこは男の子の部屋らしかった。ガラスのケースにトロフィが並んでいた。キスをしているうちに素っ裸になっていた。あんまり急なことで、何が起きたかほとんど覚えていない。分かるのは、その前とあとでは、僕は別人になっていたっていうことぐらい。

　その間、アダムはバルコニーにいて、ひとり火を吹いていた。キャロラインと僕がステレオのある部屋に戻ってみると、彼はプールサイドの若者たちに卑猥な言葉を浴びせながら、新しいウィスキーのボトルを手に、一気飲みしていた。いったいぜんたい、この騒ぎはなんだ？　僕はバルコニーに出てみた。

「テメエら、飲んだくれども。覚悟しろ！」

　アダムは叫んで、もう一口ウィスキーをあおる。

「テメエらみたいな腑ぬけのクソったれは、足元の大地に値しなーい！」

「アダム、何やっているの？」

　彼は白く塗られた木の手摺りを乗り越えようとしていた。

「やあ、イズィ、ちょうどいいとこだ。どこに行ってたんだ？　待ってたよ！　おい、ちょっとこれ飲んでみろ、上モンだ。1本5,000ドルのウィスキーさ。キャビネットにあったんだ。で、オレが失敬した」

　アダムはもうべろんべろんだった。

「いや、僕はいい。なかに戻ろう」

「なぬ？　外のここの方がオモロイぜ」

　アダムは軽く僕を押しのけて言った。

「ちょっとやりたいことがあるんだ」

　彼は椅子に乗り、階下の若者たちに背を向けて、ベルトのバックルをはずした。さらに、パンツを足首まで下げて、腰を曲げた。ケツ丸出し。

「今夜は満月だ、クソったれ！」

　アダムは叫んだ。

　下にいた女の子たちはキャーッと叫び、それからくすくす笑った。男子は笑いこけたり、ののしったりしていた。アダムは、ストリッパーのようにケツを振った。それから、まったく予想外なことをやらかした。

　彼は180度向きを変えた。そこで、両腕を伸ばして、飛び板飛び込みのようなポーズをとった。まったくのフルチンで。若者たちはきゃあきゃあと大喜びした。それから、だれもがショックを受けることが起きた。特に僕。アダムは、下に向かって放尿しはじめたのだ。タバコをくわえて、*Raindrops Keep Falling on My Head*[71] を口ずさみながら。プールに、テーブルや椅子に、バーベキューに、人間たちに、ピー_{小便}を降りかけて歌いつづけた。若者たちは我先にバルコニーの下に走り、このとんでもないシャワーから避難した。

　この騒動のあいだじゅう、アダムは驚くほど冷静な態度を崩さなかった。彼は、その振りをしていただけで、頭がおかしくなってはいなかった。まるで何もかも計画どおりみたいだった。それからタバコをプールに投げ捨て、何か言おうとして僕の方に振り向いた。あのビッグ・スマイルが浮かんでいた。思いっきり歯を見せて。

「ほんとうに、このウィスキーいらねえのかい？　とっても滑らかだよ。かすかにクリスマスケーキみたいにスモーキィでさ。いいピーが出る」

　アダムはそう言って、目をきらきら輝かせた。

　そのとき、最初にアダムと話したこの家の青年が、ものすごい形相でバルコニーの下から現れた。

「ぶっ殺すぞ、クソったれ。ずたずたにしてやる」

　パンツを引きあげベルトを締めているアダムに、彼はビールの空き缶をぽんぽん投げつけてきた。

「もういいよ。終わったから。トイレを使わせてくれてありがとう！」

　アダムは皮肉いっぱいに叫んだ。

　するともう一人、上半身裸の男が、狩猟用ライフルをもってプールサイドに現れた。

71　*Raindrops Keep Falling on My Head*：邦題「雨に濡れても」

「頭に弾丸撃ちこまれたくなかったら、とっとと失せろ！」

　アダムは依然として、顔じゅうに茶目っ気たっぷりなスマイルを浮かべていた。手摺りから身を乗りだし、ほとんど落ちそうにしている。

「そのうち必ず、オレがテメエらを救ってやっからよ。今、そこへ下りていくから、待ってろ」

「なんだって？　バカじゃないの？　アダム。あいつらに殺されちゃうよ」と、僕。

「あいつらに教えてやるんだ。そして、君にもちょっと教えるつもり。人ってものを。行こう、オレについて下へ。面白くなるぞー！」

　新しいおもちゃを手に入れた男の子のように、アダムは言った。そのおもちゃっていうのは僕だった。

　二人は１階のプールへ下りていった。何人かはまだバルコニーの下に隠れていた。ガタイのいい男が二人、僕らを待ちかまえていた。

　アダムがライフルの子に近寄ると、彼は銃口をアダムに向けた。数人の女の子がキャーッと叫んだ。どこで手に入れたのか、アダムは片手に白い薔薇をもっていた。そして、「怖かないぜ」とばかり、ライフルの銃身に自分の胸を押しつけた。アダムが笑う。大声で、気でも狂れたかのように。笑いながら、その子の髪に薔薇を挿した。

「なんで君が好きか？　だって、すごくカッコいいもん。君はもうオレのもの」

　アダムは微笑みを浮かべたまま言った。

「黙れ、ばーか。気持ち悪いヤツ」

　ライフルは毒づきながら、１歩あとずさった。

「え？　オレのこと、好きくね？　オレはほんとに好きなんだ！　今日は上機嫌。不機嫌にさせんなよ。不機嫌なオレを見たかねえだろ？　オレは、ほんとにワルになるぞお。ほんとにほんとに、怒ワルになるぞお。今晩、テメエの夢んなかに出てってやるぜ、坊や」

　そう、アダムはからかった。

「おまえ、狂ってる」

　ライフルが言った。そして、アダムがまっすぐに彼を見たので、視線をはずし、武器を下ろした。

「で、怒ってる兄ちゃん、そちらはどう？　何に腹立ててんの？」

アダムは邸<ruby>邸<rt>やしき</rt></ruby>のオーナーの子に近づいて向きあった。

「お父ちゃんが嫌いなんだろ？ お母ちゃんはどうなんだい？ お母ちゃんも嫌い？ もしかして、君が怒ってるわけは、いつか君は死ぬ、でも、お母ちゃんは君を救えない。だからだろ？ お母ちゃんにションベンかける？ お母ちゃんのこと、嫌い？ ん？ もしかしたら、お母ちゃんのこと、好きになりすぎたかな」

アダムときたら、今や彼の耳にぴったり口をつけて囁いていた。

「失せろ！ このカマ野郎」

だが、ちょっとずつプールの方へが後ずさりしていることに、彼はぜんぜん気づいていなかった。

「ほら、やってごらん。できるもんなら。それでも、いつか死ぬんだぜ。おまえはそれをとめられない。ママも君を救えない。死ぬの、怖い？ オレに助けてもらいたい？」

「おまえってキモイヤツ」

「どうして？ なんでオレがキモイのか言ってみ！ もしかしたら、自分自身のことがキモイのかもよ？」

男は、肩で息をしはじめた。とうとう顔をくしゃくしゃにして泣きはじめた。僕は、刻々と起きていることにただただ驚いていた。

「大丈夫かい？ ティミー？」

ライフルがやって来て声をかけたが、男は答えることができなかった。

「ティミーは、ノスタルジックになってるだけ。何か、古い思い出のせいで」

アダムは言った。

すると男は拳を握りしめ、歯ぎしりしながら、取り憑かれたデーモンのように唸った。だが、殴りかかるとか、なんらかの愚挙に出る前に、まっすぐ後ろ向きに倒れてプールに落ちた。

ライフルはあんぐり口を開けて、何をしたんだとばかりアダムを見た。ほかの連中は、落ちた子を心配してプールに駆けよった。アダムは振り向いて、2階のバルコニーに集まっている連中を見上げた。それから、剣でももっているかのように片腕を彼らに向け、ついで、マタドールが雄牛を刺すような仕草で腕を下ろした。その間に、プールに落ちた男は引っぱりあげられていた。

「悪く思わねえこと、いいかい？」

アダムは男に言うと、もう一度、バルコニーの連中を見上げて、皮肉な調子で叫んだ。
「これは、みんなへのレッスンさ。ドラッグを絶て！」
　僕はそれまでアダムのようなヤツに会ったことがなかった。とにかく、労働者階級のフレモでは。もしかしたら、アダムみたいな金持ちに会ったことがなかったというべきかもしれない。経済的な苦労をしたことがない人間とか、未来を憂えたりしたことがない人間たち。なんでも好きなことができたり言えたりして、その結果を恐れなくていい人間。家族の後ろ盾があってつぶれる心配などしなくていい人間。
　恐れを知らない向こう見ずなアダムといると、僕は突然、経験がなくておどおどしている貧しい子どものような気持ちになった。というか、もっと複雑な何かを嗅ぎとっていた。彼を極端な行動に走らせる魂には、何か暗くてもつれた深さがあった。そして、金持ちの子どもらも何か問題を抱えているんだな、と思った。中身は知る由もなかったが。
「そして、暴力を絶て！」
　アダムはさらに皮肉っぽく叫んだ。
「覚えておけ。今夜は、1発のパンチも飛ばなかった。この二人の野郎は、自分で自分を打ちのめしただけさ。いつか、君らがこの国を動かすとき、今夜のこと、思い出せよな」
　それから、彼は僕に振り向いた。
「さ、イズィ、ドライブに行こう」
「いいよ。もちろん」
　僕は急いでジャケットを取りに2階へ戻った。バルコニーにいたキャロラインを見つけて、電話番号を聞いた。さよならのキスをして、ハグした。それから2年間、彼女がロサンゼルスに引っ越してUCLAに入学するまで、僕らはカップルだった。
　ボストンの郊外をドライブしているあいだ、アダムはザ・フーというロック・バンドの音楽に合わせて *Who Are You?* を歌っていた。僕は、さっき見たことに圧倒されっぱなしで、おとなしくしていた。アダムは僕の不安に気づいて、歌うのをやめてステレオの音量を下げた。

「弱点を見つけて、慎重に狙いをつけて、それから剣を刺す。簡単なことだ。雄牛は倒れる」

　それから僕の目をのぞきこみ、ウィンクして、僕の肩を軽く叩いた。その夜、僕はいろいろな意味で成長した。過去の10年間よりもっと。

　いうなれば、自分自身について学んだというところか。僕とアダムは何から何まで別種の人間だった。僕は金持ちじゃない、地位もない、アダムの友人たちがこだわるような権利意識もない。皮肉なことに、僕は他人と違ってると思いながら成長した。カッコ悪く風変わりな移民の子。ところが今、きわめて明白になったのは、僕はごくありふれたフレモの子なんだということ。フレモのどこにでもいる、食べるのがやっとのブルーカラーの普通の子。初めて、僕は自分自身を誇りに思った。

雪

1972年1月19日（水曜日）午後5時5分　7歳10か月8日

　走って、走って……谷に下りて、トンネルをくぐり、草地へ……もうあいつらから見えない……はぁ～……なんてことしたんだろ？　あの、英語もまともに喋れないちっちゃい子いじめて……あの子、同じフロアに住んでる子だ。僕のお父さんが仕事でトラブってるからって、あの子をいじめる理由にならない……スキーマスクを取る……顔隠してて、よかったな……だれにもバレていませんように。助けたあの子、知ってる……ビリーって子だ……強くてかっこよかったな……あの子のパパは前にうちのお父さんと一緒に働いていた。けど、遅刻ばっかするから、クビになったんだ……

2日後：1972年1月21日（金曜日）午後3時12分　7歳10か月10日

　スクールヤードで、あのいじめ仲間の二人と会うことになっていた。あいつらは、近くのゲートウェイ小学校に行っている。何か僕に話があるって。
　スノーブーツをはいて、カーキ色のパーカを着て、学校を出た。家に寄って

296

教科書を置いてから行こう。アパートの建物の前に、あのビリーって子がいた。もしかしたら、僕らがいじめたあの子を待ってるのかな。

　あのとき、僕はスキーマスクをかぶっていたから、ビリーには知られていないはず。急いで脇を通りぬけ、鍵で入り口のドアを開けようとしたとき、目が合った。突然、ビリーが僕の名前を呼んだ。

「イシマエル？ だよね」

「そうだけど」

「前に、うちのオヤジと君っちの父さん、一緒に働いてたよね」

「もしかしたら」

「なんで、オレの友だちのハリーをボコボコにしてくれたんだい？」

「なんのこと？」

「あの日とおんなじ服着てるじゃないか。んで、リーフのパッチがコートについてる。覚えてるぞ！」

　僕はパニックになった。くるりと向きを変えてなかに入り、階段をのぼった。ビリーが後ろから追いかけてきた。10階まで来たら僕は息が切れて、フロアに倒れこんでしまった。すぐさまビリーが追いついて、僕の襟首をつかんだ。

「ごめんなさい！ ごめんなさい！ 殴らないで、お願い！」

　僕はもう半ベソだった。

「殴ったりしねえよ。弱虫。でもな、もしまたハリーにちょっかい出したら、顔の真ん中にパンチ、見舞うぜ！」

「やらない！ 約束する」

　ビリーもくたくたで、僕の隣に崩れ落ちた。ゼーゼー息している。数分、黙って荒い息を吐いてから、ビリーが言った。

「一緒にいたヤツらはゴロツキだ。知ってんだ。オヤジ同士が友だちでさ。あんな負け犬と、なんで付合ってたんだよ」

「あいつら、僕にはやさしかったし、クール_{かっこいい}だし」

「クールだと？ ははははは」

「あいつら、タウンハウスに住んでるし、カナダ人だもん」

「それでかあ？ あいつら、ずっと負け犬だぜ、man」

「あいつらといると、だれも僕にちょっかい出さない」

「げ～？　あんなクソ野郎とずっと付合うなら、おまえなんか、ぶん殴るしかねえぜ、man」

　僕はビリーに感動していた。「man」という単語をあちこちにはさんで、ロックスターみたいだった。僕も言ってみたかった。でも、自信もって言えなかった。僕みたいなクソ真面目な移民のガキは、「man」なんて言わない。

「ごめん。もう二度と、しない」

「心配すんな。オレがダチになってやる。おまえの秘密、だれにも言わないし」

「ほんとに？」

　ビリーみたいなクールなカナダ人の子が、友だちになってくれるなんて。

「ほかにもクールな友だち連れてくるよ。ケンとネスタ。知ってる？」

「ネスタ、知ってる。喋ったことはないけど、リレーの選手でしょ？」

「うん。でも、約束しろ。これから先、二度と、自分よりちっちゃい子に手え出したりしねえって」

「わかった！」

「よおし、じゃあ、おまえは正式にオレのダチっ！」

「ほんとに？　サンクス、man!」

　9月に新学期が始まったとき、ビリーは僕をネスタとケンに引き合わせてくれて、学校の駐車場で一緒にストリート・ホッケーをした。それから2週間ほどして、ハリーにも紹介してくれた。スキーマスクのことは言わずに。

第 13 章

嵐

嵐の夜に

2010 年 6 月 30 日（水曜日）午後 8 時

　もう夜の 8 時をまわっていた。水路一面、不気味な気がたちこめて、頭上の
雲は明るみ、蛍光シルバーグリーンの様相を呈していた。不吉で電気的な色。

　とうとう雨になった。一粒、そしてまた……。さらにぽつぽつ降ってきた。
後部座席に座っていたボーイズは、運転席の屋根の下に移動した。そこにはイ
ズィが船長として陣取っていた。

　ビッグズ島を再び通りすぎた。警察はすでに引きあげたあとで、半焼した家
が黄色いテープで封鎖されていた。ボーイズは自責の念でいっぱいだった。つ
いさっきまで、イズィを爆発の犯人として疑っていたのだから。

　グレイ島に戻ると、D が船着場に下りてきて手伝ってくれた。

「ヘイ、D。いったいどこに行ってたのさ？」

　ネスタがわめき散らした。

「探したんだぞ！　んで、信じられないくらいいろんなことが起きたんだぞお！」

「すいません。カヌーで釣りに行ったんですが、1 匹も釣れませんでした。で
も、この島に自生するハーブを見つけたので、今夜はそれでお茶を入れます
よ。……れっ？　イアンは？」

「ああ、彼はね、気分があまりよくなくて、アダムの別荘に残してきた。うん、
長い話でさ」ケン。

　見上げると、灰色のビクトリア・スタイルの家は、あたたかく歓迎してくれ
ているように見えた。家の一角に高く誇らしくタワーがそびえている。ネスタ
とケンは前夜、そこに通じる螺旋階段をのぼってみた。内部は、四面に大きな
アーチ型の窓があって、天井はピラミッド形になっていた。眺めはすばらし
かった。あたりを一望でき、はるか彼方まで見はるかすことができた。

　家に入ると、長い奮闘の一日から解放されて、全員、リビングルームのカー
ペットに身を投げた。まるで、湿った洗濯物が散らばっているようだった。D
はみんなのために、あたたかいお茶を入れてきた。

「摘みたてのハーブですよ」

　そう言いながら、木のお盆にマグをのせて、一人ひとりに運んでくれた。

　仄暗くて落ち着ける部屋。ボーイズは手枕をして床に寝転び、2階のアトリウムの上、プラネタリウムのような薄暗い天井をじっと見上げた。

　屋根を打つ雨音は催眠術とも思えるほどリズミカルだった。木々を渡る風は狼の遠吠えのようで、岩を洗う波音は一定の間隔で船着場に当たって砕けていた。どこか遠くからかすかに雷鳴が聞こえて、それが刻々とグレイ島に近づいてくるのが分かった。明かりがふうっと消えると、真っ暗闇に取り残され、ほんの数秒でまた明るくなる、の繰り返し。神秘的で、今からマジックショーでも始まりそうだった。

　突然、パシパシと屋根を打つ雨音がした。全員、飛びおきて見上げた。

「あ、雹（ひょう）が降ってる！」

　ネスタがシアーカーテンのあいだから外をのぞいて言った。

「ゴルフボール級だぜ」

　隕石ほどもある雹が、葉や枝を削ぎながら落ちていた。氷のかたまりが家の屋根を打ちまくる。屋根が今にも凹むのではないかと心配になった。突風がブワーッと窓を鳴らした。ものすごい衝撃で家全体が揺れた。雹の降り方は集中的に速くなり、ド———ッという一つの音になった。

　そのうち、なんの前触れもなくやんだ。あたかも、空のバケツの底がぬけたかのように。今度は気味悪い静けさ。雨も風も聞こえない。日も暮れて、ときおり遠くで稲妻が走ると、薄暗い部屋が一瞬明るくなった。

「だいたい2キロ先だね」と、ケン。

「うん、オレもそう思う」

　ネスタはいつの間にか庭に面したロッキングチェアに座っていた。

「公式を知っているんですか？」D。

「簡単さ、毎秒343メートル」イズィが割りこんできた。「雷鳴が稲妻の5から6秒後に届くから。君ら、合ってる。約2キロ」

　比較的静かな時間が流れたあと、突然嵐が戻ってきた。今度はより強く、猛り狂う報復となって。こんなときに外に出るなんてまったく不可能だった。そんなことをしようものなら、島のどこかに吹っとばされるか、湖に放りなげら

れてお陀仏だ。雨が家に当たって砕け散った。ヒューヒューと風が唸り声をあ
げて、家の隙間や割れ目から吹きこんできた。同時に、建物全体が古い椅子の
ようにキーキー軋みはじめた。

「ネイティブ音楽のCDでもかけましょうか？」D。

「いいねえ。嵐から気が紛れるものならなんでも」ケン。

「アルゴンキン族の音楽、太鼓とチャントです。最初のトラックはレイン・ダン
スと言います。ちょうどいいんじゃないかと思って」D。

「それ、すごく好き」イズィ。

「ところで、ハーブティのお代わりはご自由に」

　Dはキッチンから大きい磁器のティーポットをもってきていた。

「この島で採れたいろんなハーブと根のお茶です。ずっと前からこの島に自生
していた植物ですよ。リラックス効果がありますし、私たちは自然の一部なん
だと思えてきます。先祖たちが好んで飲んでいました」

「わお、サンクス」

　ボーイズはそれぞれ自分のマグに注ぎ足した。

「ちょっと苦いけど、好きだな、これ」イズィ。

　容赦ない雨とすさまじい風の音はさらに増して、とろけるような先住民の音
楽の、ほのかでデリケートな部分をかき消してしまう勢いだった。白人たちが
この地に足を踏み入れるはるか前、数千年も前から、この音楽はここに存在し
ていたんだな、とボーイズは思った。Dがその日の早朝出かけたように、アル
ゴンキン先住民たちがカヌーで水路を漕いでいく姿が想像できた。先住民の音
楽はとてもオーガニックで、外の音と溶けあっていた。

　繰り返されるリズミカルなドラムと、踊り手たちのモカシンが硬い土を踏む
音を聞いていると、安らかな気持ちになれた。木製のフルートの音は、この土
地におおいかぶさる黒雲をよく表していた。ボーイズは完全にこの雰囲気に酔
い痴れていた。

　しばらくすると、普通じゃ考えられないことが起こりはじめた。音楽と嵐が
ボーイズの動きにぴったり合ってきた。例えば、ネスタが巨大なシンバルを手
に、打つ真似をすると、その瞬間に稲光が走った。ケンが唇と指で見えないフ
ルートを吹くと、頭上の風が旋律をなぞった。パシパシと鋭く屋根を打つ雨音

は、キッチンで見つけた箸でエア・ドラムを打っているイズィのリズムにバッチリ合っていた。物憂げに続く呪文は、聖歌隊指揮者のハリーの担当だったが、まるでシンフォニー全体を指揮しているようになった。嵐と音楽は、ドラマティックに最高潮に達した。

　やがて音楽が微妙に静まっていく。すると、嵐も一緒に鎮まった。

「すごかったね」

　興奮でボーッとしたまま、ネスタが言った。

「うん、感動もの」と、ハリー。

　ボーイズは寄りそって、カーペットの上に車座になった。子どものころ、学校でやっていたように。

「なぜビリーはオレたちを置いていっちまったんだろうね？」

　ケンがふともらした。

「分からない。彼にしか」ハリー。

「あいつは人が良すぎて、世間の悪を処理することができなかったんだよ」

　ネスタが重い口調で言った。

「うん、なんかそんな気もする。でも、もっとなんかありそ。あいつはすべてを手に入れた。美しいカミさん、子ども、仕事、車、マンション。そして、だれからも好かれた」ケン。

「だね、なんでもやりこなそうとして大変だったろうな、他人（ひと）を助けるのに忙しすぎた」ネスタ。

「もしかしたら、ヒーローでありつづけることに疲れた？」ハリー。

「葬式のとき、イアンがオレに言ったことが意味深だった。ビリーについてなあんにも分かっちゃいない、とね。なんのことだったんだろう」ケン。

「きっと、この島に関することじゃないかな。何もかも、ほんとうに複雑らしいよ。あすこんちのごたごた」ハリー。

「うん、だけど、そんなことで自殺するかな？　あいつ」ネスタ。

「もしかしたら、デヴィとの破局かな」ケン。

「いや、一時の別居で、そのうち元のサヤにおさまったさ」ネスタ。

「仕事関係だったかも。いつかの職権乱用事件、覚えてない？」ケン。

「ビリーはそれより強かった。もう乗り越えてたよ」ハリー。

「もしかしたら、彼のパパのことかもな」ネスタ。

「それ、それ。そのこと、イアンに確かめるチャンスが一度もなかった」ケン。

　突然、とてつもない稲妻が巨大な爆竹のように炸裂した。

「ひええ、すぐそこ！」ネスタが叫んだ。

「デッカかったあ！」ハリーも。

　ボーイズは用心深く部屋を見まわし、次なる大雷に身構えた。

「オレにとってビリーは、出会ったなかでいちばんピュアな人物だった。ナイーブという意味じゃないよ。道徳的なことに集中していたという意味」ケン。

「ちょっとのあいだ、人間を救うために送られてきて、そのうち帰らなきゃいけなくなった、みたいな……」ネスタ。

「オレの基準ではヒーローだった。警官として、いくつもの命を救った」ケン。

「ヒーローだ！」ハリー。

　その瞬間、ものすごい稲妻が炸裂した。ほとんど爆発だった。ほぼ真上。

　嵐は今、頂点に達していた。グレイ島は予想よりずっと大きいハリケーンに浸かって、家は天の為すがまま。突風が容赦なく家を揺らし、雨の束が海原の大波のように横殴りに家を洗っていた。おかしなことだが、嵐のど真ん中にいても、ボーイズはいまいちピンときていないようだった。

　Ｄが、この島の食材で手作りしたというツマミをもって車座に加わった。

「どうぞ。これ、グレイ・サラダってよんでいます。食べると落ち着きますよ。こういう嵐のときでも」

「ありがとう」

　ハリーはさっそく、茶色いドレッシングで和えられた根っこや島キノコのスライスを、銀のフォークで突き刺した──「これ美味しい」

「ところで、みなさんに変なこと聞いていいですか？」

「もちろん。どうぞ」ケン。

　Ｄは息を吸って、言葉を探していた。

「みなさん、ビリーがここにいると思いますか？」

「なんだって？　もちろん、いない。ほんとうにいたらヤバイっしょ！」ネスタ。

「うん、気味悪いよ」ハリー。

「じゃあ、なんでここに来たんです？　ビリーが ここにいるって言ったから？」

「そうだよ。でも、シンボリックに言ったまで。儀式みたいなもの」ネスタ。

　そのとき、イズィが言った。

「いると思うよ。感じるもの」

　ほかのメンバーは、その意味をはかりかねてイズィの方に向きなおった。

「何を感じます？」D。

「うーん、それはこの家を包む見えない輝きのようなもの」イズィ。

「このなかで何人ぐらいスピリットの存在を信じています？」

「君が言うスピリットって、どんな種類のもの？　それによる」ケン。

「どんな種類でも」

「思うに、エンジェルみたいなもんだよ」イズィ。

「あなたは、数学者でしょ？　イズィ。理論の人だ。それなのに？」D。

「まあね、でも、僕はスピリチュアルなところもある。宗教と科学は共存できる、必ずしも相容れないわけではない。つまりね、ユニバースにはまだまだ解明されていないことがたくさんあって、この先も絶対に解明されない。科学は物質世界を説明する、かたや宗教は非物質世界に意味づけをする。理論や言葉や公式で説明がつかないことに、信仰が助け舟を出す。いつの日か、すべては一つの学問領域に入るだろうって信じてる。人間のちっぽけな脳みそじゃキャパ不足で、そういうスピリチュアルな領域のことは理解できないんだ。最新科学をもってしても『大いなるもの』についての真の理解は得られないもの」

　イズィの答えは意外だった。

「ネスタはどう思います？　あなたは宗教をもっていますよね？」D。

「クリスチャンだよ。日曜学校に通い、教会に行き、聖書クラスにも出てた」

「あれっ、自然科学をやってる人たちが意外な答え。ケンは？」D。

「オレは、アグノスティック[72]。宗教は信じてない」

「ボクは宗教を信じてる。仏教徒として育ったからね。毎週寺院に行って瞑想するよ」ハリー。

「悪いけど、オレは宗教なんて信じないね。でも、信じたいっていうなら、その権利は尊重するよ。オレ自身としては、空に住む架空の人を崇めるなんてご

72　agnosticism；不可知論。物事の本質を知ることは不可能と考える立場の人。神は「いる」とも「いない」とも言えないとする

免だ。一種の精神異常だよ。宗教が引きおこすいろんな問題についても言うにおよばずだ。戦争とかね」ケン。

「えっとお、戦争についてだけど」イズィが反論に出た。

「歴史上起きたたくさんの虐殺、例えばクメール・ルージュ、毛沢東、スターリンによるものは、世俗主義の名のもとに行われた。本質的には無神論[73]だ」

「そうだ！」ハリーがさえぎって続けた。「問題なのは原理主義の方。国家主義、共産主義、社会主義、ファシズム、資本主義、そして、宗教でさえ……」

「みんな、同じことを言っているのに、形ややり方が違うんですよ」

　不意にDが割りこんで言った。

「私たちはみんな何かを信じています。宗教は信仰の一つのシステム。スピリチュアリティも哲学も、信仰です。無神論でさえ、信仰の一つの形です」D。

「まさかこのメンバーで、宗教の話をしようとはね」

　ハリーが質した。

「まずいですか？　じゃあ、本能の話に切り替えましょう」D。

「本能？」ハリー。

「自分のスピリチュアルなアンテナに気づいたこと、ありませんか？」D。

「スピリチュアルなアンテナ？　ますますわけが分かんなくなってきたぞお」

　ケンが冷やかした。

「目に見えないアンテナです。いわば、万物につながるアンテナと言いますか。本能的なもので、みんなもっているんです」D。

「どういう意味？」イズィ。

「人間として、私たちは自分自身を超える、何か偉大なものにつながる必要があるんじゃないかと。実際に見えて触れられるものを超える何か、つまり霊的なものと交信するという意味です。それなのに、人間は見えるものだけを追いかけ、傷つけあい、憎みあい、殺しあってきました」

　突然、大音響と閃光を伴って稲妻が走り、衝撃があった。家全体が揺れて、ボーイズは体に戦慄を覚えた。

「おおおおお、こわッ！　オレたちの真上だあ！」

　ネスタがキーキー声で叫んだ。

73　atheism；無神論。神の存在を認めない立場の人。

「雷に直撃されたんだ！」ケン。

「あんな大きな音は聞いたことがない！　カンボジアで地雷が爆発したときよりも大きかった！」ハリーは泡を食っていた。

　全員、天井を見上げた。すると、ずっと上の方からゆっくりと軋む音が聞こえてきた。メリメリメリッと骨が砕けるような、ついで、キーキーという高い音がして、さらにカリカリカリと擦る音、最後はヘリコプターが墜落したかのような大音響が轟きわたった。ボーイズは飛びおきて大窓に駆けよった。

「タワーが！」ケン。

「稲妻に吹きとばされたあ！」ネスタ。

　和風の庭は、めちゃくちゃだろう。

スペース・カウボーイ

2010 年 6 月 30 日（木曜日）午後 11 時

　ボーイズは別のゾーンに入っていた。大昔の寺院にいる感じ。D は目を閉じて胡座（あぐら）をかき、瞑想しはじめた。ボーイズも同じように胡座をかき、手は膝に置いて中指と親指を坐禅のように組んだ。そして、気をこめた。そのまま嵐の音にざんぶりと浸った。恐れもマイナスな考えも雨音に洗い流されていくようだった。ネスタは前後に、ケンは左右に揺れて、完全に没我の境地だった。ハリーは仏教のお経を唱えはじめ、イズィは両腕を鳥のように広げて、手のひらで周囲のエネルギーを吸収する仕草をしていた。

　突然、天井が展望塔の屋根のように大きく開いた。ボーイズは目を開けて見上げた。空には雨も雲もなかった。嵐はどこへ消えたんだろう？　ハリケーンの目に入ったのだろうか。澄みわたる夜の空が広がるばかりで、銀河と星々のモザイクがすぐそばに見えた。

　ボーイズは立ち上がり、高く手を伸ばして星をつかもうとした。そのうち、体が風船のように浮きはじめた。最初はおよそ 1 メートルほど、ついで 2 メートル、さらに数メートル、とうとう小惑星のように宇宙空間に放りだされた。

　全員、ものすごい引力に引っぱられて、太陽の方向に飛んだ。それから、

ブーメランのように火の玉のまわりをめぐり、ついでハレー彗星のように太陽系の外へと飛んでいった。すでに太陽系からはるか遠くに来ていた。渦巻く巨大な銀河たちを目にすると、宇宙竜巻を見る思いがした。鮮やかに彩られた雲形の星雲たち、ロック・コンサートの照明のような宇宙爆発。小惑星が火を噴く弾丸のように飛んでくるたび、ボーイズはひょいと身をかわした。

「うわっ、あっぶねー！」

「すーれすれ！」

「すんげー」

　ボーイズは圧倒されっぱなしだった。目を見開き、びっくり仰天、興味津々だった。

「僕ら、どこにいるんだあ？」イズィ。

「分からん」ケン。

「宇宙空間ですよ」Ｄ。

「わー、宇宙なんて初めて！」ネスタ。

「何もかもすごくきれい。星も惑星も生きているみたい。地球も生きていると思う。それは一つの生命の形」ハリー。

「もし、地球が生きているなら、オレたちは地球を蝕むウィルスだ」ケン。

　　全員異議なし！

「おっと、どっちが上か下か、前か後ろか、わかんなくなってきた」ネスタ。

　なおも宇宙空間にただよいながら、ボーイズは、生命、神、天国、『大いなるもの』について語りあった。周囲の壮大さに魅せられ、同時に、己のちっぽけさが身にしみた。

　不意に何もかもがものすごく速くまわりはじめた。何かにつかまろうとしても、つかめる物は何もなかった。ハリーは乗り物酔いになりかけていた。

　うわあ——————！

　ボーイズは制御不能のまま宇宙空間でくるくるまわり、徐々に回転がおさまると、地球へと降下していった。

　そこは元の場所、つまりリビングルームのカーペットの上だった。壁も天井もなく、床があるだけ。もう、豪華な家も家具もどうでもよくなっていた。

「ユニバースって、どれくらい大きいんだろ？」ケン。

「無限です」

「終わりがないってこと？」ハリー。

「実は、ユニバースは膨張しつづけている。だから、サイズはある」ネスタ。

「実際は、ビッグバンがほんとうにあったかどうか、分からないんだ。相対性理論によれば、あった。でも、量子力学的には別の可能性も示唆されているから」イズィ。

「でも、ユニバースにサイズがあるならば、その向こうは何？」ハリー。

「何もない」ケン。

「しかし、何もないとは何？」イズィ。

「真空」ケン。

「真空は何かだ」イズィが畳みかける。「人間に完全なる無が理解できるとは思わない」

「ユニバースはいいところ？ それとも悪いところ？」ハリー。

「私に言わせれば、ユニバースには善と悪の両方があります。大と小、明と暗、個体と空間、美と醜、善と悪、死と生。すべてはバランスです」

「陰と陽だね」ハリー。

「灰から生まれて灰に戻る、塵から生まれて塵に戻る[74]」ネスタ。

「そうです。塵から塵です。一生は短い。より大きな善のために、身を捧げる時が来るでしょう。その日が来ても、あなたのスピリットは無駄になりません。形が変わるだけなんですから。それがユニバースのルールです」

「そうだね」イズィ。

　数学者だけが同意した。

「物事が混乱して出口が見えなくなったとき、いつも空を見上げることです。無数の星々や惑星や、広漠とした広がりを。それから、普段はなかなか意識できませんけど、私たちを包む、このくらくらするようなミステリーを。どういうわけか生を受けて、まさに今、紛れもなくこの地に存在するというミステリーです。それを受け入れて、全存在をかけて見届ける役を担いましょう。ちっぽけでほとんど意味もない私たちの生には始まりと終わりがありますが、ユニバースは無限です。そして、エネルギーに盈ちあふれています。私たちは

74　Ashes to ashes, dust to dust：キリスト教で、埋葬のときの言葉。

いつか死んでしまいますが、何回も何回も、物質とスピリットは形を変えて、生まれ育つを繰り返すんです。すべてはつながっている。あなたと私、地球、星々、そして天国も。私たちは一つです」

Ｄがしみじみと言った。

突然、またすぐ頭上で稲妻が炸裂した。最後の稲妻。それはとても明るく、長く光って、見えるものすべてを真っ白く浮きあがらせた。そして、とんでもない力でボーイズを床に叩きつけた。まさに、時は真夜中。

7月1日
2010年7月1日（木曜日）午前5時39分49秒

満天の星をいただいていた空も次第に薄れて宇宙の果てに消えていき、深いネイビーとコバルトのグラデーションとなって、夜明けの時を迎えていた。しばらくすると、明るんできた空の高いところに、ピンクのナイキのロゴのような色の束がいくつか現れた。それから、爆発にも似たまばゆい裂け目が、水と空とを分けた。太陽が新しい一日の始まりを告げた。

一群れのカモが、噴水のように急に舞上がり、たちまち空の半分を占めた。おそらく成層圏にあるはずの、ジェット機の小さな機影まで簡単に見えただろう。それは紛れもなく、嵐のあとの澄みわたった空だった。

ボーイズはリビングルームのあちこちに、だらしなく寝そべっていた。庭に面した窓のカーテンの隙間から、一筋の陽光が射しこんできた。昨晩ここで起きたことの証拠を探して、ゆっくりと部屋じゅうをくまなく調べまわった。ようやく朝日は眠りのなかにいるケンの頭に達し、さらに顔を照らした。彼の目は即座に開いた。

スローモーションで身を起こして、ケンが見たものは、床に、ソファーに、眠りこけているボーイズの面々だった。アルコールの瓶、ビールや飲み物の空き缶、Ｄが入れてくれたハーブティのマグが、コーヒーテーブルにも、サイドテーブルにも、床にも散らばっていた。ケンは、壁の《お祖父さんの古時計》を見上げた。間もなく6時だった。

「おーい、みんな、起きろー。今日は7月1日。ビリーの誕生日だ。あいつが47歳になるお祝いの日だ」

　ボーイズはようやく目覚めて、1体ずつ鈍い胴体を動かしはじめた。それから、どうにかこうにか体を起こした。

「外に出なきゃ」

　ケンがみんなに声をかけた。

「ビリーの誕生日のお祝い」

　外に出ないといけない理由は何もなかったが、ボーイズはケンが言うことを理解した。起きて、靴をはいて、ドアに向かった。周囲の惨状を目にしたとき、たじろいで「なんで?」と思った。頭はまだはっきりしなかったが、何か大変なことが起きたんだと感じた。

　数分たつと、記憶の断片がよみがえってきた。嵐、議論、ネイティブの音楽、タワー、巨大な稲妻。いくつかは脳裏をよぎったが、依然として点と点を結びつけることはできなかった。それに、あの宇宙旅行は? 夢? 幻覚? ハーブティのせい?

　頭の霧が晴れるにつれて、もう一つのことを思い出した。ビリーが真夜中にやって来るっていう話。あの約束はどうなった? 来てたのかな? ここに? 最後のどデカい稲妻からあとの記憶はなかった。

　ケン、ネスタ、イズィとハリーは、連れだって外に出た。滑稽なほど美しい日だった。雲一つない、ものすごくクリアな空。まるで宇宙空間を歩いているようだ。そよ風が吹いてきて、昨夜、この地域が嵐に襲われたことを、やさしく語ってくれた。

　家の方を振り返ると、タワーが吹っとんで、和風の庭は見る影もなくなっていた。大被害のなか、1本の木がちゃんと生き延びていた。桜の木だった。ほかの木々がグリーンに茂っているなかで、この桜の木だけはピンクの花をつけていた。7月の桜? 遅咲きの種類?

　初めて着いたときに比べると、島は様変わりしていた。雑草と傷んだ芝生が混じる草ぼうぼうの丘だったのに、今ではきれいに整えられて花が咲き乱れていた。ボーイズは足をとめ、丘の様子を眺めた。花々はそれぞれ違う種で、ありとあらゆる形と色をしていた。いつの間に? 一晩で?

離れるにつれて、花園は一つの色合いになって見えた。ボーイズが今まで見たこともない色だった。理由もなく、幸せな気持ちになった。互いに目を合わせると、スマイル、スマイル、スマイル。今日はカナダ・デーだし、ビリーの誕生日なんだよ。すごい日なんだから、盛大にお祝いしなきゃ。

　ボーイズがようやく小径を下りきって、船着場があるはずの場所に来てみると、どうしたことだろう、崖に行く手を阻まれてしまった。どこかで間違った方向に曲がったのかな？　道はここでおしまいだった。

　注意深くよじのぼって崖の上に出た。下をのぞくと、うわあ、水面より50メートルは高いところにいるぞ。波が崖下の岩場にうち寄せて、静かに飛沫をあげていた。どうして今まで、島のこの部分に気づかなかったんだろう？　それにしても美しい、この眺めは。何百という島々が湖に散らばり、水平線まで続いていた。

　顎を上げて太陽を見る。目を開けていられないくらい眩しい。陽光には、おなじみのあたたかさがあって気持ちよかった。ボーイズは心から安心して、両手を広げて光を抱いた。それはまるで、太陽が不思議な宇宙語を使って、テレパシーで話しかけてくれているようだった。

　ボーイズは理解した。みんなでルーツに戻らなければならない。フレミングドン・パークへ帰るんだ。みんなのバランスを見つける時だ。光についていけば、着けるはず。

第 14 章
ビリー

1963 年 7 月 1 日生まれ／蟹座／血液型 O

生々世々

2010 年 2 月 28 日（日曜日）午後 2 時 37 分 1 秒　46 歳 7 か月 27 日

ここ、どこ？ どこに来たんだろう？ 静かだ。それに、真っ暗闇。ずっと向こうに、ぽつんと光が見える。

自分の呼吸音も聞こえない。息してる？ してない。心臓はどうかな？ 動いていない？ 僕はだれ？ どこから来たんだろう？ ずっと向こうの光の点、近づいてくるみたい。だんだん大きくなってくる。

あそこへ行こう。光が誘っている。目を凝らして、よーく見る。
あれっ！ 小さな青いガラスのオブジェクトに変わったぞ。スノー・グローブみたいだ。あれを振るときらきらした雪片が小さなブリザードのように内側で渦巻くんだ。見て！ スノー・グローブがだんだん大きくなる。建物が見えるぞ……教会？ 人もいる。知ってる顔だ。思い出したよ。僕がだれかも！ 僕はビリーだ、そしてあすこに見えるのは家族だ。叫ぼうとしたけど、声が出ない。ヘイ！ 僕はここにいるよ！ 腕を振りまわして、注意をひこうとするけど、気づいてくれない。あれっ！ オヤジとイアンがいるぞ。すごくやつれて、ほとんど怒ってるみたいだ。幼なじみもいる。ケン、ネスタ、ハリー。
妻のデヴィと息子キオン。僕の人生の宝物。僕は、君たちが傷ついているのを見たくない。僕は君たちの守護神になるよ。僕のこと、感じる？ 悲しまないで。僕たちはまたいつか会える。僕はここにいるよ！ 僕の声、聞こえる？ ここだ！ ここだよ！ ああ、デヴィが僕の方を向いた！ 何か聞こえたように見まわしている。デヴィ、強くなって！ キオン、強く生きてくれ！ ねえ、みんなこっちを見て……エネルギーをあげる……風を起こすから感じて！ ……風のなかに僕を感じる？ それは僕だよ。僕なんだよ……ああ、だめだ……だんだん遠のいていく……光がそうしろと言っている……愛してる

よ、みんな……さよなら！

光の方へ……光の方へ……過去へ……

あれは僕だ。トロントのマンション、バンクーバー冬季オリンピックがテレビから流れている！ 僕はいくらか幸せそうだ。でも、裏には深い憂鬱があるんだ。その日が、地球という惑星での最後の日だと分かっていたから、何もかも満たされている思いだった……死の予感と覚悟ができてから、生が価値あるものになった。それにしても、あの試合はすごかったね。カナダが勝つと分かっていた！ 何もかも思い通りに運んだ。1972年にポール・ヘンダーソンが伝説的なゴールをあげてソビエトを破ったときの再現だった。僕が最後に覚えているのは、ネットを揺らすパックだった。そのあとは光に包まれて、気づいたらここにいる。

光を追いかける。あの得体のしれない白い点を。救われたい。
デヴィがいる。病院だ。ベッドに横たわっている。彼女はまばゆいばかりの花だ。腕のなかに僕たちの宝を抱いている。ああ、なんと美しい赤ちゃんだろう。今までの人生でこんなに美しいものを見たことがない。僕の分身！ 親にそっくりな子。忘れないで、僕はおまえの心のなかにいる。そしていつも見守るからね。木の枝々に風が吹きわたってかさかさ鳴らすとき、それはパパだよ。風が窓を打つとき、そこにはパパがいるんだよ。太陽が明るくおまえのまぶたを照らしているときは、パパが見ているんだよ。パパは、おまえを導く光になるよ。

光について行こう。どこまでも……もっともっと、僕の過去のずっと奥まで。

眩しい！ なんでこんなに眩しいんだ？ 光から顔を背ける。この光、どこから？ ……ああ、分かった。あれは人生最悪の出来事だった。警察の残虐行為事件について、上司の巡査部長と僕の弁護団から質問攻めにされているところだ。取調室のライトが直接僕の顔を照らす。僕が6か月の職務停止処分

にあう前だ。それは僕の職歴の傷となり、心の傷にもなった。

僕と相棒は、ある小学校へ派遣された。毎週のイベントが体育館で行われていて、近所の住民の一人が、校庭の屋外スピーカーから流されるアザーン[75]に不満を言った。それで、学校側から出動を要請されたのだ。僕は集会側の人たちに、スピーカーの音量をほどほどのレベルに保つよう頼んだ。

ちょうどそのとき、二人の若い男性が来て、我々を押しのけようとした。僕は、警察官の身体に触れることは暴行とみなされると警告した。片方はやめたけど、もう一人がなおも押しつづけたので、合気道の投げ技で彼を倒した。不運なことに、相手はコンクリートの床で頭を打って、脳震盪を起こしてしまった。彼は英語がよく分からず、僕の指示に従えなかったことが、あとで分かった。

この事件はリークされて、警察の蛮行としてメディアに取りあげられた。でも、僕を打ちのめしたのは、減俸でも、職務停止でもなかった。人種差別主義者として扱われて、立ち上がれないほどの打撃を受けた。それは、僕への言われ方として、考えうるかぎり最悪のものだった。結果、僕の心はずたずたになった。イズィとネスタは、ずっと僕の支えになってくれた。有色人種の友人として、警察署に出向いたり、1,000人分の署名を集めて名誉回復の嘆願書をまとめてくれたりした。ハリーもカンボジアから電話をくれ、ケンも日本からサポートしてくれた。

あの光は、どこから射してくるのだろう？　観客席みたいなところから？

わあ、僕があそこにいる。正装した24歳。僕が所属するトロント警察署の入署式だ。ほんとうに痩せていたな。なかなかハンサム。髪を短くカットしている。警察官になるにあたって、唯一やりたくなかったことが短髪だ。制服を着ることは、この上ない名誉だった。チーム・カナダのホッケー・ジャージにはおよばないものの。僕は世の中に奉仕する考えに取り憑かれていた。今、トレーニングを終えて、一人前の巡査として就任しようとしていた。いよいよバッジを受けるために、僕はステージの正面に向かっている。あ、オヤジだ！　スーツにネクタイ姿。僕はそれまで、オヤジがフォーマル

75　adhan/azan: イスラム教の礼拝への呼びかけ

な格好をしているところなんて見たことがなかった。僕関係のイベントにオヤジがやって来るなんて。数年前の〈あの事件〉以来、口を利くのは初めてだった。式のあとオヤジは、なんだか不承不承に「誇りに思う」と言った。その後は、会うこともなかった。

光の焦点がはっきりしない。ぼんやり……。大丈夫。焦点が戻ってきた。どこだ？ ナイトクラブだ。あー、ここ、思い出した。ダンダス通りとスパダイナ通りの交差点。トロントの元祖チャイナタウンだ。

あ、僕とケンがいる！ だいたい21ぐらいかな。ケンは大学生だった。僕は、タクシードライバーとか、ストリップクラブの用心棒みたいなアルバイトをしていた。そうだ！ 僕らはニュー・パールという閉店後のカラオケクラブで、なんか飲んでたんだ。安っぽい8トラックのマシンで、中国語でホイットニー・ヒューストンなんかを歌う女がいた。銀色のスパンコールがついた悩殺ドレス。赤く染めたウエービーな長い髪と完璧メークは、深夜にやって来る中年の常連に人気があった。高価なスーツを着て、後ろのボックス席でシャンパンを飲んでいるヤツらさ。

彼らがその女に曲をリクエストしている。チップ。100ドル札みたいだ。女は、昔の中国の曲を歌い、彼らのテーブルに行く。年長らしい男にシャンパンを注ぐ。その男が寄りかかり、彼女の耳に何かをささやく。

突然、女は立ち上がり、金切り声をあげる。背の高い若い男が、女の腕をねじりあげる。彼女はもがく。見るからに痛そうだ。僕は反射的に立ってそのテーブルに行き、女を彼らから引き離そうとする。男が叫ぶ。僕はその男を椅子に押したおす。彼は起きあがり、今度は光りものをぬく。全員立って、ダンスフロアに散る。そこへケンが割って入って、酔った勢いで大嘘をつく。僕が秘密警察官で人身売買組織の捜査をしているところだ、と。

もしかしたら、僕だけが白人で、つい信じこんだのだろう。僕はタクシー運転手のIDを取りだして、ちらっと見せる。幸運にも、彼らは一瞥しただけ。ボスがチンピラたちに何か言い、下っ端たちは光りものをおさめる。次に本心からではなかろうが、ボスは非礼を詫び、僕らの飲み代をもつと申し出る。丁寧に辞退。そして、歌手が嫌がるようなことはやめなさい、これから

もこのクラブを監視するからね、と言う。僕らは飲み代を払ってクラブを出る。女が、帰りがけの僕に駆けよって、初めて英語でものを言う。
「Thank you so much」
警察官になろうと決めたのは、この瞬間(とき)だ。

光のあとを追いかける。ブーン！　白い小さな光は明るい卵形になり、ホッケーリンクに姿を変える。およそ 2,000 人の観客を収容する中サイズのリンクだ。わあ、ジュニア時代のホッケーの試合。僕は 18 歳。オンタリオ州サドベリーでの試合だ。このとき、膝に「最後」の傷を負った。このゲームのあと、二度とホッケーができなくなったからだ。
まさに今、僕はブルーラインを越えて、デカくてスローな守備陣に囲まれながら、パックをハンドリングしている。ディフェンダーはついて来られない。コーナーに振りこむ。そうすれば、味方のだれかがネット前にパスしてくれるだろうから。ディフェンダーは僕を追いかけてきて、焦りに任せて、スティックで僕の左膝をぶっ叩く。ものすごいスラッシュだった。スティックが僕の膝を打ったとき、ピシッという音がアリーナじゅうに聞こえた。おまけに、ヤツは後ろから僕に不意打ちを食らわせたので、僕はそのまま倒れ、リンクのボードに頭から突っこんだ。ほとんどノックアウト状態だった。試合は 30 分の中断を余儀なくされ、僕はストレッチャーに乗せられて近くの病院へ運ばれた。脳震盪(のうしんとう)を起こしたことのほかに、膝の皿をひどく損傷した。僕は二度とまともに滑ることができなくなり、その後 2 年間、カウンセリングを必要とした。

いったいぜんたい、あの光はどこだ？　クソ、見失った。見まわす。……下……上……あ、真上だ。アップ！　アップ！　アップ！　今、光は粉々になって、さざ波のようにちらちらしている。上へ！　上へ！　……境界を突破。やったー。やっと息ができる！　強烈に明るい。目をおおわないといけないほど……あれは、太陽だ。焼けつく巨大な熱帯の太陽。
ビーチにはネスタがいて、手を振っている。ボブ・マーリーの曲が流れるラジカセの横で、上半身裸。岸まで泳いで合流する。彼は二人の女の子と一緒

だ。地元の子。僕がクレイフィッシュ（小さなロブスター）を探してスキンダイビングしているあいだに、ネスタが出会った女の子たちだ。

ネスタの家族がジャマイカへ行くとき、誘われたのだ。セント・エリザベスのあと、モンテゴ・ビーチで2、3日過ごした。僕らは17歳ぐらい。

ラムを飲んでいる。がぶ飲み。太陽は傾きはじめて、かなり酔っている。僕は女の子の一人と岩の後ろにまわる。そこの小さな洞穴に入る。薄暗くて、小川がちょろちょろ流れている。すごく涼しくて湿っぽい。川には小さな魚が泳いでいる。僕が膝をついてのぞきこむと、彼女が後ろから僕に抱きつく。モーリーンという名前だったかな。

「それで、カナダから来たの？」

参ったよ。僕は、ジャマイカのアクセントが大好きなんだ。特に女の子から聞くのはたまらない。彼女の手が僕の股間に伸びる。すぐさま興奮。次に彼女は、僕のスイミング・ショーツのなかにすっと手を入れてくる。

「うん、トロント……う～～」

何もかも、すごく速く終わったと言うしかない。文字どおり、速く！ 2分もかからなかった。僕の初体験。終わってから、僕らは手をつないで外に出た。太陽は海に沈みかけていた。ボブ・マーリーがまだかかっていた。

ネスタがどこにもいない。あ、あそこだ。もう一人の女の子と一緒にピックアップトラックの荷台にいる。僕らは、浜辺に敷いておいた大きいピンクのタオルに、並んで横になる。見上げていると、空はオレンジ色から紫になり、やがてダークブルーに沈むとき、星がゆっくり見えてくる。最初は少し。それからだんだん増えて、もっともっと、最後は夜空いっぱいになり、ジャクソン・ポラックの絵のようになる。何十億の星が、僕らに向かってびゅんびゅん降ってくる。星々がものすごく近くに見えて、ダイヤモンドが中空にぶら下がっているみたいだ。僕は、星に向かって手を伸ばす。モーリーンがくすくす笑う。

「この子ったら、カナダに星ないの？」

「こんなのはない、こんなのは」

世界のいちばん高いところにいるよう。なんでもできそうな感じ。本当の男になったなって。たった今、勝利したばかりの勝利者だ。ラム酒を飲み干

す。うお━━━━━！

が、30分後、飲んだ酒を全部カリブ海に吐いてしまう……。

星を追いかける。手を伸ばして進みつづける。待って、あれはもう星じゃない。タウンハウスの窓の光だ。まだ遠い……暗い原っぱのずっと向こう。乾いた葉っぱが僕の鼻先に飛んでくる。ここはフレモの裏手、ハイドロ・フィールド [76]、だだっ広い草っ原。鉄塔が並んでる。ここでよくサッカーをしたものだ。およその幅が250メートルくらい。

零度ぐらいかな。すごく暗くて、タウンハウスの明かり以外は何も見えない。オヤジと、イアンと、僕。イアンは18、僕は16。オヤジは酔っぱらっていて、まっすぐに歩けない。僕らは夕食のために、フレモのレストランバーにいたんだろう。冷たい雨が降りはじめる。傘もない。すっかり夜も更けて、11時くらいか。歩いて家に帰るところ。

反対方向から、たぶん僕よりちょっと年下の子どもが二人、近づいてくる。ほんとうに暗くて、だれか分からない。パーカーのフードをすっぽりかぶって、手はポケットに入れている。オヤジが彼らの方に近づいて叫ぶ。イアンが付き添う。二人は子どもたちをからかいはじめる。

「ヘイ、チビオカマ」

子どものうちの一人が顔をあげて僕らを見て、ハンターに気づいたシカみたいに逃げだす。オヤジが逃げそこなった子どもを捕まえる。そして、面と向かって怒鳴る。

「パパ、やめて。イアン、なんとかして！ まだ子どもだよ」と僕。

すると、その子が言う。

「ファック・オフ！」
（ざけんじゃねえよ）

オヤジは、その子の顔面にパンチ。

パパ、何をするの？ 少年は逃げようともせず、なぐり返そうともしない。オヤジは、狂人のように叫んで腕をバタバタさせている。

「ファック・オフだとお？ おまえら、クソ野郎が、俺たちの仕事を取ったくせに。この国から出てけ！ てめえの故郷（くに）に帰れ！」

76　hydro field；高圧送電線の直下に出現した空き地。カナダでの名称。

オヤジがののしっているあいだじゅう、少年は僕を睨みつけている。この子に申し訳ない！ 君を守ってあげられなくて。オヤジは、少年をつかみ地面に突き倒し、三度も肋骨を蹴る。今度はイアンがオヤジをとめようとするが、オヤジは振りほどく。少年は地べたからじっと僕を見上げ、オヤジは汚い言葉を吐きつづける。僕は、オヤジの方へ走る。

「パパ、やめて。この子、放して！」

オヤジは振り向いて、今度は僕に向かってわめきはじめる。

「黙れ、さもないと、おまえも殴るぞ」

「何？ パパ、やめてよ。どうかした？」

僕は渾身の力で、フットボール選手のようにオヤジに突進する。オヤジが地面に吹っとぶ。僕はオヤジに馬乗りになって、腕を抑えつける。僕のおでこがオヤジの鼻を強打する。イアンが後ろから僕を引き離そうとする。少年はどうしていいか分からなくて、地面にうずくまったまま見ている。

「ガキはここから逃げな。走って！ 走って！ 逃げないと殺されるよ！」

そう言うと、少年は僕をじっと見てから、よろよろと立ち上がって、僕を助けるべきか、自分だけ助かるべきか、迷っている。

「走れ、ガキ、走れ！」

少年は一歩僕に近づいてとまり、身をひるがえして逃げる。暗闇に向かって。オヤジが僕の髪の毛をつかむ。僕はオヤジの腕をつかんで、また地面に押さえつける。

「パパ、やめて。酔っぱらってる！」

少年がすっかり遠ざかって捕まる心配がなくなってから、僕はオヤジを放す。イアンはそばに立ち尽くしている。オヤジが怖いのだ。オヤジが身を起こす。鼻血が顔全体に飛び散っている。灰色の髪はぐじゃぐじゃに一方に振られ、大きなハゲがあらわになっている。袖で鼻をぬぐい、血を見て叫ぶ。

「おまえなんか、オレの息子じゃない。ビリー！ おまえなんか、オレの息子じゃない」

「どーでも？ こっちもあんたの息子でいたくない。もうたくさんだ！」

「いや、オレが言ってるのは、おまえは正真正銘、オレの息子じゃないということだ！ 今まで絶対に言わずきた。傷つけたくなかったから。でも、

ほんとうに、オレの息子ではない。ビリー。真面目な話だ。おまえはだれの
子か分かるか？ お祖父ちゃんの息子なんだよう。そう、嘘じゃない。おま
えの父親は、お祖父ちゃん！ オレのオヤジは、おまえのオヤジ！ なんとお
かしな子どもだろう。は、は、は。信じられないだろ？ なあ。は、は、は。
これまで、お祖父ちゃんがなぜグレイ島を、オレにではなく、おまえにくれ
たか、不思議に思ったことはないか？ 今、分かったろ。そのとおりさ、売
女の母さんが爺さまと寝たんだ。そう。その子なんだよ。この可哀想な人で
なしを、オレは勇気だして育ててきたんだ、ありがたく思え！ おまえの母
さんは後ろからオレを刺して、家族を壊した！ その母さんも死んだ。アレ
は、売女と言うしかない女だ！」
体じゅうの血が頭にのぼってくる。心臓はハンマーのように僕の胸を叩く。
過呼吸が始まり、目は涙で見えない。僕は野生の動物のように唸って、もう
一度オヤジに食らいつく。何度もその頭を叩いて、とうとう血だらけにして
しまう。オヤジの血で、僕の拳も真っ赤だ。なおも叩き、ついに力尽きる。
ようやくイアンが僕を引き剥がすが、ダメージは相当だ。
「失せろ、ビリー！ すぐにここから！ そして、戻ってくるな！」
イアンは僕と同じくらいヒステリックになっている。僕はケンの家に向かっ
て走る。涙にオヤジの血が混じり、活火山の溶岩のように頬を伝って流れ落
ちる。ケンのお母さんは、チルドレンズ・エイドに電話して[77]、2、3 日居さ
せてくれることになる。
イアンは、オヤジを病院へ連れていった。怪我は見かけほどにはひどくな
かった。左目の上を 20 針ほど縫った。鼻も 2 か所ほど骨折していた。オヤ
ジは、警察へもどこへも連絡しなかった。自分を守るより、隠しておきたい
事情の方が上まわったからだろう。結局、すべてはあの少年を殴ったことが
きっかけだった。あれは僕とオヤジがまともに口を利いた最後だった。ケン
の家に数日いたあと、チルドレンズ・エイドは家に戻れと言ってきた。
居心地悪く気まずかったが、なんとかやるしかなかった。オヤジと僕は家で
もまたぶつかったけど、多くは互いに無視した。
オヤジはその事件後、けっして僕をいじめなかったし、起きたことについて

77　Children's Aid：カナダでは無断で未成年者を預かることはなく、必ず連絡が必要。

話すこともなかった。1年後、僕はフレミングドン・プラザの雑貨店でアルバイトを見つけ、僕の分の家賃を払い、僕に関することでは二度とオヤジに払わせなかった。18歳になったとき、僕は部屋を借りて家を出た。

また暗くなった。どうしたんだろう？　あの光はどこだ？　あれはだれ？
あ、ハリーだ。14か15ぐらい。まるで昨日のことのようだ。ハリーが僕に電話をよこして、重要な話があると言う。それで、初めて会った場所の近く、そう、いじめ現場の近く、グルノーブル小学校の裏の公園で会った。僕らは、正式な会議のように向きあって、ピクニックテーブルについた。
ハリーはとても緊張しているみたいだ。いったいなんの話か、僕には見当もつかない。それは10月半ばで、少しばかり涼しくなりかけていた。
ハリーは、僕と彼は友だちかどうかと聞く。もちろん、僕らは友人だよ、と答える。すると彼は続けて、僕が彼の最も重要な男友だちだと言い、プラトニックな兄弟関係を大事にしたいと言う。
プラトニックという言葉が出たとき、僕は次に何がくるか少し分かった。ハリーが告白しなくても、僕らのほとんどはそれに気づいていた。僕らは彼の沈黙を尊重して、だれもそのことについて話さなかった。
彼は続けて、今から言おうとしていることは、今まで友だちに話したことのなかで最もむずかしい問題の一つだと説明する。彼は手を握り、祈るように空を見上げる。それから、前置きもなく口を開く。
「ボクはゲイだ。ホモセクシャルだから、女の子が好きじゃない。ごめんね」
何か悪いことでもしたように、彼が詫びる。謝る必要ないよ、これからはもっと正直にオープンにやっていける、と僕は言う。友情も今までどおり。
ハリーは新しい人生をスタートさせる。僕らは握手して、ハグして、それだけ。ハリーは気が軽くなったようだった。ただ、本当のジレンマは、伝統的な家族に告げなければならないことだった。数週間後、家族に話す準備ができたと彼の口から聞いたときは、心配しないように、と彼に言った。家族は何があっても彼を愛するだろう。結局、僕が言ったとおりだった。

光を追いかける。この光は何もかも癒してくれる。見て、光の小さな点が暗

闇を飛びまわっている。きれいだ。雪ひらのように見える。すごく小さくて、壊れやすくて、薄くて、軽い。雪ひらが舞っている。空から下りてくる、小さな凍った羽根のように。

雪の向こうに目を凝らす。アパートのたくさんの窓。待てよ。この場所、見覚えがあるぞ。この部屋も。数えきれないくらい、ここへ来た。ケンの家のリビングルームじゃないか。彼のお母さんはまだ帰っていない。イズィ、ハリー、ネスタもいる。いつもつるんでいた。何か面白いことがあって、僕らは笑ったり、くすくすしている。11歳前後だ。イズィとハリーは双眼鏡を取りあっている。

「さあ、僕の番だ！」

とうとうイズィはハリーの手から双眼鏡をもぎ取り、急いで50メートルほど離れた窓に向ける。白い壁に青いベランダがついた30階建てのタワー住宅。ハリーとネスタが住んでいるビル。

「もうじき帰ってくるよ。いつも今ごろの時間だから」とケン。

午後7時ごろで、夕暮れが近づいている。イズィは、カーテンが開いたままになっている窓に双眼鏡で狙いをつける。突然、部屋に明かりがつく。リビングルームの明かりだ。

「ヘイ！ 帰ってきたよ！」イズィが叫ぶ。

「シ――――！」

みんながイズィに言う。双眼鏡なしでも、18か20ぐらいの若い女だと分かる。長くてストレートな黒い髪、日焼けした顔、すごくきれいな人が部屋にいる。コーヒーテーブルにバッグを置くと、食料品でいっぱいの茶色い紙バッグをキッチンにもっていく。それから戻ってきて、大きいベージュ色の肘掛け椅子に座る。オットマンに足をのせ、受話器をとる。

「いいかい。2、3分したら男が来るよ」

ケンがドキドキして言う。

「僕は何回も見たよ。あ、明かりを消して。向こうから見えるよ」

女は立ち上がって姿を消す。数分後、ふたたびリビングルームに現れた女は、黒いナイトガウン姿。短い丈、もしかしたらシースルーなんだろうけれど、遠くからじゃよく分からない。ボーイズはまたくすくす笑う。

「マジ？ ストリップになるの？」

ネスタは興奮を抑えきれない。女は肘掛け椅子に座ってくつろいでいる。イズィは双眼鏡をケンに渡す。2、3分過ぎる。

「ヘイ、彼女、立ち上がって玄関に行くよ。男が来た！」と、ケン。

彼女がドアを開ける。男が入ってくる。まっすぐで長めのダーティブロンドの髪。白いシャツにジーンズ、黒いジャケットを羽織っている。抱きあって、キスする。ガキんちょたちは、またくすくす笑う。

「マジ？ あいつらやりそう！」

彼女がベッドルームに男を連れこむと、ハリーが言う。

「彼女、いつもは明かりを消すんだけど、ときどき、つけたまんまにしてるんだ。幸運を祈ろうぜ」ケン。

今日はラッキー・デーだ。愛撫とキスにのぼせあがって、彼女はプライバシーを守るのを忘れてる。明かりはつけっぱなし、カーテンは開けっぱなし。女は男のジャケットを脱がし、白い襟シャツのボタンを外す。男は女をベッドに押したおし、首にキスしはじめる。自分のジーンズを脱ぎすて、女の黒いナイトガウンを剥ぎとる。二人とも、今やパンツ一丁。女の胸があらわになっている。男は女の黒いパンティを脱がせると、自分の白いブリーフもとる。わあお、すっぽんぽん。男が動物のように女の上に身を投げる。彼らはセックスしはじめる。

ガキんちょたちは仰天して、一言も口を利けない。生まれて初めて見たものへのショックと恐れで、みんなぽかーんと口をあけて凝視している。しばらくして、ネスタが沈黙を破り、くすくす笑いはじめる。

「これ見せて、金取らなきゃ。オレたち金持ちになれる！」

ネスタがささやき声で話すと、みんながくすくす笑う。ネスタが屁をこいて、みんないっせいに笑う。今度は大声。

「シ──ッ。静かに、向こうに聞こえる。気をつけろ！」ケン。

肉体行為の最中にもかかわらず、ロン毛の男が動きをとめて見まわす。

「バカ、言ったろ！」ケン。

男が起きあがって、窓の外を見る。

「クソ、あいつがこっち見てる！」イズィ。

ガキんちょたちは身を低くして姿を隠し、窓枠のちょっと上からのぞくだけ。男はブリーフをはく。そのとき、二人の男が飛びこんでくる。彼らは大きくて太った二人組だ。一人は青いパーカーを、もう一人は茶色の革ジャンを着ている。二人とも黒い髪で、女とよく似た顔の色をしている。パーカーが、女を部屋から引っぱりだして戻ってくる。革ジャンは女たらしを壁に押しつけ、パーカーが彼の腹の真ん中にパンチを食らわせる。また、……そして、また……。ブロンドの男も反撃するが、二人の男は彼をもう一度壁に押しつけて動けなくする。それから、革ジャンがポケットから何かを取りだす。ひええ！ 革ジャンがブロンドをまたパンチしたとき、今度は何か赤いものが、この女たらしの胃のあたりから。ヤバッ！ 刺された。パーカーが放すと、ブロンド男は床に崩れおちて見えなくなる。革ジャンは窓に近づいて外を見る。彼は下を見て、上を見て、左右を確認する。まっすぐにケンの家の窓も見て、仲間に向かって何かを叫ぶ。

「見られた！」ネスタがささやき声で叫ぶ。

「いや、見えない。こっちは暗い！」ケン。

「いや、見てた！ 殺されちゃうよ！」ハリー。

「光がなきゃ、見えるはずないさ！」イズィ。

革ジャンがカーテンを閉める。寝室の明かりが消された。カーテンの隙間からもれる光で分かる。ハリーは葉っぱのようにガタガタ震えている。ガキんちょたちは床にへたりこみ、窓の下の壁に寄りかかっている。ネスタは息ができなくなっている。今回はきわめて異常な理由だ。だれも口を利けない。

1時間ほどしてから、解散した。怖くて、裏口から帰った。生まれてこのかた、こんなに心配したことはなかった。僕らは、4、5日のあいだ、見たことについて話さなかった。

そして僕らは校庭にいる。午前中の休み時間、すごく激しく雪が降っている。体育館の外にちょっとした雪のないところがあって、集合している。

「ヘイ、みんな、聞いた？」

ケンは何か情報をもっているようだ。

「今朝の新聞に出てた。ロン毛の男、あいつが刺されて、どっかの病院で重態だって。ほかの二人は、女の従兄弟。あいつらは、なんかギャングみたい

なもの。ねえ、みんな。ボクは、ほんとうにほんとうに言っておく。いい？みんな、約束してくれないとだめ。死ぬまで、絶対にこのことをだれにも話さない。分かった？ 言ったら、警察とワルの両方から、とんでもないトラブルに巻きこまれるから。何を見たか、忘れなくちゃいけない。いい？」

みんな従う。そして赤ちゃん指をからませて、大真面目で約束をかわす。小さい子どものころから、ケンがこれを始めた。日本のサムライの儀式だって。組み合わせた手を頭の上までもちあげてから、振り下ろしてロックを解く。僕らは絶対に、大人になっても、二度とその話をしなかった。

光を追いかける。あそこだ。だんだん近づいてくる。来た。

全員、カーペットを敷いた床に座っている。テレビのまわりに半円をつくって。ガキんちょ5人は固まって見ている。僕は、インド人のリタからもらったタンドゥーリ・チキンを噛んでいる。僕がお弁当をもってこなかったから、彼女がくれたんだ。たくさんの子が、僕に少しずつお弁当を分けてくれた！ とっても嬉しかった。1972年、カナダとソビエトで戦われたホッケー・サミット・シリーズの最終戦だ。僕は9歳。

勝利の瞬間だ。教室では、子どもたちが机の上でジャンプしている。みんなで抱きあい、ハイタッチ。先生たちも互いにハグしている。リタは泣いている。全員が声をそろえて「カナダ、カナダ、カナダ」と叫びはじめる。しばらくのあいだ、国じゅうに、シュールなお経のような「カナダ、カナダ、カナ———」が鳴りわたる。

圧倒的な喜び。スピリチュアルな経験。体外離脱状態。もう何も怖くない。もう、だれも僕を傷つけることはできない。オヤジでさえも。なんて完璧な瞬間なんだろう。そして、この完璧な経験は、死によって完成されるという不思議な予感。不思議だ。それまで自分の死について考えたことなど一度もなかったのに。僕は、今すぐここで人生を閉じたいと思った。神様、願いを叶えてください——だが、幸い、僕の願いは叶えられなかった。まだ。

光を追いかける。僕の前にちっちゃな点が現れる。だんだん大きくなる。

「その子から手を引け。放せ。さもないと、おまえの頭を蹴っとばすぞ」

いじめっ子のいちばんデカいヤツに向かって言う。まっすぐ彼の方に歩みよ
り、向きあう。そいつの目に恐怖の色が浮かんでいる。とっくにお見通し。
そいつのはらわたまでじっと見る。
「何しようってんだい？」
そいつが僕に聞く。そのくせ、もう尻ごみしてる。僕はその目を見る。まる
で心をむしりとるみたいに。そいつに伝わる。
「この頭、ぶん殴ってやる」
僕はそいつのジャケットの襟首をつかむ。
「放せ。放せってんだよ」
そいつは、ビビっている。ヤツら、なんか言ってるけど、僕には聞こえな
い。3人ともくるりと向きを変えて逃げだした。ヤツらは谷に入り、ばらば
らの方向に消えた。そのうちの一人、マスクをかぶっている子はトンネルを
ぬけていった。あの子、そのうち見つけよう。

光はどこだ？ 見失うわけにいかない。追いかける。そこに、また僕がいる。
7歳ぐらいに違いない。
うわ。痛っ。殴られた。鼻をやられた。またオヤジだ。飲んだくれて、僕の
鼻を殴った。痛っ。ここは、タウンハウスにある我が家のリビングルーム。
すごく煙たい。オヤジはチェーンスモーカーだから。古いコーヒーテーブル
の上の灰皿には、何百もの吸い殻がねじこまれている。ひどいもんだ。バー
ン！ オヤジからまたパンチ。こんどはお腹に足蹴りだ。
「ありがたく思え。よそのオヤジなら殺されてる。いい父さんでよかったな」
お腹をまた蹴られる。今日のは、それほどひどくない。でも、また蹴られる
前に、すごく傷んでいる振りをした方がいい。カーペットの上に横になった
ままでいる。きったない、古い、茶色のカーペット。ここ1年、掃除もし
てないと思う。ううう。ビールとタバコの臭い。犬の臭いもする。昔飼っ
ていた犬、ミッチの臭い。ブルドッグとテリアの雑種だった。1年くらい前
に逃げだして、二度と戻らなかった。彼は15歳だったから、きっと死ぬ場
所を見つけにいったんだろう。オヤジはそれも僕のせいにして殴られた。
僕のせいなんかじゃなかった。オヤジが玄関のドアを閉め忘れたんだ。イア

ンが警察を呼んで、チラシを配ったりもしたけど、ミッチは見つからなかった。そのことでイアンは、オヤジと同じくらい落ちこんだ。誓って言う。2年前、ママが死んだときだって、オヤジはこれほどショックを受けなかった。僕はママが大好きだった。ママは僕のすべてだった。彼女は癌だった。ママが死んでも、オヤジは泣きもしなかった。

とにかく床に転がっていれば、オヤジは少しのあいだ叩くのをやめるだろう。チルドレンズ・エイドから訴えられたくないし。僕とイアンがここに住んで、何事もないふうに装っていれば、毎月小切手が送られてくる。政府から支給される養育費。オヤジは男やもめで、一人親で、そのうえ失業中だったから、結局、僕らの存在に依存して生きていたんだ。

オヤジは僕をそこに残したまま、2階の寝室へ上がっていく。オヤジの姿が暗闇に消えると、イアンが駆けつけてくる。

「生きてる？」

イアンは僕を助けおこしてソファーに寝かす。ぬれたタオルをもってきてくれる。兄弟がいるってほんとうにうれしい。ときどき、クソったれだけど。

光を追いかけていく。どんどん明るくなる。目を細める。

ベッドルームの窓から外を見ているところだ。パパから、ここに行ってろって言われたから。まだ4時だ。パパは夕飯をつくってくれるかなあ。また飲んでいるから、多分なしだな。いつもソファーで寝ころんでるんだ。

先生が言ってた。今日、日食があるんだって。でも、トロントじゃあんまりよく見えないらしい。あれはなんなのか、ちゃんと分かってるわけじゃないけど、お月様が太陽の前を通るからそうなるみたい。いちばんすごいのが見える場所は太平洋らしい。先生のお話では、今日は世界の半分の場所で、みんなが空を見上げることになるでしょう、ってさ。アフリカでも、インドでも、中国でも、ジャマイカでも、ちょうど今、空を見上げてるかなあ。みんな、何、考えているかなあ。世界って、なんて小さくてすばらしいんだろう。世界中で起きていることに、パパは無関心。可哀想な人。マミーもこの日食を見ているだろうか。天国から。面白いね。お月様ってさ、なんだかマミーの顔みたい。会いたいなあ。でも、どこかから、僕を見おろして、守っ

てくれているんだ。マミー、天国で早く会いたいね。

追いかける。その明るい光。ついて行こう。明るすぎてよく見えない。
あ、あれはまた太陽だ。くっきりとした冬の日に明るく輝いている。雲の影
もない空。僕にはバスに乗るお金もない。僕たちが住んでいるタウンハウス
の後ろにある谷を通っていく。その谷はほかの谷とつながって複雑なネット
ワークになっていて、トロント郊外のノース・ヨーク行政区を蜘蛛の巣状に
つないでいる。僕はこっちの谷から次の谷へと走る。この谷は、僕を家から
5キロのところにあるサニーブルック病院に連れていってくれる。強い風が
僕の顔に粉雪を吹きつける。そして、谷を越えると太陽が見えなくなる。で
も、最後に太陽はまた顔を出す。そうして、僕は目指す病院に行こうとして
いる。僕は泣いている。まだ6歳だ。
ブーツは膝丈までの雪に埋もれている。でも、一歩一歩進む。僕は、前進し
つづけなければならない。息が切れる。でもとまるわけにいかない。僕の
ソックスは、ブーツに入ってきた雪でびしょびしょになっている。鼻から流
れ落ちる鼻水が口に入ってほんとうにしょっぱい。それは涙。とうとう、泣
き声を抑えられなくなる。どうしてこんなことに？ これは、悪い夢に違い
ない。どうか、神様、夢だと言ってください。僕の頭を揺らして、目覚めさ
せてください。いや、夢ではない。歩きつづける。
やっと、病院が見えてくる。それは谷を出たところから続く小径の先、丘の
上にあった。僕は走る。丘をのぼり、ここまで僕を連れてきてくれた長く曲
りくねった谷を出て、ついに通りの高さに出た。目の前が病院だ。どこへ行
けばいいのかな？ 向こうかな？ いや、こっちかな？ あそこだ！ 跳馬の形み
たいに見える文字のサイン「Emergency」。たぶん「エマージェンシー」と
読むんだろうけど。行ってみよう。左に曲がる。
やったぞ。みんながいる。パパがいる。イアンもいる。僕はイアンの腕に
飛びこむ。パパは神妙な顔つきをしている。どうしたの？ 1年生の担任のケ
リー先生がここへ行きなさいと言ったのはどうして？ 先生は、マミイがこ
こにいると言った。でもどうして？ マミイが長いあいだ家で病気だったの
は知ってるけど、パパは大丈夫と言っていた。何が起きたの？ 僕はマミイ

に会いたい！ お医者さんがパパと話をしている。パパは頷いている。

僕たちはマミイに会いにいく。病室に。マミイは、どこ？ あれがマミイ？ 体のまわりにたくさんのものをつけている。これらは何？ 大きなチューブが口から出てきている。どうしたの？ そのほかのチューブはみんな腕についている。機械だらけだよ？ 寝ているの？ どうして目を開けてくれないの？「マミィ」と僕は叫んだ。でも返事がない。どうして、僕の声が聞こえないの？ 僕は泣きやまない。マミイはすごく青い顔してる。どうか起きて。大好きなマミイ。僕の声、聞こえる？

ちょうどそのとき、部屋にもうひとり人がいるのに気づく。長い黒い髪で、ジーンズのジャケットを着ている。なんか言ってる。なあに？ その人に気づいているの、僕だけみたい。

「マミイは、行かなきゃいけないんだ」

何？ なんのこと言ってるの？ マミイ、どこへ行こうとしているの？ どうして、僕を残していくの？ マミイのそばで、ピッピッと鳴っていた機械は、もう音をたてていない。お医者さんたちが、マミイの胸を押している。マミイ、どうか起きて！ 行かないで！ あれっ？ お医者さんたち、どうしてやめるの？ マミイを助けて！ どうして、マミイの顔を隠すの？ 起きて、マミイ、起きて！ 嫌だ、僕はマミイと話がしたい……僕をマミイから離さないで！僕を放して！ マミイ！ マミイ！ マミイ———————！

僕は今、どこにいるんだろう。あそこに光。前の方の右側。ついて行く。

それは、マミイの枕元のランプの明かりだ。マミイはそこに横たわっている。起きて、微笑んでいる。僕においでと言っている。僕はベッドに飛びこんでいく。マミイが受けとめてくれる。あたたかい。僕はここにいると安心する。マミイが僕のおでこの髪をかきあげて、こぶがあるのに気づいて、やさしく撫でてくれる。いい気持ち。マミイが泣いている。僕をきつく抱きしめて、こう言う。

「ビリーに知っておいてほしいことがあるの。とても大事なこと。よく聞いて。マミイ、病気なの。すごく重いの」

こういうこと、聞きたくない。僕も泣いている。

「マミイは、あなたとずっと一緒にはいられないの。たとえ私がいなくなって
も、いつもあなたの心のなかにいるからね。きっと心のなかで私を感じる
わ。そして、ここにいなくなっても、あなたを見ているからね」
「なんのことを言ってるの？ マミイ」
「マミイは、もうすぐいいところへ行くの。約束するわ。そこで元気にな
る、って。天国に行くこと、マミイは怖くない。どんなことがあっても、い
ちばんいい人になるって約束してちょうだい。いい？ どんなに悪いことが
起きても、いつも正しいと思うことをやりさい。いつも、あなたの心に従う
のよ。なぜなら、マミイはそこに、あなたの心のなかにいるのだから。あな
たの心は、いちばん強い武器になるわ。それから、もう一つ、約束して」
「何？」
「天国でまた会おうね。待っているわ。愛しあっている人は、天国でまた会
えるの。神様のルールよ。あなたが、いつか天国に行く番がきたら、それは
すごいことなんだと思い出して。天国に行けるって、素敵なことよ。そし
て、また会えるのは、もっと素敵なことなのよ。いい？ 天国で会うと、マ
ミイに約束して！」
「約束する」
「忘れないで。良い子はぜったいに約束を破らない」
「僕は約束を破らないよ。マミイ」
僕は抱きついて、すごく泣く。マミイは、だまって泣く。
「分かったわ。疲れちゃった。少し眠らなきゃ。それに、ビリーは明日学校
があるでしょ。あったかくして行くのよ、忘れないでね。今夜は一晩じゅう
雪よ。マミイにキスして」
「おやすみ、マミイ。大好き」
「おやすみ、私もビリーが大好きよ……」
僕は部屋に戻って、わっと泣く。わけも分からず、わっと泣く。

光について行く。

第 15 章

ニュース

ニュース

2010 年 6 月 28 日（月曜日）午後 2 時 50 分

　トーマスは空腹だった。とっくに昼をまわっており、キングストンにある地元のレストラン「モザイク」でランチとることにした。オーナーでシェフのアディルは、子どものころにインドからカナダに移住した男だ。オタワでコンビニをやって成功し、長年の夢だったレストランに再投資した。ややずんぐりとした五十男で、褐色の肌、濃い口ひげ。白い調理服を着て、小さいシェフ帽をかぶっていた。

　アディルがこの店を買ったのは 1999 年。当時は従来のアメリカンスタイルだった。それをちょっとばかり改装して、エキゾチックなインド風の内装に変えた。カーテンはゴールドの柄が美しいインドの伝統的なもので、シアーカーテンはタジ・マハールの形に切りぬいてあった。ベージュ色のクロスがかかったテーブルが 8 個ほどと、オープンキッチンに面して 6 人掛けのカウンターがあった。が、そのインテリアに反して、店はベジタリアンレストランで、これぞインド料理というようなものは何も提供していなかった。

　トーマスはベジタリアンではないけれど、ネットで調べて「モザイク」に決めた。店のレビューに、オーナーのアディルに聞けば、キングストンのことはなんでも分かると書いてあったからだ。客は彼ひとりだった。明かりは半分ほど消されていた。トーマスはカウンターに腰掛けた。

　ウェイトレスは、1996 年に香港から移民してきた女性だった。ジーンズの上に「Vegans are Sexy」と書かれたグリーンの T シャツを着ていた。
「ランチは 3 時で終わりです。すぐに注文していただけます？」
「うわっ、すいません。コーヒーと……、おすすめは？」
「そば粉のパンケーキ、ブルーベリー添え。当店のスペシャルよ」
「うん、それにしよう。それと、パクチーサラダ」
「いい取り合わせね」
　彼女はコーヒーを沸かしにキッチンに入った。

334

「最近どう？」

　アディルがキッチンから声をかけた。一度消したレンジにまた火をつけているところだった。

「上々」と、トーマス。

「この辺の人じゃないね」

　アディルは、分かるよとでも言いたげに聞いた。

「ええ、トロントから」

「俺はアディル。あいつは、カミさんのジャニス」

「僕はトーマス。トーマス・サワダ」

「で、なんでまたキングストンへ？」

「今書いている本のために、ちょっとリサーチに」

「本？」

「長い小説なんです。文字通り」

　さらにトーマスは言葉を探しながら口ごもった。

「会いたい人がいて……」

「んん？　で、トロントのどの辺から？」

「フレミングドン・パークっていうコミュニティです」

「え、マジ？　あすこ出身の人、知ってるよ」

　アディルは驚いたように言った──「あすこ、危険なとこだってね？」

「えっとお、そんなふうに言う人もいますけど、僕はそう思いません。今、フレミングドン・パーク出身の人を知ってると言いましたよね」

「そうそう、ウチのお客さんで、兄弟」

「兄弟？」

「苗字はグレイ」

「グレイ？　僕も知ってる。っていうか、特にビリーのこと」

「わあお！　ビリーをよく知ってたよ。常連さんだった。奥さんと息子を連れて、よくここに来てたよ。奥さんは俺と同じインド系でさ。残念なことに、亡くなったんだって？」

「そうなんです。それでここに来たんですよ」

　トーマスは、思いがけない偶然にドキドキした。

「僕らのコミュニティで、ビリーはちょっとばかり有名人でね。特別親しかったわけじゃないけど、子どものころからよく知っていて、葬式にも行きました。そのとき、彼が7月1日によみがえってくるっていう噂を耳にして……」
「んで、ビリーに会いに来た、と？」
「ええ、是非とも」
　トーマスの答えに二人とも笑った。
「その奇跡はたぶん、彼の島で起きるだろうという話です」
「あ、グレイ島ね」
「知っているんですか？　行ったことあります？　どうしたらそこへ行けます？」
「そうさね、ボートなら行けるよ」アディルは仄めかしたが、「でも、嵐が来そうだからやめときな。ばかデカいのがね」
「でも島は私有地ですよね。でしょ？」
「うん、もちろん。でも、今の時期、だれも島の面倒をみてないと思うよ」
「どういう意味ですか？」
「ビリーが死んでからは、兄のイアンが管理していたんだが……」
「していた？」
「そう。イアンも先月死んだんだ。ボート事故で溺れて。二人組のOPP警官が彼を追いかけていたとき、事故ったらしい。二人の警官も溺れ死んだ。詳しいことは知らないけど、ミステリアスでおかしな話さ」
「イアンが死んだ？　なんと……。ビリーの葬式で会ったばかりですよ。そんなことってあるんだろうか？」
　トーマスはショックを受けた。
「彼は、ほかの島で起きた別の事件に巻きこまれたらしい。何かの爆発。警察に目をつけられたとも聞いたな。でも、よくは知らない」
　アディルは、パンケーキとパクチーサラダをトーマスの前に置いた。
「あいつが死ぬなんて、ビリーのときと同じくらい腰ぬかしたよ」
「ビリーには妻と息子がいます。イアンは独り者だったはず。父親も存命です」
「コーヒーのお代わりは？」ジャニスが割りこんだ。
「あ、お願いします。……ビリーの死については、ミステリーだらけ。自殺するような人には見えなかったし……」

「Ｄのこと、知ってる？」

「Ｄ？」

「うん。この界隈じゃ評判だったぜ。ビリーはちょっとばかし変だって」

　アディルが明かした。

「変？」

「なんていうか——、ビリーは俺に言わせりゃ、デキすぎの男だった。頭の良すぎるヤツが、ちょっとばかり変だったりすることって、あるよね」

「さあ……」

「手短に言うと、ビリーには多重人格の気質があったね。分身っていうのか、心のなかに空想の人物がいたわけ。ネイティブの男で、Ｄと呼んでいたよ」

「ネイティブ？」

「そう。ファースト・ネイションみたいだった。ずっと心のなかに隠していたんだけど、それがひどくなったようで、キングストンで治療を受けてた。でも、死ぬころには随分進んで、ウチのレストランに来ては、人前で独り言ばっか言ってたよ」

「そのこと、奥さんは知っていたんだろうか？」

「奥さんや子どもの前でそうなるのは見たことがなかったね。もしかしたら、スイッチをオンにしたりオフにしたりできたのかも。でも、イアンの目の前で、分身のＤに話しかけているのを見たことはある。イアンは話に付合ってやってる感じだった」

「知らなかったあ……」

「トーマス、パンケーキ、冷めちゃうよ。それに、もう閉めなきゃ」

　アディルが促した。

「あ、ごめんなさい」

　トーマスは謝って、パンケーキの残りとパクチーサラダを急いで平らげた。それから、口のまわりを拭いて、勘定を払いに席を立った。

「お、見てみ」と、アディル。

　カウンターの真上のテレビに、交通事故の模様が映しだされていた。長いブロンドの美人レポーターが、事故現場に立っていた。短いベージュのワンピースに黒縁のメガネ。場所は高速道路の路肩のようだ。いい天気の真昼間だ。左

手には救急車、右手に消防車、どちらも赤い緊急ライトをまわしている。

「なんかいいニュース、ないものかね……」

　アディルがうんざりして言った。

「とにかく、食事と話し相手、ありがとう。アディル」

「グレイ島に行くんかい？」

「ビリーの名前を何回か叫んで、返事がなければ帰ってきますよ」

　トーマスは冗談で返した。

「嵐に気いつけな。いいかい？　それから、本ができあがったら、一冊送ってくれよな」

「もちろんですよ。さよなら」

　アディルはカウンターから皿とナイフやフォークを引いて、キッチンのシンクに放りこんだ。戻るとリモコンを取り、テレビの音量を上げた。

「401で悲劇が起きました。西方面に走っていたオープンカーが、スピンしてコースを外れ、路肩を飛びこえて側溝に落ちた模様です。3人の同乗者が車外に放りだされ即死。もう一人は、事故の衝撃で爆発が起きたときに、シートベルトをしたまま車内に閉じこめられて亡くなりました。たった今、身元が判明しました。トロント在住のケン・ソーマ氏、イシマエル・ラヒム氏、ネスタ・チェンバレン氏です。それにダラ・ハック氏、この方は住所未確認です」

　アディルはテレビを消し、カウンターの上を台布巾できれいに拭きあげた。

訳者あとがき

　本書の原著は、*Accidental Mosaic -A Novel about Diversity and Camaraderie-*
（Thomas Sawada 著、2019）という自伝的な長編小説です。

　タイトルにある「Mosaic」とは、現代カナダをシンボリックに形容するター
ムで、「カナダと言えばモザイク、モザイクと言えばカナダ」というほどに定
着しています。これは、20世紀後半から積極的に推進された移民受入れ政策
により、「白人の国」とされてきたカナダが多民族国家となり、社会意識が大
きく変化したことをシンボリックに表しています。さまざまな人種や文化を受
け入れる過程で、国全体に、特にトロント周辺で、「違っていても、ともに歩
もう」という未来志向が形成されました。民族混住のさまがモザイクのようだ
と言うだけでなく、たくさんの色の違うコマが組み合わさって一つになってい
るという方に、より力点が置かれています。互いの文化を受け入れるこの姿勢
を、Multiculturalism（多文化主義）とよびます。

　それに対して、あなたはどう感じますか？「日本では無理だ、固有の文化が
壊されてしまう」と恐れますか？　四方を海で囲まれ、均一に近い言語と生活習
慣、似たような顔を突き合わせて暮らしてきた私たちには、どうしても他人事
に映ってしまうかもしれません。

　しかし今、私たちは未曾有のコロナ禍に見舞われました。感染状況を示す世
界地図は、分断されたまま真っ赤に焼けただれるモザイクです。思えば今ま
で、なんと小さなものに固執してきたことでしょう。過美、贅沢、飽食、その
果ての経済戦争と環境破壊、テロリズム。全部ストップ。この防疫防空壕を出
て、束の間きれいになった青空を仰いだとき、私たちに求められる行動変容は
何でしょうか。マスクを忘れず、手を洗う。それだけでは足りないはずです。

原著は、構想 30 年、執筆 8 年。削りに削って現在の形になりました（日本語版では、さらに 2/3 に圧縮）。ストーリーは、移民として新天地にやって来た人々が、「カナダ人」としてのアイデンティティに目覚めていく過程を、相克も含めて活写したものです。しかし、見事にポスト・コロナの世界にもコミットしているのは驚異です。今、バラバラになった世界は、「私たちはみな一つの人類だ」——というより広い「ヒューマン・モザイク」にならなければ、人類の未来は危ういでしょう。

　カナダの移民コミュニティで育ち、現在は自身のルーツである日本で暮らす著者の目には、世界から遠く隔たった安住の地（！）日本の、良いところも足りないところも見えるそうです。それゆえ、日本の読者にこそ、一緒に考えてもらいたいと熱望して、この小説は書かれました。

　本書のいたるところに、1970 年代の音楽黄金期の曲が流れています。音楽好きの読者にはたまらないでしょう。英語でしか理解できないジョークもたくさんありましたが、日本語版ではやむなく一部を落としました。英語に堪能な方は、ぜひ原著でもお読みください。困難な場面でウイットの利いた一言は最高の緊張緩和剤になります。海外映画などでは頻繁に見かけますが、日本文化には少ない点です。

　日本語版タイトルを『雪の残響』とするにあたり、関係各位から少なからぬ驚きとご心配をいただきました。濁音の混じるこの聴き慣れない言葉は、5 人の登場人物の胸中に、エコーのようによみがえる雪の記憶を表しています。

　この本を世に送ってくださいました桂書房代表勝山敏一氏に、深く感謝いたします。どうか、読者の皆さんにとっても、心に残る一冊となりますように。

2020 年 6 月　長原啓子

著者：Thomas Sawada（トーマス・サワダ）

トロント（カナダ）で育つ。作曲家、ギタリスト、音楽プロデューサーとしてマルチかつグローバルに活動している。1995年、マーキュリー・ミュージックエンタテインメントから Unlimited Edition というジャズ・ファンク・バンドでメジャー・デビュー。アルバム名は *PLEASURE*。FM ラジオのパーソナリティとしても定評がある。小説 *Accidental Mosaic -A Novel about Diversity and Camaraderie-* はデビュー作。オンタリオ芸術大学（OCAD、トロント）卒業。映画、映画音楽を専攻。のちに建築学も修めた。

訳者：長原啓子

副詞と形容詞にたよらない文章を川村たかし氏に、描写力を森忠明氏に学ぶ。「作家は市井の人が黙して墓場まで抱えていく思いを書くべきだ（森忠明）」の言に感銘して休筆。著書に『記念写真』『アドリア海のおはよう波』（ともにポプラ社）。

雪の残響　ヒューマン・モザイク

2020 年 7 月 1 日　初版第 1 刷発行

著　者………トーマス・サワダ
訳　者………長原啓子
装　幀………高須賀優
発行者………勝山敏一
発行所………桂書房
　　　　　　〒 930-0103　富山市北代 3683 - 11
　　　　　　電話（076）434 - 4600
　　　　　　振替　金沢 8 - 176
制　作………株式会社 Tuulee
印刷製本……株式会社平河工業社

地方・小出版流通センター扱い
Japanese Copyrigt ⓒ Keiko Nagahara 2020
ISBN978-4-86627-087-6　C0097　￥1800E